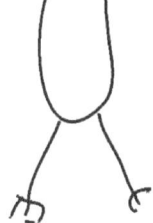

In diesem Buch ist alles frei erfunden. Die Handlung, insbesondere die Aktionen der Geheimdienste, ist ein Werk der Fantasie.

Diese Feststellung gilt nicht nur für die Personen und Ereignisse, sondern auch für die chemische Fabrik, die es so nie gegeben hat.

Trotzdem hofft der Verfasser ein getreues Bild der Menschen in der Zeit nach der politischen Wende im Industriegebiet an der Saale, gegeben zu haben.

M.B.

Autor:

Max Balladu wurde 1943 in Neutitschein geboren. Er arbeitete als Ingenieur 24 Jahre in einem chemischen Großbetrieb, davon 14 in der DDR und 10 in der BRD. Balladu wohnte in Halle (Saale) und ab 1996 in Bennstedt. Seit 2009 schreibt er Bücher.

Inhalt:

Zwei bereits mehrfach auf Protestdemonstrationen verhaftete, angehende Studenten, revoltieren und werden nach einer vorläufigen Festnahme von einem Beamten der Untersuchungsbehörde überzeugt, vom westlichen Ruhrgebiet in das östliche Chemiedreieck, LUNA - Beuna - Batterfield zu gehen. Dort, im ehemaligen LUNA-Werk, das inzwischen zur französisch-amerikanischen Firma OPA Industrial gehört, heuern sie als Anfahrhelfer für den Start-up des zweiten Produktionsstranges in der V-Fabrik an.

Der in Düsseldorf lebende Detektiv Ernst Wolf erfährt davon und geht der eigenartig anmutenden Sache nach. Einen Sprengstoffanschlag kann Wolf nicht verhindern, aber vielleicht kann er zusammen mit seiner Mitarbeiterin Paula Peters und den bereits aus den veröffentlichten Büchern von Balladu bekannten Figuren: dem Operator Emil Balla, der Rechtsanwältin Gisela Schulz und dem Hauptkommissar Malte Schreyer, ein Fehlurteil an den zwei jungen Leuten verhindern? Vielleicht auch den Mörder zur Strecke bringen, den die Polizei allein nie fassen würde?

Max Balladu

Wer ist hier der Terrorist?

Abenteuerlich-kriminaler Roman

Umschlaggestaltung, Illustration: Balladu, H. F. Moritz
Lektorat, Korrektorat: Balladu und A. Kloß

Das Werk, einschließlich seiner Teile, ist urheberrechtlich geschützt. Jede Verwertung ist ohne Zustimmung des Verlages und des Autors unzulässig. Dies gilt insbesondere für die elektronische oder sonstige Vervielfältigung, Übersetzung, Verbreitung und öffentliche Zugänglichmachung.

Bibliografische Information der Deutschen Nationalbibliothek:
Die Deutsche Nationalbibliothek verzeichnet diese Publikation in der Deutschen Nationalbibliografie; detaillierte bibliografische Daten sind im Internet über http://dnb.d-nb.de abrufbar.

© 2016 Max Balladu

Herstellung und Verlag:
BoD - Books on Demand, Norderstedt
ISBN 978-3-7412-7709-2

Inhaltsverzeichnis

Namensverzeichnis 6
Wichtige Abkürzungen 9
1 - Eiskalt 11
2 - Sich fügen heißt lügen 17
3 - Verschuldet - geschädigt - bezeugt 26
4 - Kleine Ursache - große Wirkung 31
5 - Auf den Hund gekommen 36
6 - Oh Schreck! Der Strom ist weg! 44
7 - Bombe - Bedrohung - Bilanz 54
8 - Schalten und walten 62
9 - Die Gedanken der Geheimen 69
10 - So ein Zufall - 1. Teil 75
11 - Zwei schräge Vögel 79
12 - Zum Oskar 83
13 - Start-up 96
14 - Schabernack 101
15 - So ein Zufall - 2. Teil 110
16 - Stress im Kontrollraum 119
17 - Ärger mit den Gasbrennern 129
18 - Defekthexe 134
19 - Rechnerisch - verführerisch - menschlich 138
20 - Totalschaden 144
21 - Ab in die Grube 149
22 - Eine Reise nach Las Vegas? 156
23 - Terrorwarnung 164
24 - Verfolgen - fragen - finden - verhaften 178
25 - Das Interview 201
26 - Was tun? 206
27 - Die Relativität der Wahrheit 217
28 - So ein Zufall 3. Teil 223
29 - Freund oder Feind? 238
30 - Angriff - Finte - Riposte 249
31 - Nachwirkungen 264
32 - Der Prozess 276
33 - Alles nur Theater? 306
Anhang: Die Götter, ihre Marionetten und der Mensch 318
Quellenverzeichnis 347

Balladu widmet diesen Roman den Beschäftigten in der chemischen Industrie sowie deren Sympathisanten.

Nach Vorliegen des 1. Manuskriptes auf etwa 1000 Seiten unter dem Arbeitstitel ‚Messwartengeschichten', haben es vier mutige Menschen
        Ramona M.,
        Doris und Ulf Z.,
        Harald K.
geschafft, all das zu lesen. Ohne sie hätte Max Balladu es nicht gewagt, mit seinem Werk an die Öffentlichkeit zu gehen.

Der Autor schuldet Frau Anni Kloß Dank fürs Lektorat und H. F. Moritz für die Zurverfügungstellung der Zeichnung auf der Titelseite ebenso, wie Frau Elvira W. für die kritischen Hinweise nach der Veröffentlichung der ersten 4 Bücher.

Im Anhang zum bereits beim gleichen Verlag erschienenen Buch ‚Die Ede Ceh Story' befindet sich eine kleine zusammenfassende technologische Beschreibung der V-Fabrik mit einfachem Stoffflussschema.

Außerdem können sie sich zum besseren allgemeinen Verständnis der Technik, Technologie sowie der Struktur der Anlage und des Personals in den unterschiedlichen Zeitepochen auf den Webseiten:

www.mensch0815.de
und
https://maxballadu.wordpress.com/

umfangreich informieren.

NAMENSVERZEICHNIS

Emil Balla	Operator V-Fabrik
Ernst Wolf	Privatdetektiv aus Düsseldorf
Paula Peters	Wolfs Mitarbeiterin
Otto Soitz	Elektroingenieur B-V-PLAST
Dr. Thomas Prost	Leiter der V-Fabrik
Anja Petersen	Mitarbeiter V-Fabrik
Gustav Müller (Müli)	Mitarbeiter V-Fabrik
Hans Stumpfberg	Mitarbeiter V-Fabrik, V-Experte
Franz Schmidt	Mitarbeiter V-Fabrik
Harry Kupfer	Mitarbeiter V-Fabrik, Oxi-Experte
Eva Paulus	Schichtleiterin V-Fabrik
Günther Hossa	Operator V-Fabrik
Fritz Hennecke	Operator V-Fabrik
Verona Deiner	Operator V-Fabrik
Marlies Streller	Operator V-Fabrik
Jonny Adler	Operator V-Fabrik
Joachim Zucker	Operator V-Fabrik
Tanja Rose	Operator V-Fabrik
Horst Schröder	Operator V-Fabrik
Bernd Bauer	Operator V-Fabrik
Jutta Vogt	Laborantin V-Fabrik
Alexander Schuster	Anfahrhilfe V-Fabrik
Daniel Hoffmann	Anfahrhilfe V-Fabrik
Ernst Kostinek	Anfahrhilfe, Chemiker V-Fabrik
Jörg Schuder	Elektroingenieur für B-V-PLAST
Bernd Sänger	Chef Instandhaltung B-V-PLAST
Rolf Werner	Ingenieur MTA
Bruno Tepetauer	Meister MTA
Dieter Herrbeck	MSR-Meister
Willi Löwe	OPA Produktionsleiter
Jose Enrico Amado	Leiter der V-Fabrik ab Mai 2003
Fritz Halmke	Projektingenieur
Ted Smith	Projektingenieur
Wolfram Mitschke	Projektleiter C-V-Anlage 2

Sowie die Bleistifte:

Christian Obmeier	Ingenieur, rechte Hand von Mitschke

Kirsten Hassmann	Ingenieur, linke Hand von Mitschke
Außerdem:	
Beate Buhse	freie Journalistin
Jürgen Naumann	Major des Nachrichtendienstes der BRD (Nadies)
Wilhelm Vurtsch	Chef des deutschen Zweiges von Gladio (1), dem BDJ-09, einer Spezialeinheit des Geheimdienstes der BRD
Mehmet Coskun	Führer der Contragarde, des türkischen Zweigs von Gladio
Ali Celik	Agent der Contragarde, des türkischen Zweigs von Gladio
Oskar Flur	Gastwirt, Barkeeper in der Kneipe ‚Zum Oskar' in Düsseldorf
Malte Schreyer	Polizei-Hauptkommissar
Bergmann	Polizei-Hauptkommissar
Arnold Storl	Brandamtmann Feuerwehr
Gisela Schulz	Rechtsanwältin
Hubert von Seydlitz	Vorsitzender Richter
Dr. Stefan Moser	Staatsanwalt
Heino Waldmann	Rechtsanwalt

WICHTIGE ABKÜRZUNGEN

E	Ethylen	- C2H4
B	Chlor	- Cl2
O oder O2	Sauerstoff	- Oxygen
C oder Ede Ceh	Ethylendichloride	- EDC
HCl	Chlorwasserstoff	
V	Vinylchloride	- VC
PLAST	Polyvinylchlorid	- PVC
W	Wasser - H2O	
Kata K	Kupferchlorid	- CuCl2
DR	Dry Return - Trocknungsrücklauf.	
DS	Dry Supply - Trocknungsvorlauf. Der Ablauf des durch den Einbruch von Wasser gestörten Systems wird über die DR-Leitung zurück ins nasse C, in der Regel zum Nasstank gefahren, während über die DS-Leitung trockenes C aus dem Feedtank zur Trocknung der gestörten Anlage verwendet werden kann.	
SWT	Sicherheitswaschturm	
DC	Direktchlorierung von B und E zu C	
Oxi	Oxichlorierung von HCl und E mit O zu C	
RV	Rückstandsverbrennung	
ENA	Energie- und Nebenanlagen	
RKW	Rückkühlwasser	
LFI	Leitender Fachingenieur	

LOB: Die Gesellschaft ist 1995 aus der Privatisierung der LUNA-Werke, des Olefinwerks und Teilen von Beuna hervorgegangen.

OPA Industrial: Eine amerikanisch-französische Firma - Ouvrage de Paille -, die 1995 das schon etwas zu LOB geschrumpfte Kombinat VEB Chemische Werke LUNA, in dem bis zur Wende 18 Tausend Menschen beschäftigt waren, übernommen hatte. Heute arbeiten hier noch circa

2000 Angestellte. Von den vielen alten Fabriken ist nichts mehr übrig geblieben bis auf die in den 70-er und 80-er Jahren gebauten Kautschuk und PLAST-Anlagen. Mit den von OPA an diesem Standort neu errichteten chemischen Fabriken gehört das Werk gegenwärtig zu dem modernsten Europa, vielleicht sogar der Welt.

OPA-CG: Darin bedeutet CG - Central Germany

Ouvrage de Paille: Kann man mit Stroharbeit übersetzen. Das Wort klingt vielleicht ein bisschen fremd, doch darin steckt der Gedanke der Natürlichkeit. Und genau das ist die Idee, dass der Name allzeit daran erinnert, dass der Mensch zwar danach trachten kann, künstlich der Natur so nahe wie möglich zu kommen, aber ohne sie zu gefährden. Zumindest waren das die Gedanken des Gründers von OPA Industrial, Pierre Camus, Anfang des 20. Jahrhunderts.

1 - EISKALT

30. April 2002, OPA-Werk

Der Mann schreckte aus seinen Gedanken über den bevorstehenden Anfahrprozess hoch, als der PC ihn an die Besprechung mit seinem Chef Willi Löwe erinnerte. ‚Was wird er von mir wollen?', fragte er sich zum wiederholten Mal, seit er den Termin vor ein paar Tagen erhalten hatte und gestand sich nur widerwillig ein, dass es um seine Ablösung gehen könnte.

Der Leiter der V-Fabrik Dr. Thomas Prost war sich ziemlich sicher, dass das so sein würde.

Der schlanke, promovierte Ingenieur, der immer kurz geschnittene Haare bevorzugte, die sich inzwischen zusehends gelichtet hatten und der trotz sportlicher Figur und der Größe von einem Meter achtzig als eine eher unauffällige Erscheinung gelten konnte, arbeitete bereits vor der Fertigstellung der Fabrik im Jahr 1978 in der C-V-Anlage. Prost liebte es, wenn er richtig mit zupacken konnte, wenn Probleme zu lösen waren, die ganz und gar in seiner Verantwortung lagen. Die Weltanschauung dieses Mannes war geprägt worden durch katholische Erziehung, sozialistische Schule, Bücher mit progressivem, humanistischem und materialistischem Gedankengut sowie seine praktischen Lebenserfahrungen, die er sich bei der Armee, auf einer Bohranlage, bei der Arbeit an der Hochschule und natürlich während seiner praktischen Tätigkeit in verschiedenen Positionen in der V-Fabrik erworben hatte. Der zum 2. Mal, mit der gleichen Frau, verheiratete Prost, Vater von 4 Söhnen, von denen bereits 3 erwachsen waren und eigene Familien gegründet hatten, fühlte sich wohl mit seinem Job und glaubte noch Kraft genug zu haben, für die nächsten Aufgaben.

Kurz vor 14 Uhr machte Prost sich auf den Weg zu seinem Boss.

Löwe war 1995, als OPA Industrial das LUNA-Werk übernommen hatte, vom Bord of Directors zum Chef für alle Produktionsanlagen dieses Werkes ernannt worden. Der Manager war ein flinker und kluger junger Mann mit Schnauzbärtchen, untersetzter Figur, nicht größer als einen Meter 80, der beim Sprechen gern mit bestimmten Gesten seiner Hände den Worten mehr Verständlichkeit geben wollte. Der circa 40-jährige Löwe, so alt wie Prosts ältester Sohn, hatte bereits eine schnelle Karriere hinter sich. Der Job in LUNA war für viele OPA-Leute, natürlich auch für Löwe, ein entscheidender Karrieresprung. Notwendigerweise war der Manager auf eine gute fachliche Zusammenarbeit mit den Anlagenleitern angewiesen, weil er selbst mit diesen Technologien noch nichts zu tun gehabt hatte. Das klappte in der Regel auch, sodass sich ein gutes Verhältnis zwischen Löwe und den Betriebsleitern entwickelt hatte.

Der Chef kam Prost entgegen und drückte ihm die Hand. „Hallo Thomas, schön, dass du trotz des Ausfalls der Anlage gekommen bist."

,Das wird sich noch zeigen, ob das schön ist', dachte Prost und sagte laut, „was soll man machen, wenn der Chef ruft?"

„Setz dich, Thomas. Läuft denn die Anlage wieder?"

„Meine Leute sind zwar schnell, aber so schnell auch wieder nicht. Die Vorbereitungsarbeiten zum Neustart brauchen schon ihre Zeit, Willi. Aber die notwendigen Arbeiten laufen. Wir sind ein eingespieltes Team und unsere Leute arbeiten gut. - Noch sind es ja genug."

„Ohne Spitze geht es nicht bei dir, was? - Wie steht es mit der Leichtsiederkolonne?"

„Ach, die siedet so leicht vor sich hin. Gott sei Dank, ohne gleichzeitig zu polymerisieren."

„Das bedeutet, dass ihr das Problem gelöst habt?"

„Wir hoffen es."

„Das freut mich."

Nach kurzer Pause setzt Löwe das Gespräch fort. „Du bist jetzt sechsundfünfzig Jahre alt?"

„Da muss ich erst rechnen." Prost sah demonstrativ auf seine Finger. „Du könntest Recht haben."

„Ich werde dich noch in diesem Jahr als Betriebsleiter der V-Fabrik ablösen."

Obwohl Prost damit gerechnet hatte, gab ihm dieser Satz einen Stich ins Herz, aber er zuckte nicht mit der Wimper. - Das glaubte er zumindest.

„Dann kannst du dich ganz auf das Anfahren von Anlage 2 konzentrieren. - Danach gehst du in Altersteilzeit."

„Wer wird mein Nachfolger?"

„Eigentlich hatten wir Harry Kupfer darauf vorbereitet. Aber wir haben unsere Pläne geändert. Dein Nachfolger wird Jose Amado."

Prost, dem vor Staunen kurz der Mund offen stehen geblieben war, schüttelte den Kopf. „Das ist nicht dein Ernst, Willi?"

„Aber ja. Traust du ihm das nicht zu? Ich kenne Jose schon lange. Das sollte kein Problem für ihn sein."

Prost dachte, ‚das könnte auch für ganz andere Leute ein Problem sein'. „Ich habe ihn nur kurz kennengelernt. Das war nicht überzeugend."

Als Sohn wohlhabender Eltern hatte der in Buenos Aires geborene Amado in den USA Chemical Engineering studieren können. Nach erfolgreichem Abschluss seines Studiums erhielt er einen Job bei OPA Industrial und war inzwischen schon in verschiedenen Ländern mit unterschiedlichsten Aufgaben eingesetzt worden. Seit 1995 konnte er sich in LUNA Lorbeeren verdienen und war sich für keine Aufgabe zu schade. So musste Amado sich am Anfang mit der Einführung der OPA Works Prozesse am neuen Standort beschäftigen, einem total bürokratischen Vorgang, der vergleichbar war mit der Auswertung und Durchsetzung von SED-Parteitagsbeschlüssen. Bei einer solchen Aktion hatte Prost den Argentinier Amado kennengelernt. Aber der strebsame, inzwischen 50-jährige Mann kalkulierte richtig, dass man ihm dafür früher oder später doch einen Führungsposten zukommen lassen würde.

„Die Sache ist entschieden!", sagte Löwe betont energisch, „ich gehe davon aus, dass du ihm hilfst, sich einzuarbeiten. Jose ist fleißig und lernt schnell."

„Was wird mit Kupfer?"

„Harry bleibt im Projektteam für Anlage 2, bis diese angefahren ist. Dann wird er wieder Produktionsingenieur in der V-Fabrik. Hast du sonst noch Fragen?"

Der diplomierte, 50-jährige Chemiker Kupfer war zehn Jahre jünger als Prost und ein stattlicher, attraktiver Mann. Nach der Zusammenlegung der beiden Abschnitte C und V Anfang 1991 wurde der ehemalige Leiter des Bereichs C der zuständige Fachingenieur für die Anlagenteile Direktchlorierung, C-Destillation, Rückstandsverbrennung und später auch der Oxichlorierung. Außerdem war Kupfer bereits vor 12 Jahren Prosts

Stellvertreter geworden, seit der den Job als Betriebsleiter der V-Fabrik übernommen hatte.

„Wann kommt Jose zu uns in die Anlage? Wie viel Zeit gibst du ihm zur Einarbeitung?"

„In zwei Monaten kommt er zu euch. Ende des Jahres wird er Leiter der Fabrik und du bist dann nur noch Anfahrleiter für Teilanlage 2. Also hat er etwa vier Monate zur Eingewöhnung."

„Okay Willi, war's das?"

„Ja. - Du hast es wohl eilig?"

‚Ich will nur raus aus deinem Dunstkreis', dachte Porst und antwortete laut, „nein, aber erstens wollen wir ja die Anlage nach dem Ausfall wieder anfahren und zweitens muss ich unbedingt noch heute mit den Bleistiften von Mitschke sprechen."

Löwe lachte ein wenig. „Wer sind die Bleistifte?"

„Das sind die linke und die rechte Hand des Teufels. Hervorragende junge Ingenieure, ohne die der Satan aufgeschmissen wäre. Doch die beiden sind ihm treu ergeben. Trotzdem arbeiten sie auch sehr gut mit uns zusammen."

„Siehst du ernste Schwierigkeiten mit Mitschke als Projektleiter, Thomas?"

„Ich weiß nicht, warum ihr das nicht verhindert habt, Willi, dass der Ossis verachtende Wessi, Projektleiter anstelle von Blücher werden konnte. Jetzt ist es für Änderungen sowieso zu spät. Es wird haarig zugehen, aber wir kriegen das in den Griff. - Eben auch wegen der Bleistifte." Prost war bei seinen letzten Worten aufgestanden.

„Okay, Thomas, ich hoffe, dass du recht hast. Viel Erfolg."

„Danke, gleichfalls."

Sie drückten sich die Hände und Prost verschwand aus Löwes Büro.

Draußen atmete er erst einmal tief durch.

‚Der ist ja eiskalt', dachte Prost, ‚ob dem gar nicht klar ist, wie demotivierend das auf mich wirkt in Bezug auf die nicht ganz anspruchslose Aufgabe der Leitung des Anfahrens der neuen Anlage? Oder ist ihm das scheißegal?'

Doch im Unterschied zu seinen OPA-Managerkollegen hatte Löwe wenigstens den Mut gehabt, diese negative Sache selbst zu regeln und nicht die ehemaligen DDR-Personalleute dafür vorzuschieben. Solche Fälle hatte der Betriebsleiter schon mehrfach mit Abscheu beobachtet.

Wie der Zufall es wollte, traf Prost bei seiner Rückkehr zum neuen Messwartengebäude seinen Freund, langjährigen Stellvertreter und C-Experten Harry Kupfer bereits auf dem Parkplatz an. Das war gut, denn hier konnten sie ungestört reden.

Prost sagte sofort, was Sache ist. „Soeben hat mich Löwe als Leiter der C-V-Anlage abgelöst. Mein Nachfolger wird Jose Amado."

Kupfer sah Prost in die Augen. „Ich habe mir schon beinahe so etwas gedacht ..." Er stutzte. „Wer wird dein Nachfolger?"

„Jose Enrico Amado."

Kupfer lachte kurz auf. „Das ist nicht dein Ernst. - Dass ich das nicht sein werde, das ahnte ich schon und bin damit auch zufrieden. Früher wollte ich das, aber inzwischen habe ich es mir anders überlegt. - Aber Amado? Das kann doch nicht gut gehen. Was denkt sich Löwe dabei? Ich habe Willi bisher immer für einen vernünftigen Menschen gehalten. Soll ich mich da so geirrt haben?"

Prost klopfte Harry auf die Schulter. „Mir fällt ein Stein vom Herzen, dass du so gelassen reagierst. Ich hätte dich gern als meinen Nachfolger gesehen, aber die Personalpolitik von OPA ist noch bescheuerter, als die Kaderpolitik zu DDR-Zeiten. Das hat mit fachlicher und charakterlicher Eignung absolut nichts zu tun."

Harry schüttelte den Kopf. „Ich bin immer noch sprachlos. - Wann soll das zur Wirkung kommen?"

„In zwei Monaten kommt Amado zur Einarbeitung. Ende des Jahres soll er die Leitung übernehmen und ich bin dann nur noch Anfahrleiter. Wenn auch der zweite Teil der Anlage läuft, soll ich in Altersteilzeit gehen und werde aufs Altenteil geschoben, was auch immer das bedeutet."

Kupfer sah wieder Prost in die Augen. „Du nimmst das sehr ruhig auf? Ich staune."

„Harry, es geht mir nur, wie allen anderen auch. Das ist halt heute so und ändern kann ich ohnehin nichts daran. Also, was soll's?"

Dass es in Prost doch etwas anders aussah, wollte er sich auf keinen Fall anmerken lassen. Damit musste und wollte er ganz allein fertig werden.

Nach einer kurzen Pause fragte er Kupfer, „was hast du dir bezüglich Oxichlorierung überlegt, Harry?"

Der nahm seinen Helm vom Kopf. „Lass uns zusammen noch einmal in der Messwarte auf die Anzeigen sehen und dann entscheiden wir, was zu tun ist."

Kupfer ging vorne weg und Prost folgte ihm immer noch mit den gleichen Gedanken beschäftigt.

Diese Art Personalpolitik lief wohl nach dem Motto:

‚Einen Finger kann man brechen.' (1)

Prost kannte zwar auch den 2. Teil des Spruchs von Ernst Thälmann: ‚Fünf Finger sind eine Faust' (1), aber in diesem Falle war er ein Alleinkämpfer, da konnte ihm niemand helfen.

2 - SICH FÜGEN HEIßT LÜGEN
1. Mai 2002, Düsseldorf

Eine Gruppe aneinander geketteter Frauen und Männer marschierte mitten im Demonstrationszug auf der Straße und skandierte:
„10 Prozent! 10 Prozent! 10 Prozent!"

Ein Mann im schwarzen Anzug, mit ebenso schwarzem Schlips und großem schwarzen, zylinderförmigem Hut schritt Zigarre rauchend majestätisch vor dieser Gruppe einher.

Eine andere Person, bekleidet mit einem T-Shirt, auf dem in Großbuchstaben DGB stand, löste sich aus der Gruppe und schloss zu dem Hutmann auf.

„Herr Kapitalist erhöhen sie den Lohn der Arbeiter auf 10 Prozent?"

Der Gefragte schüttelte den Kopf und nahm erneut einen tiefen Zug aus seiner Zigarre.

Die Arbeiter forderten weiter:
„10 Prozent! 10 Prozent! 10 Prozent!"

Plötzlich drehte sich der Kapitalist um, zeigte willkürlich auf die Frau in der Gruppe der Arbeiter und brüllte:

„Sie sind gefeuert! Gefeuert!"

Betrübt ließen die Arbeiter die gefesselten Arme sinken.

Die kleine Theatergruppe ‚Massaka' (2) wiederholte diese Szenen im Verlaufe der Demonstration immer wieder.

Plötzlich stürzten sich vermummte Gestalten auf den Hutmann, den Kapitalisten, rissen ihm die Zigarre aus dem Mund und zerrten an seinem Anzug. Im Unterschied zu den Zuschauern auf den Gehwegen wusste die Gruppe, dass das nicht zu ihrer Vorstellung gehörte.

Die meisten Schauspieler blieben entsetzt stehen und warteten unentschlossen ab, während die soeben vom Unternehmer gefeuerte Person sich mutig auf die Angreifer stürzte und versuchte, ihrem Theaterfreund zu helfen. „Ihr Idioten! Das ist doch einer von uns! Lasst ihn zufrieden!"

Die temperamentvolle Frau versuchte sich zwischen die Männer zu drängeln, um an ihren Kollegen heranzukommen, doch derbe Faustschläge warfen sie zurück und sie landete auf der Straße. Trotz des harten Aufpralls rappelte sich die Frau schnell wieder auf und stürzte sich erneut auf die Vermummten.

Sie wäre unweigerlich wieder auf der Straße gelandet, wenn ihr aus dem Publikum nicht zwei junge Männer zu Hilfe gekommen wären. So wurde das Kräfteverhältnis ausgeglichener.

Der eingekreiste Hutmann, inzwischen natürlich ohne Hut, kam frei, und als die vier Verteidiger sich nun gemeinsam wehren konnten, stürmten die Vermummten plötzlich davon.

Nur eine Sekunde später stoppte ein Polizeiauto mit kreischenden Bremsen, vier Polizisten sprangen heraus und nahmen die aus dem Kampf zurückgebliebenen drei Männer und eine Frau fest, obwohl die eigentlich die Opfer des Überfalls waren.

„Sie sind von uns auf frischer Tat wegen Unruhestiftung erwischt worden und werden deshalb vorläufig festgenommen!", sagte emotionslos ein Obermeister.

„Seid ihr denn total bescheuert?", schrie die Frau, „wir wurden angegriffen!" Sie zeigte in eine Seitenstraße hinein. „Da! Da hinten laufen die Angreifer!"

Die Polizisten ließen sich von ihrem Tun nicht abbringen, sie legten den Verhafteten Handschellen an.

Während die Männer schwiegen, schimpfte die Frau weiter, „machen sie sofort die Handschellen wieder ab. Da", sie zeigte auf den Mann im nunmehr zerrissenen schwarzen Anzug, „der ‚Kapitalist' ist überfallen worden und wir haben ihm geholfen. Also?"

Für einen Moment stutzten die Polzisten, tauschten untereinander Blicke aus, doch dann schüttelte der Obermeister seinen Kopf und fragte, „können sie sich ausweisen?"

„Soweit kommt das noch! Wir! Verdammt noch mal! Wir sind die Guten!", schrie die Frau und wollte sich losreißen, aber ein Polizist hielt sie fest.

„Bitte verhalten sie sich ruhig", sagte der Oberpolizist und wandte sich seinen Kollegen zu, „wir nehmen alle mit aufs Revier. Dann sehen wir weiter."

Immer noch schimpfend ließ sich die Frau zu den anderen ins Auto schieben.

Am Nachmittag des gleichen Tages saß Paula Peters ihrem Partner, dem Privatdetektiv Mike Hammer, alias Ernst Wolf, in der kleinen gemütlichen Sitzecke ihres Büros gegenüber. Beide hatten ein Glas Wasser vor sich auf dem Tisch zu stehen.

„Du siehst ganz schön verbeult aus, Äpfelchen", Wolf grinste seine attraktive Mitarbeiterin schelmisch an.

„Danke Wölfchen, dass du uns da rausgeholt hast und nicht nur mich, sondern auch meinen Kollegen vom Theater und die beiden uneigennützigen Helfer."

„Ja, die zwei, die dir und deinem Freund geholfen haben, sind sympathische junge Leute, obwohl sie schon ein ziemlich langes Strafregister aufweisen können."

„Umgekehrt Ernst. Gerade deshalb sind sie sympathisch."

„Möglicherweise hast du Recht Paula. Kennst du die zwei schon von früher?"

„Nein, aber stell dir vor, was passierte, als ich in der Zelle begann, Erich Mühsams Gedicht ‚Der Gefangene' zu zitieren:

Ich hab's mein Lebtag nicht gelernt,
mich fremdem Zwang zu fügen.
Jetzt haben sie mich einkasernt,
von Heim und Weib und Werk entfernt.
Doch ob sie mich erschlügen:
Sich fügen heißt lügen!'

Das ernste Gesicht meines Theaterkollegen hellte sich auf und er fuhr fort:

Ich soll? Ich muß? - Doch will ich nicht
nach jener Herrn Vergnügen.
Ich tu nicht, was ein Fronvogt spricht.
Rebellen kennen beßre Pflicht,
als sich ins Joch zu fügen.
Sich fügen heißt lügen!'

Aber dann haben wir beide dumm aus der Wäsche geguckt, als die beiden das Spiel fortsetzten. Erst der eine, Alexander Schuster:

Der Staat, der mir die Freiheit nahm,
der folgt, mich zu betrügen,
mir in den Kerker ohne Scham.
Ich soll dem Paragraphenkram
mich noch in Fesseln fügen.
Sich fügen heißt lügen!'

Und dann der andere, Daniel Hoffmann:

Stellt doch den Frevler an die Wand!
So kann's euch wohl genügen.
Denn eher dorre meine Hand,
eh ich in Sklavenunverstand
der Geißel mich sollt fügen.
Sich fügen heißt lügen!'

Gemeinsam zitierten wir, zwischendurch lachend und deshalb wohl auch ziemlich unrhythmisch, die letzte Strophe des Gedichts:

Doch bricht die Kette einst entzwei,
darf ich in vollen Zügen
die Sonne atmen - Tyrannei!
Dann ruf ich's in das Volk: Sei frei!
Verlern es, dich zu fügen!
Sich fügen heißt lügen! (3)'

Was sagst du dazu, Ernst?"

„Das Gedicht gefällt mir. Damit werde ich beim nächsten Treffen Balla überraschen."

„Das kennt unser Seemann bestimmt!"

„Trotzdem wird er sich wundern, dass ich es auch kenne. Kannst du mir den Text aufschreiben?"

Die Peters reichte ihm wortlos ein kleines Reclam Heftchen.

„Das ist gut. Danke. - Aber lassen wir die Dichterei. - Was weißt du noch von deinen Rettern? Das sind ja beides stattliche Kerle, über einen Meter 95 groß."

„Daniel Hoffmann …"

„Ist das der Rötlich-blondlockige?"

„Nein, das ist der andere, Alexander Schuster. Daniel ist der etwas schlankere, dunkelhaarige Mann mit braunen Augen. Er will Schauspieler werden. Na ja, eigentlich sogar Regie studieren. Aber du kannst dir vorstellen, dass es sehr schwer ist, dafür einen Studienplatz zu bekommen. Also hat er nach dem Abitur, das er vor fünf Jahren abgelegt hat, schon in etlichen Jobs gearbeitet."

„Das ist ja interessant. Was sind denn seine Eltern von Beruf?"

„Der Vater arbeitet in der Geschäftsführung der Henkel AG in Düsseldorf und verdient genug Geld, sodass die Mutter nicht arbeiten muss. Allerdings kommt wohl aus ihrer Richtung der künstlerische Tatsch des Sohnes, denn die Frau hat Kunst und Musik auf Lehramt studiert, aber diesen Beruf nicht lange ausgeübt. Sie besitzt jetzt ein kleines Atelier, in dem sie sich vor allen Dingen mit Malerei beschäftigt. Das kann Daniel übrigens auch nicht schlecht. Der hat uns vier in der Zelle verewigt …"

„Ha, ha, ha, verewigt, morgen wird die Zelle neu geweißt …"

„Stimmt, aber auf alle Fälle waren unsere Gesichter gut erkennbar. - Schade."

„Und was ist mit dem anderen?"

„Der etwas bullige Alexander Schuster, also der mit dem rötlichen Schopf, ist ein Jahr älter. Er hat 1996 in seinem Geburtsort Bochum Abitur gemacht. Er liebt jede Art von Musik, und obwohl er auch in die Mathematik vernarrt ist, möchte er am liebsten Komposition studieren. Es geht ihm diesbezüglich aber wie Hoffmann, denn auch er hat sich bisher vergeblich an Universitäten und Hochschulen beworben. Deshalb hat Alex ebenfalls bereits in verschiedenen Jobs gearbeitet, unter anderem auch bei der Boechst in der Nähe von Köln, was ihm auch sehr gut gefallen haben soll. Bei seinen Eltern verhält es sich genau umgekehrt, da betätigt sich der Vater als heimlicher Künstler, obwohl er als Lohnarbeiter bei der Adam Opel AG beschäftigt ist. Die Stille Liebe des alten Herrn gilt ebenfalls der Musik, er kann mehrere Instrumente spielen und hat auch schon eigene Lieder und Gedichte für den Hausgebrauch verfasst."

„Wieso sind die beiden …" Wolf brach ab, „… Quatsch! Ich wollte gerade die Frage stellen, wieso die beiden denn dann ständig mit der Polizei zusammengestoßen sind? Aber das zu fragen ist Unfug, denn den jungen Leuten sind ihre Eltern sicher zu angepasst, zu spießig, zu …"

„… intolerant. - Es ist so, wie bei vielen jungen Leuten. Sie wollen gegen die etablierte Gesellschaft revoltieren! Unsere zwei empfinden am ehrlichsten anarchistische Ideen. Alles andere kommt ihnen spießig vor. Mir geht es ja eigentlich genauso, aber ich verurteile die Eltern nicht."

Nach diesen Worten schweigen beide für ein paar Minuten.

Die inzwischen über 40-jährige, aber immer noch sehr jugendlich wirkende Frau, musste an ihre Sturm und Drangzeit vor nunmehr 20 Jahren denken und vermerkte mit Befriedigung und ein wenig Stolz, dass sie sich ihre revolutionäre Grundhaltung bewahrt hatte.

Paula Peters brach 1977 ihr Studium an der juristischen Fakultät der Ruhruniversität Bochum im vierten Jahr ab. Sie schloss sich demonstrierenden Studenten an, die gegen die Haftbedingungen der RAF-Gefangenen in der Justizvollzugsanstalt Stuttgart protestierten und versuchte sich der Organisation anzuschießen, aber das gelang ihr nicht. Bevor die junge Frau im September desselben Jahres in einer fast dramatischen Begegnung auf Ernst Wolf traf, verdiente sie für kurze Zeit ihren Lebensunterhalt durch Prostitution. Fast jeder, der Paula Peters das erste Mal traf, fand sie beinahe hässlich. Sie besaß zwar schöne dunkle, nahezu schwarze Haare, aber das herbe, nüchterne, fast kantig wirkende Gesicht verbunden mit der sehr schlanken, ihre weiblichen Formen scheinbar versteckenden Figur, ließen sie ziemlich nüchtern und viel älter aussehen, als sie tatsächlich war. Sobald sie jedoch lächelte und sich bewegte verwandelte die Frau sich in einer zehntel Sekunde von einem hässlichen Entlein in ein begehrenswertes junges und schönes Weib. So war es auch Ernst Wolf bei ihrer ersten Begegnung gegangen, denn trotz der schlichten Kleidung mit meistens hellgrüner Bluse, die aber bei jeder Bewegung die schöne Form der Brüste - Paula trug grundsätzlich keinen BH - sichtbar machte und den blauen Jeans, die ihre Beine und ihren Po mit jedem Schritt sexuelle Impulse aussenden ließ, bestach die Frau mit der Natürlichkeit ihrer Bewegung.

Der zehn Jahre ältere Mann betrachtete lächelnd seine Mitarbeiterin, ohne dass diese es bemerkte. Paula sah heute fast genauso lädiert aus, wie vor 20 Jahren, als er sie kennengelernt hatte. Ihre, im Vergleich zu seinen, sehr ähnlichen Auffassungen vom Leben, einschließlich grundsätzlicher politischer Ansichten, hatten zu einer dauerhaften Freundschaft geführt, die in ihrer gemeinsamen Detektivarbeit für Menschen, die vom herrschenden System belogen und betrogen worden sind, ihren Ausdruck fand. Das hatte wohl dafür gesorgt, dass auch aus ihm kein Spießer geworden war.

Der ehemalige Polizist und nunmehr seit über zwanzig Jahren freiberuflich tätige Detektiv Mike Hammer, mit richtigem

Namen Ernst Wolf, hatte sich von dem Romanhelden von „Mickey" Morrison Spillane (4) den Namen geliehen, weil er glaubte, dem ein bisschen zu ähneln. Seine Größe von einem Meter einundneunzig, die schwarzen, immer etwas ungepflegt aussehenden Haare sowie die dunklen graublauen Augen sprachen dafür. Wenn er sich außerdem den kleinen Schnurrbart anklebte, per Maske eine künstlich zurechtgemachte, vielleicht etwas übertriebene Boxernase anlegte und dazu noch seinen klassischen Hut aufsetzte, wurde er diesem zum Verwechseln ähnlich. Das Schaffen dieses Aussehens war keine Eitelkeit seinerseits, sondern ein pfiffiger Schachzug. Jedem prägte sich sofort die Mike Hammer Person ein, sodass es ein Leichtes für Wolf war, sich schnell und unauffällig in eine völlig andere Person zu verwandeln. Insbesondere die dann gerade und fast zierliche Nase, der verschwundene Bart sowie der fehlende Hut bewirkten, dass niemand auf die Idee kam, in der neuen Person den Mike Hammer wiedererkennen zu wollen. Das schien schlichtweg unmöglich. Wolf hatte 1963 Abitur gemacht, wurde zum Militär eingezogen, diente noch drei Jahre freiwillig beim Bund und wurde anschließend Polizist. Nach einem katastrophalen Einsatz bei einer Friedensdemonstration kündigte er nach zwei Jahren den Dienst und fuhr drei Jahre zur See. Trotz schlechter Erfahrungen zog es ihn aber wieder hin zur Polizeiarbeit. Er besuchte von 1971-1975 eine Polizeifachhochschule und wurde Kriminalkommissar. Nach zwei Jahren hatte er wieder die Schnauze voll. Er wurde Privatdetektiv.

Wolf schüttelte in Gedanken versunken seinen Kopf. Die Zeiten hatten sich nicht geändert. Genau wegen solcher Polizeieinsätze hatte er den Dienst quittiert.

„Wir müssen uns um die Jungs kümmern, Ernst, sonst knöpft sich die Polizei die beiden noch einmal vor. Und bei ihrem ..."

Wolf schreckte aus seinen Gedanken auf. „Was hast du gesagt, Paula?"

„Ich habe Sorge, Ernst, dass meine Retter noch nicht aus dem Schneider sind."

„Vielleicht nicht nur das."

„Was willst du damit sagen, Ernst?"

„Ich habe in der Vergangenheit schon erlebt, wie Menschen in ähnlicher Situation von zwielichtigen politischen Organisationen …"

„… eingespannt worden sind?"

Wolf nickte nachdenklich. „Aber wie hat mein Freund, der Seemann Emil Balla, so schön zitiert? ‚Einen Finger kann man brechen. Fünf Finger sind eine Faust.' (1) Dieses Motto passt doch auch zu uns."

„Ja. Das klingt gut. Mit Balla, Hossa und Prost sind wir ja auch fünf. Hat Emil sich das ausgedacht, Ernst?"

„Ich glaube nicht, obwohl ich ihm das auch zutraue."

„Ich werde ihn irgendwann mal selber fragen."

Beide schwiegen einen Moment, weil ihre Gedanken wohl bei ihrem Freund in den neuen Bundesländern weilten.

Emil Balla, der inzwischen 50-jährige, einen Meter achtzig große, meistens unrasierte Operator mit dunklen, immer ziemlich kurz geschnittenen Haaren hatte nicht nur zwei Jahre bei der NVA gedient, sondern war danach noch drei Jahre auf dem 10.000-Tonnen-Stückgut-Frachter ‚Leipzig', der zur Schiffbaureihe Typ IV ‚Frieden' gehörte, zur See gefahren. Den von Körper und Statur eher unauffälligen Typ hielten Fremde für einen gutmütigen Idioten, weil der Mann immer in besonders verdreckter Arbeitskleidung herumlief. Außerdem konnte es durchaus vorkommen, dass er laut zu singen begann, wenn ihm danach zumute war, „1000 Mann auf des toten Manns Kiste, ho hoho und ‚ne Buddel voll Rum", und anschließend auf einem Plasterohr so laut zu trompeten, dass man sein eigenes Wort nicht mehr verstehen konnte. Er tat alles, um dieses Bild eines gutmütig-trotteligen Spinners aufrechtzuerhalten. Nur die langjährigen Freunde und Kollegen wussten, dass Balla ein einsatzstarker, intelligenter und fleißiger Anlagenfahrer war, der außerdem über ein beeindruckendes Allgemeinwissen verfügte. Seit 1979 verband Wolf und Balla eine enge Freundschaft, die trotz des Eisernen Vorhangs zustande gekommen war und sich über Jahrzehnte vertieft hatte.

„Aber wie bilden wir nun die Faust für unsere Revoluzzer?", griff die Peters den ursprünglichen Gedanken wieder auf.

„Vorerst können wir leider gar nichts tun, Paula."

„Vielleicht kann ich sie an unser Theater binden, dann könnte ich sie wenigstens im Auge behalten."

„Das ist eine gute Idee, Äpfelchen." Wolf lächelte schelmisch seine Partnerin an.

„Ja, ja, lach du nur. Ich weiß schon, dass ich deren Mutter …"

„Du bist eine schöne Frau, Paula!"

„… sein könnte. Aber der Daniel wirkt auf mich geradezu magisch. - Da könnte ich schon … - Ach was. Ich hole die Revoluzzer zu unserer Theatergruppe und werde sie dadurch im Auge behalten können. - Beide."

3 - VERSCHULDET - GESCHÄDIGT - BEZEUGT
1. Juli 2002, Straße vor dem OPA-Werk

Anja Petersen bog mit ihrem kleinen Fiat in Gedanken versunken und mit einem Lächeln auf den Lippen, vom Parkplatz vor den außerhalb des Betriebsgeländes liegenden Gebäuden kommend, an der Ampel nach links zum Werktor ein. In der vorigen Woche hatte sie erfolgreich das Einstellungsgespräch mit dem Leiter der V-Fabrik absolviert und heute am Vormittag den erforderlichen Bürokratismus und die ärztliche Untersuchung hinter sich gebracht. Jetzt freute sie sich auf die Anlage und ihre neuen Kollegen.

Die 33-jährige, nicht einmal einen Meter 60 große, aus der Sicht der Männer gut proportionierte, braunäugige Frau mit dunklen, fast schwarzen, lockigen Haaren, die ihr nicht ganz bis zu Schulter reichten, hatte bereits vor 10 Jahren an der Technischen Hochschule in Merseburg mit einem Diplom auf dem Gebiet der Verfahrenstechnik ihr Studium abgeschlossen und war anschließend ins Ruhrgebiet gegangen, weil ihr die Zukunft der ostdeutschen chemischen Industrie zu ungewiss erschien. Vor ein paar Monaten hatte die Petersen von Neueinstellungen im OPA-CG-Werk in der Nähe von Halle gehört und sich beworben, weil es sie in ihre ostdeutsche Heimat zurückzog.

Die amerikanisch-französische Firma OPA Industrial hatte 1995 das, schon etwas geschrumpfte Kombinat VEB Chemische Werke LUNA, in dem zur Wende noch 18 Tausend Menschen beschäftigt waren, übernommen. Heute arbeiteten hier noch circa 2000 Frauen und Männer. Von den vielen alten Fabriken war nichts mehr übriggeblieben, bis auf die in den 70-er und 80-er Jahren gebauten Kautschuk, B, C-V und PLAST-Anlagen. Mit den von OPA in diesem Standort neu errichteten chemischen Fabriken, gehörte das Werk gegenwärtig zu dem modernsten in Europa, vielleicht sogar der Welt.

Plötzlich vernahm die frischgebackene Lunesin lautes Quietschen, gefolgt von einem kräftigen Schlag gegen ihr Auto. Sie wurde nach vorn geschleudert und prallte gegen den sich aufblähenden Airbag, während ihr Fahrzeug sich um die Längsachse drehte, zur Seite rutschte und stehen blieb.

Die junge Frau sah sich verstört um, versuchte mühsam sich zu bewegen, als von außen die Fahrertür aufgerissen wurde.

„Sind sie okay?", hörte sie eine gedämpft klingende Stimme, doch noch bevor sie den Sinn der Worte begriff und antworten konnte, redete der Mann weiter, „warten sie. Ich helfe ihnen auszusteigen."

Die Petersen setzte die Beine nach draußen, schob ihren Oberkörper am Airbag vorbei und stieg aus.

Der freundliche Helfer hielt sie immer noch am Arm fest. „Geht's?"

„Glaub schon. - Ich kann - allein - stehen. - Was ist passiert?"

„Der Audi", der Mann zeigte nach hinten, „ist ihnen in die Seite gefahren. Sie waren ein bisschen zu früh, aber er eindeutig zu spät!"

„Ist jemand verletzt?" Anja versuchte sich umzudrehen, um nach dem anderen Auto zu sehen, konnte aber nichts erkennen.

„Ich glaube nicht. - Und sie? Sind sie wirklich okay?"

„Ja, ja. - Aber sagen sie, war ich schuld?"

„Nein. Auf keinen Fall. Der Audi ist bei Rot gefahren."

„Darf ich sie fragen, wie sie heißen?" Die Frau zögerte einen Moment und fügte dann noch erklärend hinzu, „sie sind ja mein Zeuge - sozusagen."

„Mein Name ist Horst Schröder. Ich arbeite im B-V-PLAST-Komplex."

„Oh! Das ist ja interessant. Da arbeite ich auch."

„In der B oder in der PLAST-Anlage?"

„In der V-Fabrik, bei Dr. Prost. Kennen sie den?"

„Das verstehe ich nicht", Schröder schüttelte seinen Kopf, „wie heißen sie denn?"

„Oh! Entschuldigen sie, mein Name ist Anja Petersen - und ich wollte heute eigentlich …"

„Haben sie denn keine Augen im Kopf?!" Ein schlanker, über einen Meter 80 großer Mann mit leicht gekräuselten, dunkelblonden Haaren baute sich vor Anjas Auto auf und sah auf die kleine Frau herunter, „sie hätten mich doch sehen müssen!"

„Was, du Soitz? Ist das etwa dein Audi?", fragte Schröder, der zehn Zentimeter kleiner als der andere, aber genau dieses Maß größer als die Frau war und stellte sich schützend vor die

27

zierliche Person. „Du bist doch eindeutig schuld. Wieso regst du dich eigentlich so auf?"

„Unsinn Schröder! Die Frau hat nicht aufgepasst. Sie hätte doch bremsen können." Soitz hielt die Hände vor sich hin, als würde er das Steuer in den Fäusten halten und lehnte sich, wie bei einem Bremsversuch, zurück.

Anja sah diese Bewegung, die sie irgendwie sympathisch fand und musste trotz der misslichen Situation lächeln. „Entschuldigen sie. Sie haben ja vielleicht Recht. Ich war noch ganz in Gedanken ..."

„Sag ich doch ..."

„Quatsch kein Blech, Otto, du hast doch gerade genug von der Sorte fabriziert. Du bist schuld und das werde ich auch bezeugen." Schröder zeigte zur Kreuzung, „da kommt ja schon die Polizei."

Die Petersen und Soitz drehten sich um. Zum Glück war durch den Unfall die Kreuzung nicht blockiert, sodass dort der Verkehr weiter reibungslos laufen konnte. Lediglich die eine Seite der Zufahrt zum Werk war durch die defekten Autos versperrt. Aber die Wachleute am Tor hatten nicht nur die Unfallstelle abgesperrt, sondern auch die Zufahrt über die andere Spur, die sonst nur zur Ausfahrt diente, umgeleitet.

Nachdem die Polizisten die beiden Fahrer und den Zeugen befragt hatten, fuhren sie wieder zurück zum Polizeirevier, weil inzwischen auch die Abschleppwagen eingetroffen waren und es für sie nichts mehr zu tun gab.

Soitz sah zu, wie sein Auto aufgeladen wurde, sprach kurz mit dem KFZ-Mechaniker und stellte sich dann an den Straßenrand, wo er auf seinen Kollegen warten wollte, den er kurz zuvor angerufen hatte.

Parallel dazu war Anjas Auto auf einen ähnlichen Transporter geladen worden. Schröder war die ganze Zeit der Frau nicht von der Seite gewichen. Noch vor der Befragung durch die Polizei hatte er versucht der Petersen einzureden, dass sie sich anschließend von ihm nach Hause fahren lassen könnte.

Der bereits über 40 Jahre alte, mittelgroße, athletisch gebaute blauäugige Mann mit kurz geschnittenen hellblonden Haaren war geschieden und lebte schon seit mehreren Jahren allein. Der gelernte Chemiefacharbeiter wäre nach seinen eineinhalb Jahren

Wehrdienst am liebsten bei der Armee geblieben. Er hatte sich auch von Anfang an zu drei Jahren Dienst bereit erklärt. Aber nach einem Jahr, er war nicht nur Mitglied er SED, sondern auch bereits zum Unteroffizier befördert geworden, kam es zum Eklat. Schröder, der sich zu dieser Zeit gerade für 12 Jahre Dienstzeit verpflichtet hatte, geriet mit einem Offizier aneinander. Die Angelegenheit schlug hohe Wellen, denn der Unteroffizier hatte seinem Vorgesetzten unmilitärisches, eines deutschen Soldaten unwürdiges Verhalten vorgeworfen und das auch noch mit deutlicheren nazistischen Formulierungen untermauert. Das war in der sozialistischen Armee natürlich ungeheuerlich. Partei und militärische Führung suchten einen Kompromiss, um die ganze Sache nicht noch an eine höhere Stelle melden zu müssen und schlugen Schröder vor, die NVA bereits nach drei Jahren, zu verlassen. Damit wurde in beiderseitigem Interesse ein Disziplinarverfahren umgangen. Der Unteroffizier konnte außerdem damit seine Degradierung oder Schlimmeres verhindern. Der Ex-Soldat ging also wieder zurück nach Beuna. Seine neofaschistische Gesinnung schlummerte solange, bis er nach der Wende auf Jendritzkis rechtsradikale Gruppe traf. Mit Beginn des Jahres 2000 wechselte er deshalb zur V-Fabrik von OPA Industrial. Während Jendritzki bei der letzten Aktion unter spektakulären Umständen am 16. Januar 2001 erschossen und die meisten der Kameraden verhaftet worden waren, kam Schröder mit Glück als einziger ungeschoren davon. (5) Seitdem hielt er sich auch bei Diskussionen im Kollegenkreis mit faschistischen Parolen zurück, aber die meisten wussten schon, wes Geistes Kind er war.

„Ich kann sie natürlich auch zuerst mit in den Betrieb nehmen, wenn sie das wollen", schlug Schröder vor, nachdem Anjas defekter Fiat ebenfalls in Richtung Werkstatt verschwunden war.

Die Petersen schwieg, während beide in das Auto von Schröder, ein dunkelblaues BMW Coupé, einstiegen.

Erst nachdem sich die Frau angeschnallt hatte, fragte sie, „aber wie komme ich denn dann nach Hause?"

„Das ist doch kein Problem", antwortete der Mann schnell, während er losfuhr und sich vor der roten Ampel in den Verkehr einordnete. „Ich spreche mit meinem Schichtleiter und dann fahre ich sie, wohin sie wollen."

„Das kann und will ich ihnen nicht zumuten, Herr Schröder." Die Petersen sah beim Sprechen auf die Ampel, die in diesem Augenblick auf Grün umschaltete.

„Sagten sie mir nicht vorhin, dass sie bei uns als Ingenieur anfangen werden?" Schröder bog in die Zufahrt zum Werk ein und sah dann die Frau schelmisch an, „dann sind sie doch so etwas wie eine Chefin für mich. Geben sie mir die Chance, mich schon jetzt, bei ihnen ein wenig einkratzen zu können."

Anja lachte. „Chefin ist gut. Ich bin doch Anfänger. Von der C-V-Technologie habe ich überhaupt keine Ahnung."

„Auch dabei könnte ich …", Schröder zögerte einen Moment, bevor er fortfuhr, „… helfen. Wenn sie wollen kann ich ihnen gleich nachher die Anlage zeigen."

„Das ist sehr freundlich von ihnen, Herr Schröder, aber ich möchte mich erst mit meinen anderen Kollegen bekannt machen. Vielleicht können wir uns ja später noch sehen?"

„Ich habe heute Spätschicht bis 22 Uhr. Aber morgen Abend hätte ich Zeit. Dürfte ich sie für 19 Uhr zum Essen einladen?"

„Danke. Das ist eine gute Idee. Dann kann ich mich revanchieren für ihre heutige Hilfe."

„Aber eigentlich wollte ich …"

„Lassen sie mir die Freude, Herr Schröder. Einverstanden?"

„Gut Frau Petersen, wenn sie mir versprechen, dass wir in den nächsten Tagen noch einmal ausgehen werden und dann ich bezahlen darf?"

„Einverstanden", antwortete die Frau lachend.

4 - Kleine Ursache - große Wirkung
11. Juli 2002, V-Fabrik im OPA-Werk

„Die E-Verbrennung ist ziemlich hoch, Doc, vielleicht sollten wir das Verhältnis von E und HCl ein wenig nach unten korrigieren?", fragte Schröder den auf seine Leitstation zukommenden Betriebsleiter. Rechts neben dem Anlagenfahrer saß schon Anja Petersen, die gespannt auf die Antwort zu dieser Frage wartete.

Der im Umgang mit Menschen erfahrene Betriebsleiter hatte vor zwei Wochen Anja Petersen, die ihn im Einstellungsgespräch beeindruckt hatte, für die V-Fabrik verpflichten können. Weil es der Frau wohl ebenso mit ihm ging, wurden sie schnell vertraut miteinander, sodass sie sich schon nach kurzer Zeit, ohne große Formalitäten, duzten.

Prost nahm sich einen Stuhl und platzierte sich links neben seinem Operator. „Welchen Wert hat der HCl-Umsatz, Horst?"

Schröder rief mit dem Lichtgriffel eine Tabelle auf. Die Werte für den Umsatz schwankten um die 99,5 %.

„Hm, gerade noch gut", murmelte der Ingenieur und dachte angestrengt nach.

Die Reaktion zwischen Ethylen, HCl und Sauerstoff, die sogenannte Oxichlorierung, verläuft in einem Wirbelbett, das aus winzig kleinen, festen Partikeln eines Katalysators K besteht. Eine exakt berechnete Gasmenge, im Wesentlichen bestehend aus den gasförmigen Reaktanden sowie Kohlenstoffmonoxid, Kohlenstoffdioxid und natürlich Stickstoff, hält den staubförmigen Katalysator in der Schwebe. Ein gewaltiger Kompressor fördert die nicht in der Reaktion verbrauchten und die inerten Komponenten zurück zum Reaktor. An der so entstehenden riesengroßen Oberfläche findet die Reaktion statt, bei der Wärme freigesetzt wird. Zur Ableitung dieser überschüssigen Energie aus dem Reaktor befinden sich in dem Wirbelbett senkrecht angeordnete mit Wasser durchströmte Rohrschlangen. Das überhitzte Wasser wird zur Dampferzeugung benutzt. (6)

„Du weißt Horst, dass das A und O für eine dauerhafte Effektivität der Reaktion und die Haltbarkeit des Rohrschlangenbündels ein HCl Umsatz über 99,5 % ist."

„Ja, das weiß ich, aber wenn die E-Verluste zu hoch werden, dann versauen wir uns doch die Norm."

Anja Petersen, die bisher sehr genau zugehört hatte, denn diese Einstellung der Oxichlorierung nach HCl-Umsatz und E-Verbrennung war nicht ganz leicht zu verstehen, mischte sich ein. „Ich finde Horst hat Recht. Was ist denn so schlimm, wenn der HCl-Umsatz ein bisschen unter 99,5 % liegt?"

Prost sah die Frau aufmerksam an. „Unsere japanischen Freunde haben in über zehn Jahren herausgefunden, dass bei einem Umsatz von unter 99,5 % der Katalysator stickig wird und damit zum Verkleben neigt. Das führt zu Anbackungen an den Kühlschlangen, besonders an den U-Bögen unten im Eintrittsbereich des Gases. Das wiederum wirkt wie eine zusätzliche Isolierung auf den Rohren und führt zu Taupunktunterschreitungen. An diesen Stellen beginnt sofort die Korrosion und innerhalb kurzer Zeit kann durch einen Defekt zusätzliches Wasser in das System gelangen. Die Anbackungen werden dann noch größer und damit verbunden nimmt die Korrosion weiter zu."

„Verstehe", sagte Horst, „wir müssen also zuerst den Umsatz in den richtigen Bereich bringen und danach können wir versuchen die E-Verluste zu senken, indem wir die Verbrennungsrate verringern."

„Genau." Prost sah zur Petersen und bemerkte einen fragenden Gesichtsausdruck. „Was ist unklar, Anja?"

„Na ja, Doc, was machen wir dann in dem heutigen Fall? Wir haben einen knappen Umsatz bei 99,5 % und zu starke E-Verbrennung."

„Auf jeden Fall nicht die E-Menge reduzieren, oder?", warf Schröder schnell ein.

„Genau, Horst, wir sollten es mit einer Verminderung der Temperatur im Reaktor versuchen. Überlegt mal, ihr zwei, wenn dadurch weniger Sauerstoff für die Verbrennung gebraucht wird, kann der für die Oxichlorierung genutzt werden. Das wiederum könnte zu einer Erhöhung des HCl-Umsatzes führen."

„Du sagst immer könnte." Die Petersen sah vorwurfsvoll zu Prost. „Was ist, wenn das nicht funktioniert?"

„Dann müssen wir etwas Anderes probieren. Zum Beispiel die Kreisgasmenge erhöhen, um die Fluidität des Katalysatorbettes zu verbessern."

„Genau! Jetzt erinnere ich mich wieder", Horst tippte sich an die Stirn, „hierfür haben wir mit dem Differenzdruck über den Reaktor ja ein gutes Maß. Außerdem können wir daran auch erkennen, ob vielleicht ganz und gar Katalysator fehlt."

„So ist es."

„Wir könnten doch auch den Druck erhöhen?", ergänzte die Petersen etwas zögerlich die Möglichkeiten, obwohl es mehr eine Frage als ein Vorschlag war.

„Ja, auch das könnten wir tun, Anja. Allerdings ist der Spielraum dafür sehr klein."

„Was aber", die Frau legte ihre Stirn in Falten, „wenn das alles nichts bringt?"

„Dann kann es gut sein", Prost wiegte seinen Kopf hin und her, „dass bereits ein kleines Leck in der Kühlschlange vorliegt und dann haben wir wirklich ein Problem."

Der Ingenieur legte seinen linken Arm um Schröder und den rechten um die Petersen. „Ich bin sicher, wir kriegen das in Griff. Nicht umsonst hat unser Oxi-Experte Kupfer so viel Wert daraufgelegt, die Erfahrungen der Japaner, ernst zu nehmen. Das wird sich auszahlen, da bin ich ganz sicher."

Prost ließ die beiden wieder los und wollte aufstehen, doch Schröder hielt ihn auf. „Ich habe noch eine andere Frage, Doc, warum fördern wir das Abgas von der Entwässerungskolonne nicht zusammen mit dem Oxi-Abgas zur Verbrennung?"

„Vor allen Dingen", ergänzte die Petersen die Begründung für diesen Vorschlag, „weil da der Elmo doch laufend kaputtgeht."

„Wo wollt ihr das Abgas denn einspeisen?"

„Na sicher auf der Saugseite des Kompressors", antwortete die Frau und Schröder fügte hinzu, „diese Rohrleitung befindet sich auch gar nicht so weit entfernt von der Kolonne."

„Das heißt also, dass ihr das feuchte Abgas durch den Oxi-Reaktor fahren wollt?" Prost sah von einem seiner Zuhörer zum anderen und wieder zurück.

„Ja, aber das Kreislaufgas der Oxi ist doch ebenfalls feucht", antwortete dieses Mal der Operator als Erster und die junge

Ingenieurin ergänzte, „und die Menge von der Kolonne ist so gering, dass sie doch gar nicht ins Gewicht fällt!"

„So kann man sich irren." Prost schüttelte den Kopf und amüsierte sich im Stillen, dass die zwei ihn verständnislos ansahen, aber sich auch nicht trauten ihm zu widersprechen.

„Womit erfolgt die Neutralisation in der Entwässerungskolonne?", fragte Prost.

„Na, wenn das überhaupt noch erforderlich ist", antwortete die Petersen überzeugt, „denn eigentlich ist das von der Oxi-Wäsche kommende C ja schon mit Natronlauge neutralisiert worden, dann wird hier an der Kolonne noch ein bisschen Ammoniak eingespeist."

„Stören etwa die geringen Spuren NH_3?", fragte Schröder.

„Unsere Kollegen aus Morl von der Häls AG haben vor nicht allzu langer Zeit das Experiment gemacht und das Abgas ihrer Entwässerungskolonne in den Oxi-Reaktor eingespeist. Das Ammoniak machte innerhalb sehr kurzer Zeit den Katalysator inaktiv. Der HCl-Umsatz sank deutlich unter 95 % und dann passierte genau das, wovon wir vorhin gerade gesprochen haben. Es gab Anbackungen der Staubkörnchen an den Kühlschlangen des Reaktors, das führte zu örtlichen Taupunktunterschreitungen. Die wiederum sorgte dafür, dass sich mit HCl angereicherte Wassertröpfchen bildeten, die an den Rohrbögen natürlich zur Korrosion führten. Die Hälser versauten damit nicht nur den gesamten Katalysator im Wert von einer Millionen Euro, nein, auch das komplette Rohrbündel musste ausgetauscht werden. Das kostete alleine 5 Millionen Euro."

„Wow!" Schröder klatschte in die Hände. „Wenn das kein durchschlagender Erfolg ... oh! Entschuldigung! ... ein bemerkenswerter Effekt war, dann weiß ich ja nicht."

„Oh Gott, das wäre ja für uns eine richtige Katastrophe geworden", sagte die Petersen kopfschüttelnd, „denn außerdem müsste die Anlage ja wegen der notwendigen Reparatur bestimmt für ein paar Wochen abgestellt werden."

„Kleine Ursache - große Wirkung. Ich denke damit ist deine Frage beantwortet, Horst?"

„Mehr als das, Doc, das ist eine sehr wichtige neue Erkenntnis für uns beide."

Der Betriebsleiter stand auf und verließ ohne weitere Worte die Messwarte.

Die Petersen fühlte sich angenehm erregt durch das interessante fachliche Gespräch und freute sich, dass sie zusammen mit ihrem Kollegen Schröder, der inzwischen für sie etwas mehr als nur ein Freund geworden war, wieder ein bisschen dazugelernt hatte.

Den Operator hingegen erfüllte ein eigenartiges Gefühl, das ihm suggerierte, dass die eben gewonnene Information über eine mögliche Katastrophe in der V-Fabrik, für ihn noch von größerer Bedeutung werden könnte. Schröder glaubte auch zu spüren, dass die Petersen auf bestimmte Art und Weise, damit verbunden zu sein schien.

Als die Frau ihm jetzt die Hand auf die Schulter legte, „ich geh auch wieder in mein Büro", wurde ihm die Bedeutung seines Gefühls bewusst und es lief ihm ein kalter Schauer den Rücken hinunter. Schnell wandte der Operator sich seinem Bildschirm mit der Oxi-Anlage zu und kontrollierte das Temperaturprofil des Reaktors.

5 - Auf den Hund gekommen
16. Juni 2002, Galgenberg, Halle

„Lauf Ronja! - Hol den Ball! - Lauf!", rief das etwa zehnjährige, dunkelhäutige Mädchen in auffallend bunter Kleidung und warf mit aller, in dem kleinen Körper vorhandenen Energie, einen leuchtend gelben Tennisball über die Rasenfläche. Der noch junge, weiß-braune Foxterrier rannte freudig dem Ball hinterher, fing ihn nach dem zweiten Aufspringen vom Boden mit der Schnauze auf und brachte ihn zu seiner Spielgefährtin zurück.

Der wunderbar geschützt und idyllisch gelegene Platz im Nord-Osten Halles, war in Form eines geschlungenen Ovals malerisch mit den fast nackten, teilweise bis 15 Meter hohen Felsen des kleinen Galgenbergs rundherum umgeben. Nur nach Süden zur Straße Landrain gab es einen etwas breiteren Zugang, während der schmalere Ausgang auf der gegenüberliegenden Seite, von hier aus, gar nicht zu sehen war.

Anja Petersen, die ganz in der Nähe in der Albert-Schweizer-Straße wohnte, war soeben bei ihrem Sonntagsspaziergang auf dem Felsen des kleinen Berges angekommen und sah von oben herab dem lustigen Treiben auf dem circa 2 Fußballfelder großen Rasenspielplatz zu. Sie erinnerte sich, dass sie hier auch als kleines Kind gespielt und nur etwa 500 Meter weiter, auf dem mit Bäumen und Buschwerk bewachsenen, großen - obwohl nur circa 7 Meter höher, als der kleine - Galgenberg mit der von dessen Felsen eingeschlossenen Galgenbergschlucht, als 15-jährige das erste Mal Sex mit einem zwei Jahre älteren Schulfreund gehabt hatte.

Die junge Frau wurde wieder auf das spielende Kind aufmerksam, weil genau in dem Moment, als das Mädchen den Ball erneut warf und der Hund wieder freudig losstürmte, zwei junge, mit dunkelblauem Kapuzensweatshirt und Springerstiefel bekleidete Männer, von der Straße her, auf den Spielplatz spaziert kamen. An der Aufschrift auf deren Rücken: ‚Skinheads - weiß & stolz', erkannte Anja schnell, dass zwei Neonazis die Szene betreten hatten. Besorgt beobachtete sie, dass der kleine Tennisball direkt vor den Füßen der, schon durch ihre Bekleidung bedrohlich aussehenden, circa 20-jährigen Männer liegen blieb.

Der Größere der beiden, dessen Kapuze Kopf und Gesicht fast komplett verdeckte, hob den Ball auf, während der andere, ohne Kapuze, mit auffallend frisch rasierter Glatze, schnell zur Seite trat und rief, „schmeiß her Martin!"

Der Gerufene regierte schnell. „Pass auf, Tobias!"

Der Kumpan fing den Ball auf und warf ihn wieder zurück.

Der Hund blieb vor den beiden Burschen erwartungsvoll stehen und äugte insbesondere interessiert nach seinem, hin und her fliegenden Ball, während die jungen Leute das Tier scheinbar gar nicht zur Kenntnis nahmen.

Ronja sah ein paar Sekunden freundlich von einem zum anderen, aber natürlich wollte sie auch mitspielen und so bellte sie laut, keineswegs böswillig, sondern nur, um auf sich aufmerksam zu machen.

Abrupt drehte sich Martin, der Kapuzenmann, um und trat mit seinen hochschäftigen, plump-wirkenden Stiefeln nach Ronja, ohne sie zu treffen.

„Hej du! - Lass meinen Hund zufrieden!", rief erregt das Mädchen und rannte los, um ihrem kleinen Freund beizustehen. Doch noch bevor sie die anderen erreichte, stieß der Große wieder mit dem Stiefel zu und dieses Mal traf er den Hund. Allerdings war Ronja jung und reaktionsschnell, sie schnappte zielsicher zu und zerrte knurrend an dem derben Schuhwerk.

„Mistviech! Verfluchtes! - Hilf mir, Tobias!"

Der kleine Glatzkopf wandte sich seinem Kumpel zu, starrte einen Moment auf die Szene und zog plötzlich ein Survival Messer mit einer mindestens 12 cm langen Klinge aus der am Gürtel befestigten Scheide.

Er trat auf den mit knurrenden Geräuschen, immer verbissener zerrenden Hund zu. „Ich mach dich kalt du Sautöle!"

Nur einen Augenblick später sprang das Mädchen dazwischen, so dass es fast so aussah, als könnte das Messer die Kleine treffen, doch eine laute Männerstimme, „Halt!!" bremste die Armbewegung und eine Sekunde später ergriff der athletische fremde Mann, der größer als die beiden Angreifer war, den Arm mit dem Messer, hielt ihn fest und rief dem Mädchen zu, „nimm deinen Hund und bringt euch in Sicherheit."

Aber der erregte Terrier dachte gar nicht daran loszulassen, im Gegenteil, er riss immer heftiger an dem Schuh.

Während der Kapuzenmann mit dem Hund kämpfte, versuchte der herbeigeeilte Helfer, dem anderen Neonazi das Messer zu entwenden, doch weil auch das Kind, das er aus dem Kampf heraushalten wollte, noch zu nah war und er gezwungen war vorsichtig zu hantieren, gelang ihm das nicht.

„Lauf Mädchen und hol Hilfe!"

Aber die Kleine zögerte immer noch.

Plötzlich ertönte ein lauter Pfiff.

Der Hund ließ den Schuh los. Das Mädchen erkannte sofort die Gunst des Augenblicks, schnappte Ronja und rannte schnell an den Rand des Spielplatzes. Von dort beobachtete sie gespannt, wie ein schon etwas älterer, lässig, mit abgenutzten Jeans und darüber hängendem blau-weißkariertem, kragenlosen Hemd gekleideter Mann, von dem offensichtlich der Pfiff gekommen war, sich sofort in den Kampf einmischte. Er riss als Erstes dem Großen die Kapuze vom Kopf und, genau wie bei dem Kleinen, kam eine frisch rasierte Glatze zum Vorschein.

Wütend schlug der Nazi mit der rechten Faust nach dem gleichgroßen Gegner, doch der wich nicht nur dem Schlag aus, sondern streckte ruckartig den Kopf nach vorn, so dass er damit die Nase des Angreifers traf, die sofort zu bluten begann und der Getroffene taumelte rückwärts.

Währenddessen war es dem ersten Helfer gelungen, dem kleinen Glatzkopf das Messer abzunehmen und hielt diesen damit in Schach, damit der gar nicht erst auf die Idee kommen würde, seinem Kumpel zu helfen.

Als die Neonazis merkten, dass sie unterlegen waren, rannten sie zur Straße und stiegen dort in ein, gerade eingetroffenes und direkt am Zugang zum Spielplatz haltendes BMW-Cabrio ein.

Die Flucht der beiden Schlägertypen nahm Anja auf dem Galgenbergfelsen mit Erleichterung zur Kenntnis. Von hier aus hätte sie nicht helfen können, zumindest nicht so schnell, denn der Weg nach unten lief in einem weiten Bogen um den Felsen herum. Sie blickte den Flüchtenden hinterher, sah sie in das Auto einsteigen und wegfahren. Erst als das Fahrzeug verschwunden war, stutzte die Petersen, denn irgendwie kam ihr das Gefährt bekannt vor.

‚Sollte das etwa Schröders Auto gewesen sein?'

Anja schüttelte nachdenklich den Kopf. ‚Könnte etwa ihr Freund den beiden widerlichen Nazis geholfen haben?'

Der Gedanke setzte sich bei ihr fest und sollte sie so schnell nicht wieder loslassen. Doch dann wandte sie sich wieder dem Spielplatz zu und erst jetzt musterte sie die beiden mutigen Helfer genauer. In dem Größeren, der zuerst gekommen war, erkannte sie mit Erstaunen den Verursacher ihres Autounfalls, Otto Soitz und der andere entpuppte sich als der Operator der D-Schicht Emil Balla, den sie schon etwas genauer kannte und wusste, dass der nicht nur ein exzentrisches Unikum war.

‚Sympathisch', dachte sie und machte still vor sich hinlächelnd kehrt. Sie wollte den schönen Tag allein genießen und noch um den großen Galgenberg herumgehen, bevor sie wieder in ihre Wohnung, zu den Physikern von Friedrich Dürrenmatt (7), zurückkehren würde. Das Theaterstück stammte zwar aus dem Jahr 1962, aber Anja fand es trotzdem brandaktuell und freute sich schon aufs weiterlesen.

Auf dem Spielplatz gingen die zurückgebliebenen Männer aufeinander zu.

„Hab ich dir eigentlich schon mal gesagt Balla, dass deine Erscheinung mich nervt?" Soitz knuffte seinem Kollegen mit einer Faust leicht auf die Brust, „aber heute …"

„… hab ich dir den Arsch gerettet."

„Vielleicht nicht bloß das, aber - was machst du überhaupt hier, Seemann? - Bloß verlaufen?"

„Nicht ganz. Ich wollte nur mal sehen, ob die das Feuerwerk für heute Abend ordentlich verstaut haben."

„Deswegen bin ich auch …" Weil Balla ihn spöttisch ansah, korrigierte er sich, „… nee, nich wegen der Knallerei. Aber ich hab `ne Karte fürs Abschlusskonzert der Händelfestspiele und wollte mich vorher mal umsehen, wo man am besten parken kann."

„Das sieht hier beschissen aus, aber die S-Bahn-Haltestelle ‚Zoo' ist ganz in der Nähe."

„Was nützt die mir, Emil?"

„Großer Parkplatz am Bahn- …"

„Stimmt! Am Hauptbahnhof auf dem großen Parkplatz Auto abstellen und dann ... Danke. - Du warst wohl mal Kulturobmann in eurer Brigade?"

„Wieso war?"

„Na die DDR gibt es doch schon 14 Jahre nicht mehr."

„Na und? Was gut war wird beibehalten, auch wenn die Großkopferten, vor allen Dingen die das Money anhimmelnden Wessis ..."

„... davon gibt's inzwischen auch schon genug Ossis", unterbrach Soitz.

„...alles, was mit DDR zu tun hat, schlechtmachen wollen. Dabei scheint es ihnen egal zu sein, dass sie uns Ossis damit auch gleich anscheißen."

„Vor allen Dingen die Spitzenpolitiker fast aller Parteien übertreffen sich dabei gegenseitig."

„Trotzdem werden diese Idioten gewählt." Balla schüttelte den Kopf. „Die, die den Reichen und künstlich Schönen am besten in den Arsch kriechen können, sind heutzutage die Angesehensten." Der Seemann winkte ab, „solche Leute könn mich mal ..."

„Da hast du auch wieder Recht. - Mach's gut Seemann. - Vielleicht sehen wir uns ja heute Abend?"

„Vielleicht", sagte Balla und fügte grinsend hinzu, „ich bin der Viertausendste von links. - Von der Bühne aus gesehen."

Soitz winkte seinem Kollegen lachend zu und ging in Richtung Straße, während der andere durch den engen Pfad zwischen den beiden Felsen hindurch in Richtung Galgenbergschlucht verschwand.

16. Juni 2002, Galgenberg, zwei Stunden vorher

„Angriff war und ist eben immer noch die beste Verteidigung", sagte der inzwischen schon 68-jährige Geheimdienstveteran Wilhelm Vurtsch, während er interessiert die Gedenktafel in der Galgenbergschlucht studierte, „ich hätte nicht gedacht, dass es hier ein solches Denkmal gibt. Das erinnert doch auch an die Anfänge des Nationalsozialismus."

„Gut für uns, Wilhelm." Schröder deutete auf die Namen der zwanzig, im März 1920 bei erbitterten Kämpfen zwischen

Kapp-Putschisten und halleschen Arbeitern, Getöteten, zu denen auch Mitglieder der Deutschnationalen Volkspartei gehörten. „Wir wollen mit unserer Ideologie mehr in die Tiefe gehen und der Anfänge gedenken. Deshalb kann ich nicht verstehen, wieso du diesem Antrag für ein Verbotsverfahren der NPD, der auch noch von dem doch eigentlich ganz auf unserer Seite stehenden - zumindest glaube ich das bisher - bayerischen Innenministers Günther Beckstein gestellt worden ist, etwas Gutes abgewinnen kannst!"

„Sieh dir doch den Verlauf der Bearbeitung dieses Antrages an, Horst. Die ganze Sache wird als Fiasko für die an der Regierung befindlichen Sozis enden. Das ist für alle, die rechts von denen stehen, gut. Verstehst du?"

„Du meinst also, dass bei der Sache die Roten vor die Hunde gehen?"

„Ha, ha!", Vurtsch lachte, „das zwar leider nicht, aber auf den Hund kommen, werden sie dabei auf alle Fälle."

„Je mehr ich darüber nachdenke, umso besser verstehe ich dich. - Hm, dann habe ich die Formulierungen auf dem Flugblatt ja doch richtig getroffen."

„Kann ich mal sehen?"

„Na klar." Schröder griff in seine Jackentasche und holte ein rotes Papier hervor, das mit weißer Schrift bedruckt war. „Hier."

Vurtsch las:

NPD für:
- Starkes deutsches Volkstum,
- Eine Volksgemeinschaft aller Deutschen im In- und Ausland.
- Die D-Mark

NPD gegen:
- Den Euro,
- Undeutschen Geist und
- Asylanten und die immer verhängnisvoller hervortretende Vorherrschaft der Ausländer in Politik und Öffentlichkeit

„Fast schon zu viel drauf. - Aber es ist trotzdem gut, Horst. - Doch mal zurück zum historischen Ort. Woher kommt denn der Name Galgenberg?"

„Seinen Namen erhielt der Große Galgenberg, weil sich auf ihm bis 1798 der Galgen des heute nach Halle eingemeindeten Ortes Giebichenstein befand. Der Berg war schon in der jüngeren Steinzeit ein bevorzugter Siedlungsplatz. Der Kleine Galgenberg hieß bis zum Mittelalter eigentlich Wartberg, was auf eine auf ihm befindliche Warte der Burg Giebichenstein zurückzuführen ist. Zu Beginn des 20. Jahrhunderts wurde der gesamte Bereich des Galgenbergs an mehreren Stellen intensiv zur Baumaterialgewinnung als Steinbruch genutzt."

„Aha! So ist dann also diese Schlucht entstanden, in der wir jetzt stehen."

„Genau und in der heute Abend das Abschlusskonzert der Händelfestspiele stattfinden wird. - Deshalb muss ich jetzt auch los, Wilhelm. Ich muss meine Leute noch einweisen."

„Ja, na klar, verstehe. - Du kennst ja jetzt den Schwerpunkt. Achte auf Besonderheiten und Probleme in den OPA-Anlagen. Auch, wenn ich dir im Moment noch nicht sagen kann, wozu das gebraucht wird, Horst. Auf alle Fälle sind diese Informationen für uns sehr wichtig."

„Ich glaube, da weiß ich schon, was euch interessieren könnte, aber ich halte weiter Augen und Ohren offen!"

„Dann hoffe ich, dass ich bald etwas Genaueres von dir höre. - Bringst du mich noch weg von hier? Von den Zugängen zu diesem idyllischen Ort ist ja nichts zu sehen."

„Komm! Wir gehen hier unten raus. Da ist es nicht so weit bis zu unserem Auto."

Der V-Mann Schröder setzte seinen VP-Führer am Dorint Hotel Charlottenburg ab und fuhr sofort zurück zum Galgenberg, so dass er auf der Straße Landrain gerade zurechtkam, um seine Kameraden einzuladen.

„Was soll der Quatsch!", fauchte Schröder seine Kumpane an, während er sofort zügig anfuhr, um nicht von irgendwelchen Beobachtern gesehen zu werden.

„Das Niggermädchen mit seiner Töle hatte Schuld", verteidigte sich Martin und Tobias fügte knurrend hinzu, „wir wollten die nur dis-s-zip-li-ieren."

„Brich dir nur nicht die Zunge ab, du Arsch. Wozu soll das denn gut sein. Das bringt nur Ärger und wirft ein schlechtes Licht auf den völkischen Nationalismus."

Schröder, der sich hier mit den beiden Typen verabredet hatte, war wütend, weil das auffällige Benehmen der beiden, gerade hier und heute, ihm gar nicht in den Kram passte, denn es gefährdete die für den Abend geplante Aktion.

Leider war er auf solche, von desinteressierten Familien im Stich gelassenen, vom Staat verarschten und aufs Abstellgleis geschobenen, jungen, widerspenstigen und oft besonders brutalen Menschen angewiesen, die sich nicht scheuten, rechtsradikale Aktionen auszuführen.

Am heutigen Abend lautete die Aufgabe: Während des Abschlusskonzerts der Händelfestspiele, zeitlich genau dann, wenn das Feuerwerk das Finale der Musik begleitete, Flugblätter mit neofaschistischen Parolen, von den Felsen herunterzuwerfen.

Zum Glück gehörten einige der Angestellten der Ordnungsgruppen, die das Gelände der Galgenbergschlucht absicherten, zu rechtsradikalen Gruppierungen oder zumindest sympathisierten viele mit ihnen, so dass es kein unüberwindliches Problem war, Material und Leute in diesem Bereich einzuschleusen.

6 - Oh Schreck! Der Strom ist weg!
22. Juli 2002, V-Fabrik

Anja Petersen öffnete genau in dem Augenblick die Tür, als die Deckenbeleuchtung in der neuen Messwarte kurz flackerte und erlosch. Im Gegensatz zum alten Kontrollcenter, in dem es keine Fenster gegeben hatte, blieb es in dem neuen Raum trotzdem hell, weil Tageslicht in die Messwarte gelangen konnte. Das wiegte die Operatoren aber nur den Bruchteil eine Sekunde in Sicherheit, dann war allen klar:

Stromausfall!

Die roten Signale flatterten über alle Bildschirme, die Hupe hörte nicht mehr auf zu tuten. Die drei Anlagenfahrer, der schlanke, mit einer Größe von über einem Meter 90 ein weinig schlaksig wirkende, 27-jährige Jonny Adler, die vollschlanke, ihrer eigenen Meinung nach zur Fülle neigende, hübsche 40-jährige Verona Deiner und Horst Schröder starrten auf die Leitstationen.

„Die Verbrennung ist auch raus!", rief Adler und ergänzte fast schon schreiend: „Kreisgaskompressor ausgefallen!"

Während sich Jonny suchend umdrehte, rief Schröder: „Kältemaschine ausgefallen!"

Da niemand anderes in der Messwarte war, sprang Adler auf und brüllte ins Mikrofon: „Achtung! Totalausfall der Anlage! Emil Quenchkreislaufpumpe in der Verbrennung und Kreisgasverdichter wieder zuschalten."

„Vielleicht klappt's ja", murmelte er leise.

Nach kurzer Pause drückte er noch einmal den Knopf der Rufanlage: „Und lass Wasser in die Notquenche nachlaufen."

Die amtierende Schichtleiterin Eva Paulus, eine attraktive, 50-jährige Frau mit schwarzen, halblangen, leicht gewellten Haaren, stürzte in den Kontrollraum und rief schon von der Tür aus: „Sofort Stickstoff-Baueingangsventil und alle Dampfventile zu den Kolonnen schließen!"

Kaum hatte Adler den Platz am Mikrofon verlassen, drückte Schröder die Sprechtaste: „Sofort Handventil im Dampf zur HCl-Kolonne schließen."

Die Paulus schob den Operator zur Seite. „Horst kümmerst du dich um die V-Destillation."

Die Frau drückte nun ihrerseits die Sprechtaste und sagte mit ruhiger, ein wenig holpernder Stimme: „Günther, das mit der Dampfarmatur der HCl-Kolonne und überhaupt in der V-Destillation machst du. Ebenso das Zuschalten der Quenchkreislaufpumpe und des Gebläses in der Spaltung. Fritz du schließt die Dampfarmaturen in der C-Destillation. Emil und Achim ihr schließt die Handventile für B und E in DC und Oxi und prüft, ob sich die anderen an Notstrom angeschlossenen Pumpen und Verdichter wieder zuschalten lassen."

Die Paulus machte eine Pause, dann sagte sie noch: „Ich erwarte eine Rückmeldung!" Sie drehte sich zu Schröder. „Was macht der Druck in der HCl-Kolonne und in den Puffern?"

„12,5 bar schwach steigend. Pufferdruck 6 bar steigend."

Der Schichtleiterin wandte sich an die Deiner. „Verona hat die Notquenche gearbeitet? Kriegen wir wenigstens Stickstoff in den Oxi-Reaktor?"

Die Anlagenfahrerin zögerte mit der Antwort. - „Temperatur in der Quenche ist okay. - Stickstoff strömt zum Reaktor. - Im Moment sieht das noch ganz gut aus, aber der Druck im Netz sinkt ziemlich schnell."

Die Paulus ging zu Adler. „Stickstoffventil ist zu?"

„Ja, aber wie lange wird unser Stickstoffpuffer reichen, Eva?"

„Wenn nicht zu viel ins Netz rausgegangen ist, dann circa zwanzig Minuten."

„Müssten wir nicht auch noch Zusatzwasser auf den Sicherheitswaschturm stellen? Immerhin gehen die Restabgase nun alle über diese Stelle ins Freie."

Die Paulus dachte kurz nach. „Eigentlich hast du Recht. Ich will aber warten, falls wir die HCl-Kolonne entspannen müssen, dann brauchen wir den Platz in der Grube 14 noch."

„Stimmt."

„Kreisgasverdichter und Pumpen lassen sich noch nicht wieder zuschalten", kam Ballas Stimme aus dem Lautsprecher.

„Emil kannst du dann schnell noch das Baueingangsventil für Stickstoff schließen?"

„Das müsste schon zu sein, Eva, ich habe Bernd am Baueingang rumkraxeln sehen."

„Okay danke." Die Paulus ließ den Hebel der Sprechstelle los. „Na hoffentlich meldet der sich dann auch bald."

Als hätte der sportlich-schlanke, 44-jährige Bernd Bauer mit den dunklen Haaren und bereits grauen Schläfen das gehört, ertönte seine Stimme aus dem Lautsprecher: „Sehr geehrte Damen und Herren, die Handventile sind jetzt geschlossen", und nach kurzer Pause fügte er noch hinzu, „auch das Baueingangsventil für N_2."

„Obwohl der Knabe noch gar nicht solange in der D-Schicht ist", bemerkte die Deiner lächelnd, „klingt Bernd schon genau wie Balla. Fehlt bloß noch, dass er anfängt zu reimen oder zu zitieren."

„Wir müssen unbedingt die Notstromaggregate wieder in Betrieb bekommen", sagte die Paulus stöhnend, „sonst kriegen wir größeren Ärger."

Sie griff wieder zum Schalter für Sammelruf: „Versucht noch einmal Kreisgasverdichter, Quenchkreislaufpumpen und Gebläse anzufahren."

Zu Verona gewandt fragte sie, „wie sieht es aus mit der Stickstoffspülung?"

„Der Netzdruck fällt jetzt langsamer, aber die Menge zum Reaktor wird trotzdem immer kleiner."

„Na klar! Wir brauchen den Kompressor!" Die Paulus verzog ihr Gesicht, als erleide sie starke Schmerzen. „Sonst setzt sich der Verteiler zu und dann haben wir den Salat."

Inzwischen waren auch die Ingenieure in die Messwarte geeilt, sahen den Anlagenfahrern über die Schulter und stellten befriedigt fest, dass die ihr Handwerk verstanden. Es war nicht nötig einzugreifen.

Genau um 10 Uhr 26 war der Strom ausgefallen. Inzwischen waren fünfzehn Minuten vergangen. Soviel Zeit ohne Notstrom, das war ihnen nur einmal passiert, als das neue Kraftwerk 1996 in Betrieb gegangen war und natürlich auch mit Startproblemen zu kämpfen hatte.

Plötzlich ertönte Jonnys ruhige und doch ein wenig vibrierende Stimme: „Quenchkreislaufpumpe läuft wieder. Beide Gebläse in Betrieb. Ich zünde die Verbrennung."

Die Paulus sah, dass Schröder nur seinen rechten Arm hob und erkannte an dessen Gesichtsausdruck, dass auch die Kältemaschinen wieder laufen mussten.

Der im wahrsten Sinne des Wortes gewichtige, diplomierte, 58-jährige Chemiker Hans Stumpfberg, mit kaum ergrauter voller Haarpracht, stand hinter Horst und bestätigte, „Kältemaschine ist auch wieder in Betrieb." Nach kurzer Pause fügte er noch hinzu, „das wurde aber auch Zeit. 14,5 bar Druck in der Kolonne. Da hat die Umwelt aber noch einmal Schwein gehabt."

Nur Sekunden später ertönte Ballas Stimme aus dem Lautsprecher: „Tolle Flamme, Jonny. Du hast den Bogen raus."

Adler stand gelassen auf und ging zum Mikrofon: „Danke für die Rückmeldung, aber das Lob gebe ich an Kupfer weiter, der hat den Brenner so gut eingestellt."

Während Jonny zurück zu seinem Platz ging, fragte ihn die Paulus, „wie hoch ist die Brennkammertemperatur?"

Adler setzte sich und sah noch einmal auf den Bildschirm, bevor er antwortete, „750 °C. In zweieinhalb Stunden können wir wieder Abgas verbrennen."

Aus dem Lautsprecher hallte Bauers Stimme: „Kreislauf Oxi-Quenche wieder in Betrieb, bin ich nicht lieb?"

Stumpfberg stellte sich neben Prost, der sich an Veronas Leitstation aufhielt. „Quenchkreislaufpumpen der Spaltung und Rückflusspumpe HCl-Kolonne laufen auch wieder. Die Gebläse sind beim Hochfahren. Du wartest auf den Kreisgasverdichter?"

Prost nickte nur und betrachtete kritisch die Grafik vom Differenzdruck des Oxi-Reaktors. Die Linie verlief quasi bei null. Nur ab und zu zeigte sich mal eine kleine Spitze. Der Stickstoffvorrat aus den Pufferbehältern ging zur Neige und es war höchste Zeit, dass der Kompressor wieder in Gang kam.

Die Deiner spürte Prosts Sorge, und da sie selbst ohnehin schon aufgeregt war, fragte sie, „soll ich mal draußen nachfragen?"

Der Ingenieur legte der Frau kurz seine Hand auf die Schulter. „Warte noch einem Moment. Ich habe vorhin Kupfer in die Anlage rennen sehen. Der ist bestimmt jetzt am Kompressor. Niemand kennt sich damit besser aus als er."

Die Deiner nickte, blätterte mit dem Lichtgriffel zur Kontrolle zu den anderen Anlagenteilen und kehrte wieder zum Bild des Oxi-Reaktors zurück.

Plötzlich ertönte Kupfers Stimme aus dem Lautsprecher: „Sofort ein Mann mit zwei Siebzehner Schlüsseln zu mir!"

Eva Paulus ging schnell zur Rufanlage. „Emil sofort bei Harry Kupfer am Kreisgasverdichter einfinden! Was gibt es für Probleme Harry?" Sie erhielt keine Antwort, sah etwas verwirrt zu Prost, doch der winkte nur ab.

Fünf Minuten später erklang wieder Kupfers Stimme: „Wir starten jetzt den Verdichter. Alles klar?"

Die Paulus antwortete sofort: „Kann losgehen."

Das Symbol des Verdichters im Fließbild veränderte seine Farbe. Die Messung für die Kreislaufmenge schlug aus und blieb bei sechzehntausend Kubikmeter pro Stunde stehen. Der Differenzdruck zappelte, stieg ebenfalls schnell auf einen konstanten Wert an, ohne dass das Zappeln vollständig aufhörte. Wenig später kam Kupfer schnellen Schrittes in die Messwarte, ging sofort auf Veronas Leitstation zu und nickte befriedigt, als er die Messungen betrachtete.

Dann wandte er sich an Prost. „Die Ölpumpe am Kompressor hat nicht gefördert, aber es war nur der Ölfilter versetzt."

„Gott sei Dank! Für die große Maschine haben wir ja kein Ersatzaggregat."

Anja Petersen, die den gesamten Vorgang mit großem Interesse im Kontrollraum verfolgt hatte, ging langsam zur Tür, weil sie sich den Kreisgasverdichter ansehen wollte, denn das schien ja ein nicht ganz bedeutungsloser Knackpunkt in der Anlage zu sein. Auf dem Flur prallte sie mit einem Mann zusammen, der mit eiligen Schritten auf dem Weg in die Messwarte hinein war.

„Au! Mein Fuß!" Anja hüpfte mit schmerzverzerrtem Gesicht zur Seite.

„Oh! Verzeihung! - Der Stromausfall! - Ich muss ..."

„Was? Schon wieder Sie?!" Die Petersen starrte ärgerlich Otto Soitz an. „Warum haben sie es denn gerade immer auf mich abgesehen?"

„'tschuldigung. Dieses Mal hätte ich wohl", Otto hob beide Arme an, hielt die Hände so, als ob er ein Steuer in den Fäusten hielt, lehnte sich ein wenig nach hinten, riss die Augen auf und rüttelte mit seinem Oberkörper, „bremsen sollen!"

Die Petersen lächelte. „Besser wär's gewesen. Jetzt habe ich nicht nur eine kaputte Karosserie, sondern auch noch einen Plattfuß!"

Otto Soitz schloss im Juli 1978 sein Studium zum Ingenieur für Elektrotechnik an der Uni in Dresden ab. Er bewarb sich anschließend genau zum rechten Zeitpunkt im großen LUNA-Kombinat in der Nähe von Halle um eine Arbeitsstelle, sodass er sofort in dem gerade in der Fertigstellung befindlichen, sogenannten Komplexvorhaben, bestehend aus den drei Produktionsfabriken Chlor (B), Vinylchlorid (V) und PVC (PLAST), eine interessante Tätigkeit aufnehmen konnte. Nach der Übernahme des großen LUNA-Werkes durch die französisch-amerikanische Firma OPA Industrial im Jahre 1995 war der inzwischen 49-jährige Elektroingenieur auch in deren Fabriken in den Staaten eingesetzt worden und kehrte erst 1999 nach Halle in den Fabrikkomplex BVP zurück.

Der schlanke Mann mit der sportlichen Figur und dem zurückhaltenden Auftreten redete nicht viel, sodass seine Kollegen, vor allen Dingen die der Produktionsbetriebe, ihn nur oberflächlich kannten. Deshalb entging ihnen sowohl sein Interesse für Literatur als auch seine, nur ab und zu nach außen hin aufflackernde, humorvolle Art. Die Kollegen aus dem Kreis der Elektrotechniker wussten kaum mehr über ihn, aber zumindest die hatten von seinem Faible für Bahnhöfe und Mitropa-Wartesäle gehört, das aus seiner Kindheit herrührte. Soitz Vater hatte viele Jahre als Angestellter bei der Bahn in verschiedenen Funktionen gearbeitet hatte, nahm seinen Sohn oft mit auf den halleschen Bahnhof und manchmal auch in den Wartesaal der Mitropa, wo er den Jungen mit Bockwurst und Limonade verwöhnt hatte.

Soitz starrte kopfschüttelnd auf Anjas Füße. „Wie habe ich nur diesen winzig kleinen Fuß treffen können? Ich schenke ihnen meinen großen Zeh, dann haben sie einen komplett neuen Fuß."

„Neu?" Die Frau lachte laut. „Der wäre dann doch doppelt so alt, wie alles andere an mir!"

„Stimmt! Wie kann Opa Soitz das wiedergutmachen?"

„Da wüsste ich schon was, Großväterchen. Du bist doch Elektroingenieur?"

„Ja mein Kind."

„Kannst du mich dann mal durch die Schalträume führen?"

Soitz drehte sich um und öffnete die Messwartentür.

‚Dann eben nicht!', dachte Anja, denn sie glaubte, dass der Ingenieur wegen des Du beleidigt sein könnte, was sie total dumm fand. Doch da wandte sich der Mann ihr wieder zu.

„Gut. - Aber dann darf ich dich morgen vom Kindergarten abholen und nach Hause bringen."

Bevor Anja antworten konnte, schloss sich die Tür hinter Soitz.

Die Petersen ging, immer noch mit diesem Zwiegespräch beschäftigt, langsam in die Anlage hinein. Diesen Mann hatte sie bisher nur dreimal getroffen und zweimal davon waren sie unangenehm zusammengestoßen. Aber nicht das Unangenehme hallte in ihr nach, nein, eine warme Welle strömte jetzt durch ihren Körper, wenn sie an diese Begegnungen dachte, die mit der Dritten verschmolzen, bei der sie Soitz als rettenden Engel für ein kleines Mädchen kennengelernt hatte. Das fühlte sich ganz anders an, als die Gegenwart von Schröder, obwohl sie mit dem schon viel intimer geworden war.

Nach dem ersten Abendessen im Kartoffelhaus in Merseburg, einen Tag nachdem sie sich kennengelernt hatten, ließ Anja sich zwar nach Hause bringen, aber nach einem langen Kuss vor der Tür, hatte sie den Mann weggeschickt. Schröder war charmant, die Gespräche mit ihm waren nicht langweilig und er sah auch ganz gut aus. Er war deutlich kleiner und wohl auch ein wenig jünger als Soitz, aber beide waren sie attraktive Männer. Nach dem 2. Abendessen zögerte Anja nicht, den Mann mit in ihre Wohnung zu nehmen. Schröder liebte sie zärtlich und gefühlvoll, vielleicht auch deshalb, weil er merkte, dass die Frau sich etwas zurückhaltend verhielt. Der sexuelle Verkehr war intensiv, sogar zweimal hintereinander mit nur einer kleinen Pause dazwischen und beide Male war auch die Frau auf ihre Kosten gekommen. Die Petersen behielt die Begegnung in guter Erinnerung, auch wenn sie sich selbst irgendwie kalt fühlte. Inzwischen bedauerte sie fast diese Intimität, weil sie mittlerweile glaubte, dass dieser Freund ein verkappter Nazi sein könnte.

Das harmlose Gefrotzel mit Soitz hingegen erwärmte sie. Verwundert über diese Gedanken, schüttelte sie den Kopf, während sie in die Betriebsstraße einbog, wo sich das Apparategerüst mit dem Kompressor befand.

‚Hoffentlich vergisst Opa nicht sein Versprechen', dachte die Frau mit einem Lächeln auf den Lippen und stellte sich vor das große Aggregat.

Als die Petersen nach einer halben Stunde wieder in die Messwarte zurückkam, klingelte eins der drei Telefone.

Schröder nahm den Hörer ab, hörte schweigend zu, sagte zum Schluss, „okay" und legte wieder auf. „Ich glaube jetzt haben wir wieder komplette Stromversorgung."

Stumpfberg stieß dem Operator in die Seite. „Was heißt du glaubst?"

„Na ja, die Zentrale sagt, dass ein Netz wieder komplett zur Verfügung steht, das Kraftwerk aber noch nicht wieder vollständig in Betrieb sei."

Die Paulus richtete sich auf. „Los geht's, Kollegen. Lasst uns die Destillationen wieder in Gang bringen, damit wir dann sofort anfahren können, wenn die Brennkammer heiß ist. Was machen wir mit Oxi?" Die letzten Worte hatte sie in Richtung von Chemiker und Ingenieur gesagt.

Die beiden sahen sich an, Prost schüttelte den Kopf und Kupfer antwortete, „das warten wir noch ab. Es kommt darauf an, wie sich der Differenzdruck entwickelt. Wir sagen dir noch Bescheid."

Innerhalb kurzer Zeit leerte sich die Messwarte. Prost und Kupfer gingen zusammen zurück zu ihren Büros.

Die Petersen stellte sich hinter Schröders Leitstation. „Na, was macht deine Spaltung, wenn sie nicht spalten darf?"

„Zum Glück nichts, denn jetzt habe ich genug mit der V-Destillation zu tun." Der Operator zeigte auf das krakelige Temperaturprofil auf dem Bildschirm.

Nach einer kleinen Pause, Schröder öffnete und schloss mit Lichtgriffel und Tastatur auf dem Bildschirm immer wieder irgendwelche Ventile, fragte der Mann, „weißt du nun eigentlich schon, Anja, wo du eingesetzt werden sollst?"

„Wahrscheinlich für die Oxichlorierung."

„Und, ist das das Richtige für Dich?"

„Ja, ich finde es gut damit anzufangen, aber natürlich möchte ich alle Verfahrensstufen kennenlernen."

In diesem Augenblick betraten Prost und Kupfer erneut die Messwarte. Die Petersen hörte noch, wie der Betriebsleiter seinen Oxi-Experten fragte, „was hast du dir bezüglich Oxichlorierung überlegt, Harry?"

Die Männer nahmen ihre Helme vom Kopf.

Kupfer zeigte in Richtung Prozessleitstationen. „Lass uns zusammen noch einmal auf die Anzeigen sehen und dann entscheiden wir, was zu tun ist."

Im Kontrollraum herrschte leichte Unruhe, weil die Kollegen nicht genau wussten, ob denn nun gleich angefahren werden würde oder nicht.

„Ah, da kommt ihr ja", empfing die Paulus die beiden, „was machen wir?"

„Noch einen Augenblick, Eva. Wir wollen uns den Differenzdruck der Wirbelschicht noch einmal genau ansehen", antwortete Prost, während er hinter Kupfer auf die Leitstation zuging, an der Verona Deiner saß.

„Sehr gut", sagte Kupfer, „du hast schon das richtige Bild aufgerufen. Fahre mal zeitlich ein Stückchen zurück. - Gut. - Und jetzt die Zeitachse etwas straffen. - Wunderbar. - Na, das sieht doch ganz gut aus. Was meinst du Thomas?"

Prost beugte sich etwas weiter zum Bildschirm runter. „Fast der gleiche Wert wie vorher. Wie sieht eigentlich das Temperaturprofil aus?"

Die Deiner tippte mit dem Lichtgriffel auf den Bildschirm, es erschien eine Grafik von sechs Temperaturen, die an verschiedenen Stellen des Wirbelbettes gemessen wurden.

„Nur zehn Grad Unterschied. Das ist auch gut. Oder Harry?" Der Betriebsleiter wandte sich seinem Experten zu.

„Na ja", meinte Kupfer, „mal sehen, wie es aussieht, wenn wir wieder in Betrieb sind."

„Soll das heißen", griff die Paulus die letzten Worte auf, „dass wir ohne Luftfahrweise wieder anfahren?"

Alle sahen zu Kupfer und der nickte. „Legt los."

Die Paulus ermahnte ihre Leute noch einmal. „Wir gehen genauso vor, wie wir es eben abgesprochen haben."

Undefinierbares Gemurmel war die Antwort, aber die Schichtleiterin war sich sicher, dass ihre Leute sie verstanden hatten. Die meisten Kollegen verließen die Messwarte, weil sie in der Außenanlage Aufgaben zu erfüllen hatten.

Der über einen Meter 90 große, bullige Operator Günther Hossa mit dunklen, etwas gekräuselten kurzen Haaren, der beste Freund von Emil Balla, ging in die Spaltung, um den Ofen gemeinsam mit Horst Schröder, der an der Leitstation sitzen blieb, zu zünden. Es würde sechs Stunden dauern, bis die erforderliche Reaktionstemperatur von 500 °C erreicht sein würde. Trotzdem konnten die beiden C-Erzeuger Direktchlorierung und Oxichlorierung schon angefahren werden, weil mit fünfhundert Tonnen noch genug Speicherkapazität im Feed-Tank vorhanden war.

Die Deiner dirigierte von der Messwarte Emil Balla beim Anfahren der Oxi und Adler schickte Bernd Bauer und den ehemaligen Schlosser und Modellathleten, den Mittvierziger Fritz Hennecke, die Handventile der Rohstoffe B und E für die DC zu öffnen.

Die Petersen tippte Schröder kurz auf die Schulter. „Mach's gut. Du hast ja jetzt genug zu tun."

„Warte mal, Anja. Ich habe gehört der Prost macht eine Diskussion zum Thema Bombenalarm in der C-V-Anlage. Bist du da mit dabei?"

„Ja, klar. In zwei Tagen. Warum fragst du?"

„Das interessiert mich sehr. Vielleicht kannst du mir davon ausführlich berichten?"

„Kein Problem, Horst. Wenn wir uns das nächste Mal sehen, erzähle ich dir davon. Okay?"

„Gut, Anja und Tschüss."

Zum Schichtwechsel um 18 Uhr waren die beiden C produzierenden Anlagenteile mit 40 % in Betrieb und die Spaltung bis auf 250 °C aufgeheizt.

7 - BOMBE - BEDROHUNG - BILANZ
24. Juli 2002, V-Fabrik

Der Betriebsleiter der V-Fabrik betrat eine Minute nach 8 Uhr das Besprechungszimmer des erst vor ein paar Jahren errichteten Gebäudes, der sogenannten zentralen Messwarte.

Für die aus aktuellem Anlass einberufene, ungewöhnliche Beratung, hatten bereits alle für die V-Fabrik zuständigen Experten von Produktion und Instandhaltung an den in Doppelreihe aneinander gestellten Tischen Platz genommen. Dazu gehörten die Diplomchemiker Hans Stumpfberg und Harry Kupfer, der über einen Meter 90 große und bullige TUL-Experte, der Ingenieur Franz Schmidt, der alte Haudegen der V-Fabrik, der Lehrer für Physik und Mathematik Gustav Müller sowie die neue Kollegin Anja Petersen, die vor knapp zwei Monaten aus dem Ruhrgebiet von der Firma Häls zur C-V-Anlage gekommen war. Außerdem saßen am Tisch die Ingenieure und Meister der Instandhaltung: Otto Soitz, der immer zu Späßen aufgelegte Jörg Schuder, Rolf Werner, wie immer mit leicht geröteten Wangen, der große und schlanke Bruno Tepetauer und der schwarzhaarige Dieter Herrbeck. Die letztgenannten wurden angeführt von ihrem resoluten Chef, dem 55-jährigen, mit zunehmendem Alter etwas zur Fülle neigenden, Maschinenbauingenieur Bernd Sänger.

„Kollegen, bevor wir beginnen. Seid ihr damit einverstanden, dass wir die Diskussion aufnehmen und auf dem PC speichern?" Der Anlagenleiter sah seine Mitarbeiter nicken und setzte sich.

„Diese Besprechung hat nur ein Thema", Prost zeigte noch im Stehen an die Tafel, „Bombenalarm in der C-V-Anlage. Wir müssen eine Vorschrift schreiben, wie wir uns verhalten, wenn es zu einer solchen Bedrohung in unserer Fabrik kommen würde."

„Ha, ha, ha!", Kupfer lachte und formulierte ein wenig zynisch, „du meinst sicher, wie sich die - anderen - verhalten müssen, denn uns gibt es dann ja nicht mehr."

Prost hob beruhigend die rechte Hand. „Abwarten, Harry, ich sehe das nicht so schwarz. Lasst uns doch ..."

„Leute! Kupfer hat doch recht, verdammt!", unterbrach Stumpfberg ungeduldig, „oder sollen wir etwa als Erstes selbst überlegen, wo man denn in unserer Anlage am wirkungsvollsten eine Bombe anbringen könnte? - Ist das nicht pervers?"

Schmidt schüttelte seinen Kopf. „Mir läuft es schon allein bei dem Gedanken daran, eiskalt den Rücken runter, aber über diese Sache gründlich nachzudenken, ist sicher notwendig."

Müller schlug mit der Hand auf den Tisch. „So ein Blödsinn! Überlegt doch mal, wenn selbst wir lange nachdenken müssen, wo man eine Bombe anbringen könnte, wie sollte dann ein Terrorist ohne Kenntnisse von Stoffen und Technologie die richtige Stelle finden?"

„Na ja, Gustav", sagte Kupfer, „verkrachte Existenzen haben wir doch zur Genüge in der Anlage gehabt. - Aber, wenn ich genauer darüber nachdenke, geht von denen eher keine Gefahr aus, weil die schon gar nicht wüssten wohin mit der Sprengladung."

„Trotzdem", mahnte Prost, „wir sollten ohne lange Polemik einfach zusammentragen, wo unsere Anlage am empfindlichsten getroffen werden könnte. - Ich frage einfach einen nach dem anderen. - Franz, ich glaube, dass du bisher am meisten über Horrorszenarien nachgedacht hast. Was sagst du dazu?"

„Ihr kennt ja meinen Albtraum. Austreten von flüssigem V, Bildung einer Gaswolke, Zündung durch die Brenner in der Spaltung, ein heiß gelaufenes Lager einer Pumpe oder den Funken eines nicht ex-geschützten Mess- oder elektrischen Gerätes. Diese Explosion könnte eine Kettenreaktion auslösen ..."

„Spinnst du Franz?", platzte der Chef der Instandhaltung Bernd Sänger in seiner gewohnten Art dazwischen, „oder willst du uns bloß Angst einjagen?"

„Das mit der Kettenreaktion halte ich auch für übertrieben", warf Stumpfberg ein, „aber ansonsten trifft das zu. So könnte die Grundgefährdung in unserer Anlage aussehen. Damit sich aber eine schwerwiegendere gefährliche Situation ergeben könnte, müsste schon eine größere Menge V für die Leckage zur Verfügung stehen. - Wenn ich das mal so formulieren darf."

„Du denkst an die 60 Tausend Liter im V-Rückflussbehälter?", fragte Müller, „aber wie soll es denn da zu einem Defekt kommen?"

„Bombendrohung, Gustav", erinnerte Kupfer an das Thema der Besprechung.

„Oh Gott", stöhnt Schmidt auf, „dann wäre ja das V-Tanklager am meisten gefährdet, denn es hat doch das höchste Potenzial ..."

„Das ist doch Quatsch!", unterbrach ihn Müller, „die eingebetteten Kugeltanks kann man doch durch eine Sprengladung nicht gefährden."

Stumpfberg hob demonstrativ seinen Zeigefinger. „Da wäre ich mir nicht so sicher, Herr Oberlehrer. Zum Beispiel ..."

„Also, das halte ich auch für ausgeschlossen", unterbrach Sänger, „der Stahlmantel ließe sich nur zerstören, wenn man die Wandung anbohren würde, aber so?"

„Mit dem gut abgeschirmten Bodenventil ist die Kugel unten gut abgesichert", sagte Stumpfberg, „aber die Rohrleitungsverbindungen am Kopf: Einlauf, Gaspendelleitung, Sicherheitsventile, Stand-, Druck- und Temperaturmessstutzen ..."

„Also, die Stutzen unmittelbar am Behälter sind auch nicht gefährdet", unterbrach Sänger wieder und setzte dann den Gedanken von Stumpfberg fort, „ebenso sehe ich für die Rohrleitungen eigentlich keine Gefährdung, weil die Wirkung einer Sprengung am Kopf verpuffen würde."

„Dann wäre doch eine Sprengladung von unten, - ich darf gar nicht daran denken", Schmidt stöhnte laut, „also in der Nähe des Bodenventils, am wirkungsvollsten?"

„Ja, da könnte sich schon Druck aufbauen", stimmte Stumpfberg zu, „aber kann eine Explosion das Bodenventil zerstören?"

„Oder die Saugleitung zu den Pumpen abreißen?", ergänzte Schmidt die Frage, während Müller zweifelnd bemerkte, „aber in diesem Falle müsste ja jemand eine Sprengladung im Gang direkt unter den Kugeln installieren?"

Nach diesen Worten herrschte Stille am Tisch, denn den hier sitzenden Menschen sträubten sich die Haare bei einer solchen Vorstellung.

Prost war schon während der Diskussion aufgestanden und hatte Stichworte an die Tafel beschrieben:

V-Leckage an Rückflussbehälter oder Kugeltanklager.
Reißen die Rohrleitungen ab oder auf?

Sprengung am Bodenventil am gefährlichsten?

...

Stumpfberg zeigte auf die Tafel. „Wir sollten auf keinen Fall die Gefährdung durch die beiden Rückflussbehälter mit flüssigem HCl vergessen."

„Oh ja, Hans, da hast du absolut recht", stimmte Schmidt eilig zu und Prost schrieb sofort an die Tafel: Leckage an den HCl-Rückflussbehältern.

„Ich wundere mich", Sänger zeigte ebenfalls zur Tafel, „dass ihr bisher nichts von einem Brand in der Anlage erwähnt habt. Könnte das nicht unkontrollierte Ereignisse auslösen?"

„Ein Brand setzt genauso eine Leckage voraus, Bernd", antwortete Kupfer, „und eine Explosion wäre immer das schwerwiegendere Ereignis. Natürlich könnte ein Brand noch dazukommen."

„Das sehe ich auch so", stimmte Prost zu, „außerdem haben die bisherigen Störungen in der Anlage gezeigt, dass unsere Feuerwehr einen Brand schnell in den Griff bekommt ..."

„Wenn sie rechtzeitig vor Ort ist", warf Schmidt ein, „wird das in Zukunft auch noch gewährleistet sein?"

Prost zeigte kurz mit der Hand zu seinem Ingenieur. „Davon gehe ich aus, Franz. Seht ihr sonst noch irgendwo Gefährdungen?"

In die entstandene Stille hinein fragte Herrbeck, „wie wäre es denn mit einem Flugzeugabsturz direkt in die V-Destillation oder ins V-Tanklager hinein?"

Wieder herrschte Ruhe am Tisch. Alle waren scheinbar mit bildlichen Gedanken beschäftigt, wie ein Flugzeug in ihre Anlage rast. Das war für alle gleichermaßen eine Horrorvorstellung.

Als Erster fasste sich Gustav Müller. „Es ist keine Frage, dass so ein Absturz die Teilanlage, in die das Flugzeug stürzt, komplett zerstört ..."

„Mensch Müli, nicht nur die Teilanlage ...", stöhnte Schmidt.

„Nun bleib doch mal ruhig Franz. Nehmen wir einmal an, dass das Flugzeug die V-Kolonne rammt, diese umwirft und dabei natürlich selbst explodiert. - Ich meine natürlich, dass das Flugzeug explodiert, nicht die V-Kolonne. - Die Explosion zündet die durch die Defekte in der Anlage ausgetretenen Flüssigkeiten. Es gibt noch einmal eine Verpuffung und es brennt in diesem Bereich." Müller hob den rechten Zeigefinger, „außer der C- und V-Destillation und vielleicht noch der Direktchlorierung, sind alle anderen Anlagenteile noch unversehrt. Menschen sind auch nur in diesem betroffenen Anlagenteil gefährdet und das sind doch höchsten zwei oder drei ..."

„Mensch, Gustav, schon der Verlust eines Menschen ist einer zu viel." Wieder war es Schmidt von dem diese Bemerkung kam.

„Ja, ja, ja, du hast ja recht Franz, aber ..." Müller verstummte. Jetzt war ihm scheinbar auch der Mumm ausgegangen.

In die Stille hinein sagte der Elektroingenieur Soitz, „das ist wichtig, denn, wenn man jetzt noch bedenkt, was eigentlich das Ziel eines Terrorangriffs oder Anschlags ist, nämlich Menschen, so viele wie möglich, zu töten, dann scheint es mir doch eher unwahrscheinlich, dass die sich ausgerechnet eine Chemieanlage, in der immer weniger Menschen arbeiten, für einen Anschlag aussuchen sollten."

„Und sogar wenn das Flugzeug direkt das Messwartengebäude treffen würde, was wahrscheinlich gar nicht so einfach ist", setzte der Ingenieurskollege Schuder den Gedanken fort, „wären die Menschenverluste, vergleichsweise zu einem Hochhaus, begrenzt."

„Und der Sachschaden wäre geradezu unbedeutend", fügte zum Erstaunen der anderen, der MSR-Meister Herrbeck hinzu.

„Donnerwetter, Dieter! Das musst gerade du sagen?", reagierte Kupfer als Erster, „aber dann ist doch das komplette Prozessleitsystem hin."

„Na und? Bei der gerade auf diesem Gebiet schnelllebigen Technik hätten wir dann doch die Chance das neueste System einbauen zu lassen."

Schmidt schüttelte heftig mit dem Kopf. „Wie kann man nur aus so einem furchtbaren Szenario noch etwas Positives herauslesen?"

„Zum Glück, Franz, sind die meisten Menschen so veranlagt", Müller sah lächelnd zu seinem langjährigen Freund, „denn sonst wäre es nach den vielen Kriegen auf der Welt schon längst mit der Menschheit zu Ende gegangen, weil sich alle aufgehängt oder sonst irgendwie selbst umgebracht hätten."

„Und es sind immer die einfachen Menschen", philosophierte Prost weiter, „die die größten Verluste zu beklagen haben und trotzdem sind es dann gerade die aus diesem Kreis noch Lebenden, die den Wiederaufbau betreiben. Denkt mal an die Trümmerfrauen. - Aber wir kommen vom Thema ab. Ziehen wir Bilanz und überlegen: Wie bekämpfen wir die von Gustav geschilderte Katastrophe?"

Stumpfberg lachte trotz der Horrorszenarien kurz auf. „Na, das wissen wir ja zum Glück inzwischen genau. Natürlich erst einmal alles brennen lassen, bis die Situation, insbesondere bezüglich weiterer Leckagestellen, geklärt ist."

„Nehmen wir einmal an, dass die V-Kolonne auf einen oder vielleicht auch auf zwei C-Tanks fällt", sagte Kupfer nachdenklich, „diese zerstört, beide laufen vollständig leer und - auch wenn das unwahrscheinlich ist - das C entzündet sich ebenfalls und brennt. Das kriegen wir sofort in Griff durch eine Überlagerung mit Wasser. Auf alle Fälle fasst die Tasse das Volumen von zwei Tanks."

„Soll das heißen, dass bei einem Defekt von allen drei Tanks der Auffangraum nicht ausreicht?", fragte Sänger mit erstaunter, ein wenig empörter Stimme.

„Ja, Bernd, dann könnte das C auf die Straße laufen und dort weiterbrennen, weil eine Abdeckung mit Wasser auch nicht mehr möglich wäre." Kupfer schwieg, die anderen auch. Doch nach kurzer Überlegung fuhr er fort, „Donnerwetter, das könnte ja tatsächlich eine richtig heikle Situation werden, denn bei der großen Oberfläche hätte die Feuerwehr sicher Probleme alles mit Schaum abzudecken, oder?"

„Das ist ein sehr wichtiger Punkt", bemerkte Prost und schrieb diesen Sachverhalt ebenfalls auf die Tafel, „das müssen wir mit den Feuerwehrleuten klären."

„Ja, das scheint mir ein grundsätzliches Problem zu sein", sagte Schmidt, „ob der Löschschaum für eine solche Situation ausreichend ist." Dann wandte er sich Stumpfberg zu, „aber ich möchte noch einmal zum V-Tanklager zurückkommen, Hans. Welche Gefährdung geht denn nun tatsächlich von dort aus?"

„Also, wenn oben etwas abreißt, dann tritt in jedem Falle ja nur Gas aus ..."

„Abgesehen von der abgetauchten Einlaufleitung", warf Müller ein.

„Stimmt." Stumpfbergs verzerrte Miene ließ ahnen, dass der Chemiker sich ärgerte, dass er Müller Recht geben musste. „Der Druck in den Tanks bewirkt, dass das flüssige V dann auch oben austreten würde. - Das ist schlecht!"

„Das kannst du laut sagen", stimmte sofort Schmidt zu, „denn bei der nächsten Zündquelle gibt es dann die befürchtete Explosion."

„Das Abreißen einer Rohrleitung durch eine äußere Verpuffung halte ich für unmöglich", sagte Sänger überzeugt, „diese Gefährdung würde nur bestehen, wenn zum Beispiel das Flugzeug die Leitungen zerstören würde ..."

„... und dann", griff Schmidt schnell diesen Gedanken auf, „kommt es natürlich sofort durch die Explosion des Fliegers zum Brand des V und dann? Wie weiter?"

Stumpfberg zögerte nicht mit der Antwort, „dann können wir nur so handeln, wie die Feuerwehren damals beim Kesselwagenunglück in Schönebeck: Das auslaufende V kontrolliert brennen lassen und parallel dazu die Kugel abpumpen."

„Das sind zwar tatsächlich Horrorszenarien, die wir hier diskutieren", sagte Anja Petersen, „aber ich bin erstaunt, dass scheinbar auch in der schlechtesten Situation sich immer irgendwelche Wege finden lassen, auch das furchtbarste Problem in den Griff zu bekommen."

Schmidt schränkte diesen Optimismus sofort ein. „Da bin ich mir nicht so sicher, junge Frau. Für das Abpumpen zum Beispiel müsste doch wenigstens noch ein geeigneter Stutzen vorhanden sein, aber haben wir den auch?"

„Das ist ein guter Punkt, Franz", sagte Sänger, „darum werde ich mich kümmern. Ich glaube aber, dass es da auch Möglichkeiten gibt. Doch das weiß ich nicht so genau - noch nicht."

Prost stand auf und drehte sich zur Tafel um. „Also, ich denke, wir haben das Wichtigste zusammengetragen:

V-Leckage an Rückflussbehälter oder Kugeltanklager.

HCl-Leckage an den Rückfluss- beziehungsweise Lagerbehältern.

Reißen die Rohrleitungen ab oder auf? Nicht durch äußere Explosion, aber bei direktem Flugzeugaufprall.

Sprengung am Bodenventil kaum gefährlich, aber Flugzeugabsturz auf Kugel oder V-Destillation scheint größte Bedrohung zu sein.

Reicht der Schaum um Flächenbrände zu löschen? Verantwortlich für Klärung Prost mit der Feuerwehr.

Abpumpen von V oder C unter Brandbedingungen. Verantwortlich für Planung des Ablaufs Schmidt, Stumpfberg.

Wie erfolgt Abpumpen, z. B. einer V-Kugel, auch wenn kein Stutzen mehr vorhanden ist? Klärung der Technik; dafür verantwortlich Sänger."

Prost drehte sich wieder zu seinen Kollegen um. „Hat noch jemand etwas zu ergänzen?"

Alle schwiegen ihren Gedanken nachhängend.

Der Anlagenleiter ließ seinen Blick über die Runde schweben. „Ich werde die Notfallvorschrift um ein paar Punkte ergänzen. Das lese ich euch in der nächsten Frühbesprechung vor."

Erneut sah Prost zu seinen Kollegen, die immer noch schwiegen. „Okay, dann war's das. Danke für eure Mitarbeit."

Sofort wurden die Stühle lautstark nach hinten geschoben, die Kollegen erhoben sich und verließen immer noch schweigend den Raum. Erst auf dem Flur begannen einige wieder miteinander zu diskutieren, was Prost aber nicht mehr verstehen konnte. Er war weiter mit seinen eigenen Gedanken beschäftigt. Für ihn war das Interessanteste dieser Besprechung zweifellos die Erkenntnis, dass die großen Anlagen der chemischen Industrie mit hoher Wahrscheinlichkeit kein lohnendes Angriffsziel für Terroristen sein sollten.

Schon am nächsten Tag übergab die Petersen ihrem Freund Schröder die Audiodatei von dieser bemerkenswerten Diskussion.

Der Mann bedankte sich mit einer Einladung zu einem Abendessen im Restaurant des Hotels Rotes Ross in Halle.

Doch daraus sollte nichts mehr werden.

8 - SCHALTEN UND WALTEN

1. August 2002, V-Fabrik

„Um 10 vor der alten Messwarte, mein Kind?"

Die Petersen schwieg verblüfft, weil sie der Anruf überraschte. Ihr Herz begann spontan heftiger zu schlagen, was durch die humorvollen Worte noch gesteigert wurde.

„Oder soll ich doch erst die Mutti fragen?", fügte Soitz ruhig hinzu.

Plötzlich hüllte die Frau wohlige Wärme ein. „Ach Opa, du bist das! Ich habe deine Stimme gar nicht erkannt."

„Na ja, so ganz ohne Zusammenstoß. - Du kommst?"

„Aber ja. Um 10. Schön, dass du dein Versprechen nicht vergessen hast."

„Das hast du ganz der Autorechnung zu verdanken."

„Aber Opa, bezahlt das nicht …"

„Schon gut mein Kind. Wir sehen uns!"

In Anjas Hörer piepte es nur noch.

Das bedauerte die Frau sehr, denn zu gern hätte sie dieses amüsante Gespräch fortgesetzt. Die Persönlichkeit dieses Mannes ergriff immer mehr Besitz von ihr, ohne dass ihr dieser Umstand bewusst wurde.

Fünf Minuten vor 10 traf die Petersen am alten Messwartengebäude ein.

Das mit roten Ziegeln gebaute zweistöckige Haus, bestehend aus Parterre und Obergeschoss, gefiel ihr. Sie wusste inzwischen auch, dass sich im Erdgeschoss zum einen der fensterlose ehemalige Kontrollraum mit dem noch etwas größeren Messwartennebenraum, in dem immer noch MSR-Einrichtungen untergebracht waren und zum anderen mehrere Räume mit für die C-V-Anlage erforderlichen Elektroeinrichtungen zur Steuerung der elektrischen Geräte in den Teilanlagen sowie die Klimaanlage für das Gebäude befanden. Gleich neben dem Hauseingang links von der Treppe gab es einen Aufenthaltsraum mit Herrentoilette für die Anlagenfahrer. Am südlichen Rand des Gebäudes war noch Platz geblieben für eine kleine MSR-, eine etwas größere Schlosserwerkstatt sowie den Batterieraum zur Notversorgung der wichtigsten Messwarteneinrichtungen mit Strom. Der Rest des Hauses auf dieser Ebene diente ebenfalls der Unterbringung von elektrotechnischen Ausrüstungen. Direkt darüber in der ersten Etage befand sich das großzügig ausgelegte Labor, bestehend aus einem großen und einem kleineren Raum, mit riesiger Fensterfront, von der aus die dort Arbeitenden direkt auf die Spaltanlage sehen konnten. Eine Treppe führte in diese Etage bis zu einem Flur, der sich in zwei Gänge aufspaltete, die jeder mit einer selbstschließenden Brandschutztür ausgerüstet waren. Die eine Tür führte zu einer Diele, von der aus es weiter zum Labor sowie zu vier anderen Räumen ging, die als Vorrats-, Lagerraum oder Archiv genutzt wurden. Hinter der zweiten Tür erstreckte sich ein Gang auf dessen linker Seite sich der Bürotrakt mit Damentoilette, sechs unterschiedlich großen Büros und auf der rechten der große Elektroschaltraum befand. Am Ende des Flurs gab es ein geräumiges Besprechungszimmer.

Die Petersen wunderte sich einerseits, dass Soitz sie zuerst zu den alten Schalträumen führen wollte, aber andererseits schien ihr das auch wieder logisch. Sicher wollte er den besten Teil für den Schluss aufheben und das konnte nur der zweite, der neuere sein.

„Hallo mein Kind!"

Anja sah sich überrascht um, aber weder rechts noch links von der Tür war jemand zu sehen.

„Bitte nicht erschrecken. Opa ist hier oben!"

Die Frau hob den Kopf und bemerkte den sich aus dem Fenster der oberen Etage lehnenden Mann, der lächelnd auf sie herabsah.

„Ohne Überraschungseffekt geht es bei dir wohl nicht?"

„Das war gar nicht meine Absicht. Der Schaltraum, in den ich dich zuerst führen will, liegt hier oben." Soitz winkte ihr zu, „komm hoch zu mir", und schloss das Fenster.

Die Petersen stieg die Treppe hinauf zum Obergeschoss, wo Soitz schon die Brandschutztür zum Büroflur aufhielt und ihr zur Begrüßung die rechte Hand entgegenstreckte. „Es freut mich dich zu sehen, mein Enkeltöchterchen."

Anja übersah die Hand, fasste den Mann bei den Schultern und drückte ihm einen zarten Kuss auf die Wange. „Danke Opa."

Das leicht gebräunte, ohnehin immer gesund aussehende Gesicht des Ingenieurs, erhielt noch mehr Farbe. Der Mann ließ die selbstschließende Brandschutztür ins Schloss fallen, öffnete gleich auf der rechten Seite den Eingang zu einem großen Raum, ließ wieder die Frau an sich vorbeigehen und begann mit seinen Erläuterungen.

„Ob für Niederspannung, Mittelspannung oder 6 kV-Strom, enthalten diese Räume im Prinzip alle eine ähnliche Einrichtung: speicherprogrammierbare Steuerungen, Verteiler, mess- und regelungstechnische Geräte oder Schutzsysteme für Kurzschluss, Überlast oder Überspannung."

Der große, weißgetünchte Raum, in dem mit eineinhalb Metern Abstand zueinander sich mehrere lange Reihen mit mannshohen, rechteckigen Blechkästen befanden, wirkte nüchtern, mathematisch, aber auch kalt auf die Petersen. Der Stolz, mit dem der Ingenieur über die Technik sprach, erwärmte die Frau wieder.

„Unsere Schalträume sind alle verschlossen und nur für Fachpersonal zugänglich. Bei der Größe dieses Raumes muss ein zusätzlicher Fluchtausgang vorhanden sein, der sich auf der anderen Seite befindet." Soitz zeigte quer durch den Raum.

Während die beiden Ingenieure zwischen den Schaltschränken hindurch zur anderen Seite gingen, sprach Soitz weiter und die Petersen lauschte den angenehm in ihr Ohr dringenden Lauten. Im Augenblick verstand sie zwar den Sinn der Worte, würde ihn aber schnell wieder vergessen, weil diese Technik nicht zu ihrem Arbeitsbereich gehörte. Erinnern würde sie sich hingegen noch lange an die harmonisch-wohlige Atmosphäre, die sich über den gesamten Zeitraum des Zusammenseins zwischen ihr und dem Mann aufgebaut und sie ständig begleitet hatte, obwohl kein persönliches Wort gewechselt worden war.

Soitz, nach wie vor ganz in seinem Element, erzählte weiter.

„Außer gesicherten Zugängen und Fluchtwegen, auch für die Feuerwehr, sind für elektrische Schaltanlagen folgende Punkte wichtig:

Sie sollten wegen der Gefahr durch Wasser und flüssige Chemikalien von Rohrbrüchen oder bei Feuerwehreinsätzen sowie der Gefahr durch schwere Gase nie unter Erdgleiche errichtet werden.

Sie sollten sich außerhalb der Ex-Zone und möglichst innerhalb eines Gebäudes an der Außenwand wegen der notwendigen Kabelzuführung befinden.

Bedarfsweise sollten mehrere Schalträume für die elektrische Leistungsverteilung den Anlagenteilen sinnvoll zugeordnet werden, d. h., eine dezentrale Lage in der Nähe von Verbraucherschwerpunkten kann durchaus sinnvoll sein. Bei der Erweiterung der Anlage wurde das so gemacht, aber vielleicht nur deshalb, weil dieser alte Schaltraum hier, obwohl noch viel Platz vorhanden ist, doch nicht ausgereicht hätte.

Niederspannungs- und Mittelspannungsschalträume sind vorzugsweise räumlich voneinander zu trennen.

Wasser-, Dampf- und Produktrohrleitungen dürfen nicht durch diese Räume geführt werden.

Grundsätzlich ist eine günstige Leitungsführung zu beachten."

Ab und zu stellte die Petersen eine Frage, die Soitz mit wenigen Worten präzise beantwortete.

Auf dem Weg vom alten zum neuen Schalthaus, das sich direkt auf der Südseite des Hauptapparategerüsts des kurz vor dem Anfahren befindlichen 2. Stranges der C-V-Anlage befand, hätten die zwei sich beinahe an den Händen gehalten, und obwohl von beiden gewollt, zuckten gleichermaßen Mann wie Frau erschreckt zurück, als sie die Haut des anderen spürten.

An das, was Anja im neuen Schaltraum zu sehen bekam, konnte sie sich schon kurz danach nicht mehr erinnern, zu sehr war sie mit ihren Gefühlen beschäftigt, die sie für einen Moment zu übermannen schienen. Erst nachdem sie sich von Soitz wieder getrennt und allein zu ihrem Büro unterwegs war, wurde ihr Kopf wieder klarer. Zu ihrer eigenen Verwunderung stellte sie aber jetzt fest, dass auch nur der kleinste Gedanke an den Mann in ihr aufwallende Wärme verursachte, die sie als sehr angenehm empfand. Plötzlich wurde ihr klar, dass sie dabei war, sich in Otto Soitz zu verlieben oder war es ganz und gar schon passiert?

„Oh Gott!", seufzte die Frau auf und sah sich sofort nach allen Seiten um, weil ihr die zwei Worte laut aus dem Mund gerutscht waren.

‚Das darf nicht sein', ging es ihr durch den Kopf. ‚Der Mann ist doch verheiratet oder?' Sie ging in Gedanken versunken weiter, ohne zu merken, dass sie gar nicht mehr in Richtung Büro unterwegs war.

Nachdem sich Soitz kurz nach Verlassen des neuen Schalthauses von Anja verabschiedet hatte, machte er kehrt und ging wieder in das Haus zurück. Er verstand nicht, wieso ihn diese betont sachlich gehaltene Führung der Petersen durch die Schalträume der V-Fabrik, derart berührt, ja regelgerecht aufgewühlt hatte. Im Nachhinein glaubte er zu wissen, dass es der Frau ebenso gegangen sein musste und sie in den letzten Minuten ihres Zusammenseins nur darauf gewartet hatte, dass er sie küssen würde. Warum hatte er das nicht getan?

Eigentlich hatte Soitz sofort in sein Büro zurückkehren wollen, aber er konnte sich jetzt nicht hinsetzen und schon gar nicht sich auf fachliche Arbeit konzentrieren. Als er nach ein paar Minuten den neuen Schaltraum wieder verließ, ging der Ingenieur zur alten, in Betrieb befindlichen Anlage zurück. Er dachte dabei daran, dass Anja ihm erzählt hatte, dass sie sich als Erstes mit der Oxi-Anlage beschäftigen wollte. Erst als der Kreisgaskompressor mit seinen starken Laufgeräuschen ihn in die Gegenwart zurückbrachte, merkte er, dass sein Weg ihn automatisch in diesen Bereich geführt hatte. Um dem Krach auszuweichen ging er ins Treppenhaus und stieg, wieder in Gedanken versunken, bis zur obersten Ebene hoch, die sich in 24 Meter Höhe befand.

Soitz betrat die Gitterrostbühne, die ein Quadrat von circa 15x15 Meter umfasste, aus dessen Mitte der gewölbte, durch die starke Isolierung etwa 5 Meter breite Kopf des Oxi-Reaktors etwa eineinhalb Meter hoch herausragte. Direkt von der Mitte des Apparates führte das 600 Millimeter dicke Rohr zuerst nach oben, dann im Bogen zum Rand der Bühne und von dort senkrecht nach unten zur Oxi-Quenche. Dadurch war die Seite der Bühne, gegenüber vom Treppenhaus, nicht einzusehen und Soitz blieb überrascht stehen, als er nach ein paar Schritten eine Gestalt bemerkte, die dort am Geländer stand und in die Ferne blickte.

Plötzlich drehte sich die Person um.

Soitz erkannte die Petersen und die Frau erkannte den Mann.

Wie von einem Magneten angezogen flogen beide aufeinander zu und fielen sich in die Arme.

Die Berührung löste bei beiden Emotionen, wie kleine Explosionen aus: Sie küssten sich, zogen ihre Jacken aus, drückten sich fest aneinander, zogen sich die Hosen aus, und als sie sich dabei kurz voneinander trennen mussten, riss sofort der eine den anderen erneut an sich. Sie küssten sich, die restliche Kleidung flog auf die Gitterrostbühne. Der Mann spürte die nackten Brüste in seinen Händen. Die Frau griff nach dem steifen Glied. Sie pressten sich aneinander. Als der Mann der Frau unter die Arme fasste, wusste sie sofort, was er damit bezweckte und sowie er fester zu griff, sprang sie hoch. Soitz stemmte die Frau noch oben, ließ sie dann an seinem nackten Körper abwärts gleiten. Das fiebernde Weib half dem großen steifen Glied den Weg in ihren Leib zu finden. Sie stöhnte wohlig auf, als das Teil in sie eindrang, umklammerte den Körper des Mannes mit den Beinen und drückte ihn so stark an sich, dass der Penis tief in sie eindrang. Obwohl sich beide nur sehr wenig bewegten durchzuckten ihre Körper unbeschreibliche Lustgefühle, die sie in vollen Zügen genossen. Erst der Samenerguss brachte die Liebenden in die Gegenwart zurück, aber sie hielten sich weiter umklammert.

„Kannst du noch stehen? Ich will unbedingt, dass du drinbleibst", flüsterte sie.

„Ich versuche mich auf unsere Sachen zu setzten, ohne dich loszulassen, okay?"

Langsam ging der Mann in die Knie, die Frau half ihm beim Hinsetzen, indem sie sich mit ihren Beinen auf den Gitterrosten abstützte. Als dabei der Penis beinahe herausgerutscht wäre, drücken sich beide gleichermaßen schnell aneinander und dann saß Soitz, streckte sich langsam aus, während Anja, auf dem Körper des Mannes sitzend, sich genüsslich langsam ein wenig hoch und runter bewegte. Es war einfach wunderbar, wie sie jetzt das Glied in ihr bewusst steuern konnte und sie tat es mit Genuss, während der Mann ihren Busen massierte.

Soitz hatte schon viele schöne Brüste in der Hand gehabt, aber heute spürte er, dass nicht deren perfekte Form das Entscheidende war, sondern die Gefühle, die man für die Frau empfand, denn erst dadurch und durch das Wissen, dass der Partner seine Handlungen auch als angenehm empfand, wurde die Sache so reizvoll und unbeschreiblich schön.

Anja beugte sich zu ihm runter, küsste ihn, bewegte sich leicht hin und her und wieder spritzte der Samen in den Leib des wollüstig seufzenden Weibes, die durch ihren verzückten Gesichtsausdruck den Mann wissen ließ, dass sie alles spürte und es bei ihr ebenfalls zum Orgasmus gekommen war.

Weder der Mann noch die Frau dachten auch nur eine Sekunde an Morgen. Sie genossen die innige Umarmung hier und jetzt, ohne den geringsten schlechten Beigeschmack. Sie fühlten sich froh, frei und glücklich, auf eine Art, wie es nur aufrecht Liebenden gelingen kann.

9 - Die Gedanken der Geheimen
11. August 2002, Hofbräuhaus in München

„Ist schon lange her, seit wir das letzte Mal hier zusammengesessen haben, was Wilhelm? - Wie geht es dir?"

„Fast 20 Jahre, Jürgen. An dem Sonntag damals war Bundestagswahl, wo Kohl als Kanzler bestätigt worden ist. Erinnerst du dich?"

Der kurz vor seiner Pensionierung stehende Oberst des deutschen Geheimdienstes Jürgen Naumann und der eigentlich schon außer Dienst gestellte Chef einer kleinen, eigentlich gar nicht mehr existierenden Geheimorganisation BDJ-09, Wilhelm Vurtsch, saßen an diesem herrlichen Sommervormittag im Innenhof des Hofbräuhauses und ließen sich ihr Weißbier schmecken. Im Unterschied zu Naumann, dem offiziellen Geheimdienstler, betrieb Vurtsch in Burghausen zur Tarnung eine kleine Partnervermittlung, die sich in einem vierstöckigen Gebäude befand, in dem noch ein Rechtsanwaltsbüro, ein Steuerhilfeverein, die Behandlungsräume einer Zahnärztin sowie vier Privatwohnungen untergebracht waren.

„Ist schon komisch, Wilhelm, wenn wir uns treffen sind immer die Roten am Drücker, aber kurz danach wieder die Schwarzen." Naumann schwieg, lachte dann kurz auf und fügte grinsend hinzu, „dank uns! - Stimmt doch Wilhelm?"

„Das wird dieses Mal schwerer, Jürgen, der Schröder sitzt fest im Sattel. Wir müssten etwas kräftiger rütteln, findest du nicht auch?" Vurtsch hob seinen Maßkrug und schüttelte ihn ein wenig.

„Genau, Wilhelm. Deswegen bin ich ja eigentlich auch hier. Die Beziehungen zu den Amis und insbesondere zu unserem Freund Georg Dabbelju, sind durch die rote Socke ganz schön abgekühlt. Dir muss ich das nicht sagen, dass das gerade für unsere Firma außerordentlich beschissen ist."

„Unter Busch haben sich die amerikanischen Geheimdienste erstaunlich gemausert, mit dieser Präsidenten-Marionette konnten die Medien die Öffentlichkeit ganz schön einlullen." Vurtsch sah zu Naumann und schloss ein wenig die Augen. „Zum Glück hat die rote Regierung uns in der Zusammenarbeit mit unseren amerikanischen Kollegen kaum behindert. Das haben wir bisher ja auch ohne Skrupel ausgenutzt."

„Apropos Skrupel, das ist das Stichwort, Wilhelm. Wir müssten im Interesse der Amis hier bei uns einen kleinen Terroranschlag inszenieren und dann spektakulär aufklären. Das hilft Busch und schadet Schröder …" Naumann stockte kurz, weil Vurtsch den Kopf schüttelte, „na ja, zumindest ein bisschen."

„Du meinst so etwas Ähnliches, wie wir es vor zwanzig Jahren mit Jendritzki und dem Papst Attentat versucht hatten?" Vurtsch sah Naumann in die Augen und wartete auf eine Antwort.

„Jendritzki! Das wäre jetzt der richtige Mann, wo steckt der eigentlich?"

„Der ist doch am 16. Januar im vergangenen Jahr vom ehemaligen Stasioffizier Karius erschossen worden. Hast du das noch nicht gewusst?"

„Doch. - Jetzt, wo du es sagst. - Im Zusammenhang mit dem Namen Karius fällt mir die Story wieder ein. - Ha, ha! Der Stasioffizier als Hauptkommissar beim BKA. (5) Das hätte hohe Wellen schlagen können, aber unsere Massenmedien haben das erstaunlicherweise ziemlich totgeschwiegen, einschließlich dem damals aufgedeckten rechtsradikalen Hintergrund."

Die Männer schweigen.

Beider Gedanken drehten sich um das Verhalten der Medien. Das war schon irgendwie seltsam. Zum Beispiel, als ein Bundespräsident bezüglich der Kriegsziele in Afghanistan einmal ausversehen die Wahrheit sagte, als er davon sprach, dass es sich bei diesem Krieg auch um wirtschaftliche Interessen handeln würde, hat die Presse das nicht nur - nicht - ausgeschlachtet, sondern im Gegenteil in der vom kapitalistischen Staat gewünschten Lesart, d. h. es ginge natürlich nur gegen die inhumane Diktatur, die Herstellung von Demokratie und humanitäre Hilfe für die Menschen in diesen Ländern, in ihren Blättern kommentiert und damit die Aussage des Politikers korrigiert. Der dadurch verwirrte Mann nahm seine Aussage zurück. Aber jetzt stürzten sich alle Medien wie die Geyer auf ihn, sodass er entnervt von seinem lukrativen, obwohl eigentlich nur der Repräsentation Deutschlands dienenden Amt, zurücktrat.

Naumann und Vurtsch empfanden diese quasi gleichgeschalteten Medien als sehr angenehm und sie amüsierten sich im Stillen darüber, dass genau diese Formulierung als Floskel der hiesigen Presse verwendet wurde, wenn sie von den Medien in Diktaturen sprachen. Natürlich war den beiden Männern auch klar, dass so die Demokratie des schönen deutschen Landes gefährdet wurde, und obwohl sie auch keine Diktatur wollten, gefiel ihnen der dadurch entstehende, wesentlich größere Spielraum für ihre eigenen geheimdienstlichen Aktivitäten. Sie wussten aber auch, dass sie selbst wachsam bleiben mussten, denn manchmal erwachte die Demokratie zu neuem Leben, wenn sich die verantwortlichen Journalisten auf ihre Aufgabe besannen und von heut auf morgen Fehler des etablierten Systems bloßlegten.

Der Oberst durchbrach das Schweigen. „Das schwierigste wird sein, etwas zu finden, wodurch einerseits Menschen nicht zu Schaden kommen können, aber andererseits für alle möglichst deutlich wird, dass eine sehr hohe Gefährdung für viele Personen bestanden hat, aber man eben noch einmal mit einem blauen Auge davongekommen wäre. Verstehst du, was ich meine, Wilhelm?"

Naumann trank einen Schluck, stellte das Bier wieder auf den Tisch zurück und zeigte dann mit einem Finger auf den Krug, als ob der das geeignete Objekt sein würde. „Wir sprengen sozusagen das Ding in die Luft und sowohl uns als auch den Tausend anderen Gästen, darf nichts passieren."

Vurtsch sah schweigend auf das Biergefäß seines Geheimdienstkollegen. Es war ihm nicht anzusehen, ob er ernsthaft überlegte, wie man das eben Gesagte direkt würde umsetzen können oder ob er einfach nur träumte.

Aber Vurtsch träumte nicht. Er dachte an die kürzlich eingetroffenen Informationen, die er nach seinem Besuch in Halle von dem, noch von seinem ehemals besten Agenten, Herbert Jendritzki, angeworbenen, Horst Schröder, erhalten hatte und die ihn jetzt auf diese Idee zu einem, im Sinne von Naumann, echten Terroranschlag brachte.

Horst Schröder hatte über eine junge Ingenieurin Kenntnis erhalten von einer Expertendiskussion zu möglichen Zerstörungen bei einem Bombenanschlag in der C-V-Anlage. Die für den

Geheimagenten wichtigste Erkenntnis dabei war, dass es fast unmöglich schien, im V-Tanklager durch eine Sprengung eine kritische Situation zu schaffen, weil Behälter und Rohrleitungen sehr sicher projektiert und installiert worden waren, sodass sie folglich auch kaum zu zerstören sein würden. Also konnte man genau hier einen echten Anschlag planen, ohne ein zu großes Risiko einzugehen, dass tatsächlich ein zu gewaltiger Schaden oder eine zu hohe Gefahr für das Leben von Menschen entstehen würde. Aber andererseits konnte man damit, durch das tatsächlich vorhandene Gefährdungspotenzial, richtig Staub aufwirbeln.

„Wilhelm, ich weiß schon, dass das nicht ganz so einfach ist, aber … He Wilhelm! Hörst du mir überhaupt noch zu?" Naumann griff nach dem Henkel seines Kruges, schob das Gefäß über den Tisch, bis es an den Becher seines Bundesgenossen anstieß.

Vurtsch hob grinsend seinen Kopf. „Und ob, Jürgen. Und ob ich dir zugehört habe. Mir ist da gerade eine der letzten Informationen durch den Kopf gegangen, die ich erst vor kurzem von meinem V-Mann bekommen habe, der auch mit Jendritzki zu tun hatte."

„Ein inoffizieller V-Mann? Wo sitzt der?"

„Jürgen, du weißt ja selbst, wie nützlich das sein kann. Er arbeitet im ehemaligen LUNA-, jetzt OPA-Werk."

„Mensch, du willst doch wohl nicht bei den Amis …"

„Warum nicht? Im Gegenteil, Jürgen, das macht den Anschlag glaubwürdiger und er könnte genau den Effekt haben, den du vorhin so schön beschrieben hast."

„In einer chemischen Anlage, Wilhelm? Das ist doch Quark!"

„Warte doch mal ab, Jürgen. Mein Mann hat mir das komplette Palaver der Betriebsleute zu diesem Thema übermittelt. Wenn du willst kann ich dir die CD oder Audiodatei mal zukommen lassen."

„Das würde mich sofort interessieren, Wilhelm. Hast du die Datei nur auf deinem PC oder auch im Intranet gespeichert?"

„Ja auch da. Das hab ich ganz vergessen, aber was nützt uns das hier?"

Naumann lachte. „Es freut mich, dass ich alter Mann dir zeigen kann, was die neueste Technik fertigbringt. Zum Glück ist es immer noch so, dass wir solche Entwicklungen schon lange vorher erhalten, bevor das Zeug in den Laden kommt. Hast du schon mal was von einem PDA gehört, Wilhelm?"

„Na klar, Jürgen. Das sind die kleinen Computer, die du in die Tasche stecken kannst."

Naumann fasste in seine Jacke und holte ein handgroßes Handy heraus. „Das ist ein Smartphone, Wilhelm, damit kann ich ins Internet und natürlich in unser Intranet gehen. Verstehst du?"

„Zeig mal her."

Vurtsch streckte die rechte Hand aus und Naumann drückte ihm das Teil in die Hand.

„Wo sind denn hier die Tasten, Jürgen?"

Naumann deutete grinsend mit der Hand auf den Tisch. „Leg das Handy mal hier her. Ich zeige es dir. Das funktioniert mit - Touchscreen."

Der Offizier verzog schmerzlich das Gesicht bei diesem Wort, denn auch wenn er die Technik gut fand und mit ihr umgehen konnte, waren ihm die Anglizismen zuwider.

Vurtsch legte das Smartphone seitlich auf den Tisch, sodass Naumann mit der Bewegung seines rechten Zeigefingers, ein Bild nach dem anderen aufrufen konnte, bis er, mit ein paar Hinweisen seines Kollegen, die Audiodatei gefunden hatte.

Die zwei waren hier im Biergarten zwar nicht allein, aber an den anderen Tischen liefen angeregte Unterhaltungen, sodass niemand Notiz von ihnen nahm.

„So, es kann losgehen. Du weißt ja jetzt, wie es geht, Wilhelm, drück aufs Knöpfchen."

Die Diskussion dauerte eine halbe Stunde.

Nach dem Verstummen des Players, der zwischen den beiden Geheimen stand, durchbrach Naumann als erster das kurze Schweigen. „Sind die Leute denn verrückt, eine solche Diskussion öffentlich zu führen? Wenn das nun einem Terroristen zu Ohren kommt?"

„Aber genau das ist doch der springende Punkt, Jürgen." Vurtsch zeigte mit seiner rechten Hand schräg nach oben in den Himmel. „Derjenige wird auf alle Fälle, genau wie die Betriebsleute, zu dem Schluss kommen, dass ein Terroranschlag auf eine Chemieanlage zwar sehr gefährlich erscheint, aber doch eindeutig für einen terroristischen Zweck uneffektiv und damit ungeeignet ist."

Naumann machte immer noch ein abweisendes Gesicht.
„Ich sehe da immer noch keinen Ansatzpunkt für uns, Wilhelm."

Nach zwei Minuten Diskussion begriff auch Naumann die sich ihnen bietenden Möglichkeiten und nach einer weiteren halben Stunde kristallisierte sich der Plan immer deutlicher heraus.

„Deine Idee scheint wirklich gut zu sein, Wilhelm. Du bereitest den Anschlag genauso vor, wie wir es jetzt besprochen haben und ich sorge dafür, dass zum gegebenen Zeitpunkt die …", er zwinkerte Vurtsch zu, „… richtigen! Täter verhaftet werden können."

Die Männer reichten sich die Hände über den Tisch, schüttelten sie kräftig, griffen zu den Bierkrügen, stießen sie aneinander und tranken sie leer.

„Du warst selbstverständlich heute mein Gast Wilhelm."
Naumann rief den Kellner und bezahlte.

10 - So ein Zufall - 1. Teil
16. August 2002, Düsseldorf

Paula Peters betrat schwungvoll das Detektivbüro, sah Ernst Wolf in der gemütlichen Sesselecke sitzen und die Worte sprudelten aus ihr heraus. „Ernst, ich komme gerade von einem Treffen mit Daniel …", die Frau blieb stehen, weil sie Wolfs verstecktes Grinsen bemerkte, hob beide Hände und fuhr empört fort, „nicht, was du denkst! Hör mir doch erst einmal zu. Es …", die Frau zögerte erneut und ohne sich zu setzen fuhr sie fort „… es klingt … wie soll ich's sagen … eher etwas seltsam, was mir Daniel da erzählt hat. - Außerdem verstehe ich das immer noch nicht. Er und sein Freund Alexander sollen bei OPA-CG als Anfahrhilfen anheuern. Verstehst du das?"

„Wer sagt, dass sie dahin gehen sollen?" Der Detektiv sah seiner Partnerin interessiert hinterher, weil die sich von ihm weggedreht hatte und zur kleinen Kochnische unterwegs war.

„Na die Arbeitsagentur in Düsseldorf!" Paula kam mit einem Glas Wasser zurück und setzte sich Wolf gegenüber in einen Sessel. „Dabei haben wir doch nur eine Städtepartnerschaft mit Chemnitz und nicht mit Halle an der Saale?"

„Das sieht auf den ersten Blick wirklich eigenartig aus", sagte Wolf nachdenklich, „aber, habe ich dir nicht vor Kurzem erzählt …"

„… dass solche Menschen, wie unsere zwei Revoluzzer politisch missbraucht werden können", übernahm Paula die Vollendung des Satzes. „Ja! Ich erinnere mich. Aber was bedeutet das nun genau und vor allen Dingen in diesem, unseren Fall?"

„Was meinen denn unsere zwei Freunde dazu?" Wolf trank einen Schluck Wasser", „sie könnten den Auftrag doch einfach ablehnen."

„Daniel sagt, dass sie das unbedingt machen müssten. Warum, hat er mir nicht erklärt."

„Vertraut er dir nicht, Paula?" Wolf sagte das etwas zurückhaltend mit besonders ruhiger Stimme.

„Vielleicht ist es wirklich eine krumme Sache und er will mich da nicht mit reinziehen?" Die Peters warf einen fragenden Blick zu ihrem Partner.

„Das könnte sein, Paula. Soll ich mal mit den beiden reden?"

„Halte den Gedanken fest, Ernst." Die Frau setzte sich etwas bequemer in ihrem Sessel zurecht. „Aber vorher habe ich noch eine andere Frage. Weißt du, ob da bei OPA zurzeit irgendetwas Besonderes anliegt?"

Wolf nickte. „Das ist eine gute Frage. Der sollten wir als Erstes nachgehen. Am besten ich rufe gleich mal unseren Freund Balla an."

Während Wolf zum Mobilteil auf der Telefonbasisstation griff, das 2. lag bei Paula auf dem Tisch, stand die Peters auf, ging zum Regal, nahm eine schmales Reclam Heftchen heraus, blätterte darin und legte es aufgeschlagen vor Wolf auf den Tisch.

„Hallo Herr Balla? Hier ist die Detektei Mühsam. Wir suchen verzweifelt nach der Fortsetzung von:

Kein Schlips am Hals, kein Geld im Sack.
Wir sind ein schäbiges Lumpenpack,
auf das der Bürger speit. (8)

Können sie uns da weiterhelfen?"

Wolf legte das Telefon auf den Tisch und drückte auf den Lautsprecherknopf, aber der Teilnehmer sagte nichts. Paula legte einen Finger auf den Mund, damit Ernst ebenfalls schwieg. Sie mussten nicht lange warten, dann klang die ihnen vertraute Stimme aus dem Hörer:

„Oh, wär ich doch ein reicher Mann,
der ohne Mühe stehlen kann,
gepriesen und geehrt.
Träf ich euch auf der Straße dann,
ihr Strohkumpane, Ernst, Paulann,*
ihr Lumpenvolk, ich spie euch an. -
Das seid ihr Hunde wert! (8)

Macht 5 Euro 40. Bitte überweisen sie die …"

„Wieso gerade 5 Euro 40?", fragte Wolf verblüfft. „Außerdem war das ja auch nicht die ganze Fort …"

„Dafür schicke ich ihnen das kleine Reclam Heftchen. Da steht alles vom Lumpenlied und noch mehr drin. Okay?"

„Mensch Emil", konnte die Peters nun nicht mehr an sich halten, „das haben wir doch selber oder was denkst du woher Ernst die ersten drei Zeilen hatte?"

„So ist das also, aber wie kommt ihr gerade heute auf Mühsam? Ist bei euch etwa die Revolution ausgebrochen? Dann mache ich mich gleich auf den Weg zu euch!"

„Bleib wo du bist", antwortete nun Wolf, „es sieht so aus, als kämen die Revoluzzer zu euch, Seemann. Weißt du warum das so sein könnte?"

„Skipper du willst wohl ein bisschen Seemannsgarn mit mir spinnen? Von euch kommen doch sonst immer nur die reichen Saubermänner zum Stehlen hierher in den Osten."

„Das ist der Punkt, Emil", mischte sich wieder Paula ein, „das Arbeitsamt von Düsseldorf will - für Ernst und mich völlig unverständlich - zwei junge Männer zu OPA-CG schicken. Liegt bei euch denn irgendetwas Besonderes an?"

„Ha! Das stinkt wirklich zum Himmel. Wir haben hier doch wahrlich genug Arbeitslose. Allerdings stellt Prost im Moment, zumindest befristet für 6 Monate, tatsächlich noch ein paar Leute ein, weil wir unseren C-V-Strang 2 anfahren wollen."

„Emil, jetzt hat die Detektei wirklich ein Bitte an dich", sagte Wolf, „sollten zwei Leute aus dem Ruhrgebiet bei euch auftauchen, kannst du uns dann sofort informieren?"

„Aye, aye Sir! Ich nehme an, dass du mich dann bald besuchen kommst?"

„Das wissen wir noch nicht. Wichtig ist erst einmal, dass wir erfahren, ob die zwei tatsächlich zu euch gekommen sind. Alles andere entscheiden wir später. Okay?"

„Mühsam wären weitere Worte, denn es reimt sich inzwischen in diesem Sinne fast alles für mich zusammen. Macht's gut meine Freunde. Ich melde mich." Eine Sekunde später piepte es nur noch aus dem Hörer.

Die Peters sah Wolf fragend in die Augen. „Wissen wir nun Bescheid?"

„Das wär zu viel gesagt, aber ich bin sicher, dass wir die richtige Maßnahme getroffen haben, Paula. Ich denke wir können in Ruhe abwarten."

„Ich bewundere Erich Mühsam", sagte die Peters sinnierend, während sie in dem kleinen Reclam Heftchen blätterte.

„Ab 7. April 1919 gehörte er als Mitglied des Revolutionären Arbeiterrats der Münchner Räterepublik an. In dieser Situation war es ihm damals furchtbar peinlich, dass einige Unternehmer ihm, ob der gewonnenen politischen Macht, in den Arsch kriechen wollten." Die Frau schüttelte lächelnd den Kopf. „Heute ist das ja eher umgekehrt."

„Wir werden auf unsere Revoluzzer gut aufpassen Paula, das verspreche ich dir."

„Und verhindern, Ernst, dass aus ihnen Arschkriecher oder noch etwas Schlimmeres werden könnten!"

11 - ZWEI SCHRÄGE VÖGEL
30. August 2002, OPA-Werk

Kupfer steckte nur kurz seinen Kopf in Prosts Büro. „Thomas. Die Einstellungsgespräche mit den zwei Typen aus dem Ruhrgebiet musst du selbst machen. Die Sache kommt mir nicht ganz geheuer vor."

Der Betriebsleiter drehte seinen Kopf zur Tür. „Wie kommst du darauf, Harry?"

„Schräge Vögel eben. Keine Ahnung. Nur so ein Gefühl."

Prost lachte kurz auf. „Dann sollten wir vielleicht Balla hinschicken?"

„Genau. Thomas, das würde passen."

„Wo und wann ist das?"

„Vorn in B12, um 10 Uhr."

„Okay Harry. Ich übernehme das."

Fast auf die Minute genau öffnete der promovierte Ingenieur die Tür zu dem kleinen Besprechungszimmer im Verwaltungsgebäude der Firma.

„Guten Tag. Mein Name ist Thomas Prost. Ich bin der Leiter der V-Fabrik. Wie kommt man eigentlich auf die Idee vom westlichen Ruhrgebiet ins östliche wechseln zu wollen?" Er ging auf die zwei jungen Männer zu, die aus Bochum beziehungsweise Düsseldorf stammten und mindestens 10 Zentimeter größer waren als er selbst, drückte ihnen die Hand und setzte sich mit an den Tisch.

„Aber sie suchen doch Leute hier oder nicht?", fragte der ein wenig rothaarige, kräftigere der beiden fast gleichgroßen Bewerber, der sich mit Alexander Schuster vorgestellt hatte.

„Das schon, aber sie wissen doch auch, dass wir sie nur befristet für 6 Monate einstellen können, weil wir nur zum Anfahren der neuen Teilanlage Verstärkung brauchen."

„Na klar. Das wissen wir", antwortete jetzt der andere, der seinen Namen zwar nicht genannt, aber dem Betriebsleiter natürlich von der Kandidatenliste der Bewerber bekannt war, „damit sind wir einverstanden."

„Das kommt uns sogar entgegen", fügte Schuster noch hinzu.

„Ich wundere mich nur", Prost schüttelte erneut leicht seinen Kopf, „dass sie für eine so kurze Zeit in den Osten kommen wollen. Sie beide haben Abitur. Damit bekommen sich doch vorübergehend auch in ihrer Gegend einen gut bezahlten Job. - Aber - was soll's, das ist ja eigentlich auch egal."

Er wandte sich wieder dem rothaarigen Mann zu. „Sie sind ohne Beruf Herr Schuster, haben allerdings bei der Boechst in der Nähe von Köln bereits ein paar Monate gearbeitet?"

„Ja. Das hat mir gar nicht schlecht gefallen, weil ich Mathematik und Knobeleien liebe. - Aber - sie müssen das verstehen, Herr Prost. Das Arbeitsamt Düsseldorf hat uns hierhergeschickt, weil … Ich will ja später noch studieren."

„Es ist dasselbe bei mir", pflichtete der andere bei, „es genügt eine befristete Tätigkeit."

„Wollen sie danach ebenfalls studieren, Herr Hoffmann?"

Die beiden jungen Männer sahen sich an und nach kurzem Schweigen antwortete Hoffmann für beide. „Ja, wir sagen es ihnen lieber gleich. Wir sind aus ihrer Sicht zwei verkrachte Existenzen. Wir wurden schon mehrfach von der Polizei bei Demos verhaftet, weil wir bei den Autonomen mitgelaufen …"

„Das heißt, dass sie zur linke Szene gehören?", unterbrach Prost und sah zwischen den beiden hin und her.

„Deutschland ist doch jetzt nur noch ein Land der Reichen und Speichellecker", antwortete Schuster, „entweder du kriechst den Geldsäcken in den Arsch oder du landest auf der Straße."

„Man darf sich doch nicht alles gefallen lassen oder?", fügte Hoffmann hinzu und sah prüfend zum Betriebsleiter, weil er strikte Ablehnung oder zumindest Protest erwartet hatte, aber stattdessen überrascht ein Lächeln auf dessen Gesicht bemerkte.

„Auf keinen Fall", sagte Prost, „darin stimme ich ihnen zu. Aber es gibt außer Heuchlern noch viel andere …"

„Aber genau diese Speichellecker und Arschkriecher", unterbrach Schuster impulsiv, „halten per sogenannter demokratischer Wahl doch die Reichen an der Macht, weil die anderen Spießer keinen Arsch in der Hose haben oder eben einfach nur gleichgültig sind."

„Mit Vorurteilen ändert man auch nichts." Prost schüttelte missmutig den Kopf. „Aus meiner Sicht fehlt eine, auf breiter Basis, beruhende, demokratisch organisierte Gegenwehr, die

Menschen mit den unterschiedlichsten Auffassungen und - Arsch in der Hose! - zusammenfassen könnte. - Aber lassen wir das. Ich habe keine Vorurteile gegen sie. Ich finde es immer gut, wenn Menschen - und am häufigsten sind es junge Leute - sich trauen, den Mund aufzumachen. Trotzdem frage ich mich, warum sie gerade hier …"

„Das ist so, Herr Prost", begann Hoffmann zu erklären, „dafür, dass wir die Sache bei ihnen in der Anlage durchstehen, hat uns die Staatsanwaltschaft versprochen, wegen der zwei Rangeleien mit der Polizei, keine Anklage zu erheben, beziehungsweise die Anklage fallen zu lassen."

„Aber viel wichtiger ist", fuhr Schuster fort, „dass man uns …"

„… wir haben uns an der Hochschule für Musik und Darstellende Kunst in Frankfurt am Main beworben", vollendete der andere den Satz.

„Oha! Was genau wollen sie da denn studieren?", fragte Prost interessiert.

Schuster zeigte auf seinen Kollegen. „Daniel ist Zehnkämpfer, er glaubt Regie studieren zu müssen."

„Und Alexander will unbedingt ein richtiger Komponist werden", ergänzte Hoffmann mit spöttischem Lächeln.

„Nun ja", sagte Prost kopfschüttelnd, „das hat weder etwas mit Chemie noch mit Industrie zu tun."

Der Ingenieur sah Schuster in die Augen. „Sie lieben Mathe und Knobeleien? - Interessant. Kennen sie den Unterschied zwischen Destillation und Reaktion Herr Komponist?"

„Reaktion ist ein Vorgang mit Stoffumwandlung, d. h., aus einem oder mehreren Stoffen werden ein oder mehrere andere neue Verbindungen, während Destillation einen rein physikalischen Vorgang darstellt, bei dem zwei oder mehr Komponenten voneinander getrennt werden sollen."

„Donnerwetter! Sehr gut." Prosts skeptische Miene verschwand und ein Lächeln umspielte seinen Mund. „Dann will ich dem Zehnkämpfer mal eine schwerere Frage stellen: Was ist der Unterschied zwischen Adsorption und Absorption?"

„Das klingt für mich völlig gleich. Gibt es einen Unterschied?"

Prost sah von Hoffmann zu Schuster. „Was sagt der Knobeleien liebende Komponist dazu?"

„Bei einem von beiden wird ein Gas von einer Flüssigkeit aufgenommen, also sozusagen ab- oder adsorbiert?"

„Dann rate ich mal weiter", übernahm der Regisseur den Faden, „im anderen Falle wird ein Gas oder vielleicht auch Flüssigkeit von einem Feststoff aufgenommen?"

„Die Zusammenarbeit zwischen Musik und Regie klappt gut. Das ist auch bei uns wichtig. - Vielleicht noch ein kleiner Hinweis: Die Adsorption erfolgt an der Oberfläche, während bei der Absorption Gas oder Flüssigkeit von Flüssigkeit oder Feststoff im Innern aufgenommen werden."

Prost wartete einen Moment und fragte dann, „ich würde sie gern in die D-Schicht stecken. Ist ihnen das recht?"

Schuster sah zu Hoffmann, von dem zum Betriebsleiter und antwortete für beide, „das ist uns gleich."

Prost stand auf. „Okay. Es freut mich, dass sie zu uns gekommen sind. Wir sehen uns."

Die Männer drückten sich die Hände und der Betriebsleiter ließ seine zwei neuen Kollegen vor sich aus dem Zimmer gehen.

12 - ZUM OSKAR

1. September 2002, Düsseldorf

Schon beim Betreten der kleinen gemütlichen Kneipe im alten Stadtzentrum von Düsseldorf entspannte sich Paula. Auch an diesem frühen Sonntagnachmittag herrschte hier reger, aber ruhiger Betrieb. Erst durch die Gäste entstand die behagliche, angenehme Wirtshausatmosphäre. Genau bei so einem Fluidum hatte Leonard Frank, noch als armer Schlucker mit wenig Aussicht auf Erfolg, seine Räuberbande geschrieben.

Diese einerseits beruhigende, aber anderseits auch wieder anregende Atmosphäre, war für die Peters eigentlich ein Phänomen, weil sie sich nicht erklären konnte, wie diese Wirkung zustande kam. Aber sie dachte auch nicht lange darüber nach, denn es ging vielen anderen ja auch so. Nicht umsonst hatte gerade dieser Typ Gaststätte eine fast tausendjährige Geschichte.

Die Kneipe ‚Zum Oskar' stammte aus dem 19. Jahrhundert, trug aber ihren Namen erst seit 1977, als der neue Besitzer, Oskar Fluhr, die Gaststätte nach einer Restaurierung entsprechend der ursprünglichen Bauunterlagen, wiedereröffnete. Unter den ersten Gästen befand sich auch Ernst Wolf, der zusammen mit dem neuen Inhaber zwei Jahre bei der Bundeswehr in derselben Einheit gedient hatte und der nun, nach Ablauf der Dienstzeit versuchte, als Privatdetektiv Fuß zu fassen. Die zwei verstanden sich gut, weil es beide liebten, gegen den Strom zu schwimmen, gern dem sogenannten kleinen Mann halfen und den, vom bundesdeutschen Staat missachteten Menschen mit linker Gesinnung, Sympathie entgegenbrachten. Das kam bei Fluhr nicht von ungefähr, denn sein bereits 1961 verstorbener Vater hatte von 1936 bis zu einer Verwundung 1938, in den Internationalen Brigaden im Spanischen Bürgerkrieg gekämpft, war Offizier der Résistance und von Mai bis November 1946 Oberbürgermeister von Remscheid gewesen. 1948 war Fluhr Senior aus Protest gegen die Stalinisierung seiner Partei aus der KPD ausgetreten.

Es verstand sich von selbst, dass das ‚fast' RAF-Mitglied Paula Peters von Oskar mit offenen Armen aufgenommen wurde und von da an hatten die beiden auch ihren Stammplatz in der Kneipe.

Während Fluhr sich persönlich um die kleine Bar sowie die gleich danebenstehenden zwei Viermanntische kümmerte, hatte er für die anderen zehn, zwei junge Frauen und zwei Männer zur Bedienung engagiert, die sich in zwei Schichten zwischen 10 und 24 Uhr ablösten. Ein gelernter und erfahrener Koch, sowie zwei Küchenhilfen sorgten von 11 Uhr 30 bis 22 Uhr für warme Speisen.

Die Peters schwang sich auf einen der 8 Barhocker der kleinen Theke und sah sich suchend in dem holzgetäfelten Raum um.

„Es ist schwer, das Glück in uns zu finden, und es ist ganz unmöglich, es anderswo zu finden, Paula. (9)"

„Oskar, mir ist nicht nach Sprüchen zumute, sondern nach Revolution!"

„Mir auch, aber hier in Westdeutschland?"

„Na die ostdeutsche Revolution haben unsere doch auch erfolgreich abgewürgt, mit Kohl an der Spitze!"

„Wieso Kohl", mischte sich Wolf ein, der gerade zusammen mit einem zweiten Mann, der sein Gesicht hinter einem tief in die Stirn gezogenen Hut mit breiter Krempe verborgen hielt, die Gasstätte betreten hatte, „gibt's bei dir etwa heute Kohlsuppe Oskar?"

Die Peters drehte den Kopf zu den Ankömmlingen und sprang spontan von ihrem Hocker auf. „Seemann! Wie kommst du denn hierher?"

„Luft - Schifffahrt?", sagte Balla gedehnt mit fragender Stimme, doch da wurde er schon von der Frau so stürmisch umarmt, dass der Hut mit Schwung auf den Boden fiel und sich einige Gäste grinsend zu den beiden umsahen.

Der leger, mit ausgewaschener Jeanshose und -hemd, bekleidete Operator, fasste die Peters bei den Oberarmen, drückte sie von sich weg und zitierte:

„Kein Geld, kein Schnaps, kein Fraß, kein Weib.
In mürben Knochen kracht der Leib."

Paula schüttelte Ballas Hände ab, tippte ihm mit dem rechten Zeigefinger vor die Brust und fuhr fort:

„Die Nacht ist kalt es kratzt das Stroh."

Sie kratzte sich unter der Achsel und danach in den Haaren.
„Die Laus marschiert. Es hüpft der Floh.
Die Welt ist groß, der Himmel hoch."

Balla sah Hilfe suchend zwischen der Peters, Wolf und Oskar hin und her.
„Wer pumpt mir noch? Wer pumpt mir noch?
Wer pumpt mir einen Taler noch?" (10)
„De Buddel voll Rum, un wat tu freten,
Dat kreegste bei Oskar, för ahn Moneten."

Der Barkeeper drückte Balla an seine Brust. „Das wurde aber auch Zeit, dass du hier mal wieder auftauchst, Emil."

„Na ja, ich wollte mich eigentlich mal in der Puppenklinik Emeluth durchchecken lassen, aber die habt ihr ja gestern dichtgemacht und wat mach ick nu?"

„Dafür kannste ab übermorjen in die neue Drogenambulanz in der Graf-Adolf-Straße jehen, Emil, is dat nich och zeitgemäßer?", schlug Oskar vor.

„Hassu Haschisch in-den Taschen, hassu immer was zu naschen?" Balla hob abwehrend beide Arme. „Wir Ossis mussten uns mit den Sprüchen zufriedengeben."

„Das hat sich seit der Wende leider geändert, Seemann", warf Wolf ernst ein, „unsere ach so schöne, bunte Scheißwelt ist zu euch rüber geschwappt."

„Du versaust die Stimmung, Ernst", sagte Paula, „aber Recht hast du! Das hat bei den Drogenhändlern bestimmt einen kräftigen Boom ausgelöst."

„Nicht nur bei denen …".

„Weg mit dem doofen Thema", schnitt die Peters Oskar das Wort ab, „lass uns lieber unseren Seemann ins ‚Zakk', unser Zentrum für Kunst und Kultur, einladen, denn da soll heute Abend die bekannteste unbekannte Band der Welt spielen."

„Das trifft genau meinen Geschmack, Paula, wann gehen wir dahin?" Balla klopfte demonstrativ auf den Tisch.

„Kommt Freunde, genug geflachst, wir müssen Kriegsrat halten", mahnte Wolf und wies auf den Tisch direkt neben der Bar, „hier können wir besser miteinander reden."

Wolf und Balla nahmen Paula in die Mitte. Weil Fluhr hinter seiner Bar verschwinden wollte, fügte Ernst noch hinzu, „wenn möglich, komm mit dazu Oskar."

Der Barkeeper nickte, ging aber erst zur Bar, zapfte vier frische Pilsener Biere, stellte sie seinen Freunden auf den Tisch und setzte sich mit Vergnügen der Peters gegenüber. Der Anblick der Frau erfreute Oskar ungemein und er genoss still für sich allein dieses erfreuliche, wärmende Gefühl.

„Wir haben nur einen leichten Verdacht, eine vage Vermutung", eröffnete Wolf den von ihm einberufenen Kriegsrat, „aber ich wage mal folgende Hypothese: Unsere zwei jungen Revoluzzer Alexander und Daniel sind selbstbewusst, intelligent, sehr wahrscheinlich künstlerisch begabt, charaktervoll, aber scheinbar auch furchtbar naiv. Wie können sie nur glauben, dass man sie ohne Aufnahmeprüfung an der Hochschule für Musik und Darstellende Kunst in Frankfurt tatsächlich aufnehmen könnte? Das stimmt doch Emil?"

„An wem zweifelst du Skipper, an mir, meinem Doc oder den Schiffsjungen?"

„Hm, egal, nehmen wir also an, dass es stimmt, dann kann das nur von einer Stelle kommen, die sehr viel Einfluss hat."

„Die Bundeswehr!", stellte Fluhr voller Überzeugung fest.

„Unsinn Oskar! Was hätte sie denn davon?", sagte Paula mit einem warmen, liebevollen Blick zu Fluhr, so dass der gar nicht auf die Idee kam, beleidigt zu sein.

„Bei uns wäre das die Stasi gewesen", warf Balla lässig ein, „die beiden hätten gar nicht gemerkt, dass sie von denen als Spitzel missbraucht werden sollten."

Die Peters lachte kurz auf. „Haha! Das können wir hier im Westen, im sogenannten Rechtsstaat, mindestens genauso gut, Emil."

„Na ja, Paula, es ist sicher ein bisschen schwieriger …"

„Quatsch, Ernst!" Die Frau warf Wolf einen entschuldigenden Blick zu, doch der grinste nur. „Das Parlament auszutricksen ist doch kein Problem. Außerdem hat der bundesdeutsche Geheimdienst noch ganz andere Möglichkeiten und viel mehr Motive die Menschen zum Spitzeln zu bewegen."

‚Das Vergnügen, recht zu behalten, wäre unvollständig ohne das Vergnügen, andere ins Unrecht zu setzen' (11)", warf grinsend Oskar ein.

„Ja, ihr Schlaumeier, ihr habt ja Recht. - Genau da liegt aber nun unser Problem. Hat sie der Geheimdienst an der Angel? Und wenn ja, was haben sie mit den beiden vor?"

Wolf sah von einem zum anderen, auf eine Antwort wartend, aber alle schweigen.

Dann hob Balla seinen Kopf. „,Das Große wie das Niedre nötigt uns, geheimnisvoll zu handeln und zu wirken'. (12)"

„Ich denke, Seemann, wir können in diesem Fall getrost vom Niedren ausgehen", sagte Wolf und sah zur Seite, weil sich ein freundlicher Gast näherte, der den bei der Begrüßung heruntergefallenen Hut vom Boden aufgehoben hatte.

Der Mann legte das Teil auf den Tisch. „Gehört der Ihnen?"

„Ach ja, danke", antwortete der Detektiv lächelnd, „den hatten wir ganz vergessen."

„Keine Ursache Herr Hammer!", feixend entfernte sich der fremde Mann wieder.

„Also", Wolf setzte seinen Hut auf und wandte sich erneut seinen Freunden zu, „woran sind die reaktionären Kreise der politischen Machtspitze zurzeit am meisten interessiert?"

„Die Existenzangst unter den normal Sterblichen weiter zu schüren", warf Paula verächtlich ein.

„Noch viel mehr Geld von den Armen zu den Reichen umzuschaufeln", sagte Balla mit griesgrämiger Miene.

Oskar nahm dem Detektiv den Hut vom Kopf, setzte ihn sich selbst auf und zog die Krempe tief in die Stirn. „Den Krieg gegen den Terror schüren."

„Volltreffer!", sagte Wolf betont laut, sodass Oskar spontan aufsprang, während ihn die anderen verwundert ansahen.

„Ich geh bloß kurz in Deckung." Er setzte Paula den Hut auf, nahm die leeren Biergläser, fragte, „dasselbe noch mal?", wartete das Nicken ab und verschwand hinter der Bar. Dort füllte er vier neue Gläser mit Pils und eins mit Weißbier, stellte alles auf ein Tablett und ging damit zuerst zu dem Gast, der den Hut aufgehoben hatte, stellte ihm das Weißbier vor die Nase, „hier bleibt keine gute Tat unbelohnt", ging sofort zurück zum Stammtisch und setzte dort die übrigen Biere ab.

„Was heißt Volltreffer, Ernst?" Die Peters lüftete ihre Kopfbedeckung und zeigte damit zu Oskar. „Was Emil und ich gesagt haben sind genauso Volltreffer."

Sie setzte Balla den Hut auf.

Der Seemann nahm ihn gleich wieder ab, drehte ihn um, sah hinein und sinnierte, „wie kann man den Krieg gegen den Terror besser schüren, als durch einen spektakulären Anschlag?" Er setzte Wolf den Hut auf.

„Und wie kann man diesen Effekt noch steigern?" Wolfs Stimme vibrierte vor Erwartung der einzig richtigen Antwort. Er stülpte erneut Oskar das Detektivkennzeichen auf und wurde nicht enttäuscht.

„Indem man den Fall spektakulär aufklärt. Und was braucht man dafür?" Oskar bog die Krempe des Huts an zwei Seiten nach oben und setzte ihn wieder Paula auf den Kopf, die nun wie ein Cowgirl aussah. Alle drei Männer blickten erwartungsvoll auf die Frau.

Die Peters riss die Augen auf. „Verdammt, die wollen doch wohl nicht?" Sie schob den Hut in den Nacken. „Die bauen unsere Revoluzzer als Täter eines Terroranschlages auf? Die sie dann spektakulär verhaften können?"

„Genau das vermuten wir, Paula", sagte Wolf und die beiden anderen nickten dazu.

Das Cowgirl stand schwungvoll auf, stellte sich mit dem Rücken an die Bar und tat so, als zöge sie die beiden Colts aus dem Halfter. „Das werde ich niemals zulassen!"

Die Männer lächelten der temperamentvollen Frau zu und bekundeten derart ihre Zustimmung und Unterstützung zur Verteidigung der Revoluzzer.

Plötzlich sprang Balla auf. „Verdammt! Das heißt dann doch aber auch, dass in unserem Werk, vielleicht sogar in meiner V-Fabrik, ein Anschlag erfolgen könnte?!"

Die Peters ließ ihre schussbereiten Hände sinken, ihr Gesicht wurde ernst und während sie sich hinsetzte, sagte sie, „daran habe ich noch gar nicht gedacht." Sie legte still den Hut vor sich hin.

Balla stützte immer noch stehend seine Hände auf den Tisch und starrte Wolf an. „Das kann ich nicht glauben, Ernst. Das will ich nicht glauben!"

„Setz dich wieder Seemann." Der Detektiv nickte aufmunternd seinem Freund zu. „Nichts wird so heiß gegessen, wie es gekocht wird. Aber eins ist richtig. Irgendwo bei euch wird der

Anschlag stattfinden, wenn wir bis hierher richtig überlegt haben."

Wolf schwieg, setzte sich in Gedanken versunken den Hut auf den Kopf und nippte an seinem Bier.

Auch die anderen sagten nichts. Ihnen bereitete das Ergebnis der logischen Schlussfolgerung aus allem Gesagten ebenfalls Kopfzerbrechen.

Keiner wusste wie viel Zeit vergangen war, als Wolf plötzlich den Hut in den Nacken schob und zu Balla sah. „Emil, du musst mit Prost darüber reden. Wir müssen unbedingt wissen, was er von unseren Überlegungen hält, ob er einen Anschlag im Werk für möglich hält und was er sich diesbezüglich vorstellen könnte."

Der Operator sah zwar den Fragesteller an, aber er sagte nichts.

„Du meinst, darauf hat auch der Doc keine Antwort?", ließ Wolf nicht locker.

„Allein die Vorstellung ist Horror, Ernst." Balla nahm Wolf den Hut ab und setzte ihn sich selbst auf. „Obwohl mein Freund Prost zu den Leuten gehört, die den Stier gern bei den Hörnern packen möchten, glaube ich kaum, dass er einen solchen Gedanken schon einmal durchgespielt hat."

„Das kann ich sehr gut verstehen", sagte die Peters, „das ist ja genau so, als sollte man darüber nachdenken, was passiert, wenn es hier in Oskars Kneipe eine Explosion geben würde."

Wolf nahm Balla den Hut wieder weg. „Das Beste wäre, wir hätten deinen Doc jetzt hier, dann könnte er mit uns zusammen …"

„Wir stehen kurz vor dem Start-up des zweiten Anlagenstrangs, da hat Prost keine Zeit, Skipper." Der Operator schüttelte seinen Kopf. „Entweder wir denken hier allein weiter über diese Sache nach oder ihr müsst alle nach Halle kommen."

„Wann geht's denn genau los?", fragte Oskar und holte ein Mobilteil seines Festnetzanschlusses aus der linken Hemdtasche.

„Am Telefon darüber reden?", zweifelte die Peters.

Balla sah zu Oskar, der das Teil immer noch in der Hand hielt. „Wie spät ist es eigentlich?"

„15 Uhr 32! Und wann startet ihr nun eure Anlage?", ließ Fluhr nicht locker.

„Eigentlich hat der Prozess schon angefangen, aber noch geht es ziemlich ruhig zu. Das wird allerdings jetzt von Tag zu Tag hektischer werden und wenn erst die Hauptstoffe in die neuen Anlagen übernommen werden …"

„Ruf einfach deinen Freund Prost an, Seemann." Oskar drückte Balla das Telefon in die Hand.

„Mensch, ich weiß nicht …"

„Geh da hinter die Theke, Emil", sagte Wolf, „und stell ihm nur eine Frage: Dr. Prost hast du schon mal über einen Sprengstoffanschlag in der C-V-Anlage nachgedacht?"

Weil ihn seine Freunde kopfschüttelnd und fragend ansahen, fügte er noch hinzu „sagt er ja, dann fragst du nach den Ergebnissen. Sagt er Nein, dann müssen wir …" Wolf stockte, stand auf, ging nachdenkend um den Tisch herum und blieb wieder stehen. „Seine Antwort wird ‚ja' lauten."

Der Gesichtsausdruck der Zuhörer wurde skeptischer und Balla wedelte sogar mit der Hand vor seinem Kopf hin und her.

„Und ich weiß noch mehr", fuhr Wolf fort, „der Geheimdienst kennt auch das Ergebnis der Überlegungen zu diesem Thema."

„Jetzt bist du wohl wirklich übergeschnappt, Skipper." Der Seemann schlug sich mit der flachen Hand vor die Stirn. „Oder hat dir das der Klabautermann verraten?"

„Wie kommst du darauf?", fragte Paula ernst, denn sie hatte schon so manche Kostprobe von der Fruchtbarkeit der Denkarbeit ihres Detektivs mitbekommen.

Wolf sah zu Fluhr. „Oskar können wir in das kleine Vortragszimmer gehen?"

„Na klar. Der Schlüssel hängt im kleinen Kasten an der Bar." Der Barkeeper stand auf. „In dem Raum befinden sich übrigens auch ein Telefon, ein PC und …"

„PC ist gut." Wolf stand ebenfalls auf. „Los Emil! Oskar und ich kommen mit."

Der Gastwirt ging zur Bar, nahm den Schlüssel aus dem unverschlossenen Kasten, drückte auf einen Schalter, zeigte auf eine Tür im mit vielen Flaschen bestückten Schrank und ließ seine Gäste vorangehen.

Der angenehm klimatisierte, circa 100 Quadratmeter große, mit dunklem Holz getäfelte, rechteckige Raum wurde durch dezente Wandleuchten erhellt, sodass trotz der fehlenden Fenster eine angenehme Atmosphäre entstand. 10 Stuhlreihen mit je sechs Plätzen füllten den größten Teil des Zimmers aus und davor stand ein querstehender Tisch, auf dem sich ein mit mehreren kleinen Lautsprechern ausgerüstetes Telefon, ein Bildschirm und ein Beamer befanden.

Ein kleines Rednerpult stellte Fluhr gleich zur Seite, griff unter die Tischplatte und sofort hörte man den PC anlaufen, der die bekannten Startbilder auf dem Monitor erzeugte.

„Nehmt euch einen Stuhl und setzt euch." Oskar drückte Balla das Mobilteil in die Hand. „Du kannst zuerst allein mit Prost reden. Wenn ihr dann wollt, kannst du das Gespräch auf den Tischapparat legen. Dann können wir alle hören und reden, okay?"

Balla wählte aus dem Kopf Prosts Nummer. Es dauerte nur 3 Sekunden, dann meldete sich der Betriebsleiter.

„Prost."

„Balla. Hallo Doc! Ich rufe aus Düsseldorf an."

„Hallo Emil. - Düsseldorf? - Du klingst so förmlich. Was ist los?"

„Wir haben eine Frage an dich. Kann ich auf Lautsprecher stellen?"

„Na klar!"

Der Seemann reichte dem Gastwirt das Mobilteil, der drückte auf ein einziges Knöpfchen und am Tischtelefon leuchtete ein kleines rotes Lämpchen auf.

„Hier spricht Fluhr. Ich bin der Barkeeper im Wirtshaus zum Oskar. Ich freue mich einen Freund meiner Stammgäste, von dem ich schon viel gehört habe, persönlich kennenzulernen."

„Sie sind mir auch schon lange nicht mehr fremd, Herr Fluhr. - Meine Leute sagen alle Thomas zu mir."

„Ich bin Oskar. Wann lässt du dich hier mal sehen, Thomas?"

„Sofort, wenn die 2. Anlage läuft. Ich freue mich schon drauf."

„Du bist im Stress, Thomas? Habe ich zumindest gehört. Hier ist Ernst."

„Ach was Stress. Ich habe nur keine Zeit, um auf dumme Gedanken zu kommen. Apropos Gedanken, Ernst, ist Paula auch da?"

„Im Moment noch nicht Doc", antwortete Balla während Wolf dem Barkeeper zuwinkte, „aber gleich. Wir wussten ja nicht, dass wir dich so schnell erreichen würden."

„Ja und eigentlich haben wir auch nur eine Frage an dich, den Betriebsleiter Prost", sagte Wolf.

„Und wie lautet die?"

„Dr. Prost hast du schon mal über einen Bombenanschlag in der C-V-Anlage nachgedacht?"

Die Peters betrat den Raum, setzte sich neben Balla, wartete wie die anderen auf eine Antwort. Weil aber der Gesprächspartner weiter schwieg - na kein Wunder, bei so einer Frage - meldete sich die Frau zuerst. „Hallo Doktor, noch ist die Bombe ja nicht explodiert, aber vielleicht tickt sie schon? Hier ist Paula."

„Meine Gedanken beschäftigen sich bei dem Nennen des Wortes Bombe aus deinem Munde Paula, eigentlich eher mit etwas Schönerem, als gerade einer Explosion, obwohl es durchaus auch kribbelnd und spannend sein kann. - Aber, Moment mal. Wie meinst du das: Sie tickt schon?"

„Doc, ich bin morgen wieder zu Hause", warf Balla ein, „dann erkläre ich dir alles. Bitte beantworte jetzt nur die Frage."

„Habt ihr einen PC in der Nähe?"

„Ja, wozu?"

„Emil, du kennst meine private E-Mail-Adresse, schick mir eine Mail, okay?"

Balla stand sofort auf, ging zu Oskar, der vor dem PC saß und Outlook bereits aufgerufen hatte.

Emil setzte sich daneben und tippte die Adresse im Kopf der leeren Nachricht ein. „E-Mail kommt."

„Ihr werdet mich sofort verstehen, wenn ihr meine Antwort erhalten habt und euch vom Server die entsprechende Datei geholt habt."

„Wir verstehen nur Bahnhof, Thomas", meldete sich wieder Wolf zu Wort, „bitte beantworte meine Frage nur mit ja oder nein."

„Ja."

Schweigen.

„Jetzt ist eure Email da", meldete sich Prost. „Einen Moment noch - und - abgeschickt."

Erneut schwiegen alle. Deshalb sagte Prost, „die politischen Ereignisse und damit meine ich die Kriege, die von Multimillionären gesteuerten Regierungen in Amerika und Europa ausgelöst werden und die gegen die von ihnen selbst definierten Schurkenstaaten gerichtet sind, sowie die daraus folgenden Gegenschläge der Terroristen, haben mich veranlasst mit meinen Ingenieuren über einen möglichen Anschlag in unserer V-Fabrik nachzudenken. Die Diskussion haben wir aufgenommen und das Tondokument ist in wenigen Minuten für euch verfügbar."

„Das ist viel mehr, als wir erwarten konnten, Thomas", Wolf sah seine Freunde nicken, „vielen Dank dafür. Was wir hier noch weiter diskutieren, wenn wir die Aufnahme angehört haben, wird dir Emil morgen mitteilen. Okay?"

„Na klar, hier am Telefon sollten wir darüber nicht weiter sprechen."

„Wenn es etwas Besonderes geben sollte, kommen wir, Paula und ich, zu dir. Mach's gut Thomas."

Prost sagte:
„Es kommen härtere Tage."

Diese Worte verwirrten Ernst und Oskar. Paula bemerkte das und hob ihre Hände, um sie am Sprechen zu hindern. Die Frau sah zu Balla, erkannte an dessen grinsendem Gesicht, dass er sie verstanden hatte, zeigte dann auf sich selbst und sprach:

„Die auf Widerruf gestundete Zeit
wird sichtbar am Horizont.
Bald musst du den Schuh schnüren
und die Hunde zurückjagen in die Marschhöfe."

Paula nickte Balla zu und der fuhr fort:

„Denn die Eingeweide der Fische
sind kalt geworden im Wind.
Ärmlich brennt das Licht der Lupinen."

Nach nur kurzer Pause erklang Prosts Stimme aus den Lautsprechern des Telefons:

„Dein Blick spurt im Nebel:
die auf Widerruf gestundete Zeit

wird sichtbar am Horizont."
Die Peters seufzte laut und sprach:
„Drüben versinkt dir die Geliebte im Sand,
er steigt um ihr wehendes Haar,
er fällt ihr ins Wort,
er befiehlt ihr zu schweigen,
er findet sie sterblich
und willig dem Abschied
nach jeder Umarmung."
Balla klopfte kurz aufs Mikrofon bevor er fortfuhr:
„Sieh dich nicht um.
Schnür deinen Schuh.
Jag die Hunde zurück.
Wirf die Fische ins Meer.
Lösch die Lupinen!"
Und Prost wiederholte den Satz, mit dem er begonnen hatte:
„Es kommen härtere Tage." (13)
Nach kurzem Schweigen sagte Balla: „In diesem Sinne. Tschüss Doc, bis morgen."
„Bis morgen, Emil."
„Egal aus welchem Grund wir zu dir kommen, Doktor", die Peters beugte sich dichter ans Mikrofon, „ich freue mich auf alle Fälle dich wiederzusehen."
„Danke, gleichfalls Paula."
„Wir sehen uns nach dem Start-up deiner Anlage, Thomas."
„Das verspreche ich dir, Oskar."
„Aber wir werden uns schon früher sehen, Thomas."
„Alles klar Ernst und tschüss."
Sofort tutete es nur noch aus den Lausprechern.
Oskar drückte aufs Knöpfchen.
Die Geräusche verstummten.
Es herrschte Stille, bis Fluhr sagte, „inzwischen ist die Datei angekommen, wenn ihr bereit seid, dann starte ich die Wiedergabe?"
Die Freunde nickten stumm.
Eine halbe Stunde später, der letzte Ton der Audiodatei war verklungen, sagte Wolf, „wenn wir bisher noch Zweifel an der Richtigkeit unserer Theorie hatten, dann sind die jetzt voll-

kommen ausgeräumt. Wir können zielgerichtet anfangen, die daraus resultierenden Schlussfolgerungen zu ziehen."

„Das sagst du so einfach, Ernst", die Peters schüttelte temperamentvoll ihren Kopf, „aber wo fangen wir an?"

„Und womit wird das Ganze enden?" Balla kratzte sich am Kopf. „Können wir einen Anschlag verhindern?"

„Emil, du fährst morgen in dein Werk zurück und dann denkst du nur noch ans Anfahren der neuen Anlage." Der Detektiv nickte Balla zu und wandte sich dann an Paula und Oskar. „Wir werden hier im kleinen Kreis einige der denkbaren Möglichkeiten analysieren und spätestens im Oktober kommen wir nach Halle und beraten im größeren Kreis."

„Vielleicht seid ihr dann ja schon mit eurer Anlage in Betrieb?", sagte Oskar und alle drei sahen zu Balla.

„Auf keinen Fall, Leute!" Balla hob abwehrend kurz beide Hände an. „Wir haben 1996 sechs Monate zum Anfahren von Anlage 1 gebraucht und das scheint mir auch für dieses Mal das richtige Maß zu sein."

„Aber mit Oktober hat Ernst für unsere Reise in den Osten schon den richtigen Termin genannt." Die Peters lächelte. „Ich freue mich schon darauf die anderen wiederzutreffen."

„Okay, Freunde", Wolf stand auf, „dann lasst uns draußen noch ein Bier trinken, bevor wir uns auf den Heimweg machen."

Ohne weitere Worte standen auch die anderen auf und gemeinsam verließen sie den kleinen Vortragssaal.

13 - START-UP

9. September 2002, V-Fabrik

„Herr Doktor Prost, was hindert sie eigentlich noch daran die Entwässerungskolonne endlich anzufahren?", rief der Projektleiter Mitschke in den Raum, als er fünf Minuten nach acht Uhr den Konferenzraum im neuen Messwartengebäude betrat. Es störte ihn überhaupt nicht, dass die Besprechung bereits begonnen hatte und er dem Betriebs- und Anfahrleiter ins Wort gefallen war.

Wolfram Mitschke war ein Wessi im negativsten Sinne des Wortes: überheblich, arrogant und selbstherrlich. Ossis waren für ihn Menschen, die schlecht ausgebildet, nicht besonders fleißig und überhaupt minderwertig waren. Außerdem liebte er es, seine scheinbare Überlegenheit zu demonstrieren. Der schlanke, circa einen Meter achtzig große, über 50 Jahre alte, dunkelhaarige Mann genoss die nach der Wende errungene Macht in vollen Zügen.

Nur wenige der zweiundzwanzig, an den im Karree aufgestellten Tischen, Sitzenden, sahen neugierig zur Tür. Die große Runde umfasste die geistigen Köpfe aller Gewerke, die an dem Anfahrprozess beteiligt waren. Den größten Teil davon machten die einheimischen, ehemaligen LUNA-Leute aus, aber es waren außer Mitschke auch noch andere Kollegen aus den alten Bundesländern dabei.

Die Instandhaltung vertraten die Ingenieure Rolf Winter für die MTA, Otto Soitz für ETA, Walter Tabbert für MSR und Hagen Fluß für die AAG sowie die Meister Dieter Herrbeck für MSR, Bruno Tepetauer für MTA und Klaus Erbel für Pumpen und Verdichter.

Die Anfahrmannschaft der Produktion bestand aus den Chemikern Harry Kupfer, Hans Stumpfberg, Gerd Ziesche und Ernst Kostinek sowie den Ingenieuren Gustav Müller, Amare Timma, Vera Göggel und Anja Petersen.

Mit dem offiziellen Beginn des Anfahrprozesses am 20. August nahmen auch die Ingenieure des von Mitschke geleiteten Projektteams an den täglich um 8 Uhr stattfindenden Frühbesprechungen teil, vorneweg dessen rechte und linke Hand, die zwei exzellenten Ingenieure Christian Obmeier und Kirsten

Hassmann, die von den Kollegen aus der Produktion nur ‚die Bleistifte' genannt wurden, sowie der wichtigste Vertreter von OPA Industrial aus Baton Rouge, der amerikanische Ingenieur Ted Smith.

Zu Mitschkes Truppe gehörten außerdem der mit allen Wassern gewaschene Instandhaltungsingenieur von Städe Fritz Halmke sowie die LUNA Ingenieure für MSR und Elektrotechnik Jürgen Mönchgut und Herbert Schwenker.

Auch die zwei Ingenieure des Verfahrensgebers von Buhde Thomas Stubenhofer und Dieter Erler ließen es sich nicht nehmen, an den Frühbesprechungen teilzunehmen.

Prost stand an der Stirnseite des Tischkarrees und erläuterte den Ablauf der heutigen Besprechung. Dazu hatte er die Tagesordnung handschriftlich auf eine Folie geschrieben und mit dem Polylux auf die Leinwand projiziert. Er ließ Mitschke völlig unbeachtet und fuhr mit seinen Erläuterungen fort:

„Ich gehe davon aus, dass die gestern gewechselte Baueingangsarmatur für die Mitteldruckdampfleitung dicht ist."

Prost zeigte mit einem kleinen ausziehbaren Zeigestock an die Leinwand, auf der als erster Punkt stand:

Gestern: Wechsel Baueingangsarmatur MD-Dampf.

Und fuhr zu Stumpfberg blickend fort, „oder gibt es gegenteilige Erkenntnisse, Hans?"

Der Chemiker schüttelte den Kopf. „Wissen wir noch nicht. Wird aber im Moment geprüft."

„Okay, dann kommen wir zu den bevorstehenden Schwerpunkten."

Wieder zeigte Prost mit dem Stab zur Leinwand. Dieses Mal auf den ersten Gliederungspunkt:

1. Übernahme von C in die Anlage:
    Voraussetzungen:
    - Baustromverteiler aus der Anlage schaffen.
    - Elektrische Begleitheizungen im C-System fertigstellen.
    - Schalthausbelüftung in Betrieb nehmen.
    - Mängel beseitigen: Gitterroste i. O. bringen, Gerüste wegräumen.
    - Anfahren der Entwässerungskolonne
    - Anfahren C Destillation

- ---
„Die rote und fette Schrift soll für alle sichtbar machen, wie wichtig dieser Schritt ist und welche Veränderung in der Anlage das ..."

„Nun machen sie mal nicht so viel Wind Herr Dr. Pro ..." Wieder redete der Projektleiter dazwischen

Aber weiter kam er nicht, weil Kupfer ihn anblaffte: „Wenn sie das alles nicht interessiert, Herr Mitschke, dann gehen sie doch einfach wieder!"

„Schon gut Harry." Prost hob beide Arme zur Beschwichtigung. „Herr Mitschke ist zwar der Chef des Projektteams, aber ja quasi neu auf diesem Gebiet und muss noch einiges lernen. Wir lassen uns durch ihn auf keinen Fall zur Leichtsinnigkeit verleiten, denn wenn jemand weiß, was dann dabei herauskommt, dann sind wir das."

Prost hatte kaum zu Ende gesprochen, da schalten laute Klopfgeräusche durch den Raum, die von zwanzig Kollegen kamen, die mit zur Faust geballten Fingern mehrfach auf den Tisch schlugen.

Nur die Bleistifte Obmeier und Hassmann hielten ihre Hände still.

Der Amerikaner Smith klopfte besonders laut, obwohl er vielleicht nicht alles verstanden, aber sehr wohl gemerkt hatte, dass Mitschke seinen deutschen Kollegen Prost provozieren wollte. Ted Smith stand eindeutig hinter dem Anfahrleiter, den er während des Startups der Anlage 1 als Fachmann schätzen gelernt hatte und der ihm im Gegensatz zum Projektleiter richtig sympathisch war.

Bis zum Ende der Besprechung sagte Mitschke nichts mehr, aber er verließ auch nicht vorzeitig den Raum.

Als nach einer Stunde die wichtigsten Probleme geregelt waren und Prost traditionsgemäß die Rundfrage durchgeführt hatte, in der er jeden einzeln befragte, ob er zu dem bisher Gesagten noch etwas hinzuzufügen hätte, legte er eine Folie mit einem farbig leuchtenden Balkendiagramm auf.

Er griff wieder zu seinem ausziehbaren Zeigestab. „Weil ich nicht wusste, was ich mit meiner freien Zeit anfangen sollte ...", kurz aufflackerndes Gelächter ließ Prost verstummen. Er wartete ruhig ab, bis wieder Ruhe herrschte und fuhr dann fort, „… habe ich alle noch erforderlichen Hauptaktivitäten mit von mir geschätzter Dauer in Excel Tabellen eingegeben und daraus dieses Balkendiagramm ausgedruckt."

Prost ging jetzt dichter an die Leinwand heran, zeigte mit seinem Stab auf einen bunten Balken in der Mitte des Diagramms.

„Wenn wir also am 20. Oktober C in die Anlage übernehmen und die Entwässerungskolonne anfahren, dann können wir den zeitkritischen Trocknungsprozess starten. Vorausgesetzt es gibt keine größeren Probleme wie defekte Wärmetauscher, nicht funktionierende Verdichter oder weitere undichte Armaturen, dann könnten wir am 23. November die Direktchlorierung", Prost führte seinen Zeigestab bis auf den zweiten Balken von oben, „Ende November die Spaltung", und nun zeigte er auf den obersten Balken, „und Anfang Dezember die Oxichlorierung anfahren."

Beifälliges Raunen der Projektingenieure und kritisches Geflüster der Produktionsleute lief durch die Reihen der Besprechungsteilnehmer.

Prost hob seine rechte Hand. „Ich weiß, ich weiß, ihr haltet mich für einen unverbesserlichen Optimisten", kurzes Lachen flackerte auf, „aber ich wollte in die Zeitplanung keine hypothetischen Störungen integrieren. Allerdings mache ich mir auch nichts vor und weiß, dass wir die haben werden", wieder lief Gemurmel durch die Reihen, „deshalb sage ich, ohne es zu dokumentieren, es kann gut sein, dass wir erst im März nächsten Jahres in Betrieb sein werden …"

Prost wurde durch den Protest der Projektleute und dem Beifall der Produktionskollegen unterbrochen.

„… aber ich halte eine Verzögerung von zwei bis vier Monaten für das Anfahren einer solchen komplexen Anlage für normal."

Dieser Satz schien wohl allen plausibel, denn es blieb still an den Tischen.

Nur Mitschke stand demonstrativ auf. „Dann werden sie noch viel Ärger mit mir haben, Herr Doktor Prost!"

Nach einer kurzen Pause, es war mucksmäuschenstill geworden, sah der Anfahrleiter zum Projektleiter.

„Herr Mitschke! Mein Anlagenfahrer Emil Balla würde in so einem Fall Tucholsky zitieren. ‚Das ärgerliche am Ärger ist, dass man sich schadet, ohne anderen zu nutzen' (14), vielleicht sollte ihnen das zu denken geben."

Das Trommelfeuer der Fäuste aller Besprechungsteilnehmer ließ Mitschke Zornesröte ins Gesicht steigen - auch die Bleistifte klopften, wenn auch etwas verhaltener als die anderen - und der Projektleiter verließ schnell, aber schweigend den Raum.

Nachdem die Tür hinter Mitschke zugeschlagen war, sagte Prost, „das war's für heute, Kollegen. Danke und frohes Schaffen."

Sofort setzten wieder Gespräche ein. Die Stühle wurden zurückgeschoben. Die meisten der Besprechungsteilnehmer erhoben sich. Einige Kollegen blieben sitzen, weil sie sich noch Notizen machten, aber so nach und nach verließen alle den Raum und eilten zu ihren Arbeitsplätzen.

Anja Petersen und Otto Soitz stießen im Flur aufeinander, lächelten sich aber nur kurz zu und gingen dann jeder seines Weges.

Die junge Frau ging schnurstracks zur Messwarte, weil sie mit Horst Schröder sprechen wollte.

14 - SCHABERNACK

20. September 2002, V-Fabrik

„Hey Otto, hast du schon gehört, die haben Eisen im Feed", brüllte Jörg Schuder durch den Flur im neuen Messwartengebäude.

„Na und? Das ist doch deren Katalysator", schallte es von einer anderen Ecke zurück.

Dann herrschte Stille.

Nur einem besonders aufmerksamen Beobachter wäre aufgefallen, dass Soitz und Schuder vorsichtig ihre Köpfe aus der Bürotür schoben, um auf den Flur sehen zu können.

Nach nur wenigen Sekunden kam Stumpfberg mit hochrotem Gesicht und grimmiger Miene aus seinem Büro auf den Flur gestampft und eilte mit kleinen Schritten in Richtung Messwarte. Hinter seinem Rücken hielten Otto Soitz und Jörg Schuder den Daumen hoch und grinsten sich zu.

Durch Anja Petersens Körper lief sofort ein warmes Kribbeln, als sie die Stimme des geliebten Mannes durch die offenstehende Tür hörte. Sie erhob sich schnell, ging auf den Flur, aber dort war niemand zu sehen. Die Frau wunderte sich, dass ausgerechnet von Eisen im Feed die Rede war, denn Anja hatte auch die Stimme des Fachkollegen von Soitz erkannt. Der Tonfall von Ottos Stimme verriet ihr aber auch den versteckten Humor, der hinter seinen Worten stecken musste und sie ahnte, dass die zwei Elektroingenieure sich irgendeinen Schabernack ausgedacht haben könnten.

Die Petersen ging automatisch weiter in Richtung Messwarte, wo sie gerade dazu kam, als Horst Schröder seine Schichtleiterin fragte, „sag mal Eva, müssten wir nicht mal wieder C von der Hochsiederkolonne zur DC ausschleusen? Benzol liegt schon fast bei 1000 ppm." Schröder sah zur Paulus auf, die sich zusammen mit Anja neben seine Prozessleitstation gestellt hatte.

„Um Himmels willen, Horst, auf gar keinen Fall. Wir haben uns vor ein paar Monaten auf diese Weise wahrscheinlich die Motherliquid (mit Katalysatorpulver - Kata F - angereichertes flüssiges C im DC-Reaktor) versaut."

Der Operator erhob sich von seinem Sessel, stellte sich direkt vor die beiden Frauen und sah abwechselnd der einen, dann der anderen, fragend in die Augen. „Aber was machen wir denn dann? Es gibt doch hier keine Zusatzreaktion, wie wir sie früher in der alten Anlage hatten."

Durch dieses Gespräch waren die als Anfahrhilfen eingestellten Operatoren Daniel Hoffmann und Alexander Schuster aufmerksam geworden, sie stellten sich zu den Diskutierenden und hörten interessiert zu, als die Petersen sagte, „beim 2. Strang gibt es eine Zusatzreaktion. Wieso eigentlich nicht beim ersten?"

Die Paulus hob die Arme und ließ sie wieder fallen. „Da fragst du mich zu viel, Anja, das weiß ich auch nicht. Deshalb hatten wir ja gedacht, dass eine Ausschleusung von C aus der HS-Kolonne zur DC das Problem lösen könnte. Aber die Japaner, also unsere Lizenzgeber, sagen nun, dass wir uns damit die Motherliquid versaut haben." Die Paulus wandte sich wieder Schröder zu, „deshalb dürfen wir das auf keinen Fall tun, Horst."

„Das verstehe ich nicht", mischte sich nun auch Hoffmann in das Gespräch ein, „das muss doch einen Grund haben, dass die einen Nachreagieren lassen und die anderen nicht."

In diesem Moment öffnete sich die Messwartentür und Stumpfberg stapfte in den Raum.

„Da kommt einer", die Paulus zeigte mit der rechten Hand in Richtung Stumpfberg, „den wir fragen …" Sie schwieg abrupt, denn das rot angelaufene und wütende Gesicht des V-Experten bedeutete nichts Gutes.

„Wieso haben wir Eisen im Feed und niemand sagt mir das! Seid ihr denn total bescheuert! Das ist doch eine Katastrophe!", bellte Stumpfberg in den Raum, dass auch die Anlagenfahrer der B-Anlage erschrocken aufblickten. Er blieb vor Schröder und der Paulus stehen und schnappte nach Luft.

Die Petersen und die anderen Kollegen waren einen kleinen Schritt zurückgewichen. Es herrschte Stille, die nur durch das leise Summen der Ventilatoren des Leitsystems durchbrochen wurde.

„Wieso sagt ihr denn nichts?", fragte Stumpfberg mit verzweifelter Stimme.

Die Paulus fasste sich zuerst. „Was sollen wir denn sagen, Hans? Und wieso ist Eisen im C? Davon wissen wir nichts!"

Schröder sah die beiden mit offenem Mund an, brachte aber kein Wort heraus.

Die Petersen begriff schlagartig den Sinn der Worte von Soitz und Schuder, die eindeutig Stumpfberg aus der Reserve locken sollten.

Der nicht mehr ganz junge Diplomchemiker Stumpfberg mit immer noch vollen hellbraunen Haaren durch die sich wenige grauen Strähnen zogen, war nicht größer als einen Meter siebzig und wirkte deshalb mit seiner untersetzten fülligen Figur dicker, als er tatsächlich war. Stumpfberg wirkte fast immer ruhig, ernst und ausgeglichen, sodass man meinen konnte, dass diesen Mann nichts aus dem Gleichgewicht bringen konnte. Sein vielleicht deshalb von ihm bewusst gesteuertes, strenges und zuweilen auch ruppiges Auftreten verscheuchte so manchen Gesprächspartner, was ihm auch recht zu sein schien. Wer aber Geduld hatte und sich nicht sofort abschrecken ließ, der konnte auch sein Lächeln kennenlernen, das den ganzen Mann sofort in ein freundliches Wesen verwandelte.

Die Worte: Eisen im Feed, bedeuteten, dass Spuren dieses Metalls im flüssigen C, auch in sehr kleinem Bereich ($>0{,}5$ ppm), beim Verdampfen und reaktiven Zerfall von C in V und HCl in den Spaltschlangen zu einer immer stärker werdenden Verkokung, bis hin zum vollständigen Zusetzen der Rohre führen konnte. Das Ergebnis wäre Stillstand der Anlage für mindestens 2 bis 5 Tage und damit ein Produktionsverlust von mehreren Millionen Euro.

Stumpfbergs Miene verlor die Aggressivität und mit fast schon wieder ruhiger Stimme fragte er, „wir haben also kein Eisen im Feed-C?"

Die Paulus nickte energisch. „Natürlich nicht! Woher sollte das auch kommen?"

Stumpfbergs Gesichtsausdruck verfinsterte sich wieder. Eva wollte schon den Mund aufmachen, um noch etwas zu ergänzen, doch da machte der Chemiker plötzlich kehrt und ging mit kleinen schnellen Schritten zur Tür. - Im Vergleich zu seiner normalen Fortbewegungsgeschwindigkeit konnte man dazu schon fast rennen sagen oder gar, dass er förmlich zum Ausgang stürzte.

Stumpfberg verschwand hinter der laut zuschlagenden Tür.

Verblüfft sahen die Kollegen ihm hinterher.

Erst nach einer Weile entfuhr es dem auch sonst nicht auf den Mund gefallenen Schröder, „was war denn das jetzt?"

Die Kollegen wunderten sich nicht über den Zorn des Mannes, obwohl sie nicht wussten woher der kam. Doch das war nichts Besonderes, weil der korpulente, körperlich etwas träge wirkende Chemiker gerade im V-Teil der Anlage immer schneller die Probleme erkannte und dann erst die anderen darauf aufmerksam machte. Aber einfach so umdrehen und abhauen?

Nach geraumer Zeit richtete Schröder seinen Blick auf die Paulus. „Haben wir wirklich kein Eisen im Feed?"

Mit etwas holpriger Stimme antwortete die Frau, „jetzt fang du auch noch an damit." Sie fuchtelte mit den Händen nervös in der Luft herum. „Was ist denn nur los? Aber meinetwegen ruf doch Jutta im Labor an, Horst."

Schröder wählte die entsprechende Nummer und hatte sofort die Vogt am Apparat. „Wie hoch ist der Eisenwert im Feed-C?"

„Guten Tag liebe Jutta, wie geht es dir? Ach, sehr gut mein lieber Horst. Wie nett, dass du mich fragst ..."

„Entschuldige, Jutta, irgendjemand hat Stumpfberg erzählt, dass wir Eisen im Feed-C haben. Stimmt das denn?"

„Natürlich stimmt das. Wir haben doch immer Eisen im C ..."

„Bist du denn wahnsinnig?! Warum sagst du uns das nicht gleich?"

Jetzt herrschte eine kurze Pause, dann sagte die Vogt mit Enttäuschung in der Stimme, „was ist denn mit dir los, Horst? Der Grenzwert wurde doch nicht überschritten. Seit wann interessiert euch denn der exakte Wert - einen Moment - von - warte - 0,13 ppm?"

Wieder entstand eine Pause.

„Entschuldige Jutta. - Scheinbar hat irgendwer Stumpfberg und uns einen Schabernack gespielt und wir sind darauf reingefallen - und tschüss." Bevor er auflegte hörte er noch ein helles Lachen, das wie das muntere Bimmeln kleiner Glöckchen klang.

„Jetzt interessiert mich aber mächtig gewaltig, wer unseren Hans so ins Boxhorn jagen konnte." Die Paulus eilte aus dem Kontrollraum.

Anja Petersen ging ihr lächelnd hinterher.

Als die beiden Frauen auf dem Flur um die Ecke bogen, sahen sie Stumpfberg mit Schuder und Soitz in angeregtem Gespräch stehen. Sie hörten, wie der Chemiker sagte, „deine Bemerkung, Otto, das ‚sei doch nur der Katalysator', hat mich sofort überzeugt, dass wirklich etwas faul sein könnte."

Die beiden anderen lachten wieder und Soitz sagte, „ja, ja, Hans, weil du gedacht hast: ‚Diese Idioten haben doch von meiner Spaltung keine Ahnung'. Womit du ja eigentlich auch recht hast, was die Technologie angeht. Nur in diesem Falle, das Eisen im C betreffend, hat uns Prost vor kurzem im Zusammenhang mit der Minilastfahrweise Anfang der 90-er Jahre die Effekte bezüglich Eisen im Feed erklärt. Das hat uns beeindruckt. Jetzt, nach deiner Reaktion, sind wir überzeugt, dass Eisen im Feed-C einem Brand in der Anlage nahekommt."

„Nur, wenn der Grenzwert überschritten wird", mischte sich die Paulus ein, die inzwischen die drei Kollegen erreicht und sich dazu gestellt hatte. „Wir haben sofort im Labor angerufen. Der Eisenwert liegt bei 0,13 ppm."

Anja näherte sich von hinten Soitz und flüsterte ihm ins Ohr, „bei dir muss man ja immer sehr auf der Hut sein."

„Nur an Ampeln, Türen oder wenn Eisen im Feed ist." Der Ingenieur lehnte sich ein wenig nach hinten, sodass ihre Körper sich leicht berührten. Eine wohlige warme Welle durchströmte beide Menschen. Doch schnell lösten sie sich wieder voneinander, damit die anderen nicht auf sie aufmerksam wurden.

Die Paulus wandte sich zu Stumpfberg, „kannst du noch mal mit in die Messwarte kommen? Wir haben ein paar Fragen, die wir uns nicht beantworten können."

„Okay", sagte der Chemiker, fügte aber böse blickend hinzu, „es hat hoffentlich nichts mit Eisen im Feed zu tun?"

„Nein, nein. Es geht nur um die Zusatzreaktion für Rück-C", bemerkte die Frau schnell.

Stumpfberg sah die Schichtleiterin von der Seite an, während beide weiter auf dem Flur zur Messwarte gingen und bemerkte trocken mit einem kleinen Seufzer, „also doch Eisen im C, aber das ist eben - nicht immer - nur schlecht."

„Komm mit zum Kontrollraum, Otto, ja?", flüsterte Anja Soitz ins Ohr.

„Na klar, komme ich mit", antwortete der Ingenieur laut, „solange es um Eisen im Feed geht."

Die kleine Gruppe in der Messwarte sah Stumpfberg und seinem Gefolge erwartungsvoll entgegen, aber niemand wagte eine Frage zu stellen. Doch der Chemiker hatte auch Humor.

„Die Sauhunde Soitz", er zeigte auf den ETA-Mann neben sich, „und Schuder haben einen alten Mann verscheißert." Stumpfberg hob abwehrend die Hände, um die anderen am Reden zu hindern. „Aber - nicht schlecht oder besser gesagt, doppelt gut, denn ihr habt nicht nur mich durchschaut, sondern auch die Anlagensituation gut erkannt. - Aber lassen wir das. Ich habe gehört, dass es Unklarheiten gibt?"

Stumpfberg sah zuerst die Petersen an. „Gerade du hast Fragen zur Zusatzreaktion? Du hast doch, wie kein anderer, die Theorie in den letzten Wochen gebüffelt. Also weißt du auch darüber besser Bescheid als ich."

Die Frau protestierte. „Über die V-Herstellung weiß ich auf keinen Fall mehr als du. Aber es ging auch nicht um die Frage, wie die Zusatzreaktion funktioniert, sondern warum Anlage 1 keine hat."

„Das ist was Anderes." Der Chemiker verzog genüsslich sein Gesicht. „Das verstehe ich. Eine gute Frage. Möglicherweise kann man darauf verschiedene Antworten erhalten, je nachdem wen man fragt."

Jetzt kamen auch die anderen Anlagenfahrer Hossa, Bauer, Hennecke, Adler und in deren Schlepptau die kleine, hübsche Azubi Katja List näher. Eine Frage, auf die es mehrere richtige Antworten gab, interessierte sie auch.

Katja riss ihre großen blauen Augen noch weiter auf, schüttelte ihre blonden Haare, dass sie ihrem Nachbarn ins Gesicht schlugen. „Das ist ja spannend. Aber damit ich das richtig verstehe, vorher noch eine andere Frage. Die Aufgabe der Zusatzreaktion ist doch die weitere Reaktion von Benzol, damit dieser Stoff, der einen Siedepunkt von 80 °C hat, besser abgetrennt werden kann? Oder passiert da noch mehr?"

Alle sahen zu Stumpfberg, aber der dachte gar nicht daran, auf eine so lapidare Frage zu antworten. Der Chemiker sah auffordernd zur Petersen. Es herrschte einen Moment Ruhe im Raum.

Anja mochte den Brummbär Stumpfberg, was vermutlich auf Gegenseitigkeit beruhte. Unter seinem auffordernden Blick und dem wohligen Gefühl der Anwesenheit von Soitz, schob sie sich deshalb etwas nach vorn, damit sie Katja ansehen konnte. „Es läuft in der Zusatzreaktion ein ganzer Komplex von Reaktionen ab, aber du hast Recht Katja, dass die Reaktion von Benzol eine der angestrebten ist. Die zweite gewollte Reaktion ist die von Chloropren mit B zu Tetra-B-Buten oder Di-B-Butadien. Das ist bei Phase 2 gut herausgearbeitet, denn da gibt es für jede dieser beiden Reaktionen einen separaten Reaktor, wobei für die Benzolreaktion ein Eisenkatalysator verwendet wird, während die Zweite ohne Katalysator abläuft. Habe ich deine Frage beantwortet, Katja?"

Die junge Frau machte zwar immer noch große Augen, aber sie nickte, während die Petersen mit fragendem Blick zu Stumpfberg sah und nach kurzem Überlegen kopfschüttelnd hinzufügte, „dieser Aufwand hat mich ja stutzig gemacht, Hans, denn davon ist in Anlage 1 nichts zu sehen. Warum?"

Der Chemiker griff sich einen Stuhl und setzte sich genüsslich, wenn auch stöhnend. „Also gut. Machen wir ein bisschen Philosophie. Natürlich nur über die V-Herstellung, denn von richtiger Philosophie habe ich keine Ahnung. Alle V-Hersteller wissen, dass sich Benzol nur bis maximal viertausend ppm anreichern kann. Die Japaner sagen nun, dass bis zu diesem Wert kein Einfluss von Benzol auf die Verkokung der Spaltschlange sowie irgendein Einfluss auf die Nebenproduktbildung vorhanden wäre. Zu Chloropren meinen sie, dass diese Komponente in der Leichtsiederkolonne abgetrennt werden muss. Die Boechst-Buhde Ingenieure und Chemiker sagen hingegen, dass man den Einfluss von Benzol unterschätzt, weil man ihn noch nicht genauer untersuchen konnte. Sie vertreten die Auffassung, dass man möglichst sauberes C herstellen muss, damit sich die Verkokung der Spaltschlange verringert und die Nebenproduktbildung im V reduziert wird."

Stumpfberg machte eine Pause, sah in die Gesichter seiner Kollegen und fuhr lächelnd fort, „wer von euch würde nach meiner Erklärung eine Zusatzreaktion in seiner Anlage haben wollen?"

Zuerst rührte sich niemand, doch dann hob langsam Anja ihren rechten Arm und Hoffmann folgte ihr.

Bauer räusperte sich. „Na klar! Je sauberer das C ist, umso besser läuft der Prozess. Natürlich ist eine Zusatzreaktion sinnvoll. Die hatten wir in unserer alten Anlage ja auch."

Stumpfberg brummte, „Ätznatrontrockentürme hatten wir auch in der alten Anlage. Willst du die ebenso wiederhaben?"

Nun meldete sich Hossa zu Wort. „Die Verkokung vermindern heißt längere Laufzeiten und damit höhere Produktion."

„Sag ich doch", übernahm wieder Bauer das Wort, weil er sich wohl von Stumpfberg auf den Schlips getreten fühlte, „damit hat man die Kosten für Bau und Betrieb der Zusatzreaktion wieder drin." Er sah sich triumphierend in der Runde um.

„Was sagen die jungen Leute?", fragte Stumpfberg und sah zu Adler.

Jonny wiegte seinen Kopf, offensichtlich noch unschlüssig, hin und her, aber dann fing er doch langsam an zu reden. „Hm. Eigentlich wollte ich den Japanern zustimmen. Aber, wenn ich an die Probleme mit der Leichtsiederkolonne denke, dann kommen mir doch Zweifel. Trotzdem finde ich den Aufwand für diese zusätzliche Reaktion viel zu hoch. Man muss das 150 °C heiße Rück-C wegen der nachfolgenden Reaktionen auf 60 °C abkühlen. Das bedeutet Energieverlust. In der anschließenden LS-Kolonne muss man wieder Energie reinstecken, um das C zu verdampfen. - Ich weiß nicht. - Wir haben fünf Jahre keine Zusatzreaktion benötigt."

Der V-Experte nickte. „So ist es. Es gibt viel dafür und viel dagegen. Die Zukunft wird uns Aufschluss geben, was besser ist, denn wir haben ja beides in unserer Anlage: Mit und ohne Rück-C-Reaktion."

„Stumpfberg, du bist doch tatsächlich ein schlauer Fuchs", sagte Soitz schmunzelnd, „das habe sogar ich, als Elektriker verstanden. Umso stolzer bin ich aber auch, dass es uns Chemiebanausen gelungen ist, dich reinzulegen." Soitz schob sich an Anja vorbei, diese leicht berührend, reichte dem Chemiker eine Hand und drückte sie kräftig.

„Scheiß auf die schönen Worte, Soitz, helf mir lieber hoch", und der V-Experte zog sich zufrieden grinsend am Arm des

Ingenieurs auf die Beine, „ich will mich in meinem Büro bis zum nächsten Stromausfall noch ein bisschen erholen."

Während Stumpfberg mit gemütlichen Schritten die Messwarte verließ und die Gesprächsrunde sich auflöste, trat Schröder dicht an die Petersen heran und fragte leise, „hast du morgen mal wieder Zeit für mich?"

Dem Mann war nicht entgangen, dass zwischen Anja und Soitz ein stilles Einvernehmen herrschte, das er sich nicht erklären konnte, aber das ihn innerlich erschauern ließ. Eifersucht stieg in ihm hoch, ohne dass er eine tiefere Ursache dafür erkennen konnte, als die eben gemachte Beobachtung.

„Ich weiß nicht, Horst, im Moment …"

„Was heißt denn, du weiß nicht", unterbrach Schröder die Frau heftiger als beabsichtigt und gegen besseres Wissen zischte er ihr auch noch ins Ohr, „hast wohl jetzt einen Studierten?"

Abrupt wandte die Petersen sich ab und ging zur Tür.

Otto wollte ihr folgen, doch Schröder hielt ihn am Arm fest. „Lass Anja zufrieden, Soitz! Das ist meine Freundin!"

Mit einem kurzen Ruck machte der Ingenieur sich wieder frei. „So ein Blödsinn! Meine Freundin, deine Freundin. Das ist doch Quark, Schröder. Außerdem ist es ganz allein Anjas Entscheidung."

Ohne sich noch einmal umzudrehen verließ der ETA-Mann die Messwarte.

Die Paulus schüttelte leise lächelnd ihren Kopf. Sie hatte unfreiwillig diese Szene mit anhören müssen. Sie mochte die sympathische Anja Petersen und wusste auch, dass die sich in den Ingenieur Soitz verknallt hatte. Obwohl die Paulus fand, dass die zwei viel besser zusammenpassten, als Schröder und die junge Ingenieurin, zweifelte sie daran, dass diese Beziehung eine Zukunft haben könnte, denn sie wusste natürlich auch, dass der Elektroingenieur verheiratet war und zu seiner Familie zwei Söhne gehörten.

‚Aber wer weiß', dachte die erfahrene Frau, ‚vielleicht ist es tatsächlich die große Liebe für beide. Dann wird sie nichts und niemand aufhalten können.'

15 - So ein Zufall - 2. Teil
19. Oktober 2002, Schkopau

In einem kleinen separaten Raum des Hotels im Schkopauer Schloss, hatten es sich die Mitglieder des ZKV Hase (15, 16): Ernst Wolf, Paula Peters, Emil Balla, Thomas Prost, der Hauptkommissar der Feuerwehr Arnold Storl, die Rechtsanwältin Gisela Schulz, die Rechtsmedizinerin Dr. Helene Schenk und der Polizeihauptkommissar Malte Schreyer, trotz des ernst-heiklen, spekulativen Themas ihrer Besprechung, gemütlich gemacht.

„Ich habe hier mal die wichtigsten Fragen aufgeschrieben."

Wolf legte ein Blatt Papier der Größe A4 auf den Tisch und zeigte, während er vorlas, auf die einzelnen Punkte, die er schon zusammengetragen hatte. „Also

Haben wir Beweise für die Planung eines Anschlags?

Wir wissen: 2 linke Revoluzzer werden mit Versprechungen nach LUNA geschickt. Wozu?

Steckt der Geheimdienst selbst dahinter?

Motiv: Ablenkung vom bevorstehenden Irakkrieg und dem, dafür angegebenem Grund: Angebliche akute Bedrohung durch Massenvernichtungsmittel.

Gibt es Hinweise beim Ministerium des Inneren?

Sollten wir eine Meldung machen?

Aber was könnten wir melden?

Hat die rechte Szene damit zu tun?

Können wir das mögliche Angriffsziel präzisieren?

Wenn tatsächlich Anschlag in LUNA, dann Tanklager: Gefahrenpotenzial hoch, aber eigentlich sichere Auslegung. - Also: große Polemik möglich, aber mit wenig Schaden?

Können wir einen solchen Anschlag verhindern?

Z. B. Videoüberwachung

Wenn es nicht gelingt den Anschlag zu verhindern, wie können die Auswirkungen eingeschränkt werden?

Wenn das auch nicht gelingt, welche Maßnahmen wären danach zu treffen?

Sind unsere Revoluzzer die von den Geheimen vorgesehenen Täter?

Wenn ja, wie sichern wir ab, dass sie ein Alibi haben und wir sie wieder raushauen können?

…

Mehr ist mir bisher noch nicht eingefallen." Wolf sah von einem zum anderen.

„Alle Achtung, Ernst", äußerte sich als Erster Malte Schreyer, „du hast schon gut über die Sache nachgedacht. Die Frage 3 können wir gleich abhaken. Es gibt zwar immer wieder Drohungen, aber keine definitiven Hinweise für Terroranschläge in Deutschland, zumindest bezogen auf das offizielle Wissen des Ministeriums des Innern, das auch dem Parlament zugänglich ist. Und was eine diesbezügliche Aktion der Geheimen anbetrifft", Schreyer sah lächelnd in die kleine Runde, „da macht sich jeder so seine eigenen Gedanken, aber offiziell herrscht da absolutes Stillschweigen."

Der bereits 60-jährige Polizist war ein norddeutscher Sturkopf, der 1995 von Wismar nach Halle beordert worden war. Schreyer wirkte unnahbar und trat bewusst unzugänglich auf. Wem es gelang durch die harte Schale des einen Meter achtzig großen Mannes mit den grau melierten Haaren durchzudringen, der lernte einen überaus sympathischen Menschen kennen, der sich neben seinem Beruf für Philosophie, Musik und die Seefahrt interessierte.

„Das Entscheidende scheint mir wirklich Frage 1 zu sein", meldete sich Prost zu Wort, „sind es denn nicht tatsächlich nur vage Vermutungen, von denen wir ausgehen?"

„Damit hast du zwar Recht, Doktor", sagte die Peters, „aber genau das ist ja unser Ausgangspunkt. Über unsere Revoluzzer sind wir zufällig auf diese Fährte gestoßen, und wenn unsere Überlegungen richtig sind, dann sind die beiden in Gefahr und wir müssen sie schützen, wenn wir das überhaupt können."

„Thomas, du als nüchtern denkender Ingenieur …"

„Schon gut, Ernst", unterbrach Prost den Detektiv, „Paula hat ja recht. Wir müssen einfach postulieren, dass ein Terroranschlag in der V-Fabrik geplant wird."

„Und zwar, von unseren geheimsten Geheimen", warf Balla ein, „etwas Anderes macht doch keinen Sinn."

„Und damit entfällt auch die 4. Frage", sagte Storl, der Mann von der Feuerwehr, „es gibt nichts Offizielles zu melden."

Der über einen Meter 80 große, sportlich-schlanke Fünfzigjährige hatte sein Hobby zum Beruf gemacht und war, wenn auch über ein paar Umwege, Feuerwehrmann geworden. Schon als Kind hatte er sich für alles interessiert, was krachte und brannte. Zum Glück hat es sein Umfeld gut mit ihm gemeint und seine Ambitionen in Richtung Katastrophenbekämpfung und nicht in deren Verursachung gelenkt. Da zu einem Chemiebetrieb auch eine gut ausgebildete Berufsfeuerwehr gehörte, konnte der junge Feuerwehroffizier ab 1980 im LUNA-Werk reichliche Erfahrungen sammeln. Bei mehreren Einsätzen in der V-Fabrik traf er mit Prost zusammen und die beiden befreundeten sich miteinander, weil sie sich auf Anhieb gut verstanden, beide politisch ähnlich links dachten und immer die Äußerungen von Politikern und Veröffentlichungen in den Medien, kritisch hinterfragten.

„Ernst, ich verstehe den Punkt bezüglich der rechten Szene nicht", meldete sich die Rechtsanwältin Gisela Schulz zu Wort, „was meinst du damit?"

Die gut proportionierte, etwa einen Meter siebzig große Mittfünfzigerin hatte 1966 ihr Abitur an einer Erweiterten Oberschule in Halle abgelegt und anschließend ein praktisches Jahr in einer landwirtschaftlichen Produktionsgenossenschaft (LPG) Typ 3 mit dem stolzen Namen „Sieg des Sozialismus" abgeleistet. Auf dieser Grundlage durfte sie ein Studium der Rechtswissenschaft an der Martin-Luther-Universität Halle-Wittenberg absolvieren, das sie 1972 als Diplom-Juristin beendete. Trotz der schwierigen Situation für verteidigende Rechtsanwälte in der DDR verschaffte sich die Schulz besonders bei den aufsässigen jungen Menschen einen guten Namen, weil sie im Rahmen ihrer Möglichkeiten engagiert für ihre Mandanten kämpfte.

„Erinnerst du dich nicht mehr an unseren letzten Fall im Januar 2001? (5)" Wolf wandte sich der Anwältin zu, „da hatten wir ein praktisches Beispiel, wie diese rechte Szene über sogenannte V-Leute und nicht nur über die, im Hintergrund mit den Geheimdiensten zusammengearbeitet haben."

„Ja, Gisela", setzte Schreyer die Erklärung fort, „diese Frage hat eine sehr gute Berechtigung, denn ein uns bekanntes, mutmaßliches Mitglied der damals von mir verhafteten rechtsradikalen Gruppe, konnte ich nicht überführen." Schreyer sah zu Prost. „Ist der Horst Schröder immer noch bei euch?"

„Ja, Malte. Aber der Mann ist diesbezüglich völlig unauffällig."

„Genau! Das ist kein Dummer", der Hauptkommissar lachte kurz auf, „ich konnte ihm keine strafbare Handlung nachweisen. Nicht einmal die Zugehörigkeit zu der Jendritzki-Gruppe."

„Das heißt mit anderen Worten", übernahm Balla den Gedanken, „wir müssen den Schröder auch mit im Auge behalten?"

„Auf alle Fälle", stimmte Wolf zu, „vielleicht hängt er ja direkt mit drin, denn ganz ohne örtliche Kenntnisse wäre der Anschlag schon ein bisschen schwierig, wenn nicht gar unmöglich."

„Aber Schröder war bei der Bombendiskussion nicht dabei", sagte Prost nachdenklich.

„Du Doc, der steckt ziemlich oft mit Anja Petersen unter einer Decke", sagte Balla, „vielleicht hat er die Info von ihr?"

„Das wäre gut möglich", stimmte Prost etwas zögerlich zu, „zumal es ja diese Audiodatei gibt. - Und ein Geheimnis haben wir aus unserer Diskussion ohnehin nicht gemacht."

„Dann wissen wir eigentlich auch, wie die Geheimen an diese Information gekommen sind", sagte Paula mit Bestimmtheit.

„Es ist schon erstaunlich, wie viel da so logisch zusammenpasst," konstatierte die Rechtsmedizinerin.

Die Schulz wiegte ihren Kopf hin und her. „Res ipsa loquitur." (17)

„Genau", stimmte Helene Schenk lächelnd zu, „oder, wie wir Mediziner es sagen würden: Zusammen mit eurer sorgfältigen Erhebung der Anamnese ist eine exakte Diagnose möglich, die die Voraussetzung einer sachgerechten Therapie werden kann."

Die 1953 geborene Hallenserin hatte gleich nach dem Abitur an der Martin-Luther-Universität Halle-Wittenberg Medizin studieren können, weil beide Elternteile zur Arbeiterklasse gehörten. Nach zwei Jahren Arbeit als Assistenzärztin an der

Universitätsklinik, in der sie auch ihre Promotionsarbeit erfolgreich verteidigte, versuchte die Stasi sie anwerben. Sie sollte als Arzt für diese Firma arbeiten. Das lehnte sie strikt ab. Daraufhin musste die Unileitung sie unter fadenscheinigen Gründen entlassen und sie erhielt im Elisabeth-Krankenhaus nur noch eine Anstellung als Hilfskraft. 1981 gelang ihr die Flucht in den Westen (16). In der Bundesrepublik hatte die Schenk Glück, denn sie erhielt eine Stelle im Institut für Rechtsmedizin am Klinikum der Johann Wolfgang-Goethe-Universität Frankfurt am Main und entwickelte sich dort zu einer hervorragenden Rechtsmedizinerin. 1992 erhielt sie vom Institut für Rechtsmedizin des Universitätsklinikums Halle (Saale) ein interessantes Angebot und kehrte in ihren Geburtsort zurück.

„Dann sollten wir jetzt darüber nachdenken, wo der Anschlag am wahrscheinlichsten stattfinden könnte." Wolf sah noch mal auf seinen Zettel. „Also versuchen Frage 6 zu beantworten."

„Lieber wäre mir", sagte Prost kurz auflachend, „wir könnten Frage 7 mit ja beantworten. Aber allein mit einer Videoüberwachung wird das nicht gehen. Oder?"

„Ja, vielleicht, wenn wir genau wüssten, wo wir überwachen müssten?", warf die Peters etwas zögerlich ein.

„Ich denke, dass ihr mit Tanklager schon richtigliegt", sagte Prost und sah wieder grübelnd vor sich auf den Tisch, „allerdings ob C oder V-Tanklager? - Keine Ahnung. - In mir sträubt sich nach wie vor alles, weiter darüber nach zu denken."

„Was soll eigentlich Frage 8: Wie können wir die Auswirkungen einschränken, Skipper?" Balla zeigte auf das Blatt. „Das wäre ja wie - wie - na wie, wenn Mann und Frau vor dem Bumsen darüber nachdenken sollten, was sie nach dem Bumsen … aber wer macht das schon? - Und jetzt sollen wir überlegen, was wir vorher machen, damit es für unsere Anlage nicht so schlimm wird, wenn es nachher bumst?"

„Das wären zwei tolle Sätze gewesen, wenn du da ein Gedicht draus gemacht hättest, Emil." Die Peters zeigte lachend auf Balla. „Aber so?"

„Kein Problem. Ein bisschen - denke, denke, wie Pittiplatsch der Liebe (18) und kratz, kratz am Kopf und schon …"

Balla stand auf:
„Mann:
Schönes Weib ich will dich haben.
Will an deinem Leib mich laben.

Frau
Das, starker Mann, will ich doch hoffen.
Und bin gern für alle Dinge offen.

Mann
Eins muss ich dich noch vorher fragen.
Welche Folgen kann das Ganze haben?

Frau
Egal! Komm zu mir. Ich bin schon von Sinnen.
Oder machst du dich etwa nachher von hinnen?

Fazit:
Es bumst wie verrückt.
Zwei sind entzückt.
Die anderen müssen erst sehen,
Wie sie mit dem Schaden umgehen."

Die Sprachlosigkeit seiner Zuhörer machte ihn stutzig. „Na ja, auf die Schnelle ist mir nichts Besseres eingefallen."

„Ganz im Gegenteil Emil", die Schenk klatschte als erste in die Hände, „das klingt sogar unheimlich gut."

Die anderen takteten in das Klatschen mit ein und Prost sagte grinsend, „ja, an unserem Emil ist wohl doch ein kleiner Dichter verloren gegangen."

„Auf alle Fälle beantwortet das Gedicht die Frage 8", und auch Schreyer tippte auf das Blatt, „wenn wir den Anschlag nicht verhindern können, dann muss Prost und seine Truppe mit dem zurechtkommen, was sie danach vorfinden werden."

„Und über das danach werde ich mit meinen Ingenieuren noch einmal sprechen", setzte der Leiter der V-Fabrik den Gedanken fort, „das hatte ich ohnehin angekündigt. Allerdings können wir das erst tun, wenn die Anlage 2 in Betrieb ist."

„Ganz anders verhält es sich hoffentlich mit den letzten beiden Fragen 10 und 11", sagte die Anwältin, „für unsere Revoluzzer müssen wir unbedingt etwas tun, damit ich ihnen später helfen kann."

„Ja, vielleicht ist das überhaupt der springende Punkt", fuhr die Peters fort, „aber dazu haben wir schon etwas vorbereitet."

„Genau", übernahm Wolf die weitere Erklärung, „wir müssen unsere Leute: Balla, Hossa, Hoffmann und Schuster in einer Schicht mit Schröder konzentrieren."

„Das ist ohnehin schon der Fall, Skipper", warf Balla ein.

„Okay!" Wolf machte ein Häkchen auf einem anderen beschriebenen Blatt Papier, das direkt vor ihm lag. „Emil, du und Günther, ihr lasst Hoffmann und Schuster möglichst nicht aus den Augen. Außerdem werden wir unsere Revoluzzer mit dem GPS-System kontinuierlich überwachen und die Daten speichern."

„He", unterbrach die Schulz den Detektiv, „ich bin mir nicht sicher, ob diese Daten vom Gericht anerkannt werden."

„Ja. Das könnte sein." Wolf klopfte mit seinem Bleistift auf den Tisch. „Deshalb wäre es gut, wenn unsere zwei sich an bestimmten Orten in der Anlage in ein Buch eintragen könnten. Doch wie machen wir das, damit es nicht auffällt?"

„Das ist kein Problem, Ernst", Balla lachte kurz auf, „dann gibt es endlich mal wieder regelmäßige Eintragungen in die Kontrollbücher in den Analysenhäusern."

„Das ist eine sehr gute Idee, Emil", pflichtete Prost seinem Freund und Operator bei, „wir haben 3 Analysenhäuser in Anlage 1 und eins im 2. Strang."

„Gut. Damit solltet ihr sofort anfangen, Seemann", Wolf sah zu Balla und als der zum Zeichen des Verstehens nur kurz die rechte Hand ein wenig anhob, wandte er sich der Anwältin zu. „Das müsste eigentlich reichen, Gisela oder?"

Bevor die Anwältin antworten konnte, fragte Schreyer, „wie ist die Wohnung der beiden gesichert?"

„Die haben eine kleine Bude in einem alten Bauerhaus in Dörstewitz", antwortete Balla und die Peters fügte hinzu, „ich habe abgesichert, dass Veränderungen von Fremden hinterher festgestellt werden können."

„Auch das unmittelbare Umfeld?", hakte der Hauptkommissar nach, „also irgendwelche Keller, Ställe oder Schuppen in der Nähe der Wohnung."

„Viel kommt da nicht infrage, doch das meiste ..."

„Das sollten wir uns noch einmal zusammen ansehen, Paula", unterbrach Wolf seine Mitarbeiterin und sah dann zu Schreyer, „du denkst an Belastungsmaterial, Malte?"

„Ja. Damit kann man vor allen Dingen der Presse Material liefern, auch wenn es hinterher wieder verworfen werden muss."

Wolf sah zur Schulz und fragte erneut, „zufrieden, Gisela?"

Die Frau nickte. „Ich denke schon. Damit lässt sich etwas anfangen."

Der Detektiv machte wieder ein Häkchen auf seinem internen Zettel und wandte sich dann dem nächsten Punkt zu. „Sollte es uns gelingen - wenn wir es schon nicht schaffen den Anschlag überhaupt zu verhindern - wenigstens die wahren Täter, irgendwie mitzubekommen, dann müssen wir alles daran setzten etwas zu tun, womit es uns gelingen könnte die Gangster - wie auch immer - zu markieren, um, falls sie fliehen, sie wenigsten verfolgen zu können." Wolf hob abwehrend beide Arme kurz an, um Bemerkungen der anderen zu verhindern. „Paula hat zu diesem Zweck zwei Minisender ...", er grinste seiner Mitarbeiterin kurz zu, „... besorgt. - Die leicht und schnell an einem Fahrzeug befestigt werden können."

Der Detektiv wartete ab, ob es noch weitere Bemerkungen geben würde. Erst, als das nicht der Fall war, sprach er weiter, „für unsere Telefongespräche im Ernstfall, also wenn der Anschlag tatsächlich stattgefunden haben sollte, schlage ich vor, von einer Schachpartie zu sprechen, damit es die heimlichen Lauscher nicht gar so einfach haben. Die Figuren ermöglichen es uns auch Personen zu benennen, wenn erforderlich."

„Auf alle Fälle wissen wir schon jetzt", warf Balla grinsend ein, „wer das Bauernopfer sein soll."

„Genau, Seemann und für ein Treffen nach der Schachpartie nennen wir die richtige Zeit. Den Treffpunkt legen wir sofort fest und der ist hier, also in meiner Pension. Einverstanden?"

Nach dem zustimmenden Gemurmel trat für einen Augenblick Stille ein.

Dann sagte Wolf, „ich glaube mehr können wir im Moment nicht vorbereiten. Sollten sich neue Aspekte ergeben, dann rufen wir uns gegenseitig an und vereinbaren ein Treffen. Am

Telefon und auch bei Emails sollten wir vorher keine Details besprechen. Die Amerikaner haben ein tolles System zur Telefon und Internetüberwachung entwickelt und die NSA verbessert systematisch die Auswertungsalgorithmen der unendlich großen Datenmengen, sodass man bei bestimmten Schlagworten wie USA, Terror, Anschlag, Schuld, RAF, Attentat oder Al-Qaida schnell in das Blickfeld intensiverer Kontrollen geraten kann."

„Die Presse regt sich immer mal wieder auf über diese fast lückenlose Überwachung." Helene Schenk, die sich über die Naivität der Menschen gerade diesbezüglich immer sehr aufregen konnte, schüttelte den Kopf und fuhr fort, „aber sie lassen das Thema bald wieder einschlafen. Politiker tun ganz und gar so, als wüssten sie diesbezüglich von absolut gar nichts, obwohl sie bei allen anderen Dingen in Politik und Wirtschaft scheinbar die Weisheit mit Löffeln gefressen haben. Aber gut, wem sage ich das." Die Frau wusste natürlich, dass sie in diesem Kreis offene Türen einrannte.

„Ist euch jetzt vielleicht noch irgendetwas eingefallen woran wir denken sollten?", fragte Wolf noch einmal, aber niemand meldete sich mehr zu Wort.

16 - STRESS IM KONTROLLRAUM
20. Oktober 2002, 9 Uhr, V-Fabrik

Als Thomas Prost heute nach der täglichen Frühbesprechung die Messwarte betrat, wäre er beinahe wieder rückwärts rausgegangen, weil dort ein furchtbarer Tumult herrschte. Der große Raum war voller Menschen, die vor den Bildschirmen heftig miteinander diskutierten, einige liefen von einer Station zur anderen und alle redeten viel zu laut und, wie es dem Ingenieur vorkam, alle durcheinander. Es fehlte nur noch die entsprechende Musik und man könnte meinen, dass man sich auf dem Rummelplatz befände.

Prost ging zwei Schritte in den Raum hinein und brüllte:
„Hallo Leute!"
Fast schlagartig trat Stille ein.
„Alle raus, die hier nichts zu suchen haben!"
Und leiser fuhr er fort, „wir müssen nicht nur die neuen Verfahrensstufen anfahren, sondern Bedenken, dass von hier aus zwei Anlagen bereits betrieben werden. Also! Nehmt Rücksicht aufeinander!"

Die fünf neuen Prozessleitstationen mit je zwei Bildschirmen für den zweiten Strang der C-V-Anlage waren in der einen Hälfte des großen Raumes U-förmig angeordnet, während die drei Leitstationen für die Chlormembrananlage mit insgesamt sechs Bildschirmen ebenfalls in U-Form angelehnt an den V-Bereich die zweite Hälfte des Kontrollraumes ausfüllten. Wie ein Abschlussstrich über diesen beiden Us standen die Bildschirme mit dem alten Prozessleitsystem von Weichmann&Gelb für Anlage 1 in einer Linie direkt am Nordeingang zur Messwarte.

Nachdem die Worte des Betriebsleiters verhallt waren, kam wieder Bewegung in die Menschen. Zuerst wurde leise gesprochen, doch nach zehn Minuten war es wieder so laut wie vorher. Den Raum hatte niemand verlassen. Jetzt steckte Prost aber selbst in dem Trubel drin und nahm die Geräusche auch nicht mehr wahr. Er hatte sich mit der Schichtleiterin Paulus und den Anlagenfahrern Verona Deiner, Bernd Bauer und dem neuen Alexander Schuster, etwas seitlich zurückgezogen und besprach mit ihnen die weitere Vorgehensweise beim Anfahren der Entwässerungskolonne. Eigentlich sollte diese Aufgabe der ehemalige Abschnittsleiter des V-Bereiches Gustav Müller übernehmen, aber der war im Moment damit beschäftigt, sich in die neue Technologie der DC 2 einzuarbeiten.

Etwas von Prost entfernt stand Stumpfberg mit den Anlagenfahrern Günther Hossa und Fritz Hennecke. Die drei bildeten einen Halbkreis um die Prozessleitstation an der Horst Schröder saß. Sie diskutierten über die weitere Vorgehensweise bei den ersten Zündversuchen der Brenner des neuen Spaltofens.

Noch ein Stückchen weiter weg von Prost hockte Kupfer mit Anja Petersen vor einem Bildschirm. Während Harry zu Jonny Adler, Joachim Zucker und dem zweiten neuen Operator Daniel Hoffmann über die nächsten Arbeiten im Bereich der Oxichlorierung redete, hörte Anja interessiert zu, denn Kupfer war ganz in seinem Element.

Der inzwischen fast fünfzigjährige, stattliche und unverändert attraktive Mann gehörte zwar eigentlich auch zu Mitschkes Projektteam, aber Prost bestand darauf, dass das Anfahren der Oxichlorierung unter seiner, Kupfers Regie, laufen sollte. Das kam Harry sehr entgegen, denn als ehemaligem Abschnittsleiter C lag ihm die Oxichlorierung besonders am Herzen. Außerdem fühlte er sich in seinem alten Team auch wesentlich wohler. Die angespannte Arbeit in der Anlage, die ständigen Auseinandersetzungen mit Mitschke und wahrscheinlich auch ein paar familiäre Probleme veranlassten Kupfer dazu, sich fast nur noch in LUNA aufzuhalten. Er kam um halb sechs morgens und war manchmal um Mitternacht immer noch in der Anlage. Mit Beginn des Anfahrprozesses wurde der zum Teil verkrampft wirkende Kupfer wieder lockerer und Prost war sicher, dass mit der Inbetriebnahme der Oxichlorierung, Harry wieder der alte sein würde.

Zwischen diesen drei Grüppchen der Produktionsleute wuselten die Handwerker der Gewerke und die Projekt- und Fachingenieure geschäftig hin und her.

„Wir müssen zuerst die Probleme beseitigen lassen", sagte Prost zu seiner kleinen Gruppe, „zum Beispiel geht es nicht ohne funktionierende Standmessungen."

„Außerdem", ergänzte die aufmerksame Deiner, „funktionieren die Regelventile für die Sumpfausschleusung und die Natronlaugedosierung nicht."

„Gut", sagte die Paulus, „die Reparaturen organisiere ich sofort", sie sah zu Verona und Bauer, „ihr zwei könnt ja inzwischen draußen schon die Wege stellen. - Ach - und nehmt Daniel mit, der ist kräftig und kann bestimmt wunderbar große Armaturen drehen."

„Wird gemacht, Chefin", antwortete Bauer zackig und schlug die Hacken seiner Arbeitsschuhe zusammen, was kein gelernter Soldat hätte besser machen können. Die Deiner stand auch gleich auf, froh darüber, dass sie bisher noch niemand an der Prozessleitstation in der Messwarte festnageln wollte. Beide setzten ihre Helme auf, winkten Schuster zu, dasselbe zu tun und wollten den Raum verlassen, doch Prost hielt sie zurück.

„Kurz noch ein paar Bemerkungen zur Strategie des Anfahrens: 1. Sumpf anfüllen, 2. Ausschleusung des Sumpfproduktes ins DR-System, 3. langsam Dampf zum Umlaufverdampfer geben, 4. sowie Kondensat im Behälter anfällt, Pumpe anfahren und Rückfluss zur Kolonne stellen. Ich denke, dass wir frühestens nach zwei Stunden die erste Wasserbestimmung veranlassen sollten."

„Macht diese Analyse auch unser Labor?", fragte Schuster.

„Du hast unsere Laborantinnen noch nicht besucht, Alex?" Bauer sah den jungen Mann erstaunt vorwurfsvoll an.

„Oh doch! Deshalb frage ich ja."

„Alles klar", sagte die Paulus, „die erste Probe kannst du ins Labor bringen. Da wird sich Jutta freuen."

Schuster schwieg ein wenig verlegen.

Prost wandte sich noch mal den vier Anlagenfahrern zu. „Ich hab euch den Ablauf erklärt, obwohl ich weiß, dass ihr natürlich selber wisst, was zu tun ist. Aber es ist wichtig, alles gut zu bedenken und zu überdenken und die Handlungen zu koordinieren, bevor man aktiv wird." Er schwieg, dachte einen Moment nach und fuhr dann fort, „wer bleibt eigentlich hier in der Messwarte?"

Inzwischen hatte sich der, aus eigener Initiative heraus zum Programmierer weiterqualifizierte, schwarzhaarige mittelgroße Operator, der etwa 40-jährige hochintelligente, immer ruhig und ausgeglichen wirkende Peter Kamm, der bis zum Start des Projektes für den 2. Strang in der A-Schicht gearbeitet hatte, zu Prosts Gruppe gesellt. „Wenn ihr wollt, mache ich das Notwendige von der Prozessleitstation aus."

Freudig stimmten die Deiner und Bauer zu, denn sie wollten auf jeden Fall in die Anlage gehen. Sie sahen fragend zu Prost, und als der nickte, warfen sie ihre Helme, die sie inzwischen wieder abgesetzt hatten, auf ihre Köpfe, schoben ihren neuen Kollegen Schuster vor sich her und verließen mit immer schneller werdenden Schritten die Messwarte.

Der Anfahrleiter sah sich um. Inzwischen waren auch viele der anderen Operatoren und Ingenieure in die Anlage verschwunden, sodass es hier jetzt wesentlich ruhiger geworden war.

Prost wandte sich erneut an die Paulus, nachdem die Frau ihre Arbeitsaufträge für die MSR an den Mann gebracht hatte und zurückgekommen war. „Eva, ich sehe mich mal ein bisschen in der Anlage um, was die anderen da so treiben. Wenn es Probleme gibt, dann rufst du mich, okay?"

Die Paulus hob kurz ihre rechte Hand an. „Alles klar, Chef."

Sofort drehte der Betriebsleiter seinen Kopf zur Paulus um und wollte sie ermahnen, doch dann sah er den Schalk in den Augen der Frau leuchten und er wischte nur mit der linken Hand durch die Luft, drehte sich um und verließ ruhigen Schrittes die Messwarte.

20. 10. 2002, 16 Uhr, V-Fabrik

Kurz vor 16 Uhr zog Bauer eine C-Probe und drückte das, einen halben Liter Flüssigkeit fassende, Metallgefäß seinem jungen Kollegen Schuster in die Hand. „Zisch ab! Aber komm vor Schichtschluss wieder!"

Als Schuster das Labor betrat, sah er von weitem nur einen weißen Kittel zwischen verschiedenen Laborgeräten. Weil er es eilig hatte, trompetete er schon von der Tür aus: „Hallo jung Frau - bring isch Probe für Wasser - kann-schu Analyse?"

„Jungfrau ist gut oder willst du mich verscheißern?" Die Vogt trat aus dem letzten von 4 mit Labortischen bestückten Gang heraus auf den langen Flur, der von der Eingangstür bis zu den Fenstern führte und sah interessiert auf den Neuankömmling. „Ich hab dich hier noch nie gesehen."

Dem Operator verschlug der Anblick der reizvollen Frau die Sprache. Er blieb mit offenem Mund schweigend stehen.

„Was is? - Wer bist du?" Die Laborantin kam noch zwei Schritte näher.

„Ede Ceh von der Entwässerungskolonne", stammelte der Mann laut, ohne nachzudenken. Der Anblick der Frau hielt ihn immer noch gefangen.

„Donnerwetter! Ein Adliger. Dann kannste nur einer von den beiden neuen Wessis sein."

„Ach so! Entschuldigung. - Alex - Alexander Schuster. - Und du?"

„Jutta - von - der Sippe der Vogts." Die Frau lachte fröhlich.

Die einen Meter 65 große, mit einer perfekten Sanduhr-Figur ausgerüstete Jutta Vogt, in deren braunen Augen ein Mann versinken konnte, wenn er ihr gefiel, hatte bisher wenig Glück mit dem anderen Geschlecht gehabt. Die sexuelle Ausstrahlung der Frau lockte die Männer zwar an, aber die charakterlich guten ließen sich von den brutalen Draufgängern verdrängen, sodass sie nach ein paar Monaten diesen Typen den Laufpass geben musste. Nicht einer war darunter gewesen, mit dem zusammen sie hätte ein Kind haben wollen. Und doch wünschte sie sich das sehr. Oder war sie mit ihren fast 40 Jahren schon zu alt dafür? Die gelernte Laborantin hatte in vielen verschiedenen Labors im LUNA-Werk gearbeitet, bevor sie am 5. Juni 2002 im C-V Labor landete. Die Arbeit und die Menschen in dieser Fabrik gefielen ihr. Allerdings gab es hier auch keinen Mann, der für sie infrage gekommen wäre. Zwei oder drei gefielen ihr zwar, aber die waren schon vergeben.

Der Kerl hier erfreute sie sofort. Groß, muskulös und trotzdem schlank, aber war der Knabe nicht zu jung für sie?

„Zum Glück von der Sippe", sagte Schuster grinsend, „und nicht von der hohen Gesellschaft."

„Moment!" Jutta hob kurz die rechte Hand hoch. „Wir Vogts sind ´ne feine Gesellschaft."

„Das kann ich von mir nicht behaupten. Ich stänkere lieber gegen die Hautevolee." Schuster zeigte mit dem Daumen nach oben, hielt dann beide Fäuste vor den Bauch und drehte sie hin und her, als wolle er einen nassen Lappen auswringen.

„Wen von denen willst du denn abmurksen?" Die Frau schüttelte den Kopf.

„Die Kapitalisten, die Banker, die Machthaber ..."

„Wow! Ein Kommunist aus dem Westen."

„Bin kein Kommunist. Zumindest nicht so einer, wie er heutzutage von den Massenmedien - Kommunist gleich Terrorist - dargestellt wird."

„Sondern wie?"

„Freiheit, Gleichheit, Brüderlichkeit!"

„Ah, Revolution. Da mache ich mit."

„Aber vorher musst du mir noch die Probe analysieren."

Die Vogt lachte leise, „aber danach machen wir Revolution?"

Schuster nickte nur grinsend.

„Na, gib schon her deine Probeflasche."

„Kann ich gleich darauf warten?"

Die Laborantin antwortete nicht, aber ihr Lächeln war eindeutig.

24. Oktober 2002, 10:30 Uhr, V-Fabrik

Ein paar Tage später musste die Vogt eine Luftanalyse von der Standzarge der Entwässerungskolonne ziehen, weil es irgendwo am Sumpfablauf des Apparates eine Undichtheit gab. Um die zu finden und zu beseitigen, musste der nur mit einer schmalen Öffnung versehene Raum, befahren werden. Der eineinhalb Meter hohe und nur einen halben Meter breite Einstieg war aus Sicherheitsgründen mit einer Brandschutzklappe verschlossen. Davor stand nun die Laborantin und wusste nicht, wie sie das Teil entfernen konnte. Hilfesuchend sah sie sich um.

„Kann ich dir irgendwie behilflich sein?" Schuster stellte sich von rechts neben die Frau, während die nach links Ausschau hielt.

„Da gebe es mehrere Möglichkeiten", die Vogt drehte ihren Kopf dem Mann zu, „aber im Moment würde es mir genügen, wenn du die blöde Klappe hier wegnehmen könntest."

„Kein Problem." Schuster löste die zwei Verschlüsse links und rechts, fasste mit beiden Händen den Griff in der Mitte der Abdeckung, zog die Klappe nach vorn weg und legte sie auf dem Betonboden ab. „Bitte sehr."

„Danke. - Hier halte mal." Die Frau drückte dem Mann die 250 Milliliter fassende, aus Glas bestehende Gasmaus in die Hand, holte einen Schlauch aus der Kitteltasche, befestigte ein Ende davon am Stutzen der Probeflasche und das andere an einem kleinen Blase- beziehungsweise Saugbalg. Dann zog sie einen zweiten, etwas längeren Schlauch aus der gleichen Tasche heraus, befestigte ihn an der anderen Seite des Glasgefäßes und warf den frei beweglichen Teil durch die Öffnung in den zu prüfenden Raum.

„Gib mir die Maus. Du kannst pumpen", sagte die Vogt mit ernstem Gesicht und sah dabei Schuster in die Augen. Dem Mann war zumute, als würde er von dem Blick der Frau in diese hineingezogen, hineingesaugt. Automatisch fing er an den Balg zu drücken, ohne den Blick von der Vogt zu nehmen. Während Schuster so gepumpt hätte bis zum Sankt Nimmerleinstag, sagte die Frau nach 20 Hüben, die sie genau mitgezählt hatte, „stopp!" Die scheinbar so Unnahbare fühlte mit der gleichen Lust den Blick des Mannes.

‚Und wenn der Kerl noch so jung ist. Den will ich haben', schoss es ihr durch den Kopf.

Routiniert löste sie die Verbindungen wieder, steckte Schlauch und Balg zurück in ihre Tasche und wandte sich, innerlich hoffend, dass er sie zurückhalten würde, zum Gehen.

„Warte, Jutta", Schuster griff gefühlvoll den Arm der Frau, „du hast doch von mehreren Möglichkeiten gesprochen, wie ich dir helfen könnte. Was ist das nächste?"

‚Wenn der mich doch immer so festhalten würde', dachte die Frau und sagte, „kannst du Volumenkonzentration von - sagen wir - zum Beispiel den TRK-Werten für C und V in Massen- und/oder Stoffmengenkonzentration umrechnen?"

Schuster schwieg einen Augenblick, weil er glaubte ganz deutlich zu spüren, dass in der nüchternen Frage ein sehnsuchtsvoller Unterton mitschwang.

‚Hab ich ihn mit der Frage jetzt verschreckt', dachte sie besorgt und fügte deshalb schnell noch hinzu, „ich habe gehört, dass du dich gern mit Mathe beschäftigst?"

„Na klar. - Warte mal." Schuster sah sich um. Sein Blick blieb an der großen glatten Isolierung des Rückflussbehälters der Entwässerungskolonne hängen. „Sag mal hast du zufällig einen Stift einstecken?"

Während die Frau in der linken Hand die Gasmaus festhielt, griff sie mit der rechten Hand in ihre Kitteltasche und kam mit einem Filzstift wieder hervor. „Meinst du so etwas?"

„Ja. Wunderbar. Komm mit!" Schuster nahm der Frau das Schreibgerät aus der Hand, ergriff sie erneut an den Armen und schob sie direkt vor den Behälter.

„Gehen wir davon aus, dass der TRK-Wert für C mit 5 ppm in Volumenkonzentration vorliegt oder mathematisch abgekürzt nennen wir ihn x_C."

Der Operator schrieb diesen Wert mit dem schwarzen Filzstift auf das hellgraue Isolierblech.

„Dann brauchen wir zur Berechnung die Zusammensetzung der Luft mit 78 Vol-% O_2, nach der gleichen Logik heißt die Abkürzung also x_{O2} und 21 N_2, sprich x_{N2}, sowie die Molekulargewichte der Stoffe C, V, O_2 und N_2, für die wir allgemein die Abkürzung M_j verwenden, wobei j für die jeweils verwendete Komponente steht."

Diese Werte notierte der Mann neben dem anderen.

„Das weißt du alles so aus dem Kopf?" Die Vogt sah staunend auf ihren Lehrer.

„Zufällig habe ich mich gerade erst mit den Stoffen der C-V-Anlage beschäftigt."

„Ach so und dann merkst du dir das alles sofort?" Jutta schüttelte ihren Kopf. „Zahlen vergesse ich sofort wieder. Aber egal. Es gefällt mir, wie du das erklärst. Mach weiter."

„Jetzt musst du nur den Wert der Volumenkonzentration x_C, durch den neuen Nenner, der sich aus der Summe der mit dem Verhältnis der Molekulargewichte M_{O2}/M_C beziehungsweise M_{N2}/M_C multiplizierten Volumenkonzentration von O_2 und N_2 ergibt, teilen und du erhältst die Massenkonzentration, die wir, nach bewährtem Prinzip, mit y_j abkürzen, also in diesem Falle y_C. Das ergibt also einen Wert von circa 17."

„Das soll stimmen?" Die Frau sah skeptisch, aber auch anerkennend zu Schuster. „Ich kann das nicht nachvollziehen."

„Pass auf Jutta." Das Aussprechen des Vornamens der Frau löste im Körper des Mannes eine angenehme warme Welle aus, und als er die Vogt ansah, merkte er, dass es ihr wohl genauso gehen musste, denn ihre Wangen überzog ein kleiner roter Hauch. Mit doppelter Energie wandte er sich der improvisierten Tafel zu. „Ich schreibe dir die ganze Formel auf."

$$y_c = \frac{x_c}{x_c + M_{N2}/M_c * x_{N2} + M_{O2}/M_c * x_{O2}}$$

Schuster warf einen kurzen Blick auf die Frau, sah die braunen Augen liebevoll auf sich gerichtet und wandte sich schnell wieder der Tafel zu. „Dasselbe kann man für die Stoffmengenkonzentration mit der Dimension, Gewicht Pro Volumen, machen, die üblicherweise mit zj abgekürzt wird. Dabei muss das sogenannte Molvolumen von 22,4 Litern pro Mol berücksichtigt werden. Ich versuche gleich die Formel aufzuschreiben." Schuster überlegte einen Moment und schrieb dann unter die erste Gleichung:

$$z_v = \frac{x_v * M_v}{22,4 * (x_v + x_{N2} + x_{O2})}$$

„Ich habe das hier für die Komponente V aufgeschrieben. Du siehst, dass man in der Gleichung, für eine andere Komponente, nur den Index wechseln muss."

„Ich bin beeindruckt." Die Frau schüttelte den Kopf, weil sie merkte, wie erotisch diese trockene mathematische Ableitung auf sie wirkte. Sie trat dem Mann einen Schritt näher. „Aber wolltest du nicht eigentlich Musiker werden?"

„In der Musik der Gegenwart spielt Mathematik eine große Rolle. Zumindest bei bestimmten neuen Richtungen, denen ich mich gerne widmen würde."

Schuster spürte mit einem Mal die, nicht nur körperliche, Nähe der begehrenswerten Frau. Die nächste heiße Welle überschwemmte seinen Körper. Er machte einen Schritt auf die Frau zu und plötzlich hielten sich Frau und Mann eng umschlungen. Keiner von beiden konnte sagen, wer den Anstoß dazu gegeben hatte. Einer schlang die Arme um den anderen. Sie drückten ihre Leiber aneinander und berührten sich zart Wange an Wange. So blieben sie stehen ohne Gefühl für die Zeit.

Waren es Minuten oder nur Sekunden gewesen?

Plötzlich ging ein Ruck durch die Vogt, sie löste sich energisch von dem Mann.

„Ich muss die Probe analysieren!"

Sie drehte sich um und ging mit schnellen Schritten davon, ohne sich noch einmal umzudrehen.

Schuster blieb gedankenversunken stehen und sah der Frau träumerisch hinterher.

17 - Ärger mit den Gasbrennern
14. November 2002, V-Fabrik

Am Donnerstag nach der täglichen Frühberatung, in der es wieder zwischen Produktion und Instandhaltung hoch hergegangen war, machte sich der Anfahrleiter erneut auf den Weg in die C-V-Anlage 2.

Die erste Station führte gleich zu dem auf der rechten Seite der R-Straße errichteten neuen Spaltofen. Schon von weitem beobachtete Prost, wie dort Stumpfberg, der MSR-Meister Herrbeck und Günther Hossa, sich ständig zwischen Seiten- und Stirnwand des Ofens hin und her bewegten.

„Diese beschissenen Brenner", wetterte Stumpfberg los, als Prost sich näherte, „jetzt erlebe ich den Zirkus zum dritten Mal, dass die Dinger einfach nicht anzukriegen sind!"

„Ich verstehe das auch nicht", sagte Hossa, der ebenso wie Stumpfberg schon 1980 den Ärger bei den ersten Zündversuchen der Brenner mitgemacht hatte, „damals war ja vor allen Dingen unser tolles Erdgas, das quasi nur aus mit Methan angereichertem Stickstoff bestand, das Problem. 1996 hatten wir dann richtiges Erdgas mit 96 % Methananteilen, aber in Gang haben wir die Dinger am Anfang auch nicht bekommen."

„Mensch hör' mir bloß damit auf", stöhnte Stumpfberg, „wenn das dieses Mal auch wieder so ein Theater wird, dann bringe ich den Servicemann der Firma Jahn Zank um."

Prost blickte suchend um sich und, da er nicht fand, was er suchte, fragte er, „hab ich mir das nur eingebildet oder ist Anja Petersen heute bei dir, Hans?"

Stumpfberg zeigte mit der rechten Hand zur anderen Stirnseite des Ofens. Prost folgte dieser Richtung und da bemerkte er, wie Anja vorsichtig um die Ecke lugte.

„Sie wollte uns nicht im Weg stehen - hat sie gesagt", brummte Stumpfberg, „aber sie interessiert sich offensichtlich nicht nur für Oxi. Was ich übrigens gut finde."

Prost winkte Anja zu, die spontan zurückwinkte, aber dann wieder hinter dem Ofen verschwand.

Der Anfahrleiter wandte sich erneut an Stumpfberg. „Brennen denn wenigstens die Pilotbrenner schon alle?"

„Das ist es ja gerade, wir kriegen nicht einmal die Dinger in Gang."

Stumpfberg drehte sich in Richtung Ofen um, wo Herrbeck einen Pilotbrenner gerade ausgebaut hatte und rief in dessen Richtung, „oder, Dieter? Wird das heute noch was?"

Der dunkelhaarige, schlanke, circa einen Meter achtzig große Techniker war ein ehrgeiziger Mann im Alter von Mitte Vierzig. Er hatte gemeinsam mit den Produktionsleuten schon so manchen Sturm erlebt und dabei bewiesen, dass er nicht nur sein Fach zuverlässig beherrschte, sondern auch immer einsatzbereit war, mit hohem Elan arbeiten konnte und nicht lockerließ, bis er das anstehende Problem geklärt hatte.

Herrbeck näherte sich samt Brenner der kleinen Gruppe. „Der Pilotbrenner scheint schon in Ordnung zu sein, aber diese spezielle Flammenüberwachung ist doch sehr störanfällig. Das muss ich mir noch genauer ansehen."

„Könnt ihr für mich nicht mal einen Startversuch machen?", fragte Prost jetzt vorsichtig, weil er etwas in Sorge war, dass Stumpfberg brüsk ablehnen könnte.

Doch wiedererwarten sagte der sofort, „klar, Thomas", und drehte sich zu Herrbeck. „Dieter bau das Ding wieder ein und dann zünden wir noch einmal."

Nach fünf Minuten sagte Hossa über die Rufanlage zur Messwarte: „Ofen starten."

Sofort kam die Stimme von Horst Schröder aus dem Lautsprecher: „Vorgang läuft."

Die Geräusche des hochlaufenden Gebläses wurden lauter. Vor jedem neuen Zünden musste der Feuerraum des Ofens gespült werden, damit die Reste eventuell vorhandener Gase aus dem Ofenraum herausgespült wurden. Nach etwa zwei Minuten tourte das Gebläse wieder ab. Prost stellte sich an das rechte seitliche Schauglas, während Stumpfberg dicht neben ihm angestrengt durch das linke blickte. Nach ein paar Sekunden hörten sie das Klicken der auffahrenden Heizgasventile und fast gleichzeitig sah Prost das Aufblitzen einiger Pilotbrenner, aber kaum einer der Hauptbrenner zeigte für ein oder zwei Sekunden eine aufflackernde, blakende Flamme und schon fielen die Heizgasventile klatschend wieder zu.

Prost legte Stumpfberg eine Hand auf die Schulter. „Das wird noch ein langer Weg, Hans, bis hier alle 140 Brenner tatsächlich in Gang sind."

Der V-Experte trat einen Schritt vom Schauglas zurück und sah seinen Anfahrleiter an. „Mir würde schon genügen, wenn die Pilotbrenner erst einmal alle brennen würden."

„Da hast du Recht, Hans." Nach kurzem Nachdenken sagte Prost, „vielleicht dreht ihr die Luft zu den Pilotbrennern mal ganz zu? Es ist für diese kleine Flamme ja auch so ausreichend Luft vorhanden. - Aber mach, was du für richtig hältst, Hans. Ich werde mich jetzt in den anderen Anlagenteilen umsehen."

Prost hob seine rechte Hand zum Abschied kurz an, registrierte, dass Stumpfberg ebenso antwortete, drehte sich um, ging zur Straße zurück und bog von dort gleich in die nächste nach links ab, die zu einer anderen Prozesseinheit führte. Er sah gleich von weitem einen großen Operator auf sich zukommen.

„Hallo Doc, schön, dass ich dich hier so allein treffe. Darf ich dir eine Frage stellen?" Der große Hoffmann blieb vor dem 15 Zentimeter kleineren Betriebsleiter stehen, der daraufhin ebenfalls haltmachte.

„Nur zu Daniel."

„Hier bei euch ist doch so ziemlich alles anders, als ich es mir bisher vorgestellt hatte. War das System in der DDR vielleicht doch nicht so diktatorisch?"

„Eine Diktatur mit allen ihren Begleiterscheinungen, wie Personenkult auf allen Funktionärsebenen, mutwilligen Verhaftungen, falschen Anklagen und politisch motivierten Verurteilungen, war die DDR schon. Allerdings hatten die Menschen doch viel mehr Spielraum, das Leben in ihrer unmittelbaren Umgebung sinnvoll, progressiv, humanistisch und demokratisch zu gestalten. Die Zukunftsvision des Kommunismus ist ja auch ganz auf das Wohl - aller - Menschen ausgerichtet. Ganz im Gegensatz zu dessen heutiger Bedeutung. Durch die Schuld der Machthaber des realen Sozialismus wirkt das Wort Kommunismus in der Gegenwart wohl schlimmer auf die Menschen als die tiefste und heißeste Hölle."

„Stimmt! Das nutzen die Macher der westlichen Demokratien, den Kapitalismus wie, ja wie den Himmel selbst darzustellen. Aber das war eigentlich gar nicht meine Frage." Hoffmann schwieg einen Moment, sah dann, dass Prost weiter aufmerksam blieb und fuhr fort, „das Neue Theater in Halle hat einen Wettbewerb ausgeschrieben für ein kleines Theaterstück, das bis zum 11. April nächsten Jahres eingereicht werden muss. Die drei besten davon sollen am 25. Oktober im nächsten Jahr aufgeführt werden."

„Das klingt sehr interessant, aber wie kann ich dir dabei helfen Daniel?"

„Das Problem ist, dass ich mich bereits bis zum 22. November zur Teilnahme gemeldet haben muss und nun weiß ich nicht …" Hoffmann brach ab, sah zweifelnd zu Prost, doch der hörte ihm nach wie vor zu. Also fuhr er fort, „… ich habe da so eine Idee Doc und Paula hat mich ermutigt, dich zu fragen."

„Paula liebt Theater. Das weiß ich und ich bin auch sehr an Kunst und Kultur …"

„Genau deshalb frage ich dich. Darf ich ein kleines Stück schreiben und arrangieren, das hier in der Anlage spielt?"

Prost sah den jungen Mann erstaunt an. „Das kann ich mir überhaupt nicht vorstellen Daniel. Geht das denn überhaupt?"

„Das ist kein Problem Doc. Die Frage ist, ob jemand etwas dagegen haben könnte. Zum Beispiel die Geschäftsführung?"

„Die müssen wir natürlich fragen, aber so, wie ich unseren OPA-Chef Anton Veen kenne, dürfte das nicht so schwierig sein. Dagegen kann ich mir die V-Fabrik auf einer Bühne überhaupt nicht vorstellen."

„Aber Doktor! Allein die Messwarte ist doch die perfekte Bühne und die V-Kullern sind doch auch eine Augenweide."

„Hm, du hast Recht. - Und unser Kugeltanklager fällt tatsächlich jedem Besucher ins Auge. Aber was willst du denn inhaltlich darstellen?"

„Der Hintergrund für meine Überlegungen ist die von euch vermutete Manipulation der Geheimdienste mit Schuster und mir und natürlich der mögliche Anschlag?"

Prost schwieg nachdenklich, sodass Hoffmann glaubte seine Gedanken noch genauer erklären zu müssen. „Ein Theaterstück muss politisch kritisch, ja vielleicht sogar provozierend sein. Das verstehst du doch?"

„Natürlich. Provozierend und doch nah an der Wahrheit. Dafür könnte eine Handlung in unserer Anlage tatsächlich eine gute Voraussetzung sein."

„Meine Bitte ist jetzt, Thomas, kannst du mir bei der Beschaffung der Genehmigung helfen?"

„Das mach ich gern. Wir sollten ein Schreiben an den Geschäftsführer schicken. Vielleicht wäre es ganz gut, wenn wir eine schriftliche Antwort in der Hand hätten?"

„Ja, na klar. Ich formuliere …"

„Lass mal Daniel. Das mache ich. Von dem Stück selbst müssen wir noch nichts verraten. Das würde dann ja doch sehr nach Zensur aussehen."

„Das ist gut. Danke Doc. Dann kann ich mich anmelden?"

„Ja, klar, mach das. Je mehr ich über die Sache nachdenke, umso mehr gefällt mir dein Vorhaben. - Aber mit einer solchen Thematik wirst du es bei der Jury schwer haben."

„Schon möglich, aber ich betrachte das als Herausforderung."

„Außerdem ist es richtig seine Pläne auch umzusetzen, denn sonst würde man ja nie erfahren, was sie tatsächlich wert sind. Ich wünsche dir viel Erfolg."

„Danke Doc. Meine Arbeit hier wird darunter nicht leiden."

„Okay Daniel. Ich will mich jetzt noch in der V-Destillation umsehen. Mach's gut."

„Alles klar. Bis nachher Thomas."

18 - DEFEKTHEXE

27. November 2002, V-Fabrik

Das wichtigste Aggregat in der Oxichlorierung war zweifellos der Kreisgasverdichter. Prost wollte sich selbst vor Ort von dem Stand der Dinge überzeugen, denn Kupfer hatte heute in der Frühberatung angedeutet, dass es mit dieser Maschine Probleme geben könnte.

Der Ingenieur musste ins Apparategerüst hineingehen, weil von der Straße aus niemand zu sehen war. Hinter dem großen Verdichter, der immerhin etwa fünfzehntausend Normkubikmeter pro Stunde im Kreis fördern musste, traf er auf Kupfer, der unverwandt auf die Verbindung zwischen Motor und Verdichter blickte und versuchte, der direkt neben ihm stehenden Anja Petersen etwas zu erklären. Ein Stückchen hinter dem Chemiker kauerten Jürgen Büchner und der neue Anlagenfahrer Daniel Hoffmann, die sich mit irgendwelchen öligen Einzelteilen beschäftigten, die vor ihnen auf dem Betonboden der Anlagentasse lagen.

„Na, Harry, dein kritischer Blick bedeutet doch wohl nichts Negatives?", fragte Prost und trat dichter an den Kompressor heran, konnte aber nicht entdecken, was Kupfer dort so intensiv betrachtete.

Der Chemiker richtete sich etwas auf. „Ich habe die dumme Ahnung, dass die Gleitringdichtung schon kaputtgeht, wenn wir das Monstrum das erste Mal anfahren."

„Hast du Halmke deinen Verdacht mitgeteilt, Harry?"

Kupfer schüttelte den Kopf. „Noch nicht, aber das mache ich nachher gleich."

„Wann wolltest du denn das erste Mal das Aggregat anschmeißen?"

Kupfer wiegte seinen Kopf hin und her. „Wir haben ja bereits das gesamte System mit Stickstoff gespült und auch die Dichtheit aller Systeme geprüft. - Ich wollte das eigentlich heute oder morgen tun."

„Okay, Harry, obwohl ich ein optimistischer Mensch bin, habe ich doch den Eindruck, dass nach den vielen, bereits bis jetzt aufgetretenen technischen Problemen, der Oxi-Start-Anfang Dezember, sich wohl doch verschieben wird."

Kupfer lachte kurz auf. „Wenn du das schon sagst, Thomas. Ich bin sicher, dass wir dieses Jahr die Oxi nicht mehr anfahren werden."

„Da könntest du Recht haben, aber je eher der Kreislauf des Oxi Reaktors in Betrieb ist ..."

„Schon klar", unterbrach ihn Kupfer, „umso schneller wissen wir, was noch an Problemen auf uns zukommen könnte." Nach kurzer Pause fügte er noch hinzu, „und ich sage dir, dazu gehört auch die Reparatur des Kompressors."

Prost zuckte mit den Schultern. „Das wäre zwar bitter, aber da müssen wir dann eben auch durch. Wir werden ja sehen, Harry. Ich weiß nur eins: Wir ziehen diese Sache genauso durch, wie damals das Anfahren der Anlage 1."

Nach kurzer Pause, Kupfer hatte zu diesen Worten nur kurz genickt, wandte Prost sich an Hoffmann. „Wie kommst du hier bei uns zurecht Daniel?"

„Die Arbeit ist viel abwechslungsreicher als ich vermutet hatte. Außerdem sind die ostdeutschen Kollegen sehr sachkundig und hilfsbereit." Er zeigte auf die Petersen. „Und ich muss ja nicht alleine lernen. Anja hilft mir sehr bereitwillig."

„Das beruht auf Gegenseitigkeit. Daniel erweitert mein Wissen über dramatische Literatur, Musik und Theater. Diese Gespräche schulen die Logik und sind eine schöne Abwechslung. Jetzt versteh ich den verrückten Balla viel besser."

„Genau, Anja, das sehe ich auch so", sagte Prost lächelnd.

„Hast du den Brief schon geschrieben Doc?", fragte Hoffmann und sah Prost in die Augen.

„Ja, schon vor einer Woche, aber ich habe natürlich noch keine Antwort erhalten. Ich werde dich selbstverständlich sofort informieren, wenn ich diesbezüglich etwas Neues erfahre."

„Ich bin gespannt. Danke Doc."

Prost wandte sich an Kupfer, „hast du Bauer, die Deiner und den anderen Neuen, den Alexander Schuster hier irgendwo gesehen?"

Kupfer zeigte mit der rechten Hand schräg nach oben. Prost hob seinen Kopf in diese Richtung und da sah er die drei auch schon. Bauer kletterte offensichtlich gerade vom Kopf der Kolonne, aus circa 45 Meter Höhe, wieder abwärts, während die

Meiner zusammen mit Schuster in Höhe der Zwölfmeterbühne irgendein Ventil öffnete.

Prost steckte zwei Finger in den Mund und ließ einen lauten Pfiff ertönen. Die Kollegen hörten ihn und winkten ihm zu. Der Betriebsleiter winkte zurück und versuchte mit einer weiteren Armbewegung anzufragen, ob die Kollegen vorhatten, nach unten zu kommen. Die Deiner verstand sofort und rief: „Ja, wir kommen runter!"

Prost ging wieder zurück auf die Straße und wartete dort auf seine Kollegen, die nur wenig später alle drei bei ihm eintrafen.

„Na Bernd war alles dicht da oben?" Der Anfahrleiter zeigte zum Kopf der Entwässerungskolonne.

„Nee Doc", Bauer schüttelte seinen Kopf, „der Temperaturstutzen am Kopf der leichten Feuchten war undicht. Aber ich musste nur die Schrauben nachziehen."

Prost bemerkte das fragende Gesicht von Schuster. „Bäuerlein, du hast wohl unseren neuen Kollegen noch nicht über die Kosenamen für unsere Kolonnen informiert?"

„Doch, doch", antwortete Schuster schnell, „die Feuchte, das ist die Entwässerungskolonne, aber wieso leichte Feuchte?"

„Denk mal nach Composer", sagte Bauer, „als Mathefan kannst du bestimmt logisch denken, also - leicht und feucht ergibt?"

„Die Kolonne muss auch die Leichtsieder abtrennen?" Schuster sah fragend zwischen Bauer, der Deiner und Prost hin und her.

„Perfekt", konstatierte die Deiner, „warum bleibst du eigentlich nicht bei uns, Alex?"

Bauer breitete beide Arme theatralisch aus.

„Wenn beide Anlagen in Harmonie agieren,
kannste auch hier komponieren.
Ein guter Anlagenfahrer hat wenig zu tun.
Ein Spruch vom Chef. Wat sagste nun?"

„Das hätte Balla nicht besser formulieren können", bemerkte Prost zu Bauer gewandt und drehte sich dann Schuster zu, „Alexander du scheinst mir wirklich wie geschaffen für eine solche Anlage. Wenn du zum Ende des Probebetriebes bei uns bleiben willst, stellen wir dich sofort ein. Überlege es dir."

„Ich gebe zu, die Arbeit hier macht mir Spaß, aber …" Schuster schwieg einen kurzen Moment, bevor er fortfuhr, „ich denke darüber nach, Doc, okay?"

„Mach das Alex. Bei den momentanen technischen Schwierigkeiten", Prost zeigte in Richtung Kreisgaskompressor, „dauert der Anfahrbetrieb bestimmt noch 3 oder 4 Monate. Du hast also genug Zeit."

„Kommt Leute", mahnte die Deiner, „wir müssen noch hier unten die Wege kontrollieren."

„Genau!", sagte Prost, „ich will mir auch noch kurz in Anlage 1 etwas Ansehen. Also, frohes Schaffen."

„Danke gleichfalls Doc!"

Während die drei Operatoren in der Anlagentasse des Apparategerüstes verschwanden, ging Prost auf der Straße weiter, bevor er nach links in Richtung Anlage 1 einbog.

19 - Rechnerisch - verführerisch - menschlich

15. Januar 2003

Alexander Schuster gefiel tatsächlich die Arbeit in der V-Fabrik. Verbunden mit seiner besonderen Begabung für Mathematik, war aus ihm schnell ein guter Operator geworden. Deshalb teilte ihn der Schichtleiter in der heutigen Nachtschicht als verantwortlichen Operator für Anlage 1 ein.

Gleich zu Beginn der Schicht hatte Schuster eine zusätzliche HCl-Analyse vom Sumpf der Oxi-Quenche veranlasst, weil er die Gelegenheit nutzen wollte, um den Umsatz für diese Komponente in der Oxi-Reaktion, selbstständig zu überprüfen. Die relativ komplizierte Berechnung war ganz nach seinem Geschmack.

Etwa nach einer Stunde betrat die heute allein im Labor arbeitende Jutta Vogt die Messwarte, sie war extra mit dem Fahrrad bis hierhergefahren.

Die attraktive Frau mit der imponierenden Figur sah sich suchend in der Messwarte um, konnte den Mann aber nicht entdecken, wegen dem sie extra vom alten Messwartengebäude hierher geradelt war. „Wo steckt eigentlich der Alexander Schuster? Fordert bei mir dringend eine Sonderanalyse an und dann ist er gar nicht da!"

Plötzlich tauchte ein Kopf mit verlegenem Grinsen hinter einer Prozessleitstation auf.

„Wo kommst du denn her, Alexander?", fragte Jutta erstaunt, während der junge Mann sich aufrichtete, um das Pult herumging und sich etwas verlegen vor seinen Bildschirm setzte.

Erst dann antwortete er leise, „mein Radiergummi war runtergefallen."

„Radiergummi? Wieso Radiergummi?"

Jutta trat hinter den Stuhl des Mannes, beugte sich über ihn, sodass ihr Busen seine Schulter berührte.

„Wozu brauchst du - den - denn?" Die Frau sah dem Operator neugierig über die Schulter, ohne die Berührung zu unterbrechen.

Vor Schuster lag ein Stück Papier, auf dem mit Bleistift geschriebene Formeln standen. Die letzten Zahlen waren zum Teil wegradiert worden.

„Donnerwetter, das sieht ja richtig wissenschaftlich aus, Alexander. Was ist das?"

Die Vogt lehnte sich noch mehr an Schuster an, sodass dieser die Brüste auf seinem Rücken spürte. Alexander bekam kein Wort mehr heraus. Er bemühte sich seine Erregung zu verbergen. Trotzdem lief er rot an.

„Hier ist deine HCl-Analyse vom Sumpf der Quenche", sagte die Frau laut und flüsterte ihm anschließend leise ins Ohr, „ich habe nichts drunter. Kommst du nachher mal vor ins Labor?"

Alexander nickte ein wenig, rutschte auf seinem Stuhl hin und her. Allein der Gedanke an die fast nackte Frau auf dem Fahrrad ließ sein Glied schnell steif werden. Er beugte sich über das Pult, bis ganz dicht an den Bildschirm heran und stocherte mit dem Lichtgriffel darauf herum.

Jutta spürte natürlich die Verlegenheit des ausgesprochen sympathischen, ihr besonders gut gefallenden Mannes, und sagte laut, „also gut! Dann werde ich auch noch die anderen Proben analysieren."

Sie drückte noch einmal ihren Busen auf die Schulter des Mannes und richtete sich auf. „Wenn du es so eilig hast, dann kannst du dir die Ergebnisse ja holen kommen."

Sie fuhr Alexander mit der linken Hand leicht durch die rötlich-blonden Haare und verschwand mit eiligen Schritten aus der Messwarte.

Vorsichtig sah der Operator sich jetzt um, aber die anderen beiden Messwartenfahrer, Verona Deiner und Jonny Adler, waren mit ihren Leitstationen für Anlage 2 beschäftigt, sodass er das Gefühl hatte, doch nicht beobachtet worden zu sein. Das beruhigte ihn und die Röte aus seinem Gesicht verschwand. Schuster versuchte sich wieder auf seinen Zettel zu konzentrieren, wo er sich den Algorithmus für die Berechnung des HCl-Umsatzes im Oxi-Reaktor notiert hatte. Natürlich brauchte er eigentlich nur den Analysenwert ins System eingeben und schon würde das Ergebnis auf dem Bildschirm erscheinen. Doch Alexander wollte sich testen, ob er die Berechnung auch selbständig bewältigen konnte. Er nahm den Bleistift wieder in die Hand, doch bevor er weiterschreiben konnte, schoss ein Gedanke durch seinen Kopf. Jutta war heute allein im Labor. Also konnte ihr Besuch bei ihm in der Messwarte nur bedeuten: ‚Komm in meine sturmfreie Bude im alten Messwartengebäude und …?'

Wieder zog eine Hitzewelle durch seinen Körper, das Glied fing erneut an zu wachsen. Er fasste in die Hosentasche und legte seinen Penis so zurecht, dass man die Schwellung an der Hose nicht sehen würde, wenn er aufstand, doch noch zögerte er.

Die Vogt hatte schon von Anfang an Alexander spüren lassen, dass er ihr nicht gleichgültig war. Dadurch war es auch schon zu einem Kuss gekommen. Schuster fühlte sich sehr zu Jutta hingezogen, doch noch konnte er seine Gefühle nicht richtig deuten, weil die Frau immerhin fast fünfzehn Jahre älter war als er.

‚Vielleicht ging es ihr vorrangig um Sex?', überlegte er.

Trotz seines bisher schon sehr bewegten Lebens hatte Alexander noch nicht viel Erfahrung auf diesem Gebiet. Er war zwar kein Jüngling mehr, aber das war auch schon alles. Allerdings hatte er viel ernsthafte Literatur über dieses Thema gelesen, sodass er schon hoffen konnte, sich bei der erfahrenen Jutta nicht zu blamieren. Mit diesen Gedanken kehrte seine Selbstsicherheit zurück.

Er drehte sich mit seinem Stuhl zur Deiner. „Kannst du mal mit auf Anlage 1 aufpassen, Verona? Ich will nur kurz ins Labor fahren."

„Kein Problem." Die Deiner warf einen kurzen Blick zu Alexander und widmete sich sofort wieder ihrem Bildschirm.

Schuster stand auf. Auch Adler beachtete ihn nicht, sodass der junge Mann unbehelligt die Messwarte verlassen konnte.

Er sprang mit Schwung auf ein Fahrrad und betrat bereits nach einer Minute das alte Messwartengebäude. Vor der Labortür verharrte er noch einmal. Inzwischen war eine dreiviertel Stunde vergangen, seit Jutta ihn in der Messwarte aufgesucht hatte.

Würde sie wirklich auf ihn warten?

Immer noch nagten Zweifel in ihm. Er gab sich einen Ruck und öffnete die Tür. Als er das Labor betrat, sah er die Vogt rechts in der Ecke am Fenster hantieren. Als er näherkam, bemerkte er, dass ihr Kittel nur noch mit einem Knopf zugehalten wurde. Die Ansätze ihre schönen Brüste stachen ihm in die Augen und als sie nun ein wenig zur Seite trat, waren ihre Beine nackt, sodass er für einen Moment glaubte, die Schamhaare gesehen zu haben. Er machte einen Schritt auf sie zu und wollte gerade ihren Arm berühren, als ihn eine Ohrfeige erschütterte.

Die Vogt hatte sich blitzschnell gedreht, ihm mit der flachen Hand ins Gesicht geschlagen und fast geschrien:

„Warum kommst du so spät? Willst du mich nicht?!"

Sie drehte ihm den Rücken zu und sah aus dem Fenster.

Schuster stand wie vom Donner gerührt. Auf vieles war er vorbereitet gewesen, aber nicht darauf. Langsam drehte er sich um, ging mit gesenktem Kopf zur Tür, öffnete sie zögernd ...

Da schallte es aus der Ecke: „Hau doch ab, du Arschloch!"

Es ist vielleicht verrückt, aber dieser Aufschrei befreite den jungen Mann von seinem Schock. Alexander verharrte im Ausgang.

Die Vogt war vor Wut über sich selbst und vor Enttäuschung, dass Alexander weggegangen war, in sich zusammengesunken und hockte vor einem offenen Laborschrank. Sie hatte die Tür nicht zuschlagen hören.

War er doch noch nicht gegangen?

Langsam erhob sie sich und lugte in Richtung Ausgang. Tatsächlich, da stand er noch und dachte nach.

Würde er umdrehen?

Sie wünschte sich nichts sehnlicher.

Schuster hatte inzwischen begriffen, dass die Ohrfeige nicht Abweisung, sondern Begierde war. Er fuhr mit einer Hand in seine Hose, legte den steifen Penis angenehmer zurecht und ging langsam zu der Frau zurück. Jutta hockte nun wieder vor dem Laborschränkchen, steckte den Kopf in das Regal und tat so, als suche sie dort irgendetwas. Ihr Kittel war dabei so hochgerutscht, dass ihr Po fast nackt war. Alexander beugte sich zu ihr, holte sein Glied aus der Hose und berührte damit ganz leicht Juttas nackte Haut. Die Frau stöhnte in den Schrank hinein, sodass es sich wie ein tiefes wohliges Brummen anhörte.

„Mach weiter."

Es klang, als käme die Stimme aus der Tiefe.

„Moment."

Schuster holte ein Kondom aus der Tasche, stülpte es über seinen Penis, spukte in die Hände und rieb das Teil damit ein.

„Ich komme."

Alexander suchte die Öffnung. Jutta half ihm und langsam glitt das männliche Glied in die leise stöhnende Frau hinein. Die Vogt stützte sich in dem Regal mit den Händen auf, sodass sie ihren Po dem Mann noch mehr zuwenden konnte und dieser drang so tief in sie ein, dass ihr Hören und Sehen verging.

Es reizte beide zusätzlich ungemein, dass Juttas Stöhnen durch die Kammer des Regals verstärkt wurde und so besonders tief, urig und wollüstig klang.

Alexander suchte mit seinen Händen Juttas Brüste, fand sie und drückte sie zärtlich. So verharrten sie innig vereint, bis die Frau mit ihrer Hand wieder nach hinten griff, seine Hoden umfasste, sie drückte und massierte. Das reizte den Mann derart, dass er sich schnell hin und her zu bewegen begann, während Jutta so laut in den Schrank stöhnte, dass es im gesamten Labor zu hören war. Aber das war den beiden jetzt egal. Sie liebten sich mit dem höchsten Vergnügen.

Alexander bemühte sich vorsichtig und zärtlich zu sein, doch die Lust ließ ihn immer heftiger werden. Es klatschte immer lauter, wenn er tief in das Weib eindrang und mit seinem Körper ihren Hintern berührte. Das machte beide noch geiler. Alexander wurde schneller, Frau und Mann stöhnten laut vor Lust und dann spritzte der Samen in das Kondom.

Alexander spürte, dass auch Jutta soweit war.

Er blieb in ihr drin und so hockten sie eine ganze Weile.

Sehr langsam lösten sie sich voneinander.

Die Frau drehte sich mit lächelndem Gesicht ein wenig zu Alexander um. Im Aufstehen umarmten sie sich und Jutta flüsterte, „danke, dass du zurückgekommen bist."

Alexander küsste sie wiederholt auf den Mund und erst dann verließ er das Labor.

Wieder in der Messwarte angekommen, schrieb er in zwei Minuten die Gleichungen zur Berechnung des Umsatzes zu

Ende, setzte zur Probe die aktuellsten Zahlen ein und erhielt für den Umsatz einen Wert von:

99,61 %.

Schnell gab er den gleichen HCl-Wert in das Prozessleitsystem ein und das Bild zeigte:

99,61 %.

Alexander klatschte vor Freude in die Hände, sodass die Meiner und Jonny Adler überrascht zu ihm hinsahen.

„Der HCl-Umsatz ist auf 99,61 % angestiegen! Ist das nicht wunderbar?!", antwortete Alexander enthusiastisch auf die fragenden Blicke.

Verona und Jonny sahen sich kurz an, schüttelten mit den Köpfen und schwiegen, aber beide dachten wohl dasselbe:

‚Das ist zwar nicht schlecht, aber doch kein Grund für solche übertriebene Begeisterung'.

Für Alexander Schuster war das heutige Erlebnis mehr als nur sexuelle Befriedigung, obwohl auch das hundertprozentig zutraf, es war ein weiterer großer Schritt für eine bestimmte Richtung einer Entscheidung, die immer schneller auf ihn zukam.

20 - TOTALSCHADEN
14. Februar 2003, V-Fabrik

„Thomas, so geht das nicht weiter! Wir haben in der C-Kolonne von Strang 2 schon wieder erhöhte Wasserwerte." Erst nach diesen Worten wurde Harry Kupfer bewusst, dass der Betriebsleiter bereits Besuch hatte und blieb in der Türöffnung stehen. „Oh. Ich bitte um Entschuldigung …"

„Schon gut Harry. Die Anlage geht immer vor und du hast ja Recht. Außerdem interessiert das Anja ebenso." Prost sah von Kupfer zu der jungen Frau und wieder zurück. „Dann sind also am Kondensator schon wieder Rohre kaputt?"

„Genau! Das ist bereits der 5. Defekt an diesem verdammten Wärmetauscher. Für mich ist das Ding ein Totalschaden und muss komplett ausgewechselt werden."

„Es gibt doch da dieses Wirbelstromtechnik-Verfahren", warf die Petersen ein, „damit kann man sich schnell ein Bild über den Zustand aller Rohre verschaffen."

„Das kostet alles nur unnütz Zeit." Kupfer machte eine wegwerfende Handbewegung. „Wir haben es doch auch schon mit den Heliumtests versucht. Klar finden wir die defekten Rohre, aber ich sage: Der Apparat ist so, wie die Projektanten ihn ausgelegt haben, an dieser Stelle ungeeignet. Wir brauchen einen neuen Wärmetauscher, der den Anforderungen in diesem Bereich des Destillationssystems auch gewachsen ist."

„Wahrscheinlich hast du Recht, Harry." Prost nickte mit dem Kopf in Richtung Kupfer. „Aber wir sollten die von Anja erwähnten Messungen trotzdem durchführen lassen."

„Das können wir ja machen, aber parallel dazu - muss - ein neuer Kondensator bestellt werden. Außerdem - muss - die Instandhaltung bei dieser Reparatur ihren eigenen Vorschlag realisieren und etwa 100 Rohre durch kompakte Stangen ersetzen. Vielleicht kann damit Stabilität in den Kondensator gebracht werden. Zumindest solange, bis der neue da ist. Wir müssen jetzt konsequent sein, sonst reparieren wir noch zu Weihnachten."

„Gut Harry. Wir regeln das in der Abendberatung um 16 Uhr, okay?" Prost sah, dass Kupfer sein Gesicht zu einer Grimasse verzog. Der Chemiker hielt nicht viel von Besprechungen, aber er stimmte brummend zu und verschwand wieder.

Der Betriebsleiter wandte sich erneut der Petersen zu. „Du willst also ab Montag in Schichten arbeiten?"

„Ja, das haben mir die anderen Ingenieure vorgeschlagen und ich finde das richtig, Thomas."

„Ich auch, Anja. Das ist gut so. Wir haben in der Vergangenheit die Erfahrung gemacht, dass dadurch mindestens zwei positive Effekte erreicht werden. Erstens lernst du unsere Operatoren genauer kennen und zweites die Technik, weil du auf diese Art viel dichter an der Anlage dran bist."

„Ich würde gern in die D-Schicht gehen. Spricht was dagegen?"

„Nein. Das kannst du machen, wie es für dich am besten ist. Aber es passt in diesem Falle ganz gut, denn der Horst Schröder ist erst kürzlich in die A-Schicht gewechselt."

„Umso besser, dann mach ich das so. War das alles?"

„Ich freue mich, Anja, dass du dich so gut und schnell eingearbeitet hast. Das ist jetzt mitten im Anfahrprozess sehr gut für uns. Also dann viel Erfolg in der Schicht."

Die Petersen stand auf. „Danke für das Kompliment, Thomas. Die Atmosphäre in der Truppe der C-V-Anlage ist so hervorragend, dass es mir leichtgefallen ist, mich in alles hinein zufinden. Ich bin sehr froh, dass ich in der V-Fabrik angeheuert habe."

„Na bitte! Sogar den Jargon der D-Schicht hast du schon drauf. Nun brauchst du dir nur noch ein paar Zitate zurechtzulegen."

Lachend verließ die Frau das Büro des Betriebsleiters, denn diese Marotte des Seemanns Balla kannte sie ebenfalls.

17. Februar 2003, V-Fabrik

Bereits zum Schichtwechsel am Montag um 6 Uhr herrschte in der Messwarte reger Betrieb. Der Raum war voller Menschen, die sich vorrangig mit dem Anfahren der Teilanlagen von Strang 2 beschäftigten. Gerade war die DC-2 zum wiederholten Mal wegen Problemen mit den Sauerstoffmessungen im Abgas ausgefallen und die neue Schichtbesatzung bereitete sofort alles

Notwendige vor, um den Reaktor bald wieder starten zu können. Verona Deiner hantierte ruhig mit der Maus auf dem Bildschirm, während der für die DC verantwortliche Technologe Gustav Müller und Joachim Zucker ihr zusahen und darauf warteten, dass sie den nächsten Schritt abarbeiten konnten.

An der danebenliegenden Prozessleitstation unterrichteten nacheinander Kupfer, die Petersen und einer der Projektingenieure die Anlagenfahrer Adler und Hennecke über die Ursachen der Ausfälle der Oxichlorierung am zurückliegenden Wochenende.

Der Hauptgrund lag vor allen Dingen am falschen Verhältnis der Einspeisemengen von zwei der drei Rohstoffe, im speziellen Fall zwischen O_2 und HCl. Im Übrigen kam, aus noch unerklärlichen Gründen, die HCl-Menge zu langsam auf ihren Sollwert. Darüber hinaus war die Regelung außerdem zu kompliziert gestaltet worden und hatte bisher wohl genau deshalb nicht gut gearbeitet. Nicht zuletzt aus diesem Grund wurde diese Mess- und Steuerungsstrecke zurzeit umgebaut.

An der 3. Prozessleitstation saßen nur Stumpfberg und ein Operator, die gemeinsam mit dem MSR-Personal die Verriegelungskontrolle der Spaltung 2, also den Test der Sicherheitseinrichtungen auf ihre Funktionstüchtigkeit, durchführten.

Von der 4. Station aus betreute Marlies Streller die Nebenanlagen und an der 5. saß Balla zusammen mit Hossa und sie diskutierten, trotz der wirbelnden Geschäftigkeit im Kontrollraum, über die gewaltigen, weltweiten Demonstrationen, am zurückliegenden Wochenende, gegen den offensichtlich unmittelbar bevorstehenden Irakkrieg.

„Wären wir hier nicht mitten im Anfahren, wäre ich auch nach Berlin gefahren", sagte Hossa.

„Heißt das nicht eigentlich: Hätte der Hund nicht gerade, dann hätte ich aber?", antwortete Balla feixend.

„Warst du etwa dort, du Spinner?!" Der Operator funkelte seinen Freund böse an.

„Kein Bush-Feuer, sonst Flächenbrand"', antwortete der lakonisch und breitete, wie ein Priester die Arme aus.

Die Losung versöhnte den Freund. „Das trifft, wie die Faust aufs Auge! Der Flächenbrand schafft für den Irak einen Totalschaden."

„500 Tausend Teilnehmer", sagte der Seemann, und weil Hossa ihn erneut fragend ansah, fügte er hinzu, „mich haben die zwei Revoluzzer mit nach Berlin genommen."

„E und B Ventile in DC-2 öffnen!", sagte die Deiner in das Stimmengewirr hinein und Müller brüllte in Richtung Balla und Hossa: „Könnt ihr zwei das machen!?"

„Aye, aye Sir!", antwortete der Seemann genauso laut.

Beide erhoben sich und verließen zügig die Messwarte.

Um kurz vor 8 Uhr betrat Horst Schröder den Kontrollraum, was in dem nach wie vor herrschenden Trubel keiner bemerkte.

Der Mann ging zur Petersen und zog sie am Arm ein wenig zur Seite. „Wieso bist du denn heute hier? Wolltest du nicht in die A-Schicht gehen?"

„Ich habe mir das anders überlegt, Horst."

„Aber warum denn? Ich bin nur wegen dir in die A-Schicht gewechselt."

„Das war allein deine Entscheidung. Ich hatte dir geraten das nicht zu tun."

„Seit September gehst du mir aus dem Weg, Anja. Warum? Hast du einen anderen?"

„Ich will nichts erklären müssen, Horst. Lass uns einfach Freunde bleiben und uns wie solche verhalten. Okay?"

„Nein!", sagte Schröder so laut, dass sich die Deiner kurz nach den beiden umdrehte, aber als sie sah, dass die Petersen nur leicht den Kopf schüttelte, wandte sie sich schnell wieder ihrer Arbeit zu.

„Entschuldige", fuhr der Mann leiser fort, „aber so einfach ist das nicht. Ich will dich. Du bist meine Frau."

„Schade. Ich hatte gehofft, dass du mich besser verstehen könntest. - Obwohl mir natürlich schon klar ist …"

„So schnell lass ich mich nicht abspeisen", unterbrach der Mann die Frau wieder etwas erregter, beherrschte sich aber schnell und fuhr leiser fort, „ich komme wieder zurück in die D-Schicht. Ich will - dich - nicht loslassen!"

„Tu das nicht Horst, bitte. Du machst alles nur noch viel komplizierter oder bist du etwas schon …?"

„Nein, noch bin ich in der A-Schicht, aber ich werde heute mit Prost sprechen. Deshalb bin ich eigentlich reingekommen."

„Egal, was - du - machst, Horst. Ich will, dass - du - mich - zufriedenlässt. Und das meine ich ernst!" Die Petersen schickte sich an zur Oxi-Leitstation zurückzugehen, doch Schröder hielt sie noch einmal am Arm fest und zischte ihr ins Ohr: „Meine Ehre heißt Treue! Das solltest du nicht vergessen." Er ließ die Frau wieder los, die sich kopfschüttelnd entfernte.

„Wir sehen uns, Anja!", rief Schröder ihr noch hinterher.

Doch die Frau reagierte nicht mehr. Sie mischte sich schnell unter ihre Kollegen an der Prozessleitstation, aber in ihrem Kopf kreiselten die Gedanken weiter.

‚Was sollte dieser Spruch?', fragte sie sich.

Die Petersen hatte sich nie besonders für Geschichte und schon gar nicht für die Zeit des Faschismus und den 2. Weltkrieg interessiert und so wusste sie auch nicht, dass dieser heute verbotene Satz: ‚Meine Ehre heißt Treue', ein Wahlspruch der SS und als solcher auf den Koppelschlössern der Uniformen dieser Verbände eingraviert worden war. Trotzdem fühlte sie die Kälte, die Borniertheit, die zurückgewandte diktatorische Wirkung, die von diesen Worten ausging.

‚Sollte der Seemann doch recht haben mit seiner Bemerkung, dass Schröder ein Rechtsradikaler sei?'

Inzwischen wusste die Petersen schon, dass der völlig untypische, verrückt-verwirrend wirkende Operator Balla ein hochintelligenter und kritisch-ehrlicher, humorvoll-sarkastischer, aber gar nicht so leicht zu durchschauender Kollege war.

‚Wenn Ballas Einschätzung stimmte - und es sah ganz danach aus - dann hieß das nicht nur Eiszeit für ihre Beziehung zu Schröder, sondern mit Sicherheit Totalschaden für das ganze Verhältnis! Mit allen Konsequenzen.'

Die Frau nahm sich fest vor, besser auf der Hut vor dem Mann zu sein, den sie trotz ihrer gemeinsamen Intimitäten doch nur sehr oberflächlich kennengelernt hatte.

21 - AB IN DIE GRUBE

9. März 2003, V-Fabrik

„Wir sind schon wieder raus!" Jonny drehte sich zu Stumpfberg um. „Wieder Stand hoch in der Quenche! Warum haben die das Ding so klein gebaut? Das kann doch gar nicht gut gehen." Adler stieß ärgerlich die Maus über das Pult.

„Die Amis - zusammen mit Mitschke", stöhnte der V-Experte, „da musste ja so viel Scheiße gebaut werden. Derart viele Anfahrschwierigkeiten hatten wir bei Anlage 2 nicht."

„Zum Glück gibt es auch noch gute Leute im Projektteam", mischte sich Prost ein, „z. B. Obmeier, Hassmann, Halmke und mit Ted Smith sogar einen ehrlichen Amerikaner."

„Bei den Amis wird Verarschen wahrscheinlich schon in der Grundschule gelehrt", knurrte Stumpfberg, „aber lassen wir das." Er drehte sich zu Balla und Hossa um. „Bevor wir den Spaltofen wieder starten, müssen wir unbedingt beide Filter im Quenchsystem reinigen und das Entleerungssystem gründlich abpumpen. Übernehmt ihr das?"

„Sind schon unterwegs", rief Hossa im Aufstehen, während Balla den zwei Anfahrhilfen Hoffmann und Schuster seine Hände reichte, sie vom Stuhl hochzog und dabei laut sprach:

„Wollen wir es schnell erreichen,
brauchen wir noch dich und dich.
Wer im Stich läßt seinesgleichen,
läßt ja nur sich selbst im Stich.

Wo bleibt der Refrain meine Herren Revoluzzer?"

Für einen Moment war in der Messwarte Ruhe eingetreten und dann vernahmen alle völlig unerwartet ausgerechnet Stumpfbergs im Sprechgesang zitierende Stimme:

„Vorwärts und nicht vergessen,
worin unsere Stärke besteht!
Beim Hungern und beim Essen,
vorwärts und nie vergessen:"

Der Chemiker wartete eine Sekunde und er hatte sich nicht geirrt, aus verschiedenen Ecken der Messwarte, auch von der B-Anlage erschallte, wie in einem Stadion zeitversetzt:

„die Solidarität!" (19)

Eine Stimme darunter war die von Prost.

Zufrieden mit seinem Erfolg schob Balla die beiden großen Kerle vor sich her und aus dem Kontrollraum hinaus.

Auf der Straße ließ der Operator die beiden los. Hoffmann drehte sich um. „Ich weiß schon, dass das Gedicht von Brecht ist."

Auch Schuster blieb stehen und ergänzte, „die Musik ist von Hans Eisler."

„Und wir kennen auch den Text", fügte der andere noch hinzu.

„Warum habt ihr dann nicht mitgemacht?" Balla schob die beiden weiter vorwärts hinter Hossa hinterher, der schon in der Spaltung 2 angekommen war.

„Wir sind immer wieder über die lockere Stimmung zwischen euch und den Chefs überrascht", sagte Hoffmann.

„Genauso wie über die Offenheit, wenn es um linke Politik geht, die gegen diese kriegs- und ausbeutungssüchtige kapitalistische Welt gerichtet ist", ergänzte Schuster.

„Wieso seid ihr überrascht? Ihr, die ihr doch zum linken Spektrum im Westen gehört? Das verstehe ich nicht." Balla schüttelte den Kopf. „Wir hatten vor 89 in der DDR die Diktatur von borniertern SED Bonzen mit kommunistischer Ideologie und haben jetzt 2003 die Diktatur der Superreichen, der Millionäre und Milliardäre mit multifunktionaler, kapitalistischer Ideologie. Was ist besser, was ist schlechter?"

„Na ja, es stimmt schon, was du sagst, aber immerhin haben wir keine Stasi", sagte Schuster und merkte schon beim Aussprechen dieses Satzes, dass die Aussage nicht nur dumm klang. Sie war dumm.

„Ich sehe, du hast es schon selbst gemerkt", sagte Balla grinsend, „jetzt haben wir nicht nur eine, sondern unbekannt viele Stasis. Aber die sind in dem ideologischen Tohuwabohu und dem zielgerichteten Rummel der Medien, mit der Quildzeitung vorneweg, natürlich wunderbar versteckt. In der Öffentlichkeit existiert - spitzelmäßig - nur noch DDR-Stasi, obwohl es die ja gar nicht mehr gibt, während die andere, die nicht genannte, umso emsiger, umfangreicher und erfolgreicher Informationen sammelt."

„Das stimmt. Eigentlich war die DDR-Diktatur viel durchschaubarer als die Politik heutzutage." Hoffmann stupste seinem Freund vor die Brust. „Die Verarsche der Millionen Menschen hier bei uns funktioniert noch viel besser, als wir bisher geglaubt haben."

„Dagegen hilft nur Revolution!" Schuster hob seinen rechten Arm und ballte die Hand zur Faust.

„Ihr Traumtänzer!" Balla lachte. „Aber träumt nur weiter. Das stört wenigstens nicht bei der Arbeit." Er drängte die zwei in die Apparatetasse der Spaltung 2, wo Hossa schon am ersten Filterdeckel fleißig zugange war.

Die zwei traumtanzenden Wessi-Revoluzzer konnten zum Glück ordentlich zupacken, sodass die beiden nüchtern denkenden, aber auch traumlosen Ossi-Operatoren nichts zu meckern hatten.

Bereits nach einer knappen Stunde waren die Filter wieder einsatzbereit. Jetzt warteten die Operatoren nur noch darauf, dass die Pumpe, die sie gleich zu Beginn ihrer Arbeit zur Entleerung des Sammelbehälters angestellt hatten, abriss und sie das Aggregat abschalten konnten.

Während Hossa direkt neben dem Schalter wartete, standen die anderen zwei Meter daneben und unterhielten sich.

„Ich weiß ja vom Doc, warum ihr hier seid", sagte Balla, „aber ich verstehe das nicht. Den anderen Kollegen geht es genauso. Was ist der eigentliche Grund für euer Hiersein?"

„Emil, die Polizei hat uns vor ein paar Monaten sogar unterstellt zu einer terroristischen Zelle zu gehören, verstehst du?" Wieder war es Hoffmann, der zuerst antwortete.

Schuster schüttelte seinen Kopf. „Wir wurden getrennt verhört. Wie wir aber hinterher feststellten, war scheinbar bei beiden Gesprächen der gleiche fremde Mann anwesend, der allerdings nur zugehört hat."

„Und der hat sich mit euch später draußen allein unterhalten und euch versprochen …"

„Woher weißt du?", unterbrach Alexander den Seemann.

Statt zu antworten, fragte Balla, „habt ihr schon einmal darüber nachgedacht, dass die deutschen Geheimen euch missbrauchen könnten? Zum Beispiel als Attentäter?"

„Ein Attentat?" Schuster sah den Operator verblüfft an und fügte dann grinsend hinzu. „Aber wir waren doch bei den Bullen in Haft und nicht bei der RAF."

„Du meinst, Emil", Hoffmann fasste sich an den Kopf, „man könnte aus uns Terroristen machen?"

„Nicht machen!" Balla schüttelte den Kopf. „Aber als solche festnehmen und anklagen."

„Wie meinst du …"

„Was ist denn mit der Verbrennung los?", brüllte Hossa und zeigte auf den Kamin, aus dem große schwarze Wolken austraten.

„Ich sage in der Messwarte Bescheid!", rief Balla und stürzte zur Sprechstelle. „Hey! Pennt ihr da drinnen! Die Verbrennung qualmt dicke schwarze Wolken, wie 'ne alte Dampflokomotive!"

Niemand meldete sich.

„Schwarze Wolken aus dem Kamin der Rückstandsverbrennung! Seid ihr auch noch schwerhörig, verdammt!"

„Verstanden." Die Männer erkannten die Stimme von Marlies Streller.

„Da ist bestimmt wieder Flüssigkeit in irgendein Abgassystem gelangt", rief Balla seinem Freund zu. „Gehst du in die Verbrennung Günther? Ich klettere ins Apparategerüst!"

„Okay!"

Die beiden Operatoren rasten los.

Hoffmann und Schuster blieben allein zurück. Sie erkannten zwar die kritische Situation, denn wenn die Verbrennung ausfallen sollte, müsste die gesamte Anlage abgestellt werden, aber sie wussten nicht, wie sie helfen konnten.

„Irgendeine Rohrleitung für die Ableitung der Abgase steht voll Flüssigkeit", dachte Schuster laut nach, „das versperrt einerseits den Weg des Gases zur RV …"

„… und andererseits kommt über diese Leitung viel zu viel Brennbares in die Brennkammer, sodass die Luft zur vollständigen Verbrennung nicht mehr ausreicht", ergänzte Hoffmann die Überlegungen."

Die beiden sahen sich suchend um.

„Siehst du den Schlauch da, Daniel?" Schuster zeigte auf die Rohrbrücke gegenüber der Spaltung.

„Ja. Du hast Recht, Alex! Damit haben wir doch erst gestern die Abgasleitung mit Stickstoff freigemacht."

„Vielleicht brauchen wir da bloß aufdrehen?" Schuster sah fragend zu Hoffmann. „Was meinst du?"

Die Aushilfsoperatoren sahen sich Hilfe suchend um, aber von den beiden anderen, war nichts zu sehen.

„Na los, Alex. Ich klettere hoch und du guckst, ob unten aus dem Schlauch was rauskommt."

Während Hoffmann die Steigleiter nach oben stieg, stellte sich Schuster neben das Schlauchende.

„Ich dreh' auf!"

„Okay!"

„Kommt schon was an?"

„Nein!"

Hoffmann öffnete das Ventil weiter.

„Doch! - Jetzt! - Ach Scheiße! - Wohin mit dem Zeug?"

„Da Alex! Ab in die Grube!"

Schuster sah nach oben und dann in die Richtung, die sein Freund anzeigte. „Wo? Ich sehe nichts!"

„Na da! 5 Meter neben der Straße ist eine Baugrube."

„Ja. Ich sehe sie. Das passt!" Schuster zog den Schlauch vorwärts, während die Flüssigkeit auf die Straße spritzte.

Die Verbindung reichte genau bis zur circa 5 Kubikmeter fassenden Vertiefung. Der Operator ließ das C dahinein laufen, obwohl er immer noch krampfhaft überlegte, ob das auch richtig war. Er wusste eigentlich schon, dass das C auf keinen Fall auf die Straße und damit in den Regenwasserkanal gelangen durfte. Besser wäre es natürlich gewesen, den Schlauch bis in die nächste Anlagentasse zu verlegen, aber bis dahin reichte er nicht.

Hoffmann, der inzwischen von der Rohrbrücke wieder runtergeklettert war, stand neben Schuster und winkte Balla zu, der gerade aus dem Apparategerüst zurückkam und sich seinerseits nach den beiden umsah.

Balla, schon Böses ahnend, rief bereits von weitem: „Was macht ihr denn da?!"

„Wir lassen das C aus der Abgasleitung ablaufen!"

Der Seemann kam kopfschüttelnd näher. „Etwa da in die Baugrube?", fragte er verständnislos, beschleunigte seine Schritte und dann sah er das Unheil.

Die Grube war bereits halb voll.

„Seid ihr denn total wahnsinnig! Sofort zudrehen!" Hoffmann stürzte zur Steigleiter, kletterte mit Affengeschwindigkeit hoch und drehte das Ventil zu. Der C-Strom in die Grube verebbte.

Balla rannte zur nächsten Sprechstelle: „Messwarte! Sofort alle Außenrundenfahrer zur Straße an der Spaltung 2 schicken. - Und sie sollen Eimer mitbringen! - Schnell!"

Die Streller wiederholte vom Kontrollraum aus Ballas Worte über alle Lautsprecher der Wechselsprechanlage. Als erster kam Hossa angerannt. Ohne Worte starrte er in die Grube, tauschte kurz einen Blick mit Balla aus, drehte sich um und lief in Richtung Hilfsstofflager davon. Nach nur einer Minute kehrte er mit mehreren Eimern bewaffnet zurück. Inzwischen waren an der Grube schon vier weitere Anlagenfahrer eingetroffen, sodass sie jetzt zusammen 8 Mann waren.

„Eimerkette!", rief Hossa und sofort stellten sich die Operatoren so auf, dass sie eine Verbindung zur Anlagentasse der Spaltung 2 herstellten. Hoffmann war schon mit dem 1. Eimer ein Stück in die Grube gestiegen, schöpfte ihn voll und reichte das Gefäß an Balla weiter, der übergab es an Schuster. Der junge Mann wollte den Eimer zu Zucker tragen, der 2 Meter von ihm entfernt stand, als Prost sich dazwischen stellte, ihm den Eimer abnahm und an den nächsten weiterreichte. 45 Minuten lang arbeitete die Eimerkette ununterbrochen, schnell und schweigend.

Dann hatten sie es geschafft.

Die Grube war leer.

„Es war unser Fehler", Schuster wandte sich dem Betriebsleiter zu, der in seinem Blaumann, wie jeder andere Anlagenfahrer aussah, „wir haben Scheiße gebaut, äh - Doktor - äh - wir dachten …"

„Schon gut!", wehrte Prost die gestammelte Entschuldigung ab, „durch die schnelle Reaktion von Balla und Hossa und die hervorragende Eimerkette aller, bleibt die Beeinträchtigung der Umwelt minimal."

„Was ist passiert Doc?", fragte Hossa.

„Die Standabschaltung des Behälters zur Sammlung des feuchten C hat nicht funktioniert", erklärte Prost, „und so haben wir das gesamte Abgassystem geflutet. Es ist erstaunlich, dass die Verbrennung diese Belastung verkraftet hat. Das stimmt mich sehr zuversichtlich für den weiteren Anfahrprozess."

Solange Prost sprach, balancierte Balla auf der Bordsteinkante. Dann drehte er sich seinen Kollegen zu, breitete die Arme aus und dozierte: „‚Eine Erkenntnis von heute kann die Tochter eines Irrtums von gestern sein.'" (20)

„Wieso Tochter, Balla?" Hossa versuchte seinen Freund bei seinem Balanceakt auf der Bordsteinkante, aus dem Gleichgewicht zu bringen. „Es könnte doch genauso gut ein Sohn sein."

„Nur, weil du drei Söhne hast, Hossa? - Hör auf zu schubsen, du Idiot. - Es heißt - der - Irrtum, aber - die - Erkenntnis, also weiblich. Capito?"

„Kann nicht mal einer dem Balla das letzte Wort nehmen?", stöhnte Hossa.

„Bleib cool, Günther." Hoffmann stellte sich neben seinen fast gleichgroßen, aber stämmigeren Kollegen und zeigte auf den Balancierenden. „Hinaus! Letzte Worte sind für Narren, die noch nicht genug gesagt haben. (21)" Und gemeinsam gelang es ihnen, den verblüfften Balla, von der Bordsteinkante zu schupsen.

Prost hob abwehrend die Hand gegen Balla, um weitere Zitate schon im Ansatz zu unterbinden. „Macht euch wieder an die Arbeit. Es müssen noch viele Leitungen entleert werden, damit wir endlich mit dem Anfahren vorankommen."

Ohne weitere Worte gingen die Anlagenfahrer auseinander. Hoffmann und Schuster blieben bei Balla und Hossa, während die anderen in unterschiedliche Richtungen davoneilten. Offensichtlich hatte die Schichtleiterin Eva Paulus mit ihnen schon das Vorgehen bei der Entleerung des Abgassystems besprochen, bevor die Kollegen zur Grube geeilt waren.

22 - Eine Reise nach Las Vegas?
18. März 2003, V-Fabrik

In der Woche vom 17. bis 23. März weilte die gesamte Führungsspitze der C-V-OPA-Anlagen zur Technologiekonferenz, die dieses Jahr in Las Vegas stattfand. Prost hatte sich freiwillig gemeldet, in LUNA bleiben zu dürfen.

Was sollte er ausgerechnet in Las Vegas?

Und das auch noch zum entscheidenden Ende des Anfahrprozesses?

Nein, bei diesem wichtigsten, entscheidendsten Anfahrschritt, da wollte er, da musste er unbedingt dabei sein.

Und tatsächlich, gegen Morgen des 18.3., hatte es die C-V-Mannschaft nach dreißig verzweifelten Anfahrversuchen endlich geschafft, den neuen Spaltofen zum ersten Mal in Betrieb zu nehmen. Am Abend des gleichen Tages war der Bestand an HCl soweit aufgebaut worden, dass mit Beginn der Nachtschicht auch wieder der Start der Oxichlorierung in Angriff genommen werden konnte.

Prost wartete den Schichtwechsel in seinem Büro ab und ging dann wieder in die Messwarte. Er begrüßte alle Kollegen der neuen Schicht.

Am alten Prozessleitsystem von Weichmann&Gelb stand Marlies Streller und beaufsichtigte die in Betrieb befindliche Anlage 1.

„Alles in Ordnung bei dir, Kecke?" Prost legte der kleinen Frau nur kurz, freundschaftlich eine Hand auf die Schulter.

„Muss ja, Doc. - Die Neue", die Streller zeigte hinter sich auf die anderen Bildschirme, „macht doch genug Trouble."

„Stimmt, Marlies, aber es geht ja vorwärts, wenn auch ein bisschen langsam, wegen der vielen technischen Probleme."

„Werden wir es heute schaffen, Thomas?" Die kleine Frau sah mit schiefem Grinsen zu Prost, denn es war selten genug, dass sie ihren Leiter mit seinem Vornamen ansprach, obwohl sie sich schon über 20 Jahre kannten.

„Wenn ich mir die munteren Gesichter deiner Kolleginnen und Kollegen ansehe, Kecke", Prost schwenkte seinen rechten Arme nach hinten zu den neuen Prozessleitstationen, „dann fällt es mir leicht, deine Frage mit ja zu beantworten." Der Mann sah der kleinen Frau in die Augen. „Bevor du Feierabend machst, Marlies, ist auch die 2. Anlage in Betrieb."

Prost drehte sich lächelnd um und wandte sich der ersten neuen Station zu, an der Tanja Büchner saß, die schon darauf brannte, erneut die Direktchlorierung 2 anzufahren.

„Warte noch einen Moment, Tanja", sagte Prost und drückte der sympathischen, molligen Frau die Hand, „bis sich alle gut über die Situation in ihren Anlagenteilen informiert haben. Um Viertel nach legen wir los, okay?"

Er wartete das Nicken der Kollegin ab und ging auf die, in der Mitte des von den 5 Prozessleitstationen gebildeten Karrees stehenden Kollegen zu. Das waren die für die Außenrunden zuständigen Operatoren Günther Hossa, Emil Balla, Fritz Hennecke, Joachim Zucker und die beiden Neuen, Daniel Hoffmann und Alexander Schuster. Er drückte allen, verbunden mit ein paar freundlichen Worten die Hand und stellte sich dann hinter die Leitstationen von Horst Schröder, der heute für die Spaltung 2 zuständig war und von Jonny Adler, der etwas später die Oxi-Anlage anfahren sollte, wenn ein kleiner Vorrat an flüssigem HCl produziert worden war. Bis dahin half Jonny seinem Kollegen, in dem er sich vor allen Dingen um die V-Destillation kümmerte. Wenn es dann soweit sein sollte, brauchte Adler nur mit seinem beweglichen Sessel ein Stück nach rechts rollen, zu der im Moment unbesetzten Station für Oxi.

An der letzten Leitstation saß Eva Paulus. Sie betreute die für beide C-V-Stränge zuständigen Nebenanlagen Abwasserreinigung und Rückstandsverbrennung, die bereits auf das neue Prozessleitsystem DOD 8 umgestellt worden waren.

In diesem Anfahrstadium der Anlage 2 waren natürlich auch einige Ingenieure anwesend. Gustav Müller stand hinter Tanja an der DC 2. Der V-Experte Stumpfberg saß auf einem Stuhl neben Schröder. Harry Kupfer, der heute die eigentliche Hauptperson war, kam gerade von der Außenanlage in die Messwarte zurück, setzte sich sofort an die Oxi-Leitstation und kontrollierte irgendwelche Messungen. Außerdem war der exzellente Ingenieur Kirsten Hassmann anwesend, der seine Promotion am MIT in Cambridge - Boston eingereicht, aber noch nicht verteidigt hatte und der mit seiner Größe von 2 Meter sowie der schlanken sportlichen Gestalt, seinem Spitznamen ‚Bleistift' alle Ehre machte.

Nachdem Prost alle, auch die Kollegen der B-Anlage, begrüßt hatte, stellte er sich in die Mitte zwischen die Leitstationen der C-V-Anlage. „Kolleginnen und Kollegen. Wir machen genauso weiter, wie wir heute Morgen begonnen haben. Horst sorgt zurzeit mit Unterstützung von Jonny dafür, dass die Spaltung 2 mit V-Destillation 2 bei 40 % Last stabil in Betrieb bleibt. Als Erstes fahren wir dann die DC 2 an. - Tanja brennt schon darauf loszulegen. - Sobald diese Teilanlage stabil läuft, startet Jonny Oxi 2. Oder spricht etwas dagegen, Harry?"

Der Anfahrleiter drehte sich zu Kupfer um. Der hob nur kurz seinen rechten Arm und machte mit der Hand eine kleine Drehbewegung, was wohl heißen sollte ‚genug geredet'. Trotzdem fügte Prost noch hinzu, „wenn uns das gelingt, dann könnte heute zum ersten Mal die komplette Anlage 2 nach knapp 7 Monaten Anfahrstress in Betrieb sein. Also los. Packen wir's an!"

Sofort kam wieder Bewegung in die Reihen der Anlagenfahrer und Ingenieure. An der Prozessleitstation DC 2 bildete sich um Tanja herum für einen kleinen Moment eine Menschentraube, bis die, ohne sich umzudrehen sagte, „E und B-Handventile öffnen!", und sofort verließ Balla mit schnellen Schritten die Messwarte und Schuster lief ihm hinterher.

Der Vorteil des neuen, vom eigenen Personal programmierten DOD 8 Prozessleitsystem lag darin, dass in den zurückliegenden Wochen das Programm so verbessert worden war, dass die einzelnen Teilanlagen fast vollautomatisch angefahren werden konnten. Der Weg bis dahin war allerdings sehr dornig und langwieriger, als erwartet gewesen.

Heute Abend funktionierte der Start der DC 2 völlig problemlos, sodass Gustav Müller schon nach zehn Minuten sagte, „Tanja, ich gehe auch raus und kontrolliere die Außenanlage. Die Sache hier drinnen läuft ja wie geschmiert. Okay?"

„Mach das Müli", die Büchner drehte sich kurz lächelnd zu Müller um, „das funktioniert heute ja tatsächlich fast von allein."

Der ehemalige Lehrer für Mathe und Physik setzte seinen Helm auf und verließ die Messwarte.

Plötzlich ertönte im Kontrollraum aus den Lautsprechern der Wechselsprechanlage Ballas laut brüllende Stimme, die durch lautes Zischen und Fauchen, kaum zu verstehen war: „Sofort! ... Spaltung ... Abschalten! ... Starke ... Undichtigkeit im ... Quenchbereich!"

Jonny sprang als erster auf und stürzte zum Mikrofon: „Welche Spaltung?"

„2! Verdammt! Spaltung 2! Beeilt euch!"

Während Adler sofort den im Pult vorhanden Not-Aus-Taster drückte, ertönte noch mal Ballas Stimme: „Ruft die Feuerwehr!"

Jonny griff sofort zum Telefon, wählte die 112 und brüllte in den Hörer, „Gasausbruch in der Spaltung 2 in der R-Straße", er sah sich suchend um, bemerkte den auf sich zukommenden Stumpfberg, „Hans Stumpfberg weist euch ein" und weil der ihm noch die Windrichtung zurief, fügte er schnell hinzu, „fahrt von der Ostseite an."

Adler legte den Hörer zurück auf den Apparat und eilte zu seiner Prozessleitstation. Im Vorbeigehen sagte er zu Schröder, „Gebläse auf volle Pulle, Horst. Ich kümmere mich um die HCl-Kolonne."

Währenddessen war Stumpfberg zusammen mit Hossa, der sich am Ausgang noch zwei Gasmasken geschnappt hatte, aus der Messwarte gerannt.

Prost rief der Paulus zu: „Informier die Instandhaltung Eva!", und rannte den beiden hinterher.

Bis zur Spaltung 2 waren es nur 150 Meter.

Auf halbem Wege hasteten ihnen Hoffmann und Schuster entgegen. Sie brüllten kurz: „Masken holen"! und rannten weiter zur Messwarte zurück.

Schon von Weitem sahen die drei Männer die mit grauweißem Nebel umgebene Fontäne, die von irgendwo aus der Anlagentasse der Spaltquenche 2, ausging, bis zur höchsten Plattform des Apparategerüstes in 24 Meter Höhe reichte und sich langsam nach allen Seiten ausbreitete.

Bis zum heißen Spaltofen waren es nur 20 Meter!

Die aus HCl, C und V bestehende explosible Wolke, könnte zu einer gewaltigen, bombenähnlichen Detonation führen, wenn sie nahe genug an den Spaltofen herankommen könnte und dort noch Temperaturen oberhalb der Explosionsgrenze dieser Gase, also ca. 420 °C, vorhanden wären. Die große Luftmenge des mit voller Umdrehung laufenden Luftgebläses kühlte von außen, sowie die in geringer Menge weiter strömende Feedgasmenge von innen, die Spaltschlange und das anschließende Paßstück zur Quenche zügig ab, sodass die Explosionsgefahr schnell gebannt sein würde.

Wie aber konnte der außerdem stark gesundheitsschädigende Gasaustritt gestoppt werden?

Balla schrie den Ankommenden entgegen: „Am Quenchfilter ist ein Stutzen abgerissen!" Die Worte waren kaum zu verstehen, denn die Fontäne machte so laute Geräusche, wie das Abblasen eines Sicherheitsventils in einer Hochdruckdampfleitung des nahegelegenen Kraftwerkes.

Hossa drückte wortlos Balla den Atemschutz in die Hand. Beide rissen fast gleichzeitig die Gummimaske, bestückt mit einem A2B2-Filter, aus der Verpackung, stülpten sich das Ungetüm über den Kopf, ließen den Plastikbehälter scheppernd auf den Betonboden der Anlagentasse fallen und verschwanden in der grauweißen HCl-C-V-Gaswolke.

Prost und Stumpfberg mussten den beiden hinterhersehen, denn sie hatten ihre Schutzmaske nicht mitgenommen, und waren nun dazu verdonnert zu warten. Nervös und besorgt liefen beide außerhalb der Anlagentasse der Spaltanlage hin und her.

Nur eine Minute später kehrten Hoffmann und Schuster zurück, setzten sich die Masken auf und verschwanden ebenfalls in der Gaswolke.

Prost brüllte ihnen hinterher: „Seid vorsichtig!" Doch da waren die beiden schon nicht mehr zu sehen.

Plötzlich veränderten sich wieder die Geräusche, ohne dass vorerst der Lärmpegel geringer wurde. Doch nur kurze Zeit später wurde es hörbar leiser, der Nebel schien sich zu lichten, die Silhouetten der Apparate und Aggregate wurde immer deutlicher und plötzlich sahen sie die vier Männer, die an den Armaturen beider Quenchfilter drehten. Balla und Hossa im dickeren Nebel an dem defekten Filter und die beiden Neuen am Reservefilter.

Die Sirene der Feuerwehr lenkte die Aufmerksamkeit der Beobachter auf die Straße, wo zwei Einsatzwagen angerast kamen, die kurz vor der Einsatzstelle direkt neben dem mit erhobenen Arm am Straßenrand stehenden Stumpfberg, mit quietschenden Bremsen anhielten.

Aus dem ersten Fahrzeug stieg ein Feuerwehrmann aus, ging auf Stumpfberg zu und blieb mit fragendem Blick vor dem Mann stehen.

„Es sieht so aus, als ob die größte Gefahr vorüber wäre." Stumpfberg zeigte zu den Quenchfiltern.

Alle sahen die Fontäne immer kleiner werden und dann ganz versiegen.

„Aber es wäre jetzt wichtig", fuhr der Chemiker wieder an den Feuerwehrmann gewandt fort, „das Stahlgerüst, die Apparate und Rohrleitungen gründlich abzuwaschen, weil überall dort das HCl anhaftet und über kurz oder lang zu starker Korrosion führt."

„Kein Problem. Wir warten bis ihr hier raus seid und dann legen wir los. Okay?"

„Ja. Genauso ist es richtig." Stumpfberg drückte dem Löschmeister die Hand und wandte sich wieder Prost zu.

Beide setzten wortlos ihre Schutzbrillen auf und gingen ins Apparategerüst zum defekten Filter.

Die vier schwitzenden Operatoren rissen sich die Masken von den Köpfen und während die jungen Leute die am Boden liegenden Helme aufsammelten, gingen Hossa und Balla ebenfalls näher an den Filter heran.

„Das Manometer ist weggeflogen", sagte Prost kopfschüttelnd, „wo ist das denn abgeblieben?"

„Wir gehen suchen", meldete sich Schuster, während Hoffmann an Balla und Hossa die Helme zurückreichte. Die jungen Operatoren gingen jeder in eine andere Richtung vom Filter weg.

„Jetzt wird es wohl nichts mehr mit dem weiteren Anfahren, Doc?" Hossa stemmte die Arme in die Seite und sah Prost an.

„Warum denn, Günther? Unsere Techniker werden doch wohl ein neues Manometer haben? Oder vielleicht können wir auf das Manometer hier ganz verzichten."

„Da ist ja nicht einmal eine Absperrarmatur dazwischen", bemerkte Balla verwundert.

„Das ist so Vorschrift, Emil, weil es sich dabei um eine sicherheitsrelevante Druckmessung handelt", sagte Stumpfberg und wandte sich an Prost, „deshalb können wir auch nicht darauf verzichten, Doc. Das Wichtigste wird deshalb sein, dass wir herausfinden, warum das Ding überhaupt weggeflogen ist."

„Wir brauchen den Sänger", brummte Prost, drehte sich suchend um, bemerkte die Sprechstelle an einem Betonpfeiler, „ich werde mal in der Messwarte nachfragen."

Ein paar Sekunden später drückte er die Sprechtaste: „Eva, hier ist Prost, hat sich die Instandhaltung gemeldet?"

„Sänger und Halmke müssten gleich bei dir eintreffen."

„Alles klar. Ich sehe sie schon. Danke Eva."

„Für dich doch immer, Doc."

„Das müsste die Frau zu mir auch mal sagen." Der mittelgroße, bullig-sportlich wirkende Sänger klatschte Prost eine Hand auf die Schulter, während der gleichgroße aber ältere Halmke schon seine Nase dicht an die Stelle des fehlenden Manometers hielt.

Nach kurzer Zeit sagte der Ingenieur erstaunt, „verdammt! Die haben hier das falsche Material eingesetzt. Das habe ich scheinbar auch übersehen. So ein Mist."

„Mensch Fritz!" Der Technikchef des BVP-Komplexes legte dem exzellenten Praktiker, dem erfahrenen Ingenieur Halmke aus Städe bei Hamburg eine Hand auf die Schulter. „Du kannst doch nicht jedes Detail kontrollieren. Hier hat die ausführende Firma geschlampert, denn ich habe in der Zeichnung nachgesehen. Da ist das richtige Material angegeben."

„Trotzdem ärgert mich das, Bernd." Der wortkarge und immer betont besonnen handelnde Norddeutsche fuchtelte für ihn völlig untypisch mit beiden Armen in der Luft herum. „Aber viel wichtiger ist, hast du Ersatz?"

„Ich hoffe es. Meine Leute suchen noch."

„Wir brauchen das Teil, Bernd", Prost wandte sich seinem Techniker zu, „sonst kriegen wir die Anlage heute wieder nicht komplett in Betrieb!"

„Unmögliches erledigen …"

„Komm Bernd, keinen ausgeleierten Spruch", Prost wies mit seiner rechten Hand in die Anlage hinein, „aber vielleicht ein ausgeleiertes oder sagen wir besser ein ausrangiertes Manometer?"

„Doktor", sagte Halmke Kopf schüttelnd, „du willst doch an dieser Stelle kein altes Instrument montieren lassen?" Er drehte sich zu Sänger, „da fällt uns bestimmt noch was Besseres ein, Bernd oder?"

„Wir haben das Manometer gefunden." Hoffmann hielt Prost das Teil entgegen, doch der zeigte auf die zwei Techniker.

Sänger griff als erster zu, doch Halmke hielt dessen Hand fest und beugte sich über das verbeulte Manometer. „Habe ich doch gesagt! Das falsche Material."

Sänger sagte erstaunlicherweise nichts, machte dafür aber ein nachdenkliches Gesicht. Plötzlich drehte er sich um und ging mit schnellen Schritten aus der Anlage heraus. Auf der Straße drehte er sich noch einmal um, „ich bin gleich wieder zurück!", und rannte schnell weiter.

Nach einer halben Stunde konnte ein nagelneues Instrument am Filter montiert werden. Die Anlage war anfahrbereit.

„Woher hast du denn so schnell das Ding besorgen können, Bernd?", fragte Prost.

Sänger legte einen Finger auf die Lippen und flüsterte, „gehört eigentlich dem Cracker vom Olefinwerk, habe ich mir nur mal schnell ausgeliehen."

Prost lachte, „danke Bernd", wandte sich seinen Leuten zu, „ab in die Messwarte. Wir starten die Spaltung!" Er sah auf die Uhr, „es ist jetzt kurz vor 22 Uhr. In 3 Stunden fahren wir die Oxichlorierung 2 an."

Am 19. März um 3 Uhr früh hatten sie es endlich geschafft. Zum ersten Mal war die gesamte Anlage 2 in Betrieb.

Noch in dieser Nacht schrieb Prost eine E-Mail an die Führungsspitze:

„The whole C-V-plant phase 2 is since 3 o'clock in operation. The plant people and I are happy. I hope that you have success in Las Vegas too. - Die gesamte C-V-Anlage Phase 2 ist seit 3 Uhr in Betrieb. Das Anlagenpersonal und ich sind glücklich. Ich hoffe, dass ihr in Las Vegas auch Erfolg habt."

23 - TERRORWARNUNG
19. März 2003

Eine Dreiviertelstunde nach dem Schichtwechsel um 6 Uhr früh, machte sich auch Prost auf den Heimweg. Er schwang sich in sein Auto und verließ das Werk über das westliche Werktor, das es zu DDR-Zeiten noch nicht gegeben hatte, beziehungsweise, das damals nur für speziellen Güterverkehr, benutzt worden war.

Prost drückte auf eine andere Zahl des CD-Wechslers, weil ihm die mit dem Chorgesang, die noch von gestern eingestellt war, heute nicht gefiel. Er wunderte sich, dass danach keine Musik erklang, versuchte es mit einer anderen Zahl, doch der Mechanismus klemmte offensichtlich. Da er keine Lust hatte, anzuhalten, um den Wechsler, der sich im Kofferraum befand, wieder gangbar zu machen, stellte er um auf Radiobetrieb.

Wenig später begannen die Nachrichten. Der zufriedene, aber müde Mann wollte das Radio gerade ausmachen, denn die ständig wiederholten Kriegsdrohungen gegen den Irak auf allen Sendern und in der gleichen scharfmacherischen, dem Krieg zustimmenden Weise, gingen ihm total gegen den Strich, als das Wort Terror ihn stutzig machte.

Statt abzuschalten, stellte er den Apparat lauter.

„… Warnung. Vor ein paar Tagen ist ein Anruf aus der Region Waziristan in Pakistan beim Bundeskriminalamt eingegangen und hat die Ermittler auf die Spur einer Terrorzelle gebracht. Es heißt, dass Al-Qaida bereits zwei Leute in Deutschland habe und dort einen Anschlag plane. Ein Abgleich mit den Geheimdiensten ergab, dass der Anrufer ernst zu nehmen sei. Die Bundesregierung weist darum die Verschärfung der Sicherheitsmaßnahmen an Bahnhöfen und Flughäfen an und lässt diese Terrorwarnung durch die Medien verbreiten. Der Innenminister der Bundesregierung betont, dass diese Warnung sehr ernst zu nehmen sei."

Noch vor einem halben Jahr hätte Prost die Terrorwarnung kaum zur Kenntnis genommen. Aber die Informationen von Wolf, sowie die Diskussion mit seinen Freunden vom ZKV Hase im Oktober vergangenen Jahres, hatten ihn für dieses Thema sensibilisiert.

Sollte es also tatsächlich so kommen, wie sie es damals glaubten gemeinsam herausgefunden zu haben?

Musste er die Fortsetzung der Diskussion mit seinen Ingenieuren zu diesem Thema sofort durchführen?

Nein! Das war zum jetzigen Zeitpunkt unmöglich. Zwar hatten sie in der Nacht nach knapp 7 Monaten endlich die komplette Anlage 2 in Betrieb bekommen, aber Prost wusste genau, dass es bis zu einem dauerhaften und stabilen Lauf der Anlage noch ein weiter, mit Defekten und Ausfällen der Teilanlagen gepflasterter Weg sein würde. Seine Leute, insbesondere die Ingenieure, waren schon jetzt ziemlich gestresst und noch würden Hektik und Anspannung nur langsam nachlassen.

Prost musste an Ballas Spontangedicht bei jener Besprechung denken:

Es bumst wie verrückt.
Zwei sind entzückt.
Die anderen müssen erst sehen,
Wie sie mit dem Schaden umgehen.

Der Betriebsleiter grinste trotz der sorgenvollen Gedanken still vor sich hin, weil die Wirkung dieses kleinen Verses ihn, wie schon beim ersten Mal, überraschte. Lyrik ist wirklich eine Kunst, die manches viel besser auf den Punkt bringen kann, als andere Worte, auch wenn man diese noch so kurz, genau und knapp fassen würde.

22. März 2003 18:00, V-Fabrik

Mit Beginn der Nachtschicht sorgte Schröder dafür, dass ihn die Paulus für die Anlage 1 einsetzte. Er wusste genau, was er heute zu tun hatte. Mit bitterer Freude stellte er fest, dass auch die Petersen wieder anwesend war, denn seit gestern stand auch sein persönlicher Entschluss, diese Frau betreffend, fest. Dadurch hatte der moralisch schwer angeschlagene Mann sein Gleichgewicht wiedergefunden, das ihm durch die Begegnung mit Soitz und Anja am vorherigen Abend verlorengegangen war.

Ja, er war den beiden bis in die Dölauer Heide hinter der Gasstätte Knolls Hütte nachgegangen und hatte Mann und Frau mit seiner Anwesenheit überrumpelt, als die beiden, sich vollkommen unbeobachtet fühlend, kurz vor dem Beginn des eigentlichen Geschlechtsverkehrs befanden. Das war vielleicht nicht die feine Art gewesen. Aber die dann ihm entgegenspringende totale Ablehnung der Petersen, die ihn mit Worten bedachte, die er noch nie von einer Frau gehört hatte, brachten ihn zur Raserei. Schmerz und Zorn fuhren flammend durch seinen Körper. Es hätte nicht viel gefehlt und er hätte die beiden mit bloßen Händen umgebracht, aber das letzte bisschen klarer Verstand, hielt ihn davon ab.

Für Schröder verlief die Schicht bis Mitternacht ziemlich ruhig, während in Anlage 2 nach wie vor das reine Chaos herrschte. Zuerst hatte sich zum wiederholten Mal, weil der Kondensomat für die Umlaufverdampfer der HCl-Kolonne immer noch nicht richtig arbeitete, das Kondensat angestaut. Das wiederum führte dazu, dass der Stand in der Kolonne zu hochstieg und weil die Operatoren das Problem nicht in den Griff bekamen, musste die Spaltung abgestellt werden. Das zog die Außerbetriebnahme von Oxi 2 nach sich. Die DC 2 sollte nur in der Belastung reduziert werden, fiel aber zum Ärger aller bei dieser einfachen Handlung ebenfalls aus.

Alle Anlagenfahrer, außer Schröder und Joachim Zucker, hatten also alle Hände voll zu tun, um Anlage 2 wieder in Betrieb zu bringen.

Schröder wurde aus seinen Gedanken gerissen, weil Zuckers Stimme aus dem Lautsprecher durch den Lärm in der Messwarte hindurch an sein Ohr drang. „Kann mal jemand die Verladepumpe zuschalten?"

Niemand der Anwesenden reagierte auf die Frage, also ging Schröder gelassen zum Mikrofon. „Hier ist Schröder. Ich kümmere mich darum, Joachim. Die anderen haben Bambule."

„Danke Horst. Es eilt ja auch nicht so."

Der Operator sah auf die Uhr. Es war jetzt genau 1 Uhr 15.

„Spätestens in zwanzig Minuten läuft die Pumpe, Achim. Ich sage dir Bescheid. Okay?

„Passt schon, Horst."

Schröder sah sich in der Messwarte um und entdeckte die Petersen an der Oxi-Leitstation zusammen mit Hossa, Balla und dem einen Neuen aus dem Ruhrgebiet, während der andere am Tisch saß und irgendwas in ein kleines Heftchen schrieb.

Vor Bildschirm und Tastatur saß Adler, der sich gerade nach hinten umdrehte. „Kann mal einer die Dampfzufuhr zum HCl-Vorwärmer prüfen? Vorhin lag die Temperatur vom Chlorwasserstoff zu niedrig."

„Das übernehme ich", sagte Hossa, warf sich den Helm auf den Kopf und verließ mit großen Schritten die Messwarte.

Nachdem Adler weitere Fahrparameter geprüft hatte, sah er sich suchend um. Entdeckte die Paulus an der Leitstation der Spaltung, die gleich neben seiner lag, rief, „ich brauche dich mal, Chefin!", und drehte sich grinsend wieder um.

„Du sollst nicht immer Chefin zu mir sagen, du Blöd …"

„Auf alle Fälle reagierst du dann aber immer sofort", unterbrach Adler die Frau, während die ihm spielerisch das Ohr langzog.

„Au! Nicht so doll!"

„Das war doch mehr gestreichelt als langgezogen, du Sensibelchen. Was gibt's?"

„Bevor wir die Oxi wieder anfahren", Adler zupfte an seinem Ohrläppchen, während er sprach, „würde ich gern die Rückflußpumpe umstellen lassen wollen. Die jetzt in Betrieb befindliche bringt zu wenig Leistung."

„Ja, okay, wenn du meinst." Sie wandte sich Balla zu, „kannst du das gleich machen Emil?"

„Bin schon weg Chefin!"

Schröder, der sich von hinten der Gruppe genähert hatte, rief ihm hinterher, „nimm doch am besten unsere Künstler mit, Emil, bei dir können sie so oder so was dazulernen", und grinste zynisch.

Balla blieb stehen, zeigte mit dem ausgestreckten linken Arm auf Schröder, „hast recht, Brauner", und winkte den zwei jungen Leuten zu. Während Schuster sich sofort bereitwillig dem Seemann anschloss, rief Hoffmann den beiden hinterher, „in zwei Minuten komme ich nach!"

Schröder wartete bis die Tür hinter den Männern zuschlug, sah auf die Uhr: 1:30 und trat näher an die Petersen heran. „Entschuldige Anja, ich will dir auf keinen Fall zu nahekommen, aber könntest du die Verladepumpe zuschalten? Die anderen haben ja alle genug zu tun und Achim Zucker wartet schon in der Verladung."

Die Petersen blickte sich in der Messwarte um, sah zwar Hoffmann am Tisch sitzen, aber dann überlegte sie schnell, dass dieser Weg zur Pumpe durch die Anlage, ihr jetzt eigentlich gerade recht kam. Sie warf noch mal einen Blick auf den Bildschirm der Oxi-Anlage, überlegte einen kurzen Augenblick und drehte sich dann Schröder zu. „Okay Horst. Ich mach das."

„Danke, Anja. Ach - und - vielleicht kannst du dabei gleich die Kontrolle am Bodenventil Kugel 1 erledigen?" Schröder sah die Frau zustimmend nicken und warf erneut einen Blick auf die Uhr: 1:32. „Bitte beeile Dich. Der Zug soll noch heute fertig werden."

Die Petersen nahm ihren Helm vom Tisch, setzte ihn schwungvoll auf, ohne Rücksicht auf ihre Frisur, und ging mit ruhigen, aber energischen Schritten aus der Messwarte, ohne ein Wort zu sagen und ohne Schröder noch eines Blickes zu würdigen. Kurz hinter ihr verließ auch Hoffmann den Kontrollraum.

23.3. 1:35, Apparategerüst Anlage 2, 18-m-Bühne

Günther Hossa sah von der Achtzehnmeterbühne des 2. C-V-Strangs die hübsche Petersen zur Pumpengruppe im V-Tanklager gehen.

„Wer schickt dich denn zu den Kullern?", murmelte der Anlagenfahrer laut vor sich hin, wollte sich gerade wieder seiner Aufgabe am HCl-Vorwärmer widmen, als ein Geräusch seine Aufmerksamkeit erneut zur Petersen lenkte.

Die 3 kugelförmigen V-Lagerbehälter waren bis zur Hälfte mit einer gemeinsamen Schotteraufschüttung bedeckt, wodurch sie sicherheitstechnisch als erdbedeckte Tanks eingestuft werden konnten. Zu Kontrollzwecken befand sich unter allen 3 Kugeln ein, von einem externen System belüfteter, Gang.

Scheinbar hatte die Frau das Bodenventil einer Kugel aufgefahren, denn sie ging weg von dem auf zwei Metallbeinen im Boden verankerten Tableau, auf dem sich alle Zu- beziehungsweise Auf-Schalter dieser Armaturen befanden. Sie wollte gerade in den Gang der westlich gelegenen Kugel 1 hineingehen, als ein mörderisch-lauter und doch irgendwie gedämpft klingender Donnerschlag die Nacht erschütterte.

Hossa fuhr erschrocken zusammen.

Der Schraubenzieher fiel ihm aus der Hand.

Er hielt sich schnell an einer Rohrleitung fest, weil ihm für einen kurzen Moment schwindlig geworden war. Doch gleich reckte sich der große Mann wieder und sah erneut dahin, wo die Petersen hätte stehen müssen, aber die Frau war weg, obwohl sich sonst scheinbar nichts geändert hatte. Dafür bemerkte er an der Kugel 1, eine große Staubwolke, die offensichtlich aus dem Gang, ausgetreten sein musste.

Der erfahrene Operator schüttelte den Kopf, denn sowohl den Knall, als auch diese vermutlich daraus resultierende Erscheinung, konnte er sich nicht erklären. Plötzlich rissen seine Überlegungen abrupt ab, weil er glaubte, einen menschlichen Körper neben dem Betonweg, der zu dem quasi unterirdischen Gang hinführte, liegen zu sehen. Hossa wollte sofort losstürzen, doch da sah er Balla angeflitzt kommen und genau in dem Augenblick bog ein dunkler Jeep mit quietschenden Reifen in die Straße zwischen Tanklager und Apparategerüst ein und fuhr direkt auf seinen Freund zu. Hossa zögerte keinen Augenblick länger. Er rannte zum Treppenhaus.

❖

23.3. 1:35 Apparategerüst Anlage 2, 0-m-Bühne

Hoffmann war gerade bei Balla eingetroffen, hatte den ihm zugewiesenen Platz zum Umstellen der Rückflußpumpen gegenüber Schuster am Saugschieber eingenommen, als der Krach der Explosion alle drei zusammenfahren ließ. Der Seemann fing sich als erster und rief seinen Schützlingen zu: „Schnell! Rennt zum Analysenhaus! Tragt euch in das Buch ein und wartet dort auf mich!"

Während die zwei sofort verschwanden, lief der Seemann vorsichtig in die andere Richtung, denn er war sich sicher, dass der Knall vom ganz in der Nähe gelegenen Tanklager gekommen sein musste. Nach 10 Metern gelangte er auf die Straße, genau in dem Moment, als der dunkle Jeep mit quietschenden Reifen um die Ecke fuhr und direkt auf ihn zuhielt.

Balla sprang geistesgegenwärtig zur Seite. Der Fahrer bremste, allerdings nicht, um einen Zusammenstoß mit dem Operator zu verhindern, sondern wegen des seitlich neben der Straße, auf den Gang zur Kugel, am Boden liegenden Menschen. Während der mit einer schwarzen, nur mit kleinen Augenschlitzen versehenen Stoffmaske getarnte Beifahrer sofort aus dem Auto sprang, stieg eine Sekunde später der ebenso maskierte Fahrer aus und stürzte sich direkt auf Balla, doch der wich reaktionsschnell zur Seite aus. Als der Operator sich wieder seinem Gegner angriffsbereit zuwandte, sah er in dessen Hand das helle Metall eines Revolvers im Schein der Straßenlaterne aufblitzen. Noch ehe der fremde Mann die Waffe anheben konnte, machte Balla kehrt, rannte zurück ins nur wenige Meter entfernte Apparategerüst. Zwei Schüsse peitschen nah an ihm vorbei, bevor er hinter einem großen Behälter verschwinden konnte. Balla kletterte eine kleine Steigleiter nach oben und hielt Ausschau nach seinem Verfolger. Doch der war, noch vor der Anlagentasse, stehen geblieben, hielt aber seine Waffe weiter im Anschlag in die vom ihm vermutete Richtung, wohin sein Gegner geflohen sein könnte.

Plötzlich sah Balla seinen Freund Hossa im Rücken des Gangsters auftauchen und wusste sofort, was der vorhatte. Er musste den Kerl ablenken.

Während der Mann mit Pistole noch überlegte, ob er die Verfolgung fortsetzen sollte oder nicht, warf Balla einen seiner Schraubenschlüssel über die Straße, sodass der scheppernd gegen eine Rohrleitung knallte. Sofort drehte der Fremde sich um, ging ein paar Schritte in Richtung Tanklager, aber weil er nichts sehen konnte, machte er plötzlich kehrt und bewegte sich vorsichtig zurück zum Jeep.

Hossa hatte es gerade noch geschafft, ungesehen vom Jeep wegzukommen, und im Apparategerüst zu verschwinden. Versteckt hinter der Standzarge des Oxireaktors beobachtete er, genau wie sein Kollege aus 5 Meter Höhe, dass die Gangster gemeinsam den leblosen Körper der Petersen, wie einen nassen Sack ins Auto warfen, einstiegen und schnell aus der Anlage herausfuhren.

An der nächst-gelegenen Sprechstelle stießen die Freunde schwer atmend aufeinander. Nach kurzem Verschnaufen zischte Balla zwischen den Zähnen hindurch, „du Messwarte, ich Wolf!", wollte wieder losrennen, doch Hossa hielt ihn am Arm fest und flüsterte, „den Sender konnte ich noch anbringen!" Balla stürzte davon.

Hossa drückte den Hebel der Wechselsprechanlage nach unten: „Achtung Messwarte! Im Gang zur Kugel 1 hat es eine Detonation gegeben! - Wir haben noch keine Ahnung, was da passiert ist! - Aber wir müssen unbedingt Feuerwehr und Polizei verständigen!"

Der Operator wartete, aber niemand meldete sich.

„Verdammt! Seid ihr taub? Löst Alarm aus und ruft die Feuerwehr! Sagt einfach Verpuffung im Gang unter Kugel 1. - Vermutlich ist dabei auch der kleinen Petersen etwas passiert."

„Krankenwagen auch?" Hossa erkannte die Stimme der Paulus.

„Ja, ja! Und die Feuerwehr! Und löst endlich …"

Die aufheulenden Sirenen ließen den Operator verstummen.

„Ich muss nachsehen, was da passiert ist", murmelte Hossa vor sich hin und wollte schon losgehen, aber dann besann er sich anders und drückte erneut die Sprechtaste: „Hier ist noch mal Hossa. Gibt es Alarme von den V-Schnüffelstellen?"

„Nein! Bleibst du vor Ort Günther?" Antwort und Frage kamen wieder von der Paulus.

„Ja klar."

„Können wir die Anlage weiter laufenlassen?" Die Stimme der Paulus klang besorgt.

„Ja", antwortete Hossa ruhig und fügte energischer hinzu, „sollte es einen einzigen Alarm einer V-Emission geben, sagt ihr mir sofort Bescheid!"

„Alles klar Günther. Ich komme auch raus."

Hossa schüttelte seinen Kopf, während er schon in Richtung Tanklager unterwegs war, aber er konnte verstehen, dass Eva sich ebenfalls ein Bild vor Ort machen wollte. Immerhin war sie die Schichtleiterin in dieser beschissenen Situation.

Die Staubwolke hatte sich fast vollständig verzogen und sofort bemerkte der Operator das verbogene Rohr der 200 Millimeter starken Luftleitung am Eingang des kleinen Tunnels. Die Luft blies nicht mehr in den Gang hinein, sondern nach außerhalb, schräg nach oben in die Atmosphäre.

Alle drei der nebeneinander liegenden 1430 Kubikmeter fassenden, aber nur mit 85 %, also maximal 1100 Tonnen, befüllten kugelförmigen Tanks, die wie schon erwähnt gemeinsam bis zur Hälfte mit Schotter bedeckt waren, besaßen einen betonierten 1,5 Meter breiten, 2,20 Meter hohen und 30 Meter langen Gang, der unter Kugel und Aufschüttung hindurchführte. Genau in dessen Mitte, also direkt am tiefsten Punkt des Behälters, befand sich das im Inneren des Tanks liegende, pneumatische Bodenventil, dessen äußerer Mechanismus ein wenig in den Gang hineinreichte.

Wie im gesamten Bereich des V-Tanklagers gab es natürlich auch speziell in diesem Tunnel Schnüffelstellen zur Emissionsüberwachung, die bei kleinsten Undichtigkeiten sofort Alarm in der Messwarte auslösen würden.

Damit es keinerlei Gefährdungen für die kontrollierenden Operatoren gab, wurde der Gang mit Frischluft kontinuierlich bespült.

Die Beschädigung der Belüftungsleitung war zwar deutlich, aber dieses dünnwandige Rohr war eher unbedeutend im Gegensatz zur V-Leitung, die Hossa als nächstes ins Auge fasste.

Die 150 Millimeter dicke, im oberen Bereich des Gangs installierte Leitung, die vom Tank über das Bodenventil zu den Abgabepumpen führte, schien vollkommen unversehrt zu sein.

Hossa wollte gerade weiter in den Tunnel hineingehen, als er die Sirene der Feuerwehr hörte, also ging er zurück auf die betriebsinterne Straße.

23.3. 1:40 Analysenhaus, Anlage 2

Balla stürzte in das Analysenhaus, das einzige, das es in Anlage 2 gab, riss das Handy aus der Hosentasche, schaltete es ein, gab die PIN-Nummer ein und während er wartete, dass das Gerät das Netz fand, wandte er sich an Hoffmann und Schuster. „Es ist genauso gekommen, wie wir es vermutet hatten. Ihr meldet euch sofort bei der Paulus. Alles muss euch betreffend möglichst normal weiterlaufen, bis die Herren vom Staatsschutz kommen und auch dann keine Fisimatenten, versteht ihr?"

„Und wenn die uns verhaften?", fragte Hoffmann.

„Aber genau damit müsst ihr rechnen. Das wisst ihr doch."

„Muss das wirklich sein, Emil?", Schusters Stimmer drückte aus, dass ihm das gar nicht gefiel.

„Wir holen euch da wieder raus. Aber je mehr Schwierigkeiten ihr macht, um so komplizierter wird das! - Und jetzt haut ab. Ich muss genau deswegen telefonieren."

Während die beiden nun widerspruchslos den Raum verließen, wählte Balla die Nummer des Detektivs und hatte ihn sofort an der Strippe.

„Seemann?"

„2 Kerle. Sprengladung unter Kugel 1. Vermutlich nur geringer Schaden, aber eine Kollegin ist verletzt und die haben sie mitgenommen. Der Sender ist angebracht."

„Okay! Ich hab sie schon auf dem Display. Sind nach Halle-Neustadt unterwegs. Ich mach mich an die Verfolgung. Tschüs."

„Schläfst du eigentlich nie, Skipper?" Er erhielt keine Antwort mehr.

23.3. 1:45, Kugeltanklager

Das Führungsfahrzeug hielt unmittelbar neben Hossa, während die drei Löschfahrzeuge mit eingeschaltetem Blaulicht, aber ohne Hupe, auf der angrenzenden Hauptstraße stehen blieben.

Der Einsatzleiter, Oberlöschmeister Schwarz, der bereits von weitem, den ihm schon über viele Jahre bekannten, Anlagenfahrer erkannt hatte, sprang aus dem Auto. „Wo soll es eine Verpuffung gegeben haben, Günther? Hier ist ja gar nichts zu sehen!"

„Komm mit Torsten", Hossa zeigte zum Tunneleingang, „ich zeig dir mal was. Vielleicht kannst du damit mehr anfangen als ich."

Der mit einer über Sprechfunk verfügenden Haube ausgerüstete Feuerwehrmann winkte seinen Kollegen kurz zu und folgte dem Operator zur Kugel.

„Im Gang muss es, für mich völlig unverständlich, irgendeine Verpuffung gegeben haben, denn siehst Du", Hossa wies auf die verbogene Rohrleitung hin, „das Ding soll die Luft direkt in den Gang hineinblasen, also kann es durch eine Kraft, die von innen gekommen sein muss, nach außen gedrückt und derart verformt worden sein."

„Oha! Ich sehe. Die Rohrleitung wurde hier aus der Halterung gerissen. Die Kraft muss tatsächlich von da drinnen gekommen sein". Der Löschmeister zeigt in die dunkle Öffnung hinein. „Licht gibt es da drin wohl nicht?" Aber er winkte schnell ab. „Sicher auch kaputt. Ich habe eine Taschenlampe. Das geht doch in Ordnung Günther oder?"

Hossa zuckte die Schultern. „Keine Ahnung, Torsten, aber eigentlich hat es bisher noch keinen Emissionsalarm gegeben. Aber lass mich mal erst nach der nächsten …"

Hossa brach ab und langte nach einem gleich am Eingang von der Decke baumelndem dünnen Teflonschlauch, an dessen Ende sich ein kleiner Filter befand.

„… ah, da ist sie ja schon, die Schnüffelstelle. Sieht so aus, als ob alles in Ordnung wäre. Lass uns reingehen."

Der Operator wollte vorangehen, aber der Feuerwehrmann hielt ihn an der Schulter fest. „Lass mich mit der Lampe vorgehen, Günther", und er schob sich an dem Anlagenfahrer vorbei in den Gang hinein.

Genau in der Mitte, unter dem Gestänge des Bodenventils, blieb er stehen.

An dieser Stelle besaß der Gang eine kreisrunde Erweiterung mit einem Radius von 2 Meter und eine kuppelförmige, insgesamt 3 Meter hohe Wölbung, die bis hin zur innenliegenden, nur durch das Zubehör zu vermutenden Armatur reichte.

„Mensch LUNA-Werker, das sieht ja ganz nach der Explosion eines Sprengsatzes aus", sagte Schwarz verblüfft.

Er leuchtete den gesamten Raum mit der Lampe ab. „Die Ladung könnte genau in der Mitte dieses Raumes losgegangen sein." Er beschrieb einen Kreis direkt unterhalb des Bodenventils und drehte sich zu Hossa um. „Das ist doch unmöglich! Oder verstehst du das?"

„Also doch! So eine verfluchte Scheiße. Torsten. Du hast doch die Bullen, ich meine deine Kollegen von der Bullerei verständigt?"

„Ja, schon, aber die wollen sich von mir informieren lassen."

„Dann musst du sie noch mal anrufen. Oder hör mir erst einmal zu."

Hossa erzählte dem Einsatzleiter von seiner Begegnung mit den zwei vermummten Gestalten und, dass die beiden, die möglicherweise verletzte Anja Petersen, mitgenommen hätten. Er hielt Balla ganz raus - auch mit der auf diesen gerichteten Waffe - und schilderte den Vorfall nur als seine Begegnung mit den Eindringlingen.

„Das klingt ja - nach Terroranschlag?" Schwarz sah seinen Kollegen von der Produktion noch zweifelnd an, doch als der nickte, drückte er den Sendeknopf der Sprechfunkgarnitur und befahl: „Sofort Code 08-16 auslösen!"

„Zu Befehl Code 08-16 auslösen", und nach drei Sekunden kam die Vollzugsmeldung: „Code 08-16 ausgelöst!"

Der Oberlöschmeister gab weitere Befehle an seine Mannschaft: „Das gesamte Gelände um das Tanklager herum wird abgesperrt. Dazu genügt ein Wagen. Die anderen beiden sperren die Straße Q ab, bis die Polizei diese Aufgabe übernehmen kann. Alles Weitere klären wir später, wenn ich hier fertig bin."

„Okay!"

„Moment mal, Torsten", Hossa berührte Schwarz an der Schulter, um sicher zu sein, dass der ihm auch zuhörte, „heißt das etwa, dass ich die Anlage abstellen lassen muss?"

„Eindeutig ja, Günther! Bei einem Terroranschlag bleibt uns gar nichts anderes übrig. Ist das ein Problem für dich?"

„Quatsch!" Hossa stupste Schwarz kurz mit der Faust gegen die Brust, „aber das ist mit Arbeit verbunden, Mensch und das mit den paar Hanseln, die wir heutzutage noch sind."

„Ja, ja ich weiß." Der Einsatzleiter lachte. „Aber in diesem Falle hat euch ein anderer in die Suppe gespuckt. Da kann man nichts machen, Günther."

„Scheiße ist es trotzdem. - Aber dann hau ich jetzt auch ab. - Oder brauchst du mich noch?"

„Nee Günther. Ich melde mich nachher noch mal bei dir. Okay?" Schwarz war sich nicht sicher, ob der Operator ihn noch gehört hatte, weil der schon in Richtung Ausgang verschwunden war.

23.3. 1:50, Messwarte

In der Messwarte rief die Paulus die aufgeregte Mannschaft zusammen. Weil Schröder an den Leitstationen der Anlage 1 stehen blieb, rief sie ihm zu: „Du auch Horst! Du hast doch Hossa gehört: ‚Verpuffung im Gang unter Kugel 1.'"

Der Operator schüttelte den Kopf. „Was soll das denn heißen?"

Aber er bekam keine Antwort.

Hossa traf im Kontrollraum ein und nahm befriedigt zur Kenntnis, dass Balla mit den beiden Revoluzzern im Kreis der Kollegen stand. Sie zwinkerten sich kurz zu.

„Günther, was ist im Tanklager passiert? Was ist mit Anja?", fragte die Paulus. Obwohl ihr Puls raste, versuchte sie der Stimme einen festen Klang zu geben.

„Hört mal zu Leute. Die Feuerwehr geht davon aus, dass es sich bei der Detonation im Gang zur Kugel 1 um einen Sprengstoffanschlag handeln könnte." Hossa wartete, bis das verwunderte, aufgeregte und teilweise auch besorgt klingende Gemurmel unter den Anlagenfahrern wieder verstummt war.

„Zwei bewaffnete, vermummte Figuren haben Anja ins Auto geladen, bevor sie verduftet sind. Möglicherweise ist die Frau verletzt." Hossa sah in die betroffenen Gesichter. „Tut mir leid, aber ich konnte ihr nicht helfen. Die Kerle hatten eine Pistole auf mich gerichtet."

Wieder wartete er ab, bis es ruhiger wurde.

„Erstaunlicherweise ist an der Kuller alles dicht geblieben. Aber natürlich wird jetzt das gesamte Tanklager abgesperrt, damit alles gründlich untersucht werden kann." Er wandte sich direkt an die Paulus. „Für uns heißt das, Eva, dass wir die Anlage komplett abstellen müssen", und fuhr an alle gerichtet fort, „habt ihr noch Fragen?"

„Wer soll denn das gewesen sein, mit dem Anschlag, Günther?", fragte Tanja und Hennecke wollte wissen, „wie sind die denn überhaupt ins Werk gekommen?"

„Keine Ahnung Leute", Hossa hob kurz die Arme und ließ sie wieder fallen, „vielleicht erhalten wir von unserem Freund Torsten bei der Feuerwehr noch ein paar Informationen."

„Aber das ist im Moment auch unwichtig", übernahm wieder die Paulus das Wort, „lasst uns an die Arbeit gehen und die Anlage ordentlich abfahren. Ihr wisst ja, was zu tun ist."

„Rückstandsverbrennung bleibt drin, auch wenn alles abgestellt ist?", fragte die Streller.

„Vorerst ja, Kecke. Ich muss sowieso jetzt gleich den Chef anrufen. Mal sehen, was der dazu sagt."

Schröder ging zur alten Prozessleitstation von Weichmann&Gelb, um von hier aus die Anlage 1 abzufahren.

Die drei Frauen Meiner, Blücher und Streller setzten sich dichter an die Bildschirme der Anlage 2, während die Männer Zucker, Hossa, Balla, Hennecke und die zwei neuen Kollegen den Kontrollraum verließen, um die notwendigen Arbeiten beim Abfahren der Anlage vor Ort zu erledigen.

Die Paulus ging zum Telefon und sah auf die Uhr bevor sie den Hörer abhob. Es war genau 2 Uhr 14.

‚Na der Prost wird sich freuen', dachte die Frau bedrückt, während sie die ihr vertraute Nummer des Betriebsleiters der V-Fabrik wählte.

24 - Verfolgen - Fragen - Finden - Verhaften
23. März 2003 1:45, Merseburg

Nach Ballas letzten Worten konnte Wolf sich ein Lächeln nicht verkneifen. Es freute ihn, dass seinem Freund aufgefallen war, dass er bei dem nächtlichen Anruf schon wach gewesen sein musste. Dabei war keineswegs bereits in dieser Nacht mit einem Anschlag zu rechnen gewesen, aber Erfahrung gepaart mit Instinkt hatten den Detektivs veranlasst, das Gerät zur Ortung des Peilsenders bereits am Abend einzuschalten. Da zu diesem Zeitpunkt natürlich kein Signal ankam, konnte das Gerät auch keins anzeigen, aber der Funktionstest bestätigte die reibungslose Arbeit des Equipments.

Wolf hatte sich gegen 21 Uhr zufrieden aufs Bett in der kleinen Pension in Merseburg gelegt, ohne sich auszuziehen. Wenn er aus dieser Position heraus geweckt werden sollte, dann war er schnell hellwach, konnte sofort denken und ohne Hektik handeln.

Nur zwei Minuten nach dem Anruf von Balla saß Wolf im Auto. Ein Blick auf den Signalempfänger sagte ihm, dass die Personen das Werk durch das West Tor verlassen hatten und scheinbar auf dem Weg in Richtung Eisleben waren.

Was wollten die Agenten - Wolf war sich sicher, dass es sich nur um solche handeln konnte - in dieser Region?

Die Autobahn A 38/143 war noch lange nicht fertig gebaut. Wolf hatte eher eine Flucht in den Süden erwartet, weil dort die Bevölkerungsdichte zunehmend dichter wurde und damit auch die Möglichkeiten, sich zu verstecken oder mit einem Flugzeug das Land zu verlassen, erheblich anstiegen. Natürlich musste er bedenken, dass die zwei auch noch die, mit großer Wahrscheinlichkeit verletzte, Petersen dabeihatten und irgendetwas mit ihr unternehmen mussten. Aber auch diesbezüglich war die eingeschlagene Richtung unverständlich.

Oder war die Petersen vielleicht schon tot?

Dieser Gedanke schmerzte den Detektiv, obwohl er die, ihm vom Seemann als hübsch und sympathisch, beschriebene junge Frau, bisher nicht kennengelernt hatte. Eine Tote könnte die Richtung erklären, denn auf einer solch großen Baustelle, wo riesige Massen an Erde bewegt wurden, konnte man gut eine Leiche dauerhaft verschwinden lassen.

Obwohl Wolf diese Überlegung überhaupt nicht gefiel, folgte er der Logik und schlug die gleiche Richtung ein. Er fuhr zuerst südlich um das OPA-Werk herum, um dann dem Weg nach Westen zu folgen.

Der Detektiv griff zum Telefon, wählte Schreyers Nummer und musste, gemessen an der Uhrzeit 1 Uhr 50, nicht lange warten, bis sich sein Freund meldete.

„Schreyer."

„Malte, hier spricht Wolf. Das Flugzeug ist statt 2 Uhr 35 eine Stunde früher gelandet. Könntest du dich um die Abholung kümmern? Bezüglich des Treffens rufe ich dich später noch einmal an."

„Alles klar. Mach ich, Ernst."

Diese verschlüsselte Sprache hatten die beiden Ermittlerprofis Wolf und Schreyer für sinnvoll erachtete, um den heimlichen Abhörern, die Arbeit doch ein wenig zu erschweren. Mit Flugzeug war natürlich der Anschlag gemeint und die Abholung bedeutete, dass Schreyer nun sofort recherchieren sollte, in welche Richtung die Ermittlungen der Polizei laufen würden.

Wolf bog nach Norden ab, weil die von ihm Verfolgten von Delitz am Berge nach Holleben fuhren. Der Detektiv wusste, dass von dort eine kaum befahrene, sehr schmale Landstraße nach Teutschenthal führte, die nur von Feldfahrzeugen oder den Einheimischen benutzt wurde. Diese Abgelegenheit und die triste Landschaft verleiteten irgendwelche Privatpersonen oder unsolide handwerkliche Pfuscher, hier ihren Müll abzuladen.

War das Verhalten der Agenten etwa die Bestätigung, dass die Petersen tatsächlich tot war und die Mörder die Leiche hier verschwinden lassen wollten?

Aber das Fluchtfahrzeug hielt nicht an und Wolf schöpfte wieder Hoffnung, dass die Frau doch noch am Leben sein könnte.

Die Agenten fuhren weiter nach Zscherben, verließen den Ort über die Gleise der Bahnlinie Halle-Eisleben in Richtung Teutschenthal, bogen hinter dem Naturbad ‚Pappelgrund' nach links ab und blieben nach circa 400 Metern stehen.

Zu diesem Zeitpunkt, 2 Uhr 15, befand sich Wolf in Zscherben.

Er hatte keine Ahnung, was sich an diesem Haltepunkt des Fluchtfahrzeugs befinden könnte.

Vielleicht ein Arzt?

Immerhin wäre es möglich, dass die Geheimagenten, nach der Logik des Plans, Menschenopfer vermeiden zu wollen, die Verletzte in einem Krankenhaus absetzen könnten?

Wolf hielt an, speicherte den Haltepunkt des Fluchtfahrzeugs und fuhr erst dann weiter.

Er überquerte, wie kurz vorher sein Zielobjekt, den, obwohl sichtbar erneuerten, dennoch ziemlich holprigen, Bahnübergang, am Ausgang des Ortes.

Nach zwei Kilometern sah er links das großes Schild des eingezäunten kleinen Badesees und rechts einen etwas verwilderten, nicht abgesperrten Parkplatz, der durch wildwachsendes Buschwerk, von der Straße kaum zu bemerken war.

Der Detektiv fuhr langsam etwa 100 Meter bis zum nächsten, links abgehenden Feldweg weiter, der sich durch zwei teilweise verrottete Zauntorpfeiler hervorhob, die wohl vor langer Zeit als Halterung für die Zugangstüren zu einem eingezäunten Bereich gedient haben mussten. Laut Anzeige des Ortungsgeräts musste das Fluchtauto hier verschwunden sein.

Wolf überlegte einen kurzen Augenblick, drehte um und kutschierte zu dem, von der Straße nicht einzusehenden Platz, zurück.

Er nahm den elektronischen Wegweiser, stieg aus, überquerte die Straße, ging an drei kleinen, hinter gerade gewachsenen Nadelbäumen, idyllisch versteckt, liegenden Bungalows vorbei und bog in den Feldweg mit den Torpfosten ein.

Nach 10 Metern spaltete der Weg sich auf.

Wolf entschied sich für den linken Abzweig, weil er trotz der Dunkelheit, die nur durch den ab und zu hinter den Wolken hervorlugenden Mond durchbrochen wurde, sehen konnte, dass die andere Spur direkt zu einem breiten Gartentor führte und scheinbar hier endete, den an Tor und Zaun vorbeiführenden Weg sah er nicht, weil der fast vollständig im hohen Gras verschwand.

Zwischen beiden Wegen befand sich unebenes Gelände, das nur mit kleinem wildwucherndem Buschwerk bewachsen zu sein schien.

Offensichtlich wurde diese relativ abseits gelegene Gegend wohl auch von Hundeliebhabern für Spaziergänge genutzt, denn beinahe wäre Wolf in einen Scheißhaufen getreten.

Warum schoben die Herrchen oder Frauchen diese leider wunderbar an Schuhsohlen haftenden und stinkenden Berge nicht einfach mit einem Stock ein bisschen zur Seite, also weg vom Weg?

Aber, naja, wer spazierte hier schon nachts im Dunkeln durch die zwar grüne, aber doch ziemlich unwirtliche Gegend?

Wolf ging geradeaus weiter, an einem rechts abzweigenden Weg vorbei, bis er plötzlich vor einem Abhang stand, der etwa 10 Meter ziemlich steil nach unten in eine große und scheinbar sogar befahrbare Mulde führte.

Circa 50 Meter von ihm entfernt, sah er den Jeep stehen. Zwei Gestalten gingen gerade aus dem Lichtkegel der Scheinwerfer heraus, warfen jeder irgendeinen Gegenstand in den Kofferraum und stiegen in das Auto ein.

Was hatte das zu bedeuten?

Wolf hörte den Motor aufheulen, als der Fahrer im scheinbar sandigen Gelände wendete. Das Auto fuhr zügig den nur langsam ansteigenden, etwa zweihundert Meter langen Weg aus der Mulde heraus, bog nach rechts und anschließend gleich nach links, auf den, auch von Wolf vorher benutzten, Weg ein. Nach nur einer Minute war das Fahrzeug verschwunden.

23. 3. 2:16 Uhr, Halle

Das Klingeln des Telefons riss das Ehepaar Bergmann aus dem Schlaf. Die Frau war schneller wach, stieg energisch aus dem Bett, ging zum Telefon und nahm den Hörer ab, während der Mann sich erst langsam aufrichtete und die Beine von der Bettkante baumeln ließ.

„Bergmann."

„Frau Bergmann, ich bitte um Entschuldigung. Hier spricht Hannelore Lorenz, ich muss dringend ihren Mann sprechen."

Karin Bergmann verschluckte die Worte, die sie auf der Zunge hatte, hielt die Sprechmuschel zu und drehte sich zu ihrem Mann um, der immer noch auf dem Bettrand saß, „deine oberste Chefin höchstpersönlich, um diese Zeit. Was hat das zu bedeuten?"

„Das werde ich sicher gleich erfahren, Karin." Bergmann erhob sich müde und nahm seiner Frau den Hörer ab.

„Frau Polizeipräsidentin, können sie auch nicht schlafen?"

„Es hat bei OPA Industrial einen Sprengstoffanschlag gegeben. Ich habe sofort eine Sonderkommission ‚Verpuffung' gebildet und möchte gern, dass sie die Leitung übernehmen Herr Bergmann."

„Wieviel Tote und Verletzte? Welche Auswirkungen hat es gegeben, beziehungsweise sind noch zu erwarten?"

„Scheinbar bloß geringe Auswirkungen und vermutlich auch nur ein Verletzter oder Toter."

„Also doch nur eine Verpuffung? Sprachen sie nicht zuerst von Sprengstoffanschlag?"

„Die Meldung von der Messwarte der Anlage lautete Verpuffung. Das haben wir übernommen. Aber es war auf alle Fälle ein Sprengsatz, der gezündet worden ist. Unsere Techniker sind vor Ort und das SEK sichert den Bereich. Sie bekommen natürlich noch Kollegen zur Unterstützung. Ich habe für 6 Uhr eine Besprechung in der Polizeidirektion angesetzt."

„Sie haben absichtlich nicht unseren Staatsschutz verständigt?"

„Verständigt schon. Oberkommissar Holze wird nachher mit dabei sein, aber ich möchte, dass sie die Leitung übernehmen."

„Ist außer den Technikern und dem SEK noch jemand von uns vor Ort?"

„Zwei Polizeibeamte der örtlichen Dienststelle und die Kollegen der Feuerwehr mit einem Einsatzwagen."

„Dann fahre ich sofort nach LUNA."

„Wieso LUNA? Die Verpuffung war bei … Ach so, sie sind ja Hallenser …"

„Leipziger, aber das ist in diesem Fall dasselbe. LUNA hat sich nicht nur bis zu uns bemerkbar gemacht. - Ich bin um 6 Uhr im Präsidium. Okay?"

„Gut. Ich will eigentlich auch dabei sein, wenn mich nicht die Regierung in Magdeburg daran hindert. Viel Erfolg."

„Danke Frau Lorenz."

Bergmann legte den Hörer zurück auf die Basisstation und drehte sich zu seiner Frau um, die ihm schon fragend entgegensah. Deshalb sagte er betont gelassen, „eine Verpuffung im OPA Werk."

„Was hast du damit zu tun? Du hast doch nicht einmal Bereitschaft."

„Man - ist besorgt, dass etwas Anderes dahinterstecken könnte." Bergmann schüttelte nur ein wenig seinen Kopf, die Frau verstand und wechselte das Thema, „dann sehen wir uns erst heute Abend?"

„Ja, bestimmt." Bergmann ging zur Tür, drehte sich dort noch einmal um, „schlaf weiter, wenn du kannst. Den Kaffee koch ich mir allein", und verließ das Schlafzimmer.

Pappelgrund, 23.3. 2 :45 Uhr

Der Detektiv kletterte den Abhang hinunter, ab und zu rutschend, wobei er sich zeitweilig mit den Händen nach hinten abstützte und ging stolpernd über das unebene Gelände in die Richtung, wo er das Auto hatte stehen sehen.

Erst jetzt holte er die kleine schlanke, aber sehr wirksame Taschenlampe aus seiner Hosentasche und begann den Erdboden abzusuchen.

Plötzlich tat sich vor ihm ein kleiner, circa 1 Meter tiefer und ebenso breiter Graben auf.

Als der Mond kurz hinter den Wolken hervorkam, sah Wolf, dass nur 50 Meter vor ihm, erneut ein ebenfalls 10 Meter hoher Hang aufragte und er begriff, dass er sich in einer ziemlich großen Mulde befand, durch die hindurch quer der kleine Graben verlief. Es war offensichtlich, dass das alles hier, künstlich geschaffen worden sein musste, wofür auch immer. Vermutlich gab es auch nur einen Zugang, denn die Agenten waren ja auch den gleichen Weg wieder zurückgefahren.

Wolf leuchtete den Boden des Grabens mit seiner Taschenlampe ab und bemerkte frisch bewegte Erde, die offensichtlich einfach vom Rand der Rinne nach unten geworfen worden war.

Mit gemischten Gefühlen kletterte der Detektiv in die Vertiefung, schob den lockeren Sand mit den Händen zur Seite und fühlte schon nach kurzer Zeit seine dunkle Ahnung bestätigt. Immer langsamer werdend entfernte er die restliche Erde, bis er den vermuteten, leblosen Körper deutlich fühlte.

Vorsichtig legte er das Antlitz frei und blickte in die starren, verdrehten, weiß leuchtenden, toten Augen einer ihm unbekannten Frau. Behutsam schloss er die Lider und sofort wirkte das Gesicht friedlicher, ja fast konnte man glauben, die Frau schlafe nur.

23.3. 3:00 Uhr, V-Fabrik

Kurz nach 3 Uhr traf Hauptkommissar Bergmann im Kugeltanklager der V-Fabrik ein, hörte sich zuerst in Anwesenheit des örtlichen Polizisten Oberkommissar Singer, die Einschätzung von Oberlöschmeister Schwarz an, der die Situation unmittelbar nach der Detonation beschreiben konnte, ließ sich anschließend von seinen Kollegen von der Technik die Fakten bestätigen und suchte dann den Leiter der SEK-Einheit Holger Lehmann auf, der sich von der Schichtleiterin Eva Paulus, für die Befragung der Zeugen, den Aufenthaltsraum im alten Messwartengebäudes hatte zuweisen lassen.

Der Bau lag zwar etwas abseits vom Tatort, war aber sehr gut für die Gespräche geeignet, da hier kaum ein Operator und noch weniger jemand anderes vom Personal, wie Handwerker, Ingenieure oder Chemiker vorbeikamen, sodass die Ermittlungen ungestört erfolgen konnten.

Bergmann begrüßte seinen zehn Jahre jüngeren, in der Nähe von Leipzig geborenen Kollegen, Kommissar Lehmann, der ihm zwei Schritte entgegenkam. Gemeinsam hatten sie schon mehrere brisante Einsätze erfolgreich abgeschlossen. Der Hauptkommissar fragte, noch bevor sie sich setzten, „hat die Fahndung nach den Tätern schon etwas ergeben?"

„Nein. Bis jetzt noch nicht. Die sind wie vom Erdboden verschwunden, aber die Suche läuft auf Hochtouren."

Die beiden Polizisten hatten sich gerade an den, aus vier kleineren zu einem größeren zusammengeschobenen, Tisch gesetzt, als die Tür aufgerissen wurde und ein ihnen beiden unbekannter Zivilist ins Zimmer stürzte.

„Simmel, Staatsschutz, ich werde die Leitung der Ermittlungen übernehmen."

Während Lehmann sofort aufsprang und seine Waffe zog, stand Bergmann, seinen Kollegen mit einer kleinen Handbewegung zur Besonnenheit mahnend, ruhig auf und ging einen Schritt auf den kleinen, vielleicht vierzigjährigen, eigenartig rundlich wirkenden Fremden zu. „Darf ich mal ihren Dienstausweis sehen?"

„Bundesamt für Verfassungsschutz …"

„Ah, die Wessi Stasi", bemerkte Lehmann grinsend und setzte sich wieder.

„Ihren Ausweis bitte", wiederholte Bergmann und streckte die rechte Hand aus.

Widerwillig griff der Mann in die Jackentasche und hielt ein Kärtchen dem Polizeikommissar vor die Augen, ohne das Teil aus der Hand zu geben.

Bergmann registrierte, dass es kein Polizeiausweis war - der Verfassungsschutz, also der deutsche Inlandsnachrichtendienst, verfügte über keine polizeilichen Befugnisse - prüfte das Bild, überzeugte sich von der Richtigkeit des Namens, winkte ab und sagte, „nehmen sie Platz Herr Simmel. Vielleicht können wir ihnen ja helfen."

„Oder sie uns", fügte Lehmann bissig hinzu.

Ohne weiteren Protest setzte sich der Beamte.

Bergmann wandte sich wieder seinem Kollegen zu. Den Geheimdienstmann ließ er unbeachtet. „Mit wem hast du denn schon gesprochen, Holger?"

Lehmann schob eine Liste mit Namen über den Tisch zu seinem Kollegen. „Das ist die gesamte Schichtbesetzung. Ich habe bisher nur mit der Schichtleiterin gesprochen, aber der wichtigste Zeuge dürfte der Operator Günther Hossa sein. Auf den warte ich."

„Sie müssen mit Daniel Hoffmann und Alexander Schuster reden, Herr Bergmann, die zwei sind einschlägig vorbelastet", warf Simmel stoisch ein.

Bergmann sah auf die Liste, die insgesamt 11 Namen enthielt. Der Name Hossa stand gleich als erster auf dem Blatt, während die vom Geheimen erwähnten, zusammen mit dem Namen der Schichtleiterin, den Abschluss bildeten.

„Hossa war quasi Zeuge der Explosion", fügte Lehmann hinzu, weil Bergmann auf den Einwurf nicht reagierte.

„Dann sollten wir schnellstens mit ihm reden. Ruf die Schichtleiterin an, Holger."

„Das geht einfacher, Knut", Lehmann stand auf, ging zur Tür und drückte auf den Knopf der Wechselsprechanlage, die sich direkt neben dem Ausgang befand, „Frau Paulus, der Operator Hossa ist immer noch nicht eingetroffen. Machen sie mal ein bisschen Druck."

Nur eine Sekunde später schallte es aus dem Lautsprecher: „Günther du wirst dringend im alten Aufenthaltsraum erwartet!"

„Die Aussage von Hossa ist mit Vorsicht zu genießen, der gehört zu einer aufmüpfigen, linken Gruppe, dem ZKV…"

„Quatsch, das ist doch nur ein Zwergkaninchen-Verein", unterbrach Lehmann den eifrigen Verfassungsschützer.

„Von wegen! Das ist doch bloß Tarnung."

„Tarnung? In der heutigen Zeit?", mischte sich Bergmann ein, „das kann ich mir nicht vorstellen."

Der Hauptkommissar war durch seinen Kollegen Malte Schreyer, der eine Zeitlang die Soko 08-15 geleitet hatte, über den etwas ungewöhnlichen Verein ZKV informiert. Er kannte vor allen Dingen die Kriminalfälle, die sich vor und nach der Wende zugetragen hatten und an deren Aufklärung sich nicht unmaßgeblich die Vereinsmitglieder beteiligt hatten, die, das stimmte schon, linken politischen Auffassungen und Philosophien sehr aufgeschlossen gegenüberstanden. Bergmann wusste auch, dass insbesondere von Thomas Prost eine größere Organisation angestrebt wurde, die möglichst viele demokratisch orientierte Grüppchen, deren Arbeit sich gegen die Entfachung immer weiterer Kriege und gegen alle Formen der Ausbeutung richtete, zusammenfassen wollte, damit man auf friedliche Art und Weise die Politik auch in Deutschland stärker beeinflussen konnte. Der Hauptkommissar empfand Sympathie mit diesen Leuten, aber er wusste auch, dass in den politischen Führungskreisen und damit natürlich auch in den wichtigen Ämtern der Polizei, derartige Auffassungen nicht gern gesehen waren. Nicht zuletzt deshalb saß sein Kollege Schreyer auch bereits auf einem Abstellgleis, obwohl er brillante polizeiliche Arbeit geleistet hatte. Trotzdem hielt sich Bergmann gegenüber dem ZKV zurück. Das war besonders auch deshalb gut, weil der Geheimdienst sich mit Sicherheit um diesen Personenkreis ‚kümmern' würde, was die weiteren Worte von Simmel auch belegen sollten.

„Dieser Verein ist historisch in der DDR gewachsen. - Und die Mitglieder sind auch nach der Wende zusammengeblieben. Wir kennen deren Aktivitäten. - Darf ich die Liste mal sehen?" Simmel streckte eine Hand über den Tisch und Bergmann schob ihm den Zettel entgegen.

Der Geheime warf einen Blick drauf. „Für Balla gilt dasselbe, wie für Hossa. Die Paulus und die Büchner haben mit der Gruppe zwar direkt nichts zu tun, sind aber auch links angehaucht. Zucker ist ein ehemaliger Stasioffizier. Richtig vertrauen kann man hier nur dem Schröder." Simmel schob die Liste wieder zurück.

In dem Moment ging die Tür auf und Hossa betrat den Raum. „Morjen."

„Sie sind Günther Hossa?" Bergmann sah den großen und stämmigen Mann freundlich an. „Bitte nehmen sie doch Platz."

„Ich habe bereits Torsten Schwarz von der Feuerwehr alles erzählt."

„Bitte setzen sie sich."

Der Operator zog einen Stuhl vom Tisch und nahm darauf Platz.

„Sie haben die Explosion gesehen?", fragte Bergmann, dem die anderen die Befragung vorerst überließen.

„Nein."

„Aber sie haben doch etwas gesehen?"

„Eine Staubwolke."

„In Verbindung mit der Verpuffung?"

„Ja."

„Sie haben den Knall gehört, haben hingesehen - von wo aus?"

„Aus dem Apparategerüst von Anlage 2."

„Also sie haben die Detonation gehört und haben danach in diese Richtung gesehen und die Staubwolke registriert?"

„Ich sah schon vorher zum Tanklager."

„Warum?"

„Ich hatte die Kollegin Petersen in dieser Ecke bemerkt und mich gewundert, was die an den Kullern zu schaffen hat."

„Wie ging's weiter? Was haben sie noch gesehen?"

„Nach der Explosion war die Petersen verschwunden und ich bin zum Tanklager gerannt."

„Was haben sie dort beobachtet?"

„Ein Jeep kam um die Ecke gebraust und hätte beinahe Balla umgefahren."

„Und weiter?"

„Ich habe mich im Apparategerüst versteckt, konnte aber beobachten, wie zwei vermummte Männer ausgestiegen sind. Einer hat meinen Kollegen vertrieben, zusammen haben sie etwas ins Auto geschmissen - ich denke, dass das nur Anja Petersen gewesen sein konnte - und sind wieder abgebraust."

„Beschreiben sie die Leute."

„Das habe ich ihrem Genossen," der Operator zeigte auf den grinsenden Lehmann, „alles schon erzählt. Haben sie die Gangster denn immer noch nicht geschnappt? Die haben unsere, vermutlich verletzte, Kollegen in ihrer Gewalt. Vielleicht lebt sie schon nicht mehr?"

„Wir tun alles, was in unseren Möglichkeiten liegt. - Wer, außer ihnen, hat die Täter noch gesehen?"

„Das wissen sie doch auch schon. Mein Kollege Balla. Der ist ja sogar mit einer Waffe bedroht worden, als er der Petersen helfen wollte."

„Gut Herr Hossa", Bergmann sah zu seinen Kollegen, „oder hat einer von euch noch eine Frage?" Die beiden nickten nur stumm und er wandte sich wieder Hossa zu, „Sie können gehen."

Der Operator stand sofort auf, ging zur Tür, drehte sich da kurz um, „Morjen", und verschwand hinter der automatisch zuschlagenden Tür.

„Wir müssen mit Schröder reden", forderte zum wiederholten Mal der Verfassungsschützer.

„Ich finde, dass wir zuerst mit Balla reden sollten", meldete sich Lehmann zu Wort, „der Mann scheint ja auch ansonsten nicht ganz uninteressant zu sein."

„Der lügt uns doch nur die Hucke voll, das ist doch …"

„Ich bin deiner Meinung Holger", unterbrach Bergmann den Geheimen, „er war Augenzeuge und Schröder nicht", er sah zu Lehmann und wies dann zur Wechselsprechanlage, „lässt du ihn gleich ausrufen?"

„Na klar!" Der Oberkommissar stand auf und ging zur Tür, neben der sich die Sprechstelle befand.

Pappelgrund, 23.3. 3 :10 Uhr

Wolf schüttelte seinen Kopf. Er musste sich Gewissheit verschaffen. Also zog er sein Handy aus der Tasche und fotografierte das Gesicht der Toten.

Ob er wollte oder nicht, er musste seinem Freund das Foto schicken. Nach kurzem Zögern drückte Wolf auf den Befehl für Senden.

Die Antwort ließ nicht lange auf sich warten: Ja, das ist Anja Petersen.

Wolf wollte das Gesicht der Toten, aus seiner emotionalen Reaktion heraus, mit sauberen Papiertaschentüchern abdecken, aber nach kurzer Überlegung ließ er das doch sein, und schob nur wieder Erde über die Tote.

Auf dem Rückweg überlegte er, wie lange es wohl dauern würde, bis ein Hundespaziergänger die Leiche finden würde.

In Erinnerung an den Weg, den das Auto mit der Leiche genommen hatte, folgte der Detektiv dieser Spur, die, wie er erst jetzt feststellte, durch PKW und LKW ausgefahrenen war und die ihn auf seinen alten Weg zurückbrachte, ohne dass er erneut einen steilen Hang hatte hoch klettern müssen.

Kurz bevor er die Straße erreichte, klingelte sein Telefon. Automatisch sah er auf die Uhr: 3 Uhr 40.

Wie erwartet meldete sich Schreyer. „Die Schachpartie läuft genauso, wie wir es vorausgesehen haben. Von den Springern keine Spur, aber auch die zwei Bauern sind noch nicht raus, doch das dauert bestimmt nicht mehr lange. Unerwartet ist das Damenopfer. Kannst du dir das erklären?"

„Ja. Ich sorge dafür, dass das nicht unbeachtet bleibt."

„Anschließend müssen wir uns schnell treffen."

„Natürlich. Vielleicht um 8 Uhr. Wenn noch etwas dazwischenkommt, rufe ich dich an. Okay?"
„Okay."

23.3. 3:45 Uhr, V-Fabrik

Balla betrat den alten Aufenthaltsraum der Anlagenfahrer und sah sich prüfend um. „Ach hier steckt ihr alle!", sagte er mit vorwurfsvoller Stimme und sah abwartend zu den am Tisch sitzenden Männern.

Simmel, der wie aus einer kleinen und großen Kugel zusammengesetzt zu sein schien und damit rund wie ein Schneemann wirkte, drehte seinen Kopf, wie ein Uhu, zu dem Ankömmling und fauchte wütend, „was wollen sie damit sagen? Wer sind sie überhaupt?"

„Der große sperrige, sechseckige Quenchhydrierhochdruckstripperfilter muss umgestellt werden meine Herren und ihr sitzt hier faul rum."

„Was soll der Quatsch - eckiges Etwas …"

„Sie sind sicher der Operator Balla?", schnitt Bergmann seinem Kollegen das Wort ab. Schreyer hatte dem Hauptkommissar auch schon von Ballas Besonderheiten ein paar Kostproben gegeben. Er war also vorgewarnt.

Der Anlagenfahrer starrte ein paar Sekunden den Mann an, der ihn angeblafft hatte. Plötzlich verzog sich sein Gesicht zu einem leichten Grinsen. „Jedenfalls ist es besser, ein eckiges Etwas zu sein, als ein rundes Nichts (22)", drehte seinen Kopf zu Bergmann, sah, dass der sich das Grinsen kaum verkneifen konnte und fügte hinzu, „der viereckige Quenchhydrierhochdruckstripperfilter hat eine hohe ideologische Bedeutung für uns, weil …"

„Bei gleicher Umgebung lebt doch jeder in einer anderen Welt. (23)", unterbrach milde lächelnd der Hauptkommissar und freute sich im Stillen, dass der, offensichtlich nicht nur humorvoll-witzige, sondern auch nicht auf den Kopf gefallene Operator, obwohl er in seiner dreckigen, ja, auch bezogen auf eine solche Beschäftigung, schlampigen Arbeitskleidung, überhaupt nicht danach aussah, diesen Spruch von Schopenhauer, auch zu kennen schien. „Mein Name ist Bergmann, hier links neben mit, das ist mein Kollege Lehmann. Wir sind beide vom LKA und das", er zeigte mit der Hand kurz nach rechts, „ist Herr Simmel aus Berlin. - Bitte setzen sie sich doch Herr Balla."

„Fischen in der Luft ist verlorene Mühe." Der Operator zog einen Stuhl vom Tisch weg, setze sich den anderen genau gegenüber und murmelte dabei vor sich hin, aber laut genug, dass ihn trotzdem alle verstehen konnten, „das Geheimnis zu langweilen besteht darin, alles zu sagen. (24)"

„Hier, in diesem Kreis", Bergmann wies kurz mit der Hand zu seinen Kollegen, „trifft für den 1. Teil ihres Satzes eher das Gegenteil zu. Deshalb - lassen sie uns zur Sache kommen. Was haben sie getan, gesehen, gehört oder sonst irgendwie wahrgenommen zwischen 1 und 2 Uhr am heutigen Tag?"

„Zuerst war ich auf dem Klo …"

„Wollen sie uns verscheißern, Balla!" Simmel beugte sich ein Stück über den Tisch. „Wir können sie auch mitnehmen."

„Nun mal immer mit der Ruhe, Kollege Simmel, ich bin doch selber schuld, weil ich zu ungenau gefragt habe. Also Herr Balla, bitte nur das wichtigste."

„Der eine von den 2 Idioten wollte mich doch tatsächlich abknallen!" Der Operator hielt seine zur Faust geballte rechte Hand ein wenig von sich weg, streckte den Zeigefinger nach vorn und den Daumen nach oben, um diesen anschließend zweimal kurz einzuknicken. „Peng! Peng! - Zum Glück hat der Kerl schlecht gezielt, dadurch konnte ich mich schnell in der Anlage verstecken und da hat der, wer auch immer das war, sich nicht hin getraut oder er hatte es zu eilig oder …"

„Warum haben sie sich denn im Tanklager aufgehalten?", unterbrach Lehmann, weil er befürchtete, dass die Aufzählung sonst weitergehen würde oder Simmel sich wieder aufregen könnte.

„Ich war nicht im Tanklager. Aber in der Nähe, in der Tasse vom Apparategerüst 2. Nach dem Knall bin ich erst dahin gerannt - zur Kuller 1."

„Woher wussten sie, dass die Verpuffung am 1. Tank stattgefunden hat?", fragte Bergmann und fügte noch hinzu, „oder haben sie etwas gesehen, das sie dahin geführt hat?"

„Nein, aber ich hatte ja richtig gehört, denn dann sah ich gleich den Jeep, den Killer, der auf mich zukam und da war noch ein zweiter vermummter Mann."

„Können sie die Personen beschreiben?", wollte Lehmann wissen.

„Der auf mich zukam, war vielleicht genauso groß, wie ich, schlank, sportlich. Der andere, einen Kopf kleiner, untersetzte Gestalt. Beide mit schwarzer Hose, Blouson in gleicher Farbe bekleidet und schwarzer Strumpfmaske über dem Kopf."

„Was haben sie noch gesehen?", fragte wieder Bergmann.

„Beide zusammen haben irgendetwas - da wusste ich noch nicht, dass es sich um unsere Kollegin Petersen handelte - auf die Rücksitze des Jeeps geworfen."

Simmel hob schnell die rechte Hand, um seine Kollegen zu bremsen, damit er die nächste Frage stellen konnte. „Waren andere Kollegen von ihnen auch in der Nähe des Anschlagortes?"

„Wie ich später erfuhr, war Hossa ganz in der Nähe. Gesehen habe ich niemand anders."

„Wo befanden sich Hoffmann und Schuster?", schob Simmel schnell seine zweite Frage nach.

„Die beiden waren offensichtlich im Analysenhaus der neuen Anlage. Zumindest habe ich das in der Messwarte so gehört." Bei seinem letzten Wort stand Balla auf. „Wenn ihr noch mehr Fragen habt, könnt ihr gern mitkommen. Der sechseckige Quenchhydrierhochdruckstripperfilter oder - das eckige Etwas - wartet nämlich immer noch auf mich."

„Sie bleiben hier, bis wir mit ihnen fertig sind!", blaffte Simmel.

Doch Bergmann sah den Geheimen scharf an und sagte zu dem Operator, „natürlich können sie gehen Herr Balla. Danke für das Gespräch."

Der Seemann grinste dem runden Nichts ins Gesicht, „nur der Proviant, der auf dem Schiff ist, ernährt die Besatzung", nickte den anderen beiden kurz zu, ging zur Tür und verschwand.

„Diese Befragung ist doch Zeitverschwendung", regte Simmel sich erneut auf, „Hossa und Balla glaube ich kein Wort. - Vermutlich waren die Terroristen sowieso zwei Leute von hier.

Das würde auch erklären, dass wir mit der Fahndung nichts erreichen."

Bergmann sah fragend zu Lehmann.

„Ausschließen können wir das nicht, Knut, obwohl ich mir nicht vorstellen kann ..."

„Hoffmann und Schuster", unterbrach der Geheime, „die mehrfach einschlägig Vorbestraften, sind für ein paar Monate befristet zum Anfahren der neuen Teilanlage in der V-Fabrik beschäftigt und ihre Zeit läuft demnächst ab. Das ist doch mehr als verdächtig."

„Vielleicht sollten wir doch mit Schröder sprechen, Knut?"

„Ja. - Sag der Schichtleiterin Bescheid, Holger."

Während Lehmann mit der Paulus sprach, richtete sich Bergmann an den anderen Kollegen, „vielleicht kann uns inzwischen, solange wir warten müssen, unser Kollege vom Verfassungsschutz, etwas über Hoffmann und Schuster erzählen, zum Beispiel was mehrfach - einschlägig - vorbestraft genau bedeutet?"

„Das kann ich euch sagen", Simmel holte aus der Seitentasche seines grauen Sakkos einen Zettel hervor, „Daniel Hoffmann: Dreimalige Festnahme durch die Polizei bei Demonstrationen, daraus resultierten 2 Bußgeldverfahren. Letzte Festnahme am 1. 5. 2002 in Düsseldorf zusammen mit Schuster bei der Maidemonstration.

Alexander Schuster: viermalige Festnahme durch die Polizei bei Demonstrationen und ebenfalls 2 Bußgeldverfahren. Die letzte Festnahme am 1. 5. 2002 zusammen mit Hoffmann."

Simmel nutzte die Gelegenheit seine Meinung zu dem - Terroranschlag - zu sagen und erklärte, warum aus seiner Sicht nur diese zwei das gewesen sein können.

Die beiden BKA-Leute hörten gelassen zu.

Nach knapp 5 Minuten betrat der angeforderte Operator den Raum.

„Mein Name ist Horst Schröder. Womit kann ich helfen?"

„Bitte setzen sie sich", Bergmann wies auf einen der Stühle, „ich bin Hauptkommissar Bergmann vom LKA und das sind meine Kollegen Lehmann und Simmel. Wir möchten, dass sie uns erzählen, was zur Zeit der Verpuffung, in der Messwarte geschehen ist."

„Kein Problem. Wie in den letzten Wochen auch, gab es am meisten Arbeit mit dem neuen, dem 2. Strang. Die Schichtleiterin hatte mich für die alte Anlage eingeteilt. So 20 bis 30 Minuten nach eins rief Zucker von der etwa einen Kilometer entfernten Verladung über die Wechselsprechanlage in die Messwarte, dass die Verladepumpe zugeschaltet werden soll. Ich nahm den Auftrag entgegen und, weil nur noch wenig Anlagenfahrer anwesend waren und die alle keine Zeit hatten, fragte ich die Kollegin Petersen, ob sie die Aufgabe vor Ort übernehmen könnte. Sie stimmte zu und verließ die Messwarte."

„Wo waren zu diesem Zeitpunkt Hoffmann und Schuster?", fragte Simmel.

„Die waren, ich glaube schon längere Zeit, in der Anlage."

„Allein?"

„Weiß ich nicht. Aber meistens waren die mit Balla und Hossa unterwegs."

Bergmann hob eine Hand, um Simmel zu bremsen und wandte sich dann an Schröder. „Frau Petersen ist doch Diplom-Ingenieur, wieso lässt sie sich von ihnen eine Operatoraufgabe zuweisen?"

„Unsere Ingenieure packen alle gern mal in der Anlage mit zu. Außerdem bin ich mit Anja befreundet."

„Verstehe. Sie sind ein Paar?"

„Ja."

„Trauen sie Hoffmann und Schuster einen solchen Anschlag zu?", warf Simmel schnell ein.

Der Operator sah vom Fragesteller, über Lehmann zu Bergmann und wieder zurück.

„Den zwei traue ich alles zu, wenn es gegen den deutschen Staat geht, aber hier in der eigenen Anlage? - Das kann ich mir - eigentlich - nicht vorstellen."

„Hätten sie denn die Möglichkeit dazu gehabt, Herr Schröder?", wollte der SEK-Mann wissen.

„Die Möglichkeit." Der Operator dachte nach. „Auf alle Fälle. - Ich denke schon."

„Moment", Bergmann sah den Operator prüfend an, „wo sollen denn dann die Petersen und das Auto abgeblieben sein? Denn die zwei haben ja die Anlage nicht verlassen."

„Wer sagt denn, dass es ein Auto gegeben hat?" Schröder erwiderte den Blick, „und Anja kann ja auch panisch davongelaufen sein und hat anschließend das Werk verlassen? Oder es sind zwei getrennte Vorgänge, die Explosion und Anjas Verschwinden?"

„Wir haben die Aussage eines Augenzeugen." Bergmann hob wieder abwehrend die Hand, „wir halten uns an die Fakten, Spekulationen bringen uns nicht weiter. Natürlich werden wir alle Varianten prüfen."

„Eine letzte Frage Herr Schröder", der Hauptkommissar zog die Namenliste zu sich heran, „wer war zum Zeitpunkt der Explosion in der Messwarte. Also sagen wir so zwischen 1 Uhr 15 und 1 Uhr 45?"

„Auf alle Fälle die Paulus und ich. - Dann noch Jonny Adler, die kleine Streller und Tanja Büchner." Der Operator überlegte einen kleinen Augenblick. „Genau. Die anderen waren alle draußen."

„Danke Herr Schröder. Sie können gehen."

Der Operator stand auf, hob nur kurz den rechten Arm und verließ den Raum.

„Holger, Herr Simmel", Bergmann nickte den beiden zu, „die zwei Verdächtigen Hoffmann und Schuster nehme ich mit ins Präsidium. Ich will kein Risiko eingehen."

„Das ist eine richtige Entscheidung", sagte der Mann vom Verfassungsschutz, während Lehmann nur nickte, aber mit einem kurzen Blick zu Bergmann andeutete, dass er dessen wahre Absicht erkannt hatte.

Fast genau um 5 Uhr teilte der Hauptkommissar dem Betriebsleiter Prost mit, dass er Hoffmann und Schuster zur Befragung mit nach Halle nehmen müsse.

Pappelgrund, 23.3. 4 :00 Uhr

Eigentlich hatte Wolf nur sein Auto holen wollen, um damit zur alten Beobachtungsstelle zurückzukehren. Doch diesen Gedanken verwarf er wieder. Ohne Fahrzeug konnte er sich viel besser verstecken, um das Auffinden der Leiche zu beobachten. Also wanderte er langsam wieder zurück.

Der Detektiv war sich sicher, dass er mindesten ein bis zwei Stunden würde warten müssen, obwohl Hundebesitzer fast alle Frühaufsteher waren.

Er hatte sich nicht geirrt. Kurz nach 5:30 Uhr hielt ein Auto auf der Hälfte des Weges zur Mulde. Ein Mann stieg aus, öffnete die hintere Tür, ein Schäferhund sprang heraus und fing sofort emsig an zu schnüffeln, denn Spuren fremder Hunde gab es hier sicher jede Menge. Das Herrchen warf sich die Hundeleine über die Schulter und folgte seinem Tier.

Erst jetzt, nachdem es langsam heller wurde, sah Wolf, wie groß diese Mulde tatsächlich war. Man hätte hier gut mehrere Fußballfelder unterbringen können. Das Gelände war ideal geeignet, Hunde auch ohne Leine, frei laufen zu lassen, denn die nach drei Seiten mit 80 Grad Steigung hoch aufragenden künstlich erzeugten Seitenwände verhinderten, dass die Hunde ins Unbekannte ausrissen.

Das Tier kannte scheinbar den Weg, denn es lief, nach wie vor nach rechts und links schnuppernd, über den leicht abfallenden Weg in dieses Karree hinein. Auf einmal blieb der Hund stehen, hob den Kopf, schnupperte in verschiedene Richtungen und lief plötzlich zielgerichtet auf ein, für sein Herrchen unsichtbares Ziel, zu. Der Mann registrierte das noch ohne Sorge, bis urplötzlich der Hund ganz und gar verschwand. Er eilte jetzt zwar schneller voran, aber richtige Sorge hatte er nicht, denn er kannte ja den Graben. Was ihn beunruhigte war wohl eher, dass der Hund dort lebende Tier aufscheuchen und jagen oder - auch nicht besonders schön - ein totes Tier finden und vom Kadaver fressen könnte.

Das wollte der Mann natürlich verhindern. Er rannte die letzten Meter, sah in den Graben und sprang schaudernd, aber laut brüllend neben das Tier.

„Aus Benno! Aus!"

Er fasste blitzschnell das Halsband und zog seinen Hund resolut von der schon freigelegten Leiche zurück.

Nachdem Herrchen seinem Benno die Leine angelegt und mit ihm aus dem Graben gestiegen war, zog er aus einer Brusttasche ein Handy hervor und rief die Polizei an.

Wolf sah auf die Uhr: 6:03 Uhr.

Er konnte von seinem Beobachtungsposten zwar nicht sehen, wen der Mann anrief, aber es gab für ihn keinen Zweifel, dass das nur die Polizei sein konnte. Sofort machte er sich auf den Rückweg, denn den Beamten wollte er auf keinen Fall begegnen.

23.3. 6:00 Uhr, Polizeipräsidium Halle

In der Besprechung um 6 Uhr, im internen Kreis der Ermittlungskommission, die sich aus Kollegen von verschiedenen Dezernaten der fünf Abteilungen des LKA zusammensetzte, je einer von der Kriminaltechnik, dem polizeilichen Staatsschutz und einem jungen Ermittler Frank Neugebauer aus Bergmanns eigenem Bereich - die Polizeipräsidentin hatte nicht teilnehmen können - legte der Hauptkommissar zusammen mit seinen Kollegen die weiteren Maßnahmen fest, die sich nunmehr vorrangig auf die zwei Operatoren konzentrierte, da die Fahndung bisher absolut ergebnislos verlaufen war. Dazu gehörte auch die Durchsuchung der Wohnung der beiden jungen Leute in Dörstewitz und deren nähere Umgebung. Dafür hatten sie sofort zwei Ermittler losgeschickt.

Um 6:34 Uhr klingelte Bergmanns Handy.

Der Hauptkommissar meldete sich, hörte zu, sagte „danke für die Information", steckte den Apparat wieder in seine Jackentasche und wandte sich seinen Kollegen zu, „jetzt ermitteln wir auch in einem Mordfall. Die Leiche einer circa 30-jährigen, unbekannten Frau wurde im Pappelgrund in der Nähe von Teutschenthal gefunden", er wandte sich dem Kollegen aus seiner Abteilung zu, „Frank, du machst dich sofort auf den Weg dahin und prüfst, ob es sich um Anja Petersen handelt und organisierst die Ermittlungen vor Ort."

„Alles klar, Knut", der Kommissar stand sofort auf, „ich halte euch auf dem laufenden", und verließ schwungvoll den Raum.

Um kurz nach 7:30 Uhr waren auch alle anderen Aufgaben verteilt.

Der Leiter der Soko ‚Verpuffung' bat den erfahrenen, 35-jährigen Kollegen vom Staatsschutz, Oberkommissar Hans

Holze, ihn bei dem Gespräch mit den beiden Verdächtigen zu unterstützen und legte den Beginn dafür auf 8 Uhr fest.

Bis zum Auftakt der Gespräche hielten sich Hoffmann und Schuster in einem Aufenthaltsraum auf, wo sie sich an verschiedenen Automaten etwas zu essen und zu trinken für ein paar Euro besorgen konnten. Eine von Bergmann beauftragte Polizistin beobachtete die beiden mehr oder weniger unauffällig.

Zur geplanten Zeit holte der Hauptkommissar mit ein paar freundlichen Worten die beiden Operatoren aus dem Pausenraum, öffnete ihnen die Tür zu dem fensterlosen, nur 20 Quadratmeter großen, sehr sauberen Verhörraum, in dem sich nur ein Tisch mit vier Polsterstühlen und ein kleines Wandregal befanden. Auf dem Tisch standen 4 saubere Gläser und zwei Halbeliterflaschen mit stillem Wasser.

„Bitte nehmen sie Platz meine Herren."

Hinter den beiden betrat eine weitere Person den Raum.

Bergmann zeigte auf seinen Kollegen, „das ist Oberkommissar Holze. Wir werden das Gespräch gemeinsam durchführen."

Während Schuster sich setzte, blieb Hoffmann stehen und fragte, „warum haben sie uns, meinen Freund und mich, hierher mitgenommen?"

„Wir sollten uns setzen. Das ist gemütlicher", sagte Bergmann, zog einen Stuhl ein bisschen vom Tisch weg und während er Platz nahm, legte er das Handy auf den Tisch. Sein Kollege folgte dem Beispiel und nun ließ sich auch Hoffmann auf einen Stuhl fallen.

„Die bisher gesammelten Ermittlungsergebnisse sprechen gegen sie. Außerdem sind wir hier, im Polizeipräsidium, ungestörter, als in ihrem Betrieb. - Aber vorerst handelt es sich ohnehin lediglich um eine Befragung."

Holze griff zu seiner Flasche und fragte, „soll ich ihnen auch eingießen?"

„Ja", sagte Schuster, während Hoffmann nur nickte.

Der Polizist füllte alle vier Gläser und stellte die Flasche wieder auf den Tisch.

Bergmann trank einen Schluck, sah Schuster an und fragte „warum arbeiten sie ausgerechnet hier bei OPA-CG?"

„Das Arbeitsamt in Düsseldorf hat uns vermittelt", antwortete Hoffmann.

„Ja, das wurde uns bestätigt, aber sie hätten doch auch, wie wir wissen, ein anderes Angebot annehmen können."

Und obwohl Bergmann immer noch Schuster ansah, antwortete wieder Hoffmann, „das hängt mit unseren Studienwünschen zusammen."

„Können sie auch sprechen Herr Schuster?"

„Ich will nur Musiker werden, komponieren."

„Und sie, Herr Hoffmann, was wollen sie studieren?"

„Sie sind bereits dreimal bei der Polizei in Düsseldorf auffällig geworden", meldete sich unverhofft Holze mit scharfer Stimme zu Wort, „haben zwei Bußgeldverfahren hinter sich mit zum Teil noch ausstehenden Zahlungen. Außerdem steht das Verfahren vom 1. Mai vergangenen Jahres auch noch aus. Sie landen eher im Knast, als an einer Uni, Herr Hoffmann! Egal, was sie studieren wollen."

Bergmann hatte die beiden Männer bei dem spontanen Angriff beobachtet und kaum eine Reaktion bemerkt. Er wusste, dass der Schuss vor den Bug zu früh gekommen war, hakte aber sofort nach. „Haben sie den Sprengstoffanschlag ausgeführt, Herr Schuster?" Während er das sagte, sah er Hoffmann ins Gesicht.

„Nein!" lautete gleichzeitig die ruhige Antwort von beiden.

„Haben sie im OPA-Werk schon vorher, also bevor sie hier her in den Osten gekommen sind, jemanden gekannt?", richtete die nächste Frage Holze an Hoffmann.

„Nein."

„Mit wem sind sie jetzt befreundet, Herr Schuster?" Bergmann hob energisch die Hand, weil wieder der andere antworten wollte. „Also Herr Schuster?"

„Inzwischen sind das alles gute Freunde geworden, Eva Paulus, Tanja Büchner, Marlies Streller, Verona Deiner, Fritz Hennecke, Joachim Zucker, Günther Hossa … Habe ich wen vergessen, Daniel?"

„Jonny Adler, Emil Balla und Horst Schröder."

„Na ja, Schröder", Schuster schüttelte den Kopf, „das ist vielleicht der einzige, den ich nicht meinen Freund nennen würde."

„Warum nicht?", fragte Bergmann.

„Warum? Ja, warum eigentlich." Schuster runzelte die Stirn, „der hält sich zu sehr an die Buchstaben des Gesetzes und ist mir ein wenig zu deutsch-militärisch. Aber ein guter Anlagenfahrer ist er auch. Stimmt's Daniel?"

„Vor allen Dingen kennt er sich mit der Spaltung gut aus. Er liebt ..." Hoffmann verstummte, weil Bergmanns Handy zu vibrieren begann, wodurch es zyklische Brummgeräusche auf dem Tisch verursachte, bevor es, wie ein Telefon in alten amerikanischen Filmen, zu klingeln anfing.

Der Hauptkommissar sah auf die Uhr, 8:41 und meldete sich gelassen, „ich höre?"

Nach einer Minute fragte er, „das ist definitiv?", wartete die Bestätigung ab, drückt eine Taste, steckte das Handy in die Jackentasche und stand auf. „Ich muss sie beide verhaften. Sie sind dringend verdächtig, den Sprengstoffanschlag im OPA Werk, in dessen Auswirkung ein Mensch zu Tode gekommen ist, ausgelöst zu haben. Sie haben das Recht, die Aussage zu verweigern und einen Rechtsanwalt zu engagieren. Haben sie das beide verstanden?"

Während Schuster nur nickte, fragte Hoffmann, „von wo aus können wir telefonieren?"

Inzwischen hatten zwei uniformierte Polizisten den Raum betreten und waren neben der Tür stehen geblieben.

„Die beiden Herren", Bergmann zeigte auf die Beamten, „bringen sie ins Sekretariat unseres Dezernats. Dort liegt eine Liste mit Rechtsanwälten und dort können sie auch telefonieren."

Noch bevor die Verhafteten den Raum verließen, flüsterte Hoffmann seinen Freund zu, „du musst unbedingt Frau Neitzel selber anrufen. Klar?"

Schuster nickte nur und beide ließen sich von ihrer unerwünschten Begleitung aus dem Raum dirigieren.

25 - Das Interview

23. April, V-Fabrik

Um 2 Uhr 45 traf Prost im Betrieb ein, weil ihn die Meldung der Paulus so in Aufregung versetzt hatte und er zu Hause keine Ruhe mehr fand. Allerdings musste er dann feststellen, dass er hier in der Anlage gar nichts tun konnte, weil man ihn nicht einmal bis an den Ereignisort heranließ. Lediglich ein Polizeibeamter befragte ihn kurz über ein paar technische Details die Tanks betreffend. Alle anderen Fakten zum Tanklager kannte er scheinbar schon, denn er hielt bereits ein Datenblatt in der Hand.

Also setzte Prost sich in sein Büro, nachdem er ausführlich mit seiner Mannschaft gesprochen hatte.

Um kurz nach 5 Uhr klopfte ein Polizist in Zivil an die offenstehende Tür, ging auf Prost zu, drückte ihm die Hand, stellte sich als Hauptkommissar Bergmann vor und teilte dem Betriebsleiter mit, dass er Hoffmann und Schuster zur Befragung ins Polizeipräsidium mitnehmen muss. Zu weiteren Informationen war der Polizist nicht bereit.

Zum Schichtwechsel, 10 Minuten vor 6 Uhr, ging Prost wieder in die Messwarte, um auch die neue Schichtbesatzung über das Ereignis zu informieren.

Um kurz vor 8 Uhr klopfte es erneut an der offenstehenden Bürotür des Betriebsleiters.

„Herein!"

Prost drehte seinen Kopf zum Eingang.

„Entschuldigen sie die frühe Störung, Herr Doktor." Eine attraktive mittelgroße, schlanke Frau mit rötlichbraunen, kurzgeschnittenen Haaren betrat den Raum und ging auf den sich von seinem Stuhl erhebenden Mann zu. „Mein Name ist Beate Buhse, ich bin freie Journalistin", sie hielt Prost einen kleinen Presseausweis entgegen, „haben sie vielleicht einen Moment Zeit für mich?"

Prost, dessen Gesicht sich bei der Nennung des Namens der Frau zu einem Lächeln verzogen hatte, nahm ernst den Ausweis entgegen, auf dem er gleich unter dem Wort Presse, tatsächlich den Namen Beate Buhse erkennen konnte.

„Freie Journalistin?", fragte Prost und reichte der Frau den Ausweis zurück, „was bedeutet das, wenn ich fragen darf?"

„Ich bin quasi selbständig und nicht bei einer Zeitung angestellt." Die Buhse streckte dem Mann energisch ihre Hand entgegen, die der Betriebsleiter lächelnd ergriff und, nach erneutem kurzen Blick auf die Frau, kräftig drückte.

„Ich bin Thomas Prost. Bitte setzen sie sich. Was führt sie zu mir?" Gleichzeitig wies er mit der linken Hand auf einen, seinem Schreibtisch gegenüberstehenden Stuhl.

„Danke Herr Doktor."

Während sich die Frau setzte, legte sie einen kleinen MP3-Player auf den Tisch. „Haben sie etwas dagegen, wenn ich unser Gespräch aufnehme?"

„Nein. Ich gehe davon aus, dass sie vor einer Veröffentlichung mich über die Fakten informieren werden?"

„Selbstverständlich Herr Doktor." Sie drückte auf einen kleinen Knopf und das Gerät begann geräuschlos zu arbeiten.

„Ja, sehen sie", die Frau bemühte sich dem Mann in die Augen zu sehen, „ihr V-Tanklager hat ein riesiges Gefahrenpotenzial."

Während sie das sagte, holte sie genauso ein Datenblatt, wie Prost es vorher bei dem Polizeibeamten gesehen hatte, zusammen mit einem kleinen Notizbüchlein aus ihrem schmalen Aktenkoffer. „Ist das nicht eine lebensgefährliche Bedrohung der umliegenden Dörfer, ja vielleicht sogar der Stadt Halle? Ganz abgesehen von den hier arbeitenden Menschen?"

„Mark Twain sagt: ‚Für Börsenspekulationen ist der Februar einer der gefährlichsten Monate. Die anderen sind …"

„… Juli, Januar, September, April, November, Mai, März, Juni, Dezember, August und Oktober'", vollendete die Journalistin lächelnd, doch dann fuhr sie ernst fort, „ja, aber wollen sie damit sagen …"

„Sie wissen selbst Frau Buhse", unterbrach Prost die Frau, „dass es viele gefährliche Dinge auf unserer schönen Erde gibt. Wenn wir die nicht beseitigen können oder wollen, dann müssen wir verantwortungsvoll damit umgehen."

„Das heißt in ihrem speziellen Fall?" Die Journalistin sah dem promovierten Ingenieur erneut aufmerksam, fragend in die Augen.

„Eine chemische Anlage ist immer ein sicherer Betrieb, wenn sie konsequent nach den Standards der Technik erbaut worden ist, gut ausgebildetes Personal die Apparate bedienen und die geforderten Sicherheitsmaßnahmen eingehalten werden. Unkenntnis über den Prozess, seine Technologie und Technik, kann Fahrlässigkeit provozieren, die zu katastrophalen Folgen führen könnte. Weil wir das wissen, lassen wir ein solche Situation nicht zu."

„Warum kann man keine hundertprozentige Sicherheit schaffen?"

„Sehen sie, es ist schon möglich eine chemische Fabrik zu bauen, die 100 % objektiv sicher ist. Das Problem in diesem Fall ist nur, dass man diese Anlage dann nicht mehr betreiben kann. Wie bei fast allem im Leben, geht es diesbezüglich auch bei uns, nicht ohne Kompromisse."

Die Journalistin öffnete kurz ihr Notizbuch, ohne hineinzusehen. „Was ist heute im Tanklager passiert?"

„Es hat im Gang unter dem Kugeltank 1 vermutlich eine - Art - Verpuffung gegeben. Genaueres kann ihnen nur die Polizei dazu sagen."

„Ist das technologisch erklärbar?" Die Frau warf einen skeptischen Blick zu Prost.

„Nein."

„Das wundert mich sehr. Was soll das denn bedeuten? Sie können die Verpuffung nicht erklären?" Die Buhse schüttelte ihren Kopf.

„Eine Verpuffung könnte ich ihnen erklären, aber ich sagte ja auch eine - Art - Verpuffung."

„Das verstehe ich nicht."

„Das glaube ich ihnen gern. Bitte fragen sie die Polizei, Frau Buhse. Die sind in diesem Falle diejenigen, die ihnen diese Sache erklären können."

„Ja - vielleicht - aber die rücken nicht raus mit der Sprache."

Die Journalistin blätterte schweigend in ihrem Notizbuch, während Prost ihr dabei lächelnd zusah.

„Dann fange ich mal ganz woanders an, Herr Doktor. Wie sieht es, zum Beispiel, mit der Sicherheit in ihrer Anlage aus bei einem terroristischen Anschlag? Wie anfällig oder anders formuliert, wie gefährdet ist dann ihr Kugeltanklager und ihre Umgebung?"

„Diese Frage haben wir uns vor ein paar Monaten auch gestellt. - Wenn sie das detaillierter interessiert, könnte ich ihnen von dieser Beratung mit meinen Experten etwas erzählen?"

„Ja, sehr gern, wenn es kein Geheimnis ist", sagte die Frau mit einem leisen Lächeln.

„Ha, ha!", Prost lachte kurz auf, „dann würde die Geschichte sie doch noch mehr interessieren. - Aber - nein - das sind keine Geheimnisse, die wir da diskutiert haben. Wir versuchten nur anhand von Fakten, logisch zu überlegen, wo unsere Anlage am verwundbarsten sein könnte."

„Das klingt interessant. Was ist dabei herausgekommen?"

„Inzwischen kann ich mich auch an das genaue Datum erinnern. - Es war Mittwoch. - Der 24. Juli. - Das ist nun doch schon fast ein Jahr her." Prost verstummte und griff zur Maus seines PCs.

„Wir haben die Diskussion damals aufgenommen." Der Betriebsleiter sah konzentriert auf seinen Bildschirm. „Wenn ich die Datei finde, könnte ich ihnen alles vorspielen. Wenn ihnen das nicht zu viel wird?"

„Auf keinen Fall. Das Original einer Diskussion ist mir selbstverständlich noch lieber."

„Aha. Hier ist sie ja. Also, dann starte ich die Wiedergabe."

Nach einer halben Stunde trat wieder Stille im Raum ein.

„Donnerwetter!" Die Buhse, die bisher lässig mit übereinandergeschlagenen Beinen auf ihrem Stuhl sitzend zugehört hatte, richtete sich ein wenig auf, sodass der wohlgeformte Busen der Frau dem Mann ins Auge stach. „Das hatte ich nicht erwartet. Sie haben tatsächlich versucht, den Stier bei den Hörnern zu packen. Und jetzt, mit der - Art - Verpuffung, haben sie neue Erkenntnisse gewonnen, die scheinbar ihre Überlegungen bestätigen?"

„Wissen sie, jetzt, wo ich ihnen von unserer Diskussion erzählt habe, kommt mir nach dem heutigen Ereignis noch ein ganz anderer Gedanke …" Prost verstummte und schien angestrengt nachzudenken.

Auch die Journalistin schwieg.

Die Gedanken, die dem Mann jetzt durch den Kopf gingen, konnte er mit dieser, ihm völlig fremden Frau, nicht besprechen.

Prost richtete seinen Blick auf seine Gesprächspartnerin. „Warum arbeiten sie eigentlich für keine spezielle Zeitung?"

„Ich will mich politisch nicht festlegen lassen."

„Klingt interessant, Frau Buhse. Mir sagen meine Kollegen einen politischen Linksdrall nach, aber ich gehöre auch keiner Partei an."

„Ihre Bemerkung - vorhin - Herr Dr. Prost, was wollten sie damit andeuten?"

Der Mann sah der Frau in die Augen und obwohl er ein gutes Gefühl hatte, winkte er nur ab. „Das ist nichts."

„Ist denn heute wirklich niemand zu Schaden gekommen?"

„Leider wird eine Person vermisst. Wir hoffen sehr, dass das nichts mit dem Vorfall zu tun hat."

„Können sie mir den Namen der vermissten Person sagen?"

„Selbstverständlich. Das ist Anja Petersen. Eine relativ neue Ingenieurin in unserer Anlage, die zur Einarbeitung ein paar Wochen in der Schicht mitläuft."

„War sie denn zu Schichtbeginn anwesend?"

„Ja. - Wenn sie genaueres wissen wollen, Frau Buhse, dann fragen sie doch bitte die Polizei. Ich will denen auf keinen Fall ins Handwerk fuschen."

„Okay. Aber eine letzte Frage habe ich noch. Werden sie zusätzliche Sicherheitsmaßnahmen treffen?"

„Eigentlich hat unsere Technik den Härtetest bestanden. Was könnte man noch anderes tun? Böswillige Angriffe kann man nicht hundertprozentig vermeiden, es ist nur möglich sie zu erschweren. Darum, denke ich, wird sich unsere Sicherheitsabteilung kümmern. Leider werden dabei auch Maßnahmen getroffen werden, die unsere Arbeit hier erschweren könnten. Na ja. Damit müssen wir dann eben leben."

Die Journalistin erhob sich. „Ich danke für ihre Offenheit, Herr Dr. Prost."

Der Betriebsleiter stand ebenfalls auf und drückte der Frau beim Verlassen des Büros die Hand. „Nichts zu danken. Es war mit ein Vergnügen Frau Buhse."

26 - WAS TUN?

23. März 2003, 8 Uhr, Pension in Merseburg

„Balla kommt eine halbe Stunde später." Wolf stellte 4 Wassergläser auf den Tisch. „Aber ich wollte den Termin für unser Treffen nicht verändern. Helene hat Bereitschaft, Prost wird noch im Betrieb festgehalten und Storl ist natürlich im Moment unabkömmlich, denn zurzeit sind wohl alle, die irgendwie zu unseren Kontrollorganen gehören, furchtbar aufgeschreckt und schwirren wie wild durch die Gegend."

„Na kein Wunder bei den Schlagzeilen, Ernst!" Schreyer legte eine Sonderausgabe der Quildzeitung auf den Tisch.

Der Detektiv und seine Mitarbeiterin hatten es für die Ermittlungen an diesem Fall für sinnvoll gehalten, getrennte Unterkünfte zu beziehen. Deshalb war Paula Peters bei einer Freundin eingekehrt, die sie bereits 1989 kennengelernt hatte, während Wolf erneut die kleine Pension in Merseburg nutzte.

Am Tisch des nur 16 Quadratmeter großen Zimmers saß neben dem Hauptkommissar und der Peters, noch die Anwältin Gisela Schulz. Alle drei starrten auf die fett rot gedruckten Überschriften:

‚Terroranschlag im OPA-Werk!'
‚Sprengstoffexplosion im V-Tanklager!'

Aber auch:

‚Stabile Technik verhindert Katastrophe!'
‚Überschaubarer Sachschaden, aber vermutlich ein Toter!'

„Wieso kannst du eigentlich hier sein, Malte?", fragte die Anwältin schelmisch lächelnd.

„Ich bin zum Glück schon aus Altersgründen von allen Bereitschaftsdiensten befreit", antwortete der Hauptkommissar freundlich-gleichmütig, „das ist zwar ein bisschen ungewöhnlich, aber mir sehr recht."

„Wenn jetzt Balla hier wäre", sagte die Peters kopfschüttelnd, „würde dir diese Antwort mindestens einen Spruch, wenn nicht gar einen kleinen Vers einbringen."

„Wer den Feind umarmt, macht ihn bewegungsunfähig.' (25)" Balla steckte vorsichtig seinen Kopf durch die, einen spaltbreit geöffnete, Tür. „Hallo alle meine Freunde, ihr kommt ohne mich nicht mehr weiter?"

„Wie kannst du wissen, wovon wir geredet haben, oder hast du gelauscht?", fragte verblüfft die Schulz und sah Balla vorwurfsvoll an.

Der Operator grinste. „Intuition, Vorahnung oder einfach nur Glück?"

„Seemann, wie sieht es in eurer Anlage aus?" Wolf lenkte die Aufmerksamkeit seiner Freunde wieder auf das eigentliche Thema.

„Mal abgesehen davon, dass die ganze Bude immer noch abgestellt ist", Balla setzte sich auf einen Stuhl und rutschte dichter an den Tisch heran, um auch einen Blick auf die Schlagzeilen werfen zu können, „geht es der Anlage gut. Der technische Schaden hält sich in Grenzen. Es gibt keinerlei Undichtheiten im V-System. Was uns alle bedrückt und was speziell mir Sorgen macht, ist der Tod der kleinen Petersen."

„Ein dummer, sehr dummer Zufall", warf die Peters ein.

Doch der Operator winkte ab. „Daran zweifle ich ja gerade, Paula."

„Wie kommst du darauf Emil?" Wolf sah seinem Freund erwartungsvoll in die Augen, denn er gehörte auch nicht zu denen, die zu schnell an Zufälle glaubten, obwohl es in diesem Falle …

„Hossa, ich und die Revoluzzer waren in der Anlage unterwegs, aber ich habe von der Paulus gehört, dass Schröder die Petersen ins Tanklager geschickt haben soll, um die Verladepumpe anzuschalten."

„Du meinst, weil das eigentlich gar nicht ihre Aufgabe war?", fragte Schreyer.

„Nicht nur das, Malte. Eva, also die Paulus, hat sich auch gewundert, dass Schröder sich diesbezüglich nicht an sie, die Schichtleiterin, gewandt hat, obwohl sie zu diesem Zeitpunkt ganz in dessen Nähe stand."

„Aber wegen so einer Lappalie musste er doch niemanden fragen?", wandte die Peters verwundert ein.

„Drum hat Eva ja auch nichts dazu gesagt. Aber jetzt, wenn ich so im Nachhinein darüber nachdenke …"

„Wartet mal. Du gehst also davon aus, dass Schröder den genauen Zeitpunkt der Explosion kannte?", mischte sich die Rechtsanwältin ein und weil Wolf und Schreyer stumm nickten, fügte sie noch die Frage hinzu, „aber welches Motiv könnte der Mann denn haben, die Frau in eine solche Gefahr zu bringen? Oder war die Tötung gar Absicht?"

Automatisch sahen bei der Frage alle auf Balla.

„Eifersucht, verletzte Eitelkeit, Treuebruch. - Bei einem zu Fanatismus neigendem Mann mit brauner Gesinnung folgt - brutale Rache", antwortete der Seemann ein wenig theatralisch.

Weil den Anwesenden die Antwort nicht genügte, sahen alle weiter schweigend zu Emil.

„Ich weiß zwar nicht warum", Balla schüttelte zur Bekräftigung seiner Worte mit dem Kopf, „aber die Petersen hat sich gleich am Anfang mit Schröder eingelassen, jedoch sich dann wohl in Soitz verliebt. - Apropos Soitz, Anjas Tod ist ein besonders harter Schlag für diesen Mann. Obwohl er als Ingenieur mit beiden Beinen auf dem Boden steht. Aber die Gefühle …"

„Die Sache musst du im Auge behalten, Malte", sagte Wolf, „denn wenn die Polizei dem Schröder nicht auf die Schliche kommt, dann müssen wir uns darum kümmern."

„Für mich wäre das wichtigste zu wissen", lenkte die Schulz das Gespräch auf ein anderes Thema, „was ihr mir noch über meine Schützlinge sagen könnt. Werden sie nur befragt von der Polizei oder wurden sie schon verhaftet?"

„Du darfst ja nicht alle beide vertreten Gisela, wie gehst du damit um?", fragte Schreyer statt einer Antwort.

„Das ist geklärt. Eine junge Kollegin, Sandra Neitzel, die sich gerade erst selbständig gemacht hat, wird die Verteidigung von Alexander Schuster übernehmen, während ich Daniel Hoffmann vertreten werde. Das ist genau …"

Schreyers Handy klingelte. „Ja, Manfred?" Das Gespräch dauerte nur 30 Sekunden.

„Jetzt kann ich deine Frage beantworten Gisela", sagte Schreyer, „nach dem, was ich eben gehört habe, wird Bergmann die beiden sofort verhaften. Die Ermittler haben ein ganzes Waffenarsenal in einer alten Garage in Dörstewitz gefunden."

„Die alte Garage also", murmelte Wolf und wiegte seinen Kopf leicht hin und her, „das werde ich mir nachher noch genauer …" Der Detektiv verstummte, weil wieder ein Handy zu klingeln begann und sah auf die Uhr 8 Uhr 44.

„Das ist jetzt meins", sagte die Schulz, holte hastig hinter ihrem Rücken ein kleines Handtäschchen hervor, das ihr an einem dünnen, dunkelbraunen Lederhenkel um den Hals hing, holte das kleine Telefon heraus, klappte es auf und meldete sich, „Schulz."

Sie lauschte einen Moment, sagte dann, „Alexander muss unbedingt seine Rechtsanwältin allein anrufen. - Okay. Ich bin schon unterwegs", klappte das Handy wieder zusammen, steckte es in ihre Tasche zurück und erhob sich. „Das war Hoffmann. Sie sind beide im Polizeipräsidium und gerade offiziell verhaftet worden. Sie brauchen mich - uns - jetzt. Müsste ich noch etwas wissen?" Sie sah von einem zu anderen. Ihr Blick blieb bei Wolf hängen.

„Du weißt, Gisela, dass die zwei - nicht! - die Täter sind", sagte der Detektiv mit fester Stimme.

„Du hast recht, Ernst, das ist jetzt das Wichtigste, von Anfang an, die Unschuld zu beteuern." Resolut wandte sich die Frau der Tür zu.

„Grüße die Revoluzzer von uns, Gisela!", rief ihr Balla hinterher, „obwohl sie gar nicht revoluzzt haben!"

Die Frau hob nur kurz einen Arm, verließ den Raum und schloss die Tür hinter sich.

„Also gut, Freunde", Wolf wandte sich den drei anderen Gleichgesinnten zu, „eigentlich liegen nur zwei Aufgaben vor uns:

Beweise der Unschuld unserer Revoluzzer zusammenzustellen und wasserdicht zu machen und

Schröder des Mordes an Anja Petersen zu überführen.

Denn für einen 3. Punkt: Die wahren Täter einer Verurteilung zuzuführen, dürfte unser Arm wohl zu kurz sein. - Oder wie siehst du das, Malte?"

Schreyer schüttelte nur den Kopf.

Dafür sagte Balla, „wir brauchen uns doch nur die Aufhetzung zum Krieg gegen den Irak in den wichtigen Medien, ob Zeitung, Fernsehen oder Rundfunk, vor Augen führen. Die tun doch wirklich so, als müsste jeder anständige Mensch für diesen Scheiß-Krieg sein. Für einen - Krieg! - Leute! - So ein Schwachsinn!"

„Die können sogar später zugeben", setzte die Peters den Gedanken fort, „dass der angegebene Grund für den Krieg eine Lüge war. Dann werden sich zwar alle wortreich darüber aufregen, aber kurz danach ist alles wieder beim alten und beim nächsten Mal, beim nächsten Krieg, funktioniert alles wieder ganz genauso! - Es ist wirklich zum Kotzen!"

„Ihr habt zwar recht, aber diese Diskussion bringt uns nicht weiter, denn fürs Große fehlt eine alle Kriegsgegner vereinigende Organisation, aber fürs Kleine reichen allein unsere Kräfte. Also zu Punkt 1. Ich sehe mir noch einmal das angebliche Waffenlager an. Du Paula horchst dich im Dorf ein bisschen um, ob tatsächlich niemand von der heimlichen Aktion - denn dieses Waffenarsenal kann erst in der letzten Nacht angelegt worden sein - etwas mitbekommen hat."

„Und ich halte mich an meinen Kollegen Bergmann", übernahm Schreyer den nächsten Gedanken, „um die Beweislast gegen unsere jungen Leute und vor allen Dingen die neuesten Erkenntnisse bei der Untersuchung des Todesfalls in Erfahrung zu bringen."

„Du, Emil", Wolf nickte Balla kurz zu, „solltest dich erst einmal richtig ausruhen. Du hast doch morgen wieder Schicht?"

„Ausruhen kann ich, wenn ich tot bin." Balla tat so, als blase er auf seinem Plasterohr. Das war eine Marotte von ihm, die seine Freunde natürlich alle kannten. „Heute muss ich mich unbedingt noch nach Romeo erkundigen."

Balla stand auf und breitete die Arme aus.

‚O du verhasster Schlund! Du Bauch des Todes!
Der du der Erde Köstlichstes verschlangst ...' (26)"

Er ließ die Arme sinken. „Morgen können wir ja vielleicht wieder unsere Anlage anfahren."

„Okay, Freunde, unser nächster Treff ist heute Abend 19 Uhr, dann aber wieder im Schloßhotel." Wolf hatte noch nicht zu Ende gesprochen, da standen schon alle auf, drückten sich kurz die Hände und verließen die Pension.

❖

23. März 2003 19 Uhr, Schloßhotel

„Morgen ist die Anhörung durch den Ermittlungsrichter." Die Schulz ließ sich auf einen Stuhl neben dem Tisch fallen, an dem bereits Wolf, die Peters, Schreyer, die Schenk und Balla saßen. „Ich weiß aber schon jetzt. - Ich werde unsere Mandanten auf keinen Fall freibekommen."

„Das war doch sowieso nicht zu erwarten gewesen, Gisela", der Detektiv nickte der Anwältin aufmunternd zu, „die Mächtigen müssen erst noch ihre Medienkampagne durchziehen. Davon hätte sie sowieso niemand abgebracht. Deshalb solltest du auch morgen noch nicht alle unsere Erkenntnisse preisgeben, sondern nur so viel, damit unsere Gegner begreifen, dass wir es ernst meinen."

„Sehen wir das Ganze doch von der positiven Seite", ergänzte der Hauptkommissar diesen Gedanken, „wenn sich dann die Wogen wieder gelegt haben, und das geht bei den derzeitigen Ereignissen - Irakkrieg - sicher sehr schnell, dann findest du auch weniger Widerstand bei den Beamten von Polizei und Justiz vor."

„,Die wahre Freiheit ist nichts Anderes als Gerechtigkeit.' (27)" Balla sah spöttisch von einem zum anderen, um die Reaktion auf den Spruch von den Gesichtern seiner Freunde abzulesen. Er nickte zufrieden und fügte noch hinzu, „das wussten die Menschen schon im 18. Jahrhundert."

„Was das anbetrifft, Emil, könnte man noch viel weiter in der Zeit zurückgehen", die Peters hob ihr Bierglas an ohne zu trinken, „Gerechtigkeit und Freiheit sind relativ. Sogar in unserem Wohlfühlstaat oder vielleicht auch - gerade dort?"

„Ich denke, genau - so - ist es." Helene Schenk hielt ihr Rotweinglas an das von Paula. „In unserer bürgerlichen Gesellschaft wird die Herrschaft nicht allein durch bloßen Zwang erzeugt, sondern die Menschen werden überzeugt, dass sie in der besten aller möglichen Welten leben. Aber es sind kapitalistische Herrschaftssysteme, die durch die massenwirksamen Apparate, wie Schulen, Kirchen, Medien und Verbände den Menschen in die Köpfe gehämmert werden."

„Man darf nur nicht zu denen gehören", Balla ergriff sein Glas ebenfalls und hielt es an die der beiden Frauen, „gegen die das freiheitlich-demokratische System Krieg führt. Dann werden nämlich Recht und Gesetz offiziell ausgeschaltet."

„Ihr habt Recht." Die Schulz hob ihr Weinglas und hielt es zu den anderen Gläsern ihrer Freunde. „Wir müssen uns gedulden. Ich werde mit meinen Mandanten reden. In der übernächsten, vielleicht auch schon Ende dieser Woche, werde ich versuchen, mit der Staatsanwaltschaft einen Kompromiss auszuhandeln."

Wolf folgte dem Beispiel der anderen. „Bis dahin stellen wir die Beweise für die Unschuld unserer Revoluzzer lückenlos zusammen."

Und Schreyer beschloss den Gläserreigen. „Dann bleibt mir nur übrig zu sagen: Lasst uns darauf und auf unsere Gemeinsamkeit anstoßen."

Jeder zog sein Glas ein Stück zurück und kurz darauf ertönte ein angenehmes, leises Gläserklirren, in das sich die Worte: zum Wohle, prosit, wohl bekomm's, wohl sein und prost mischten.

„Apropos Prost", sagte Schreyer, „warum ist Thomas nicht hier?"

„Heute spielt das Jugendblasorchester wie jedes Jahr in der Ulrichs Kirche", erklärte Wolf, während Paula die Backen aufblies und ihren Mund demonstrativ gegen die Öffnung ihrer Faust drückte. „Wie ihr ja wisst spielt sein Sohn Jan Posaune und Vater und Mutter wollten bei diesem Konzert gern dabei sein. Gerade wegen der jüngsten Ereignisse."

„Alles klar", Schreyer nickte.

„Hört euch doch noch mal die mir vorliegenden Beweise für die Unschuld unserer Mandanten an", begann nach kurzer Pause die Anwältin wieder zu sprechen, „vielleicht können wir das ja noch gemeinsam ergänzen?"

„Okay! Fang gleich an Gisela", sagte Wolf und alle sahen der Frau aufmerksam entgegen.

„Also, da wären:

Die Ausdrucke der Protokolle der GPS-Daten für den Aufenthalt der Männer an diesem Abend von 18 bis 3 Uhr

Ebenso die Kopien der Einträge in die Kontrollbücher der Analysenhäuser.

Ein Protokoll aller Aktivitäten der beiden in dem gleichen Zeitraum mit namentlicher Nennung der anwesenden Zeugen und deren Unterschriften.

Speziell für den Zeitraum 10 Minuten vor und 10 nach der Bombenexplosion, anlog 3., eine minutiöse Auflistung aller Wege und Handlungen.

Die Zusammenstellung der Bilder von der Garage, in der die Waffen gefunden worden sind, davor und danach …"

„Du hast wirklich den sechsten Sinn, Skipper", unterbrach Balla die Anwältin und wies mit einer Hand kurz auf Wolf, „wie bist du eigentlich darauf gekommen die Garage zu fotografieren? Das Ding liegt doch mindestens 100 Meter von der Wohnung der beiden entfernt."

„Das hat mit sechstem Sinn nichts zu tun, Matrose", Wolf schüttelte den Kopf, „ich habe einfach versucht so zu überlegen, wie die Geheimen, als ich mir die Umgebung der Wohnung angesehen habe. Die Garage springt dem aufmerksamen Beobachter als Versteck doch direkt ins Auge."

„Und da unsere Mandanten nie an diesem Ort gewesen sind", übernahm wieder die Anwältin das Wort, „kann man dort auch keine Fußspuren oder Fingerabdrücke finden …"

„Damit musst du vorsichtig sein, Gisela", unterbrach Schreyer, „wenn sich die Agenten richtig Mühe gegeben haben, dann konnten sie beides original genau dort unterbringen. Das ist heutzutage kein allzu großes Problem mehr."

„Sogar DNA-Spuren könnten hinterlegt worden sein", ergänzte die Rechtsmedizinerin.

„Dagegen", sagte impulsiv die Peters, „kannst du die Aussagen der von mir befragten Einwohner auf alle Fälle als Beweise ihrer Unschuld verwenden."

„Stimmt!" Die Anwältin zückte erneut ihren Stift. „Das wäre dann der 6. Punkt:

Die Aussagen von zwei Einwohnern des Dorfes in der Nacht vom 22. zum 23. März.

Mehr habe ich nicht, aber es reicht bestimmt für einen Kompromiss mit der Staatsanwaltschaft aus."

Alle schwiegen, tranken ein paar Schlucke ihrer Getränke und hingen ihren Gedanken nach.

Balla durchbrach als Erster das Schweigen. „Dann wenden wir uns doch unserer 2. Aufgabe zu: Schröder des Mordes zu überführen."

„Okay. In diesem Fall fange am besten ich an", meldete sich ohne langes Zögern die Peters zu Wort, „ich habe mit den Frauen und Männern der D-Schicht der Anlage gesprochen. Was mir Eva, die ich ja noch von meinem ersten Einsatz im Sommer 1983 kenne, erzählt hat, war besonders aufschlussreich. Daraus ergibt sich: Schröder hatte ein Verhältnis mit der Petersen, das vorher - ich meine vor ihrem gewaltsamen Tod - auch nie richtig beendet worden ist. Aber sie hat sich von dem Mann zurückgezogen, nachdem sie Soitz näher kennengelernt hatte."

„Was heißt näher", unterbrach Wolf, „dann haben die zwei sich also schon länger gekannt?"

„Schröder und Soitz haben die Frau gleichzeitig beim Autounfall der Petersen kennengelernt. Während der erstere sich der Frau als Zeuge ihrer Unschuld …"

„Die er ihr ein paar Tage später wieder genommen hat", schwatzte Balla grinsend dazwischen.

„… zur Verfügung stellte", fuhr Paula unbeirrt fort, „war der andere der Unfallverursacher."

„Alles klar."

Wolf nickte zur Bestätigung seiner Worte und die Peters setzte ihren Bericht fort, „Also. Schröder hat seinen Kollegen Zucker in der Verladung bewusst zeitlich so orientiert, dass er selbst den Zeitpunkt für das Einschalten der Verladepumpe kurz vor der Explosion auslösen konnte. Des Weiteren sorgte er maßgeblich dafür, dass alle Außenoperatoren sich in der Anlage befanden, auch die Revoluzzer, was, wie wir wissen, noch aus anderer Sicht notwendig war. - Die Verurteilung der Frau zum Tode, kam definitiv mit dem Nachsatz zur Aufgabe, die Verladepumpe anzuschalten: ‚… vielleicht kannst du dabei gleich die Kontrolle am Bodenventil Kugel 1 erledigen.'"
Paula warf einen kurzen Blick in die Runde, bevor sie fortfuhr, „natürlich hätte auch noch etwas dazwischenkommen können, wenn jemand Anja aufgehalten hätte oder …" Die Peters hob beide Hände, „ja, ja, ich weiß schon, es ist immer wieder dasselbe, hätte der Hund nicht …"

„Aber Paula", Balla spielte den Peniblen, „das kann man doch auch feiner sagen. Nämlich …"

„Bei einem solchen Wort zu protestieren passt zwar gar nicht zu Dir, Emil, aber du hast recht", mischte sich die Schulz ein. „Vielleicht könnte man es so sagen: ‚Der Zufall ist die in Schleier gehüllte Notwendigkeit.' (28)"

„Damit ist es für mich doch ziemlich gewiss", resümierte Wolf, „dass Horst Schröder ein Mörder ist."

„Ich bin mir nicht sicher", wandte Schreyer ein, „dass meine Kollegen diesen Sachverhalt auch so herausfinden. Außerdem weiß ich nicht, ob es klug wäre, in der jetzigen Phase der Ermittlungen, ihnen diese Informationen zukommen zu lassen."

„Warum nicht Sherlock?" Balla sah den Hauptkommissar fragend an.

„Das frage ich dich auch, Malte", schloss sich die Peters dieser Frage an.

Schreyer deutete auf die Anwältin. „Weil Gisela zuerst ihre Mandanten aus dem Knast holen muss, denn andernfalls würde die Staatsanwaltschaft die Tötung der Petersen auch unseren Leuten in die Schuhe …"

„Aber das machen sie doch sowieso, Malte", mischte sich Wolf ein, „trotzdem glaube ich auch, dass die Polizei nicht gegen Schröder ermitteln wird. Zum Ersten gibt es für dessen Schuld nur Indizien, eigentlich keine richtigen Beweise und zum Zweiten könnten weitere Untersuchungen der ganzen Wahrheit zu nahekommen und das werden", der Detektiv deutete mit dem Daumen nach oben, „die Großkopferten auf alle Fälle verhindern wollen."

„Ich werde trotzdem bei meinen Kollegen dranbleiben", setzte Schreyer die Gedanken fort, „und genau verfolgen, wohin die Ermittlungen laufen. Ich kenne Bergmann und bin sicher, dass er schon versuchen wird, den Dingen auf den Grund zu gehen. Anders als unser Chef, der eher ein Spielball der Politiker ist."

„Und die stehen im Sold der Reichen, Schönen … „

„… künstlich Schönen", fügte Paula schnell hinzu.

„… und Mächtigen …", setzte Balla fort und die Peters ergänzte erneut, „… real Mächtigen", sie sah sich in der Runde um „und genau für diese Halsabschneider arbeiten auch die Geheimen."

„Was habt ihr denn", sagte Wolf, „wir sind doch von Anfang an davon ausgegangen, dass wir uns um die Sache kümmern müssen und das werden wir ja auch tun."

„Wie willst du das denn machen Skipper?" Erneut war es Balla, der die Sache in Frage stellte. „Wir wissen zwar schon, dass der Knabe Schuld am Tod der Petersen hat, aber wie können wir ihn zur Verantwortung ziehen?"

„Das musst gerade du fragen, Seemann?" Wolf schüttelte lächelnd seinen Kopf. „Wir haben doch zusammen schon so mache Falle zuschnappen lassen."

„Richtig, aber in diesem - Falle - sehe ich kein Land in Sicht, Skipper", Balla schüttelte demonstrativ den Kopf und alle sahen fragend auf den Detektiv.

„Hört zu meine Freunde. Wir haben doch schon gemeinsam Indizien, Fakten und einen fast lückenlosen Zeitplan zusammengestellt. Jetzt fehlt noch der schöpferische Teil. Hoffmann hat doch, bis die Petersen die Messwarte verlassen hat, am Tisch gesessen und geschrieben. Er ist der Frau dann aber unmittelbar gefolgt. Was hat Hoffmann auf das Papier geschrieben?" Wolf sah seine Freunde einen nach dem anderen an. Aber außer großen Augen und Kopfschütteln erhielt er keine Antwort.

„Tja, was haltet ihr von folgenden Überlegungen?"

Nach einer kurzen Pause, die offensichtlich die Spannung seiner Zuhörer erhöhen sollte, begann Wolf zu erzählen.

27 - Die Relativität der Wahrheit

23. März 2003, 19 Uhr, München

„Es hat doch alles wunderbar funktioniert. Ein imponierender Anschlag. Genau, wie geplant - oder?" Wilhelm Vurtsch stutzte, weil ihm auffiel, dass die zwei türkisch-stämmigen Agenten sich verstohlene Blicke zuwarfen.

„Was ist los mit Euch? Ist was schiefgegangen?" Der fast siebzigjährige deutsche Geheimdienstler sah fragend auf die stummen Männer. „Was habt ihr falsch gemacht? - Hat euch jemand gesehen? - Oder ..." Vurtsch brach ab, weil die zwei zögerlich nickten. „Aber ihr habt doch Gesichtsmasken getragen?"

Die Agenten nickten stärker.

„Euch alle beide?" Wieder folgte ein zustimmendes Kopfwackeln.

„Na dann ist das doch nicht schlimm. Im Gegenteil. Die - zwei - Terroristen sind gesehen worden! Das ist gut."

„Es hat bei dem Anschlag eine Frau erwischt!", warf schnell Mehmet Coskun ein, der Anführer der Zweimanntruppe.

Vurtsch schüttelte ärgerlich seinen Kopf. „Eine Frau?"

„Ja, die Person stand plötzlich auf dem Weg", warf Ali Celik ein und fuchtelte mit den Händen in der Luft herum, „ich habe sie nicht kommen sehen."

„Die Detonation hat die Frau mit dem Kopf gegen eine scharfe Halterung geschleudert", erklärte Coskun, „sie muss sofort tot gewesen zu sein."

Alle drei schwiegen.

Dann fügte Coskun noch hinzu, „wir haben die Leiche natürlich mitgenommen und entsorgt."

„Allerdings hatten wir gehofft, dass die so schnell keiner findet!", sagte Ali etwas zögerlich und sah demonstrativ zu Vurtsch.

„Ist das die Tote, die man im deutschen Tal gefunden hat?"

„Ja. - Bei Teut-schen-thal", brummte Coskun und sah schuldbewusst zum Chef.

„Was soll's", sagte der alte Agent nach kurzer Überlegung und schüttelte erneut den Kopf, „der Tod der Frau ist zwar nicht so schön, aber ..." Vurtsch schwieg, weil er nach den richtigen Worten suchte, „... ist halt ein Kollateralschaden. - Aber von einer anderen Seite gesehen ist es wieder gut, - es verstärkt den Effekt."

Wieder trat Stille ein und Vurtsch bemerkte, dass die beiden scheinbar immer noch etwas bedrückte.

Er sah Coskun auffordernd an. „Spuck's schon aus."

„Ein anderer Kerl hat gesehen, wie wir die Leiche eingeladen haben."

„Ich fasse es nicht! Ihr seid doch erfahrene Agenten. Warum ..." Vurtsch winkte mit einer Hand ab, „... egal! Die - Sache - schafft ihr aus der Welt. Ist das klar?"

„Selbstverständlich Wilhelm", antwortete Coskun schnell, „wenn es tatsächlich nötig sein wird, dann beseitigen wir - das Problem - auf unsere Art. Da kannst du dich drauf verlassen!"

Ali nickte bestätigend kräftig mit dem Kopf.

Vurtsch beruhigte sich schnell wieder und lenkte ein. „Du hast ja Recht, Mehmet, vielleicht ist das auch gar nicht mehr erforderlich, denn die Untersuchung des Anschlags ist ja eigentlich praktisch abgeschlossen."

Vurtsch sah zwischen den beiden Agenten hin und her. „Na ja, bis auf die Untersuchung des Todesfalls der Frau. Das müssen wir wirklich noch abwarten."

Erneut schwiegen die drei.

Dann erhob sich Vurtsch. „Unternehmt vorläufig noch nichts. Sollte es doch notwendig sein, dann informiere ich euch auf dem üblichen Weg. Alles klar?"

Die Agenten erhoben sich ebenfalls und schoben ihre Stühle zurück an den Tisch, an dem sie gerade gesessen hatten.

„Na klar Wilhelm", sagte Coskun.

„Das ist gut. So machen wir das", fügte Ali noch hinzu.

Die Männer verabschiedeten sich voneinander.

24. März 2003, V-Fabrik

Auf dem Tisch inmitten des Kares der Prozessleitstationen lag die Quildzeitung. Die Schlagzeilen sprangen jedem, der vorbeiging, in die Augen, sogar denen, die dieses Boulevardblatt verabscheuten. Dazu gehörte auch der kluge und erfahrene

Operator Andi Raum. Er blieb auf seinem Weg zur Leitstation stehen und las:

‚Al-Kaida-Zelle in Deutschland zerschlagen!'
‚GSG 9 schlägt blitzschnell zu!'
‚Terroranschlag bereits vollständig aufgeklärt!'

„Mensch Andi", Verona Deiner stieß dem Anlagenfahrer, der heute Hossa in der D-Schicht vertrat, freundschaftlich in die Seite, „mach bloß die Zeitung unsichtbar, Prost will nachher mit uns reden und du weißt …"

„Ja, na klar weiß ich, dass der Chef das Ding gar nicht liebt und schon gar nicht, wenn es hier in der Messwarte herumliegt, aber ich will nur schnell mal den Artikel lesen. Dann schaffe ich das Dreckblatt raus!"

„Siehst du! So funktioniert das. Die behaupten ja auch noch frech von sich: ‚Was heute in Quild steht ist morgen in Deutschland Meinung!' Genau das ärgert Prost. Und ich finde zurecht."

Raum beugte sich trotzdem über die Zeitung und las im Stehen:

‚Am Sonntag um 1 Uhr 35 explodierte ein von Terroristen installierter Sprengsatz im V-Tanklager des OPA-Werkes. Die offensichtlich stabile Technik verhinderte eine Katastrophe! So entstand lediglich ein überschaubarer Sachschaden. Die zum gleichen Zeitpunkt am Tatort vermisste Person wurde am Sonntagmorgen im Pappelgrund tot aufgefunden. Ein Zusammenhang mit dem Anschlag ist nicht ausgeschlossen, aber auch noch nicht bewiesen. Nach Auskunft des leitenden Beamten könnte es sich hierbei auch um ein separates Ereignis handeln. Die Ermittlungen diesbezüglich sind noch in vollem Gange. Der Anschlag selbst ist aufgeklärt. Zwei der Al-Kaida zuzuordnende Terroristen konnten bereits in den frühen Morgenstunden des Sonntags festgenommen und überführt werden. Eine Spezialeinheit der GSG 9 fand in der Wohnung der Verdächtigen Utensilien zum Bombenbau und weitere Handfeuerwaffen …'

Eine energische Stimme aus dem Lautsprecher der Wechselsprechanlage lies die Operatoren an den Leitstationen aufhorchen und Raum hörte auf zu lesen.

„Messwarte, hier ist Balla, könnt ihr mir mal einen Experten fürs Rotlichtmilieu zum Spaltofen 2 schicken?"

Maik Flur, der heute in Vertretung von Horst Schröder für die Spaltung zuständige Operator, sah fragend zu seiner Kollegin Verona Deiner und die rollte mit ihrem Sessel zum Mikrofon. „Eigentlich dachten wir, dass du diesbezüglich der Experte wärst."

„Was ich?" Ballas Stimme klang verwundert und auch ein bisschen empört. „Keine Ahnung, wie du darauf kommst. - Aber vielleicht ist das ja auch gar nicht so schlimm, mit dem roten Fleck auf der Schlange ..."

„Bist du verrückt Balla?! Damit macht man doch keine Scherze. Oder willst du etwa sagen, dass ..."

„Genau meine Deinerin, es gibt eine Glühstelle in der rechten Spaltschlange am Ofen 2."

Die Deiner sah sich in der Messwarte um.

Andi Raum hatte mitgehört und kam auf sie zu. „Ich gehe raus, Verona."

Weil seine Kollegin ihn gespannt und fragend ansah, erklärte er, „da ist bestimmt nur ein Brenner falsch eingestellt." Der Operator winkte kurz ab, was wohl bedeuten sollte: ‚Das ist bloß eine Lappalie', und verließ die Messwarte.

„Andi kommt zu dir, Emil."

„Meine Ruhe ist hin,
Mein Herz ist schwer.
Ich finde sie nimmer
Und nimmermehr." (29)

„Balla mach keinen Scheiß! Du musst die Stelle wiederfinden. Ein Loch in der Spaltschlange. Das wäre gar nicht lustig."

„In Gretchens Stube.
Sie wartet auf Faust.
Das schrieb dieser Bube,
Ob's dir jetzt graust?"

„Und wie! Aber ich will nur noch ‚Problem beseitigt!' von dir hören, Balla."

Die Deiner wartete noch einen Moment, aber Emil meldete sich nicht mehr und so setzte sie sich wieder an ihre Leitstation.

Schon nach zehn Minuten ertönte Raums Stimme aus den Lautsprechern der Rufanlage im Kontrollraum.

„Alles wieder in Ordnung. Die Glühstelle ist beseitigt."

Jetzt ging Eva Paulus zum Mikrofon. „Habt ihr euch den Ort genau notiert?"

„Der Balla ist zwar ein Arsch, aber ein gut orientierter Operator. Komm schon, Emil, sag's selber."

Nach Raums sachlicher Stimme hörten sich Ballas Worte nun noch theatralischer an:

„Der Blick geht vier Meter von Süden nach Norden.
Das elfte Rohr in der rechten Schlange.
Direkt auf zwei Uhr liegt, was uns macht Sorgen.
Aber keine Bange, es glühte noch nicht lange."

Raum schob Balla beiseite und drücke seinerseits die Sprechtaste.

„Ich sage doch, der Balla spinnt.
Aber der Inhalt seiner Worte - immerhin - stimmt."

Die Paulus konnte sich ein kurzes Auflachen nicht verkneifen. „Mensch Andi, das war ja auch ein Reim. Kommt ihr jetzt beide wieder rein?"

„Ha! Eigentlich wollte ich dich fragen, wie habt ihr es nur die ganzen Jahre mit dem Kerl ausgehalten? Aber jetzt kenne ich schon selbst die Antwort. Der Mensch färbt ab und dann merkt man seine Macken nicht mehr, stimmt's?"

„Du hast es erfasst, Andi. Kommt rein, Prost will noch kurz über das gestrige Ereignis mit uns sprechen."

„Wann geht's los?"

„Um 10 Uhr."

„Okay. Das ist ja gleich soweit. Wir kommen."

Pünktlich zur angegebenen Zeit betrat Prost den Kontrollraum.

„Kolleginnen und Kollegen. Die Untersuchungen sind fast abgeschlossen. Das Tanklager ist, bis auf die Kugel 1, auch wieder freigegeben. Wir werden also sofort nach dieser kurzen Besprechung unsere Anlage anfahren. Auch die Übergabe von V an die PLAST-Fabrik kann sofort aus den anderen beiden Tanks aufgenommen werden. Aus Sicherheitsgründen werden im Bereich Kugel 1 noch einige technische Untersuchungen durchgeführt. Wir überlegen auch, ob wir den Behälter außerdem von innen inspizieren müssen, aber diesbezüglich sind wir uns noch nicht einig. Dadurch, dass sich mit Anlage 2 die Produktionsleistung quasi verdoppelt hat, ist unser früher mal großzügig ausgelegtes V-Tanklager, auf einmal zu klein geworden."

Prost schwieg einen kurzen Moment.

„Gibt es noch Fragen?"

„Was ist mit unseren Revo … neuen Kollegen?" Balla stellte die Frage, weil er wusste, dass das die anderen auch interessierte, die sich aber zurückhalten würden, diesbezüglich nachzufragen.

„Ich hoffe, dass wir sie bald wieder hier haben. Wir alle wissen, dass sie nichts mit dem Anschlag zu tun haben, obwohl Zeitungen, Fernsehen und Rundfunk etwas Anderes sagen. Du hast das Wort nicht ausgesprochen Emil, aber dieser Revoluzzer Vergangenheit haben sie es wohl zu verdanken, dass sich die Polizei so intensiv mit ihnen beschäftigt."

„Ganz wie zu alten Zeiten", murmelte Raum, aber doch für alle hörbar.

Und Balla ergänzte den Gedanken, „nur mit umgekehrten Vorzeichen."

„Na ja, nicht ganz", sagte Prost, „es gibt jetzt doch mehr Mittel und Möglichkeiten sich zu wehren."

„Aber nur, Doc", mischte sich wieder der Seemann ein, „wenn du die richtigen Freunde oder genug Geld hast. Sonst bist du geliefert."

Prost dachte einen Moment über Ballas Worte nach, dann sagte er, immer noch nachdenklich, „man müsste konsequent die Geheimdienste abschaffen", sinnierte noch einen weiteren Augenblick vor sich hin und fuhr dann fort, „aber lassen wir das. Konzentrieren wir uns auf unsere Arbeit, lasst uns die C-V-Anlage wieder in Betrieb nehmen."

Ein Ruck ging durch die Reihen der Anlagenfahrer.

Der Betriebsleiter hob kurz seinen rechten Arm ein wenig an, drehte sich um und verließ die Messwarte.

28 - So ein Zufall 3. Teil
24. März 2003, Halle - V-Fabrik

Otto Soitz durchquerte am Montagmorgen auf dem Weg zur Arbeit mit seinem Opel wie immer das OPA-Werk von Ost nach West, bog am Gasometer aber nicht wie sonst links, sondern rechts ab, um am V-Tanklager vorbeizufahren. Natürlich wusste auch er durch die Nachrichten, was gestern in den frühen Sonntagsstunden passiert war, dachte auch kurzzeitig über die Meldung von dem Toten nach, der im Pappelgrund gefunden worden sein sollte, aber er verwarf diesen Gedanken wieder, weil ihm ein Zusammenhang zum Ereignis in LUNA eher unwahrscheinlich erschien. Trotzdem war er neugierig genug, selbst einen Blick auf diesen Tatort werfen zu wollen, natürlich nur, um sich mit eigenen Augen davon zu überzeugen, dass tatsächlich alles in Ordnung war.

‚Alles in Ordnung, Otto?', fragte er sich selbst, ‚nichts ist in Ordnung!'

Denn immerhin hatte es eine Explosion gegeben und vielleicht war dabei doch jemand zu Schaden gekommen?

Aber wieso hatte man dann den Toten ausgerechnet im Pappelgrund gefunden?

‚Eigenartig', dachte Soitz, ‚solange man das Opfer nicht kennt, lässt die Sache einen doch ziemlich kalt.'

Soitz bog also nach links in die Straße Q ein, fuhr an der immer noch abgesperrten Kugel 1 vorbei, konnte aber keine Besonderheiten feststellen und setzte, ohne anzuhalten, den Weg zu seinem Büro fort und der Tag begann, wie viele andere vorher.

Der Ingenieur war in das Studium einer Zeichnung mit Aufstellungsplänen vom neuen Schalthaus der V-Fabrik vertieft, als das Telefon klingelte. Er sah auf die Uhr: 10:36, nahm den Hörer ab, meldete sich und lauschte.

„Hast du schon gehört, Otto, die Tote in der V-Fabrik soll Anja Petersen sein …"

Die weiteren Worte verstand Soitz nicht. „Was hast du gesagt Jörg? Wer ist tot?"

„Na Anja, Otto, die kleine Petersen. Hast du nicht …"

Langsam legte Soitz den Hörer auf den Apparat zurück, stand wie in Zeitlupe auf, starrte auf das Telefon, dann auf die Zeichnung und wieder zurück zum Telefon. Er ging schlurfend zur Tür.

Anja tot?

Das ist doch unmöglich!

Der Ingenieur wusste zwar, dass die Petersen zum Start-up der C-V-Anlage 2 seit 14. Februar in der D-Schicht arbeitete, aber was hatte sie im Tanklager zu suchen? Da hielt sich doch ohnehin kaum jemand auf und wenn, dann nur ein Operator, der für die Anlage 1 zuständig war. Aber warum Anja?

Soitz öffnete die Tür, verharrte einen Moment, drehte wieder um und ging zurück zum Schreibtisch. Langsam öffnete er auf der rechten Seite eine Schublade, entnahm ihr ein bedrucktes weißes Papier, das ihm Anja vor ein paar Tagen gegeben hatte und begann mit leiser Stimme zu lesen.

„Alles kann Liebe:
zürnen und zagen,
leiden und wagen,
demütig werben,
töten, verderben,
alles kann Liebe.

Alles kann Liebe:
lachend entbehren,
weinend gewähren,
heißes Verlangen
nähren in bangen,
in einsamen Tagen -
alles kann Liebe -
nur nicht entsagen (30)"

Soitz zuckte zusammen. Sein Herz fing heftig an zu schlagen. Er konnte nicht mehr stillstehen und ging langsam wieder zur Tür, während er das Blatt instinktiv sorgfältig zusammenfaltete und einsteckte.

Der Mann glaubte zu fühlen: „Anja lebt."

Er merkte nicht, dass er die Worte laut aussprach. Eine warme Woge durchflutete seinen Körper. Soitz ging schneller, ohne an ein Ziel zu denken, denn seine Gedanken weilten bei der Frau, die er liebte?

Bisher hatte er darüber nicht nachgedacht. Er genoss die Nähe dieses lieben Menschen, weil, ohne dass sie sich berührten, allein durch dessen Anwesenheit, eine warme wohlige Wärme in ihm aufstieg, die ein Behagen auslöste, wie er es vorher nirgends erlebt hatte. Die sexuellen Handlungen mit Anja schwammen in diesem Wohlgefühl. Sie passierten wie selbstverständlich, lebensnotwendig, unvermeidlich und - sie waren schön.

Soitz musste an seine Ehefrau und seine zwei Söhne denken. Wieso hatte ihn das nicht von der anderen abgehalten?

Ihm war, als hätte seine Familie bei dem Verhältnis zu der anderen Frau überhaupt keine Rolle gespielt.

‚Anja ist tot!'

Die Erinnerung an den Telefonanruf traf ihn ins Herz. Sie löschte jedes andere Gefühl aus und alles, bis auf das eine, schien vollkommen unwichtig zu sein.

Plötzlich nahm er wieder seine Umwelt war. Stellte fest, dass er instinktiv bis auf die oberste Bühne am Oxi-Reaktor 1 gegangen war, wo sie sich das erste Mal sexuell geliebt hatten. Der Mann zog den Zettel aus der Tasche und las das Gedicht erneut.

„Ich glaube, ich habe vorher gar nicht gewusst, was Liebe ist."

Der Klang der eigenen Worte kam ihm fremd vor. Soitz stellte sich ans Geländer der Vierundzwanzigmeterbühne und sah gedankenversunken über den kleinen See hinweg, der sich kurz hinter dem Werkszaun nach Norden ausbreitete. Etwas östlich davon sah er die Silhouetten der Neubauten der Südstadt.

„Vielleicht ist alles nur ein Missverständnis?"

Soitz drehte sich abrupt um, steckte das Blatt wieder ein und ging zum Treppenhaus.

„Ich muss mit Prost reden. Nur wenn der sagt, dass … dann …"

Der Mann versuchte auch in Gedanken der schrecklichen Wahrheit auszuweichen. Trotzdem schritt er jetzt zügig die

Treppen hinunter und stieß am Ausgang des Treppenhauses mit Balla zusammen.

„Oh, entschuldige, ich …"

„Alles okay, Otto?"

Soitz sah in die Augen des Operators.

Schlagartig wusste er, dass alle Hoffnung vergebens war.

Die Frau war tot.

Ein Gefühl der Einsamkeit und Verlassenheit befiel ihn. Er umkurvte Balla, der - das spürte er genau - ihn am liebsten aufgehalten hätte, doch Soitz wollte mit dem furchtbaren, seinen gesamten Körper erfüllenden Gefühl, allein sein. Er glaubte, dass jedes weitere Wort ihn wie Dolchstiche treffen würde.

Der Ingenieur eilte zurück zum Büro, aber er betrat das Gebäude nicht, sondern ging zu seinem Auto, stieg ein und fuhr aus dem Werk raus, ohne im Moment zu wissen wohin er eigentlich wollte.

24. 3. 12:26 Uhr, V-Fabrik

Nach dem Zusammenstoß mit dem Elektroingenieur sah Balla auf die Uhr: 12:26.

Der Blick des Mannes hatte den Operator wie ein Stromschlag getroffen. Er begann zu ahnen, dass Soitz, würde er mit sich allein bleiben, verloren sein könnte. Allerdings hatte der Operator auch die Ablehnung des anderen gespürt, die ihn zögern ließ, den Kollegen anzusprechen.

Was hätte er auch sagen sollen?

Kann man einem Menschen in so einer Situation überhaupt helfen?

Der Seemann war hin und hergerissen.

Eigentlich war er auf dem Weg zur C-Wäsche in der Oxi 1 gewesen, aber die Kontrolle hier schien ihm auf einmal vollkommen überflüssig zu sein und er machte kehrt.

Er beschloss, sich nach dem Aufenthaltsort von Soitz zu erkundigen und dann zu entscheiden, ob er einen Versuch unternehmen sollte den Mann anzusprechen.

Irrtümlicherweise glaubte Balla, dass während der Arbeitszeit eine Kurzschlusshandlung von Soitz nicht zu erwarten sein dürfte.

Der Operator ging zurück zur Messwarte und versuchte den Ingenieur telefonisch zu erreichen. Als ihm das nicht gelang, rief er dessen Kollegen an. Niemand wusste, wo Otto sich zurzeit aufhielt.

24. 3. 13:30 Uhr, Halle

Die Empfindung der Einsamkeit, der Verlassenheit setzte sich in Soitz fest und begann ihn zu ängstigen.

Obwohl der Ingenieur in Merseburg wohnte, schlug er den Weg nach Halle ein, fuhr automatisch auf den großen Parkplatz in der Nähe des Hauptbahnhofs, holte für 2 Euro ein Parkticket und wanderte, wie er es oft mit seiner Familie getan hatte, unter den, den gesamten Platz überspannenden Autobrücken, hindurch, ein Stück die Magdeburger Straße hinauf, um an der 2. Ampelkreuzung nach links in den Stadtpark einzuschwenken.

Die gutgepflegte Anlage beruhigte den Mann für einen Moment, doch schon an der Rückseite des Stadtgottesackers, einem vollkommen mit einer Mauer von allen Seiten eingeschlossenen Friedhof, überfielen ihn erneut die Gefühle der Verlorenheit, der eigenen Überflüssigkeit und Bedeutungslosigkeit.

Es packte ihn Verzweiflung, die ihn vorwärtstrieb.

Fast rannte er durch den Park, bog am Fahnenmonument nach rechts in den Hausering ein, ging bis zu der kleinen und sauberen Parkanlage mit Springbrunnen vor dem Opernhaus - bis 1992 Theater des Friedens - und setzte sich auf eine Bank.

Hier hatte er gemeinsam mit Anja den Tannhäuser gesehen und - noch viel mehr - gehört. Die Musik von Wagner hatte sie beide gleichermaßen erhoben, euphorisiert und träumen lassen. Die Erinnerung daran versetzte ihm wieder einen Stich ins Herz.

Er sprang auf und eilte weiter.

Soitz lief durch die Schulstraße und blieb an den Schaukästen des Neuen Theater hängen, einem halleschen Kulturkleinod. ‚Amadeus' von Peter Shaffer unter der Regie von Peter Sodann hatten sie hier beide zusammen erlebt. An das Stück konnte er sich nicht mehr erinnern, aber umso mehr an die Nähe von Anja.

Dieses Gefühl trieb ihn wieder weiter.

Er stürmte über den Markt, am Händeldenkmal vorbei und schlug automatisch den Weg in die Leipziger Straße ein, die er schon sooft entlanggelaufen war.

An der Konzerthalle Ulrichskirche setzte er sich erneut auf eine Bank. Die alte Klosterkirche aus dem 14. Jahrhundert diente seit 1976 als Konzerthalle. Insbesondere die Orgel, die über 56 Register auf drei Manualen und einem Pedal verfügte und damit die Darbietung eines breiten Spektrums an Orgelliteratur unterschiedlicher Epochen ermöglichte, machten Orgelkonzerte zu einem unvergesslichen Erlebnis.

Besonders das Präludium und die Fuge BWV 532 von Johann Sebastian Bach waren Anja und ihm gleichermaßen besonders unter die Haut gegangen.

Kopfschüttelnd stand Soitz wieder auf. Er konnte einfach nicht länger an einem Ort verweilen.

Das aufwallende Chaos seiner Gefühle trieb ihn vorwärts.

Plötzlich fiel ihm ein, dass sich hier ganz in der Nähe das Charlottencenter befand, wo er mit Anja in einem der 10 Kinosäle den Film ‚About a Boy oder: Der Tag der toten Enten', nach dem gleichnamigen Buch von Nick Hornby, gesehen hatte. Automatisch bog er hinter dem Leipziger Turm in die Augustastraße ein und betrat das Freizeitcentrum mit American Bar & Bowling, verschiedenen gastronomischen Einrichtungen und dem Kino.

Er stellte fest, dass in 15 Minuten, um 19 Uhr, die Filmvorführung von ‚Good Bye, Lenin!' begann, kaufte sich ohne nachzudenken eine Karte, ging sofort in den Saal und setzte sich.

Es war der gleiche Saal, wie vor - Soitz überlegte - 5 Monaten.

Nach der harten Holzbank an der Konzerthalle, kam ihm der gepolsterte Kinoklappsessel ausgesprochen gemütlich vor und er versank erneut in Erinnerungen.

24. 3. 18:00 Uhr, V-Fabrik

Nach dem Schichtwechsel um 18 Uhr hatte Balla immer noch keine Ahnung, wo sich Soitz befinden könnte.

Zu Hause war er noch nicht eingetroffen. Das hatte ein Telefonanruf ergeben. Möglicherweise war der Mann nach der Arbeit direkt in eine Kneipe gegangen, aber in welche?

In Merseburg gab es mindestens 40 Gasstätten.

Balla überlegte, ob er sich mit Wolf beraten sollte und griff gleichzeitig zum Telefon.

„Ernst ich bin's. Ich muss unbedingt den Otto Soitz finden. Der könnte in einer der 40 Kneipen von Merseburg stecken. Hast du eine Idee, wie ich den Mann da ausfindig machen kann?"

Wolf verkniff sich irgendwelche Floskeln, denn allein die Anrede - Ernst - sagte ihm, dass sein Freund in großer Sorge steckte. Also fragte er nur, „dein Kollege ist sicher verheiratet Emil?"

„Ja! Aber zu Hause ist er nicht."

„Du musst, auch wenn es schwer ist, zu der Frau gehen und dich mit ihr unterhalten. Sie dürfte am ehesten wissen, wo man eine Chance haben könnte, ihren Mann zu finden."

„Hältst du das wirklich für eine gute Idee? - Wird sie überhaupt mit mir reden?"

„Wenn du dem Mann helfen willst, Emil, dann musst du da durch!"

„Ich verstehe. Danke Ernst."

„Warte mal Seemann. Wenn du nicht mit der Wahrheit rausrücken willst, dann sage einfach, dass ihr zusammen Lotto spielt. Du verstehst?"

„Ja. Das ist gut. Danke für den Tipp, Skipper."

Nur 10 Minuten später klingelte Balla an der Wohnungstür der Familie Soitz.

Eine zur Fülle neigende, etwa 40-jährige, mittelgroße Frau mit blond gefärbten Haaren und einem hübschen, etwas verhärmt wirkenden Gesicht, öffnete die Tür. Die Soitz starrte Balla an wie ein Gespenst, ohne etwas zu sagen.

„Mein Name ist Emil Balla. Bitte entschuldigen sie die Störung. Ich bin ein Kollege ihres Mannes. Darf ich ihnen ein paar Fragen stellen?"

Die Frau musterte den Mann auffällig, aber sie hatte offenbar keine Ahnung, wo sie den Menschen einordnen könnte.

Allerdings sah er auch nicht gefährlich aus und so sagte sie, „bitte kommen sie herein, Herr Ball-er."

Die Soitz führte ihren Gast ins Wohnzimmer. Auf dem Flur hörte Emil hinter einer Tür einen Fernseher lärmen. Vermutlich war das das Zimmer der zwei Söhne.

Balla setzte sich in einen robusten Sessel, während die Frau auf einer mit weichem Leder überzogenen Couch Platz nahm.

„Ich bin auf der Suche nach ihrem Mann, weil wir den Lottoschein brauchen." Schon der Blick der Frau verriet ihm, dass diese Ausrede keine gute Idee war.

„Mein Mann spielt kein Lotto Herr Baller."

„Entschuldigen sie, Frau Soitz, aber ich weiß nicht, wie ich es sagen soll …"

„Sagen sie einfach die Wahrheit. Mein Mann hat mir gestanden, dass er mit einer anderen Frau Sex hat. Sind sie der Freund von - der?"

„Nein. - Sie haben von der Explosion in unserem Werk gehört?"

„Natürlich. Aber was hat das damit zu tun?"

„Es hat eine Tote gegeben und das ist diese Frau."

Auf dem Gesicht der Soitz war nicht abzulesen, welche Gefühle diese Nachricht in ihr ausgelöst hatte.

Nach ein paar Minuten, vielleicht waren es auch nur Sekunden, sagte die Frau, „ich verstehe nicht, warum sie deswegen meinen Mann suchen."

„Ich habe Otto heute Mittag in der C-V-Anlage getroffen und befürchte, dass …"

Die Frau sah Balla böse an, als hätte er Schuld an der ganzen Situation, aber sie schwieg.

„Wo könnte er sich denn aufhalten? In welche Gasstätte könnte er denn gegangen sein?"

Für einen Moment hellte sich das Gesicht der Frau auf. „Früher hätte ich gesagt, er sitzt in der Mitropa von irgendeinem Bahnhof." Die Miene der Frau wurde wieder dunkel, ernst und abweisend.

„Ich bitte nochmals um Entschuldigung, Frau Soitz." Balla stand erschrocken auf. „Auf wiedersehen." Er ging zur Tür, während die Frau sitzen blieb.

Der Operator zwang sich nicht mehr zurück zu sehen, schloss leise die Wohnungstür, setzte sich ins Auto und überlegte zu welchem Bahnhof er wohl zuerst fahren sollte. In Frage kamen ja ohnehin nur die größeren, wie Merseburg, Leipzig oder Halle. Da er sich bereits in Merseburg befand, lag es auf der Hand zuerst hier nachzusehen.

Balla parkte auf dem Bahnhofsvorplatz hinter den Bushaltestellen und kontrollierte zuerst die dort abgestellten Fahrzeuge. Der Operator kannte natürlich den Autotyp des Elektroingenieurs, einen Opel Vectra. Außerdem hatte er sich noch im Betrieb das KFZ-Kennzeichen besorgt. Vom gesuchten Auto war nichts zu sehen, aber bis hierher hätte der Mann auch zu Fuß gegangen sein können. Deshalb betrat Balla die große, hohe, ziemlich schmucklose Bahnhofsvorhalle, wandte sich nach links, ging in die Gaststätte hinein und blieb am Eingang stehen. Weil nur jeder dritte Tisch besetzt war, stellte er schnell fest, dass Soitz nicht anwesend war.

Der Operator ging zu seinem Auto zurück und fuhr in Richtung Halle weiter.

❖

24. 3. 22:30 Uhr, Halle

Otto Soitz verließ mit wirren Gedanken im Kopf das Charlottencenter, Erinnerungen an Anja mischten sich mit Filmfetzen des eben gesehenen und seiner eigenen, weit zurückliegenden Vergangenheit.

Wie von einem Magneten wurde der Mann jetzt von dem Hauptbahnhof angezogen, wo sich früher die Mitropa-Gaststätte und der Selbstbedienungswartesaal befunden hatten, die es aber beide heute nicht mehr gab.

Vor einem Jahr war der hallesche Hauptbahnhof total umgebaut worden und in dem Bereich der ehemaligen Kneipen, befanden sich jetzt die verschiedensten Geschäfte, die in einem schönen Arrangement zusammengestellt worden waren, sodass insgesamt eine gemütliche Atmosphäre ausgestrahlt wurde. Die Menschen konnten hier essen, trinken und sich auch ausruhen, wenn sie, aus welchem Grund auch immer, ermüdet waren. Direkt über diesem Viertel befand sich eine 2. Etage, die man über eine Treppe separat oder über den modernen Buchladen erreichen konnte. Dort befand sich die Bahnhofslounge und ein Lesecafé, in dem es auch Alkohol zu trinken gab.

Soitz stieg über die Treppe im Buchladen nach oben, holte sich ein Glas Fassbier und setzte sich. Beinahe hatte er das Gefühl, das Bedrückende hinter sich gelassen zu haben. Die wohlige Empfindung verstärkte sich, als die ersten Schlucke im Magen angekommen waren und der Alkohol sich im Körper ausbreitete.

Soitz sah sich um und ohne, dass tatsächlich etwas von den Bildern seinen Kopf erreichte, glaubte er alles um sich herum, gestochen scharf zu erkennen.

Der Mann wollte diesen Zustand festhalten und holte sich noch ein Bier.

24. 3. 23:00 Uhr, Halle

In Halle angekommen fuhr Balla zuerst auf den Bahnhofsvorplatz, weil es hier auch ein paar Parkmöglichkeiten gab, die allerdings nur sehr zeitbegrenzt genutzt werden konnten.

Weil er das gesuchte Auto nirgendwo sehen konnte, fuhr er wieder in Richtung Riebeckplatz zurück, schwenkte dort nach rechts in die Magdeburger Straße ein und gelangte bereits nach 50 Metern auf den großen Parkplatz. Wieder kurvte er an den vielen unterschiedlichen Autotypen vorbei und fand den gesuchten Opel. Auch das Kennzeichen stimmte.

Balla stieg aus, ging zum Parkautomaten, studierte kurz die Preistabelle, eine Stunde kostete fünfzig Cent und löste ein Ticket für einen Euro. In fünf Minuten erreichte er den Bahnhofsvorplatz. Mit einem Blick auf das Portal des Empfangsgebäudes registrierte er die Uhrzeit. Es fehlten etwa noch 20 Minuten, also nicht mehr viel bis 24 Uhr.

Balla lief auf der rechten Seite auf die zweitägige Einkaufspassage zu, warf ab und zu einen flüchtigen Blick auf die dort auf Bänken sitzenden Personen, ging auf der gegenüberliegenden Seite wieder aus dem Bereich heraus, drehte sich um und betrachte mit etwas Abstand das obere Stockwerk.

Erst jetzt fiel ihm auf, dass sich dort auch so etwas wie eine Gaststätte befand. Bisher war ihm noch keine Treppe aufgefallen, die dort hinaufführte. Deshalb schritt er langsam wieder zurück und bemerkte an der Stelle, wo er vorhin umgedreht war, tatsächlich den Aufgang zur 2. Etage.

Langsam, sich nach allen Seiten umsehend, denn durch die Erhöhung hatte er eine noch bessere Sicht auf die Menschen, stieg Balla die Treppe nach oben.

24. 3. 23:45 Uhr, Halle

Plötzlich, Soitz wusste nicht wieviel Zeit vergangen war, kamen die furchtbar bedrückenden Gefühle mit einer solchen Wucht zurück, dass er nur mit Mühe einen Aufschrei verhindern konnte.

Er sprang auf, rannte durch die Seitentür in den Buchladen, lief dort stolpernd die Holztreppe hinunter und blieb verwirrt im Bahnhofssaal stehen.

„Anja ist tot."

Das Herz des Mannes krampfte sich zusammen. Eine solche Leere in sich hatte er noch nie gespürt und gegen alle Gesetze der Physik zog ihn dieses - Nichts - total zu Boden, in den Abgrund.

In den Abgrund?

Plötzlich wusste der Mann, was er zu tun hatte. Er ging zielgerichtet los und trat durch die sich automatisch öffnende Tür ins Freie. Als würde er sein Ziel genau kennen, lief der Mann, wieder unter der Autobrücke, aber an einer anderen Stelle als auf dem Hinweg, hindurch, schwenkte nach rechts und betrat ungehindert das 22-stöckige Hochhaus, weil kurz vor ihm jemand das Gebäude verlassen oder betreten hatte und die Tür noch nicht wieder zugeschlagen war. Soitz fuhr mit dem Fahrstuhl bis zur obersten Etage, lief noch eine Treppe weiter nach oben, konnte die sonst eigentlich immer abgeschlossene Tür zum Dachgeschoß öffnen und trat ins Freie.

24. 3. 23:45 Uhr, Halle

Balla überblickte schnell den kleinen Raum und weil er den Gesuchten nicht sah, ging er an die Theke.

„Entschuldigen sie junge Frau, haben sie hier einen fünfzigjährigen, gutaussehenden Mann …"

„Der ist eben gerade wie von der Tarantel gestochen rausgerannt." Die trotz des ernst-entsetzten Gesichtsausdrucks Fröhlichkeit ausstrahlende Serviererin riss bei diesen Worten die ohnehin großen Augen noch weiter auf und zeigte zur Tür, die zur Bücherstube führte. „Der stechend-grauslige und auch ein wenig wirre Blick hat mir richtig Furcht eingejagt."

„Verdammt! Wie lange ist das etwa her?"

„Höchstens eine Minute. Sie hätten ihn eigentlich treffen müssen."

„Leider bin ich", Balla zeigte zum auf der anderen Seite liegenden Eingang, „von da gekommen. Danke für die Auskunft." Er wandte sich der Tür zu, durch die Soitz verschwunden war, drehte sich aber noch einmal kurz zur Theke um, „entschuldigen sie, aber ich muss mich beeilen."

Der Operator hörte die Frau noch irgendetwas rufen, das er nicht verstand und eilte die Treppen runter. Am liebsten wäre er durch die große Wartehalle gerannt, aber die Anwesenheit von zwei Polizisten hielt ihn davon ab.

Auf der nun schon fast sechs Stunden andauernden Suche nach Soitz, hatte sich Balla natürlich auch Gedanken gemacht, welche Möglichkeiten für einen Selbstmord in Frage kamen.

Dabei erinnerte er sich an eine bereits dreißig Jahre zurückliegende Zeit. Damals hatte sich der Seemann auf seinem Schiff mit einem hochintelligenten, außerordentlich sensiblen, etwa gleichaltrigen Mann angefreundet, den seine Eltern zu einem Theologiestudium drängten, der aber selber, wenn er überhaupt studieren sollte, mehr zur Philosophie neigte. Die Wehrpflicht nahm ihm vorerst die Entscheidung ab. Aber auch nach seiner Armeezeit war er noch unentschlossen und nutzte eine günstige Gelegenheit, um auf der MS Leipzig anzuheuern. Mit dem robusten, aber ebenso intelligenten Balla fand der empfindsame Mann den idealen Partner. Die zwei haben oft bis in die Nacht hinein über Literatur, Musik und Kunst philosophiert und natürlich auch über Motive und die Durchführung von Selbstmord diskutiert. Sein Freund favorisierte für sich eine Überdosis von Beruhigungstabletten, während Balla, der sich eigentlich von allein nie mit solchen Gedanken beschäftigt hätte, sich am ehesten einen Sturz aus großer Höhe vorstellen konnte.

Heute erinnerte er sich wieder daran.

Was würde wohl Soitz tun?

Balla, der inzwischen die Autobrücken über den Riebeckplatz in Richtung Innenstadt unterquert hatte, blieb stehen und sah hoch zu dem rechts vor ihm aufragenden 22-stöckigen Hochhaus. Sollte es Soitz gelingen dort hoch zu gelangen, dann ...

Balla beschleunigte seine Schritte, erreichte den Eingang, doch die Tür war zu. Er rüttelte an dem Knauf, aber nichts rührte sich.

Vielleicht war Soitz das ja auch passiert und er ist wieder gegangen?

Plötzlich glaubte der Seemann ein kurzes Geräusch vernommen zu haben, dass sich wie ein dumpfer Schlag auf den Betonweg angehört hatte. Er schlich langsam an der Hauswand entlang in die Richtung, aus der er glaubte, den eigenartigen Ton gehört zu haben.

❖

24. 3. 23:55 Uhr, Halle

Soitz ging an die knapp zwei Meter hohe Begrenzung heran, wunderte sich nicht, dass dort eine kleine Klappleiter aus Aluminium stand, schwang sich ohne große Anstrengung über die Mauer und sprang, keinen Moment zögernd, in die Tiefe.

Der Elektroingenieur Otto Soitz prallte nur 2 Meter neben dem ehemaligen Dispatcher des großen LUNA-Werkes, des von OPA entlassenen und damit bereits seit fast 8 Jahren arbeitslosen, fünfzigjährigen Chemieingenieurs Joachim Wiechmann, auf den Betonboden am Fuße des Hochhauses auf und war sofort tot.

Balla hörte diesen Aufprall nur 2 Minuten nach dem ersten gleichartigen Geräusch. Mit Entsetzten im Gesicht stand er plötzlich vor den beiden am Boden liegenden Toten.

Der Zufall hatte es so gewollt, dass der nur fünf Minuten vorher durchgeführte, gut geplante und vorbereitete Selbstmord von Wiechmann, für Soitz den Weg zum spontanen Suizid geebnet hatte.

Aus die Maus und du bist raus.

Der Wasserhahn tropft.
Dreh ihn schon zu.
Der Holzwurm klopft.
Oder ist das dein Schuh?
Es kommt schon bei mir.
Es geht immer schneller.
Wie ist es mit dir?
Der Tag wird nicht mehr heller.

Aus die Maus und du bist raus.

Das Telefon klingelt.
Ich geh heut nicht ran.
Egal wer da bimmelt.
Leckt mich doch alle am ...
Immer wieder die alte Leier.
Augen zu und durch.
Am Horizont lauern schon die Geyer?
Ich erwarte sie ohne Furcht.

Aus die Maus und du bist raus?

Regentropfen trommeln auf das Dach.
Es klingt wie eine Sinfonie.
Könnt ich dichten, tät ich's - ach!
Stattdessen schmerzt mir nur das Knie.
Woher kommt die Wärme?
Hier ist es doch kalt.
Bis in die Gedärme
Das Echo widerhallt.

Aus die Maus und du bist raus.

Die Sonne scheint heller.
Welch merkwürdiges Licht.
Im Kopf summt ein Propeller.
Und doch stört er mich nicht.

Ein Blick trifft das Herz.
Weckt Totes zum Leben.
Verbunden mit Schmerz
Wird es Neues ergeben?

Aus die Maus und du bist raus.

Laub raschelt im Wind beim Morgenrot.
Gedanken quälen den Verstand.
Ich liebe das Leben, ach wär ich doch tot.
Urwüchsige Kraft hat der Gefühle Aufstand.
Plötzlich ist der Tag wieder dunkel.
Der Körper zittert nackt und kalt.
Aus ist es mit dem Sternengefunkel.
Alles nur leer, modrig, krank - und alt.

Aus die Maus und du bist raus.

Zwei minus eins. Du bist allein.
Der Augenblick weiß keinen Rat.
Die Liebe ist tot. Das Leben sagt nein.
Du verstehst nur noch eine Tat.
Der Weg ist so einfach.
Auch der Zufall ist günstig.
Du gibst nur den Gefühlen nach.
Das Ergebnis - endgültig.

Aus die Maus und du bist raus.

29 - FREUND ODER FEIND?
25. März 2003, V-Fabrik

Fritz Hennecke und Horst Schröder waren damit beschäftigt die Betriebsmittelstationen im Apparategerüst der C und V-Destillation mit neuen Schläuchen auszurüsten. Durch den Stress beim Anfahren der Anlage 2 war im anderen Bereich viel Arbeit liegen geblieben und das musste nun wieder aufgeholt werden.

Schröder glaubte in Hennecke einen Freund gefunden zu haben, weil der sich bei Diskussionen, im Gegensatz zu den anderen, wiederholt für mehr Polizeipräsens und härteres Durchgreifen gegen Verbrecher und erst recht gegen straffällig gewordene Asylanten geäußert hatte.

Deshalb hörte er sofort zu, als sein Kollege ihn ansprach. „Sag mal Horst, ich habe gehört, dass die Polizei gegen dich ermittelt. Ist da was dran?"

Schröder blieb mit einen 25-er Schlauch in der Hand stehen. „Wie kommst du denn darauf, Fritz? Weswegen denn auch?"

Hennecke, der gerade dabei war den Stutzen des Stickstoffschlauchs an der BM-Station festzuschrauben, unterbrach seine Arbeit für einen Moment. „Na im Zusammenhang mit dem Anschlag im Tanklager und mehr noch - mit Anjas Tod."

„Das ist doch Quatsch! Aber woher willst du das eigentlich wissen?"

„Du weißt doch, dass Balla einen Freund bei der Polizei hat. Der muss ihm wohl was erzählt haben."

Schröder schwieg und dachte nach. Das Dumme war, dass er tatsächlich eine Vorladung von der Polizei Halle erhalten hatte. Auf dem Formular stand zwar nur etwas von ‚der Klärung eines Sachverhaltes', aber dahinter konnte mehr oder weniger Unangenehmes stecken, zusammen mit Henneckes Bemerkung wohl eher mehr.

Musste er die Angelegenheit seinem VP-Führer melden?

Vorher wollte er seinen Kollegen noch ein bisschen ausquetschen.

Schröder hängte den Schlauch über den an einem Stützpfeiler extra dafür angebrachten Stahlhaken und dreht sich wieder seinem Kollegen zu. „Weißt du noch mehr darüber, Fritz?"

„Ja schon. Unter anderem war auch von einem Zeugen die Rede. Aber ich weiß nicht, ob das alles stimmt. Du kennst ja Balla, den Spinner."

„Ja, das ist ne linke Bazille und ein Idiot. - Kennst du vielleicht auch den Namen des Zeugen?"

„Nein, aber es heißt, dass die Person wohl beweisen kann, dass Anjas Tod eben nicht nur ein unglücklicher Zufall, sondern vorsätzlicher Mord gewesen sein soll und das kann die oder derjenige auch vor Gericht bezeugen."

„Wer genau, weißt du nicht? - Wenn ich jetzt so darüber nachdenke. - Eigentlich kann das doch auch nur einer von uns sein?"

„Das weiß ich auch nicht, aber ich könnte ja mal nachhaken? Für dich würde ich das schon machen, Horst."

„Danke Fritz, das hatte ich gehofft, denn jetzt interessiert mich diese dumme Sache wirklich."

„Okay, ich sage dir Bescheid, wenn ich was in Erfahrung gebracht habe."

Ohne weitere Worte wandten die Anlagenfahrer sich wieder ihrer Beschäftigung zu.

Eigentlich brauchte Schröder keine genaueren Informationen mehr von Hennecke, denn was er bis hierher gehört hatte, beantwortete seine zwischenzeitliche Frage. Er musste unbedingt seinen VP-Führer anrufen und damit würde er Informationen aus sicherer Hand erhalten. Trotzdem war es natürlich nicht schlecht, wenn er auch von Hennecke Neues zu diesem Fall hören würde. Zumindest könnte er daran erkennen, ob der neue Freund es ehrlich mit ihm meinte oder nicht.

Gleich nach Schichtende rief Schröder seinen Kontaktmann an.

25. März 2003, Burghausen

Wilhelm Vurtsch griff unmittelbar nach dem Anruf seines V-Mannes zum Telefon mit der abhörsicheren Leitung, um Oberst Naumann vom Nadies anzurufen. Sein Kollege versprach ihm, sich zu informieren und so schnell wie möglich zurückzurufen.

Nach einer halben Stunde klingelte Vurtschs Telefon.

„Ich bin's wieder, Wilhelm. Die zwei präparierten Täter scheinen ja nicht nur ´nen guten Anwalt, sondern auch schlaue Helfer zu haben."

„Wie meinst du das, Jürgen?"

„Die werden schon am Freitag wieder auf freien Fuß gesetzt."

„Das kann doch nicht wahr sein."

„O doch, Wilhelm. Die Rechtsanwältin der beiden hat derart viel Entlastungsmaterial vorlegen können, dass dem Staatsanwalt gar nichts anderes übrigbleibt. - Aber das ist doch jetzt auch egal. Die Propagandawelle ist gelaufen und das war doch der eigentliche Zweck der ganzen Aktion."

„Das begreife ich nicht. Hat da einer oder eine den 6. Sinn gehabt, Jürgen? - Trotzdem hast du natürlich recht damit, dass die Sache gelaufen ist. Ja - bis auf …"

„Genau! Bis auf die Sache deines Mannes und die sieht so aus: Der Hauptkommissar der Untersuchungskommission für den Sprengstoffanschlag im OPA-Werk verdächtigt Schröder tatsächlich, den Tod der Petersen, mutwillig herbeigeführt zu haben. Es gibt scheinbar sogar einen Zeugen, der den exakten Wortlaut mit genauen Zeiten unterlegen kann. Unterschiedliche Teile davon können von verschiedenen anderen Personen bestätigt werden. Die geschlossene Aussage des männlichen Zeugen ist für deinen Mann die eigentliche Gefahr. Denn die kann ihn nicht nur vor Gericht bringen, sondern auch zu einer Verurteilung wegen Totschlags zu mehreren Jahren Gefängnis führen. Und das wäre schon der günstigste Fall. Der Staatsanwalt könnte auch auf vorsätzlichen Mord plädieren. Reicht dir diese Information?"

„Weißt du auch den Namen des Zeugen? - Danke. - Das genügt mir, Jürgen. Dann bis zum nächsten Mal und Tschüss."

Vurtsch legte den Hörer zurück aufs Telefon, zog sein Handy aus der Jackettasche und vereinbarte einen Termin für ein Treffen mit seinem V-Mann.

Der Geheimdienstler wollte den Namen des Zeugen nicht über eine ungeschützte Verbindung nennen, aber wissen musste sein Mann schon, wer genau für ihn die größte Gefahr darstellte. Was der dann daraus machte, war dessen eigene Sache.

❖

27. März 2003, V-Fabrik

„Verdammte Scheiße, die Abgasleitung ist schon wieder verstopft!" Adler sah sich Hilfe suchend um.

Schröder an der Nachbarstation schüttelte sofort abweisend seinen Kopf.

Jonnys nächster Blick fiel auf Balla, der sich mit Hennecke unterhielt und er rief, „könnt ihr beiden euch mal an die Leitung ranmachen?"

„Kein Problem Jüngling, wenn es sein muss bumsen wir die auch, wenn du uns sagst, wie die aussieht", lärmte Balla anzüglich.

„Die neue gemeinsame Abgasleitung!", in Adlers Stimme lag ein stiller Vorwurf.

„Ah, die von den jungen Ingenieuren gezeugte", Balla winkte Hennecke zu, „komm Fritz, ich weiß wo das ist."

Während die zwei die Messwarte verließen, wandte sich Schröder an Adler, „kannst du einen Moment auf meine Anlage aufpassen? Ich muss mal zur Toilette." Jonny wunderte sich zwar, weil sein Kollege für die Abgasleitung keine Zeit gehabt hatte, aber er nickte Schröder zu, der sofort aufstand und den Kontrollraum verließ.

Nur ein paar Minuten später erreichten Balla und Hennecke den unteren Steg der zweietagigen Rohrbrücke, auf der sich auch die verstopfte Leitung befand. Auf der Bühne darüber pirschte sich Schröder an die beiden heran, immer sehr darum bemüht, nicht entdeckt zu werden.

„Verdammte Theoretiker, was haben sich die Ingenieure da nur wieder ausgedacht?" Fritz Hennecke saß in vier Meter Höhe auf den nebeneinander liegenden verschiedenen Rohrleitungen und fluchte vor sich hin, während er in Windeseile die Schrauben des 50-er Flansches des verstopften Rohres löste. Nur ein paar Meter von ihm entfernt wartete Emil Balla mit einem Stickstoffschlauch. Er wollte anschließend versuchen, das verstopfte Teilstück, wieder frei zu blasen.

Seitdem zwei unterschiedliche Abgase in einer Leitung zusammengeführt worden waren, kam es ständig zu Rohrverschlüssen. Wenn dann der Weg nicht schnell genug wieder offen war, gab es entweder Emissionen über einen längeren Zeitraum oder die C-Destillation musste ganz und gar abgestellt werden. Letzteres sollte natürlich auf jeden Fall verhindert werden, aber auch mit dem Austritt von V, C und HCl ins Freie, durfte man nicht zu großzügig umgehen, denn sie gefährdeten die Gesundheit der hier arbeitenden Menschen.

Hennecke winkte Balla zu. „Jetzt bist du dran, Emil, hoffentlich funktioniert wenigstens das Freiblasen", und während der Operator von der Rohrleitung über das Geländer des Steges stieg, fügte er verärgert noch hinzu, „das nächste Mal stellen wir die Anlage einfach ab, dann werden die Theoretiker das Problem vielleicht besser lösen."

Nun kletterte Balla in umgekehrter Richtung auf die Rohrleitung und schob den Schlauch, der vorn mit einem kurzen Eisenrohr versehen war, in die von Hennecke geschaffene Öffnung hinein.

„Kannst aufdrehen Fritz!"

Nur Sekunden später fauchte der Stickstoff in die Leitung hinein und kam fast vollständig rückwärts wieder heraus, weil das Rohr eben verstopft war.

Stück für Stück schob Balla den Schlauch weiter in die Leitung hinein, bis er auf einen Widerstand traf. Jetzt bewegte er das Teil wiederholt hin und her und lachte plötzlich laut.

„Das ist ja fast wie wichsen!"

Doch vorerst ergab sich keine Veränderung an der vorliegenden Situation.

Nach etwa zehn Minuten trat plötzlich kein Stickstoff mehr aus. Balla konnte den Schlauch noch weiter in das Rohr hineinschieben, bis nichts mehr zum Nachschieben vorhanden war.

„Meinst du, dass die Leitung wieder frei ist, Emil?"

„Jetzt kann sie nur noch mein Samenerguss verstopfen, Fritz. - Mach wieder dicht das Rohr!"

Wieder wechselten sie ihre Positionen. Balla rollte den Stickstoffschlauch zusammen, während Hennecke die Schrauben am Flansch einsetzte und festzog.

„Sag mal Emil, du hast mir doch neulich erzählt, dass die Polizei einen Zeugen für …"

„Pst! Fritz", Balla hielt grinsend einen Finger auf die Lippen, „das sind doch geheime Ermittlungsergebnisse, solange das Verfahren nicht abgeschlossen ist."

„Wer soll uns denn hier hören, Seemann." Hennecke fuhr mit dem Schraubenschlüssel in der Hand im Kreis durch die Luft. „Ich hab' mal drüber nachgedacht. Das kann doch nur einer von unseren Leuten sein, oder?"

Schröder hatte bisher jedes Wort verstehen können. Jetzt spitzte er ganz besonders die Ohren und nahm, was er hörte, mit innerer Zufriedenheit zur Kenntnis, denn es deckte sich mit dem, was er von seinen VP-Führer gehört hatte. Darauf konnte er seinen Plan aufbauen.

Mal sehen, ob Hennecke ihm den Namen auch verraten würde, obwohl das eigentlich gar nicht mehr notwendig war. Der Effekt wäre lediglich, dass er dann genau wüsste, dass er sich auf diesen Mann verlassen könnte, was ja auch nicht ganz ohne Bedeutung war. Schon in ein paar Tagen sollte die Abstellung von Anlage 2 beginnen und dabei würde sich mit Sicherheit eine gute Gelegenheit ergeben, um die unangenehme Sache ein für alle Mal zu erledigen.

Schröder wartete noch in Ruhe ab, bis Balla und Hennecke verschwunden waren. Erst dann verließ auch er die Rohrbrücke.

Noch am gleichen Tag passte sein neuer Freund einen günstigen Augenblick ab, kam auf ihn zu und nannte ihm den Namen des Zeugen.

‚Na bitte'. Schröder war mit sich und der Welt für einen kurzen Moment zufrieden.

1. April 2003, V-Fabrik

„Ihr kommt genau im richtigen Augenblick". Hossa drückte den beiden Revoluzzern als erster die Hand. „Zur laufenden Anlage 1 kommt nun auch noch die Abstellung der 2. Anlage dazu. Das wird ein hartes Brot."

„Scheiße!", sagte Schuster mit übertrieben verbissenem Gesicht, „dabei war's im Knast so gemütlich."

Einer nach dem anderen drückte den Heimkehrern die Hand und einige fanden auch ein paar aufmunternde Worte für sie. Den meisten Anlagenfahrern waren die zwei jungen Kollegen aus dem Westen inzwischen vertraut geworden.

Auch Schröder wollte diesbezüglich keine Ausnahme machen und bemerkte scherzhaft, „und ich dachte schon, dass wir die Dreckarbeit alleine machen müssen."

„Dafür habt ihr jetzt ja wieder uns, Horst", antwortete Hoffmann und drückte Schröder lächelnd die Hand, „aber musstet ihr deshalb gleich einen Krieg anzetteln?"

„Das wird wieder viele arme Schweine das Leben kosten", fügte Schuster noch kopfschüttelnd hinzu.

„Wenn das Haus der Großen zusammenbricht werden viele kleine erschlagen. Die das Glück der Mächtigen nicht teilen, teilen oft ihr Unglück.' (31)" Balla umarmte theatralisch beide zusammen.

„Deine Zitate und Gedichte haben uns am meisten gefehlt, Emil", sagte Hoffmann und Schuster ergänzte, „das erinnert uns nämlich immer daran, was wir - tatsächlich - noch im Leben vorhaben."

Jonny Adler hörte interessiert zu, beteiligte sich aber vorerst nicht an der Diskussion. Im Gegensatz zu Schuster war er der Meinung, dass der Krieg gegen Saddam Hussein doch unbedingt notwendig war, aber dieses Zitat machte ihn nachdenklich. ‚Mensch der Brecht', dachte Jonny, ‚der ist doch schon 1956 gestorben, aber seine Worte treffen, wie die Faust aufs Auge. Auch heute noch. Sie wecken einen auf! Wie ist das möglich? Der muss wohl doch mehr von der Welt verstanden haben als andere'. Gerade wollte er sich an der Begrüßungsdiskussion beteiligen, als rote Signale auf allen Bildschirmen erschienen und die Hupe ertönte.

„Spaltung 1 über Sauerstoff tief ausgefallen!", rief er der Streller zu, die heute für die Anlage 1 zuständig war.

„Wie-wie-so Sauer-sauer-stoff tief?", stotterte die Kecke nervös, während die Paulus ihr über die Schulter sah.

„Luftmenge und Heizgasmenge stehen doch im richtigen Verhältnis. Wie kann das sein?" Die Schichtleiterin sah sich verwundert nach den anderen um, doch dann fuhr sie energisch fort, „egal! Fahre Oxi auf 40 % runter, Marlies. Die DC lassen wir vorerst unverändert in Betrieb. Du behältst insbesondere die Verbrennung im Auge. Günther hol einen MSR-Mann hierher.

Achim, du gehst sofort in die Spaltung und hältst dich da bereit für Filterumstellung oder vielleicht können wir ja auch schnell wieder zünden."

Schon nach einer Minute kam der MSR-Meister Herrbeck zusammen mit dem V-Experten Stumpfberg in die Messwarte. Beide stellten sich hinter die Kecke und sahen über deren Schulter auf den Bildschirm.

Im Unterschied zu früher hatte die kleine Frau sich schnell beruhigt. Doch dann schüttelte sie den Kopf. „Der Sauerstoffgehalt im Ofen ist kontinuierlich abgefallen, obwohl die Luft- und Heizgasmenge konstant geblieben waren. Heißt das nun, dass die Luftmenge oder die Messung der Sauerstoffkonzentration falsch ist?"

Stumpfberg räusperte sich. „Wir lassen beides überprüfen, Marlies", und an die Paulus gewandt fragte er, „hast du der AAG auch schon Bescheid gesagt?"

„Das mache ich", sagte Herrbeck, bevor die Frau antworten konnte und verließ auch gleich die Messwarte.

Stumpfberg zeigte auf den Bildschirm. „Seht mal hier, die Sauerstoffmessung steigt sofort stark an, nachdem der Ofen ausgefallen ist. Aber die Luftmenge verändert sich kaum, obwohl sie auf die Mindestluftmenge, die beim Ausfall automatisch eingestellt wird, fallen müsste."

„Stimmt!" Die Paulus nickte, „die Luftmengenmessung ist falsch."

„Was ist falsch?", fragte Prost, der gerade die Messwarte betrat.

„Wir vermuten die Luftmenge", antwortete Stumpfberg und erklärte, „das wird der Grund für die Sauerstoff-Tief-Abschaltung gewesen sein."

„Die MSR ist an der Messung dran?", fragte Prost.

„Ja", sagte die Paulus, „wir gehen auf Nummer sicher und lassen auch die Sauerstoffmessung überprüfen."

„Richtig", bestätigte Prost lakonisch und schloss dann noch die Frage an, „ihr fahrt gleich wieder an?" Weil die beiden mit dem Kopf nickten, wandte er sich wieder zum Gehen, aber Balla hielt ihn auf.

„Sag mal Doc, übermorgen soll doch der große 60 Kubikmeter Entleerungsbehälter gereinigt werden?" Der Operator bemerkte mit einem kurzen Seitenblick, dass der in der Nähe befindliche Schröder die Ohren spitzte.

„Ja, Emil. Es muss eine neue Standmessung eingebaut werden, weil …"

„…deswegen vor kurzem beinahe die ganze Anlage auf die Schnauze gefallen wäre", unterbrach Balla und verzog sein Gesicht schmerzvoll.

„Du sagst es Seemann. Wir erwarten ziemlich viel Dreck oder Schlamm in dem Pott. Die Reinigung wird nicht ganz einfach werden."

„Und es geht nur von oben rein, oder?"

„Genau. Das ist noch ein Problem, denn an der frei hängenden Strickleiter knapp 4 Meter nach unten zu klettern, ist ja auch nicht gerade jedermanns Sache."

„Und dann auch noch mit Vollschutz und Fremdbelüftung. Aber die BM-Station für Luft können wir doch benutzen Doc?" Balla verzog grinsend sein Gesicht, weil diese Frage an ein altes Problem erinnerte, dass es zu DDR-Zeiten diesbezüglich einmal gegeben hatte. Ach damals wurde die Luft schon von einer zentralen Stelle in das LUNA-Leitungsnetz eingespeist. Irgendjemand von der Sicherheitsabteilung war in den 80-er Jahren auf die Idee gekommen, die Protokolle von der Kontrolle der Qualität der Druckluft, zu prüfen. Dabei stellte sich heraus, dass die Zusammensetzung nicht ganz den Richtwerten entsprach, aber eigentlich keine Gefährdung für die Menschen darstellte. Trotzdem wurde sofort allen Abnehmern untersagt, diese Luft für Atemschutzgeräte zu verwenden.

„Das ist doch schon lange her, Emil, aber im alten Bereich haben wir immer noch genügend Stutzen in der Instrumentenluftleitung, die wir damals in einer Hauruckaktion angebracht hatten."

„Was ich eigentlich sagen wollte, Doc", kehrte Balla wieder zum ursprünglichen Thema zurück, „Hoffmann und ich würden zusätzlich reinkommen und diese Aktion übernehmen."

Schröder hatte sich, wie er glaubte, unbemerkt den beiden genähert und ehe Prost antworten konnte, sagte er, „ich würde da auch mitmachen, wenn es euch recht ist?"

„Na klar Hotte!" Balla klatschte seinem Kollegen die Pranke auf die Schulter. „Vielleicht willst'e ja auch einsteigen?"

„Na klar, du Nichtschwimmer, wenn du mich nicht vorher erschlägst."

„Das passt mir sehr gut", Prost sah lächelnd zwischen Balla und Schröder hin und her, „dann habe ich eine Sorge weniger."

„Also abgemacht. Wir treffen uns am Donnerstag um 8 Uhr, okay Brauner?" Balla sah dem Operator spöttisch in die Augen, doch der ließ sich seinen Ärger nicht anmerken.

„Alles klar. Ich werde da sein."

Von hinten war Herrbecks Stimme zu vernehmen, „es ist wieder alles in Ordnung. Ihr könnt anfahren."

„Moment", meldete sich Stumpfberg, „wo lag denn nun der Fehler?"

„Die Luftmengenmessung war falsch. Wir haben den Fehler beseitigt, aber ich muss mir das noch etwas genauer ansehen. Ich sage dir Bescheid, wenn ich vollständige Klarheit habe, Hans. Starten könnt ihr aber trotzdem schon jetzt."

„Okay", Stumpfberg stand auf, „dann legt los Leute. Die Zeit zum Schwatzen und Palavern ist vorbei."

Sofort kam Bewegung in die Menschen.

Die kleinen Gesprächskreise lösten sich schnell auf.

Die Anlagenfahrer konzentrierten sich auf ihre Prozessleitstationen.

Balla verließ mit den Worten, „ich helfe Joachim beim Zünden", die Messwarte.

Die zwei Revoluzzer stürzten ihm hinterher. „Wir kommen mit!"

Prost ging in Gedanken versunken aus dem Kontrollraum in Richtung seines Büros. Ein wenig wunderte es ihn schon, dass Schröder sich ausgerechnet zu einer Arbeit mit Balla und Hoffmann gemeldet hatte. Aber nach kurzer Zeit beschäftigte sich sein Kopf schon wieder mit ganz anderen Dingen.

Schröder ging zu Hennecke, der am Tisch saß und irgendwelche Eintragungen in ein Notizbuch machte.

„Entschuldige, darf ich dich mal was fragen, Fritz?"

Hennecke hörte auf zu schreiben und sah erwartungsvoll zum Fragesteller hoch, ohne etwas zu sagen.

„Hast du nicht Lust am Donnerstag mit mir zusammen den großen Entleerungsbehälter zu reinigen?"

„Du meinst in unserer Freischicht, Horst?"

„Ja, du würdest mir damit einen großen Gefallen tun."

„Am dritten sagst du?" Hennecke sah in sein Notizbuch, das einen Kalender enthielt. „Eigentlich wollte ich da ..."

„Mir zu liebe, Fritz", sagte Schröder schnell.

„Hm, na ja. Den Termin könnte ich vielleicht verlegen", er sah hoch zu seinem Kollegen, der ihn gespannt beobachtete, „also gut. Ich komme mit, aber wirklich nur dir zuliebe, Horst."

„Danke, Fritz, dann hast du was gut bei mir."

Hennecke winkte kurz ab und änderte die Eintragung in seinem Kalenderchen, während sein Kollege mit betont ruhigen Schritten, um seine Euphorie zu unterdrücken, die Messwarte verließ.

Draußen atmete Schröder tief durch. Die Idee, mit dem Behälter sein Problem zu lösen, fand er genial, denn ab jetzt konnte er sich genauere Gedanken zu seinem Plan vor Ort machen.

30 - ANGRIFF - FINTE - RIPOSTE

3. April 2003 9:00, V-Fabrik

Als Fritz Hennecke um 9 Uhr die Messwarte betrat, musste er feststellen, dass Schröder, Balla und Hoffmann bereits für das Befahren des großen Behälters eingeteilt worden waren. Am liebsten wäre er wieder gegangen, aber der A-Schichtleiter Keppler bat ihn zu bleiben und spannte ihn gleich für andere Arbeiten ein.

Schröder winkte zuerst nur von weitem, kam aber wenig später auf Hennecke zu. „Entschuldige Fritz, ich wusste ja vorher nicht, dass Balla und Hoffmann auch hier sein werden, aber du kannst mir trotzdem helfen."

Der Operator winkte ab. „Nicht nötig, Horst, ich habe schon Aufgaben von Keppler bekommen."

„Das ist okay, aber ich meine was Anderes. Ich muss den Balla nachher mal für eine kurze Zeit loswerden. Könntest du den weglotsen, also dringend woanders hin rufen?"

Hennecke lachte kurz auf, „damit du dich von dem Knaben erholen kannst?"

„So ungefähr, Fritz. Kannst du das erledigen?"

„Na klar Horst, aber jetzt muss ich los." Hennecke machte kehrt und entfernt sich.

„Vergiss es aber nicht!", rief Schröder ihm hinterher.

Schichtleiter Keppler beorderte die drei, die sich zur Reinigung des Behälters freiwillig gemeldet hatten und Verona Deiner, zu sich.

„Hier habt ihr euer Sprechfunkgerät." Er drückte Balla das Teil in die Hand. „Das andere hat Verona. Wenn ihr also Hilfe braucht …"

„… singen wir gemeinsam ein Lied", warf Balla in seiner gewohnten Art ein und drückte sein Funkgerät an das seiner Kollegin.

Keppler lachte kurz auf. „Aber nicht, es bre-e-ent, es bre-e-ent… Spaß beiseite, Emil. - Ich sage es nur noch einmal, um sicher zu gehen. Die Atmosphäre im Behälter ist nach wie vor inert, wegen der hohen Konzentrationen von V und C und der damit verbundenen Explosionsgefahr."

„Das wissen wir, Keppi", antwortete Schröder, bewusst den kaum benutzten Spitznamen des Schichtleiters verwendend, um Vertrautheit zu dokumentieren, beziehungsweise, mit Ballas Worten gesprochen, um sich einzuschleimen. „Am besten ich mache den Sicherheitsposten. Bist du einverstanden?"

„Okay." Keppler drückte Schröder den Befahrerlaubnisschein in die Hand. „Und einer von euch zweien steigt als erster ein und wird nach 20 Minuten von dem andern abgelöst. Alles klar?"

„Für eine Nummer 20 Minuten. Ist das nun gut oder schlecht?" fragte Balla mit ernstem Gesicht.

„Für ´ne alte Teerjacke, hervorragend", antwortete Schröder betont lässig.

„Hört auf zu flachsen", Keppler wischte mit der rechten Hand durch die Luft, „ihr müsst euch jetzt auf eure Aufgabe konzentrieren. Kann ich mich darauf verlassen?"

„Was man ernst meint, sagt man am besten im Spaß." (32)

„Na gut Emil, vielleicht hast du recht. - Noch eins, bevor ihr einsteigt. Ihr kontrolliert vorher gemeinsam die Sicherheitsmaßnahmen, die", der Schichtleiter tippte kurz auf den Schein, „ich hier festgelegt habe. Noch Fragen?"

„Wir machen das schon, Burghart", sagte Schröder und die drei verließen gemeinsam die Messwarte.

3. 4. 9:20, V-Fabrik, Oxichlorierung 2

Nach der 8-Uhr-Frühberatung ging Prost nur kurz in sein Büro, um sich seine alte, hellbraune, leicht grünlich gefärbte LUNA-Windjacke und den weißen Helm, für seinen Anlagenrundgang zu holen.

Sein erstes Ziel sollte die Oxichlorierung 2 sein.

Im Gegensatz zu seinem gewohnten Weg, schwenkte er heute von der Q-Straße nach links zum Kugeltanklager ein. Inzwischen war auch die Kugel 1 wieder für den Betrieb freigegeben worden, aber selbstverständlich wurde diese Stelle viel häufiger als früher kontrolliert.

Selbst Prost überzeugte sich hin und wieder, dass hier alles in Ordnung war, so wie heute auch.

Er knipste das Licht im Gang an, ging bis zur Mitte hinein, blieb stehen und starrte kopfschüttelnd auf den Betonboden direkt unterhalb des Bodenventils, weil die Stelle nach wie vor, wie geleckt aussah. Vor der Explosion hatte es hier einen aus zähflüssigen Tropfen Bitumen entstandenen und bis zu jenem denkwürdigen Tag auf drei Zentimeter gewachsenen, wie erstarrter schwarzer Schokoladenaufguss wirkender, runder Haufen mit einem Durchmesser von einem Meter gegeben. Im Zusammenhang mit den Aufräumarbeiten war auch dieser schwarze Fleck entsorgt worden. Erstaunlicherweise hatte sich bis heute, also bereits 15 Tage nach dem Ereignis, keine neue Pfütze gebildet. Am meisten wunderte sich darüber der Ingenieur Schmidt, der das Wachsen des Bitumenflecks unter seine persönliche Kontrolle genommen hatte. Im Vergleich zur Gesamtmenge Bitumen, die für die Bedeckung der Kugel verwendet worden war, konnte man die Pfütze sicherlich vernachlässigen, doch Schmidt gehörte zu den Menschen, denen auch solche scheinbaren Kleinigkeiten keine Ruhe ließen. Vor allen Dingen auch deshalb nicht, weil er sich dieses Tropfen nicht erklären konnte und, weil der Effekt eben nur an der Kugel 1 aufgetreten war.

Prost dachte noch einen Moment über dieses Phänomen nach. War vielleicht bei der Fertigstellung des Tanklagers irgendwo auf der großen Oberfläche der Kugel 1 eine kleine Menge flüssigeren Bitumens eingeschlossen worden, die so nach und nach einen Weg nach unten gesucht, gefunden und den Fleck bewirkt hatte? Aber nun, durch die Explosion, war dieser Weg versperrt worden? So könnte es gewesen sein. Prost schüttelte den Kopf, vielleicht war es ja auch ganz anders.

Weil sonst nichts Auffälliges zu beobachten war, ging Prost von hier aus direkt zur Oxichlorierung.

Die komplette Erneuerung der Isolierung des Oxi-Reaktors war in vollem Gange. Der Projektleiter Mitschke hatte sich gegen diese aufwendige und natürlich teure Arbeit gewehrt, aber die Produktionsleute, mit Kupfer an der Spitze, hatten sich zusammen mit dem Verfahrensgeber Boechst-Buhde durchsetzen können. Auch nur die geringste Schwäche hinsichtlich der Isolierung, konnte beim Betrieb des Systems Defekte am Reaktormantel verursachen, die eine Abstellung und aufwendige Reparatur des Apparats nach sich ziehen würde.

Prost ging zum Treppenhaus, stieg bis zur Achtzehnmeterbühne nach oben, weil er sich hier die demontierten Regelventile für zwei der Rohstoffe der Reaktion, HCl und Sauerstoff, ansehen wollte. Der C-Experte war schon vor Ort.

„Kann man sehen, Harry, warum die Dinger nicht richtig funktionieren?" Prost stellte sich neben den Mann, der vor den großen Ventilen hockte.

„Das ist einfach der falsche Typ, Thomas." Kupfer richtete sich auf. „Der Mitschke lässt hier nur Scheiße zusammenbauen. Wann lässt du mich den Kerl endlich erschießen?"

„Dafür ist es jetzt zu spät, Harry."

„Besser zu spät, als nie! So viele technische Probleme nur wegen Knausrigkeit und falschem Ehrgeiz, hatten wir bei Anlage 1 nicht."

„Das ist leider auch mein Eindruck. Wir haben nicht umsonst fast eineinhalb Monate mehr für den Start-up dieser Anlage gebraucht."

Prost legte Kupfer kurz freundschaftlich die Hand auf die Schulter. „Ich geh weiter, Harry. Frohes Schaffen."

„Froh ist was Anderes." Der C-Experte kauerte sich zu den neuen Armaturen, die neben den ausgebauten falschen, zum Einbau bereitlagen.

Bevor Prost das Treppenhaus betrat, warf er einen Blick nach unten und sah, wie zwei Operatoren Spülwasser aus der Entwässerungskolonne in die Apparatetasse ablaufen ließen. Obwohl in dieser Kolonne dasselbe passierte, wie in der von Anlage 1 hatten sie doch Probleme mit der Neutralisation. Die zeitweilige Überdosierung von Natronlauge hatte die Böden vorzeitig zugesetzt und sie mussten durch Auskochen mit Wasser gereinigt werden.

Beim Stichwort Reinigung fiel Prost der große Entleerungsbehälter ein, der heute ja ebenso gereinigt werden sollte. Also ging er im Treppenhaus nach unten und weiter in die Richtung dieser doch etwa heiklen Säuberungsaktion.

❖

3. 4. 10:00, V-Fabrik, Apparategerüst Anlage 2

Wie vom Schichtleiter vorgegeben, machten sich die drei Männer Schröder, Balla und Hoffmann gemeinsam auf den Weg zur Sicherheitskontrolle. Dazu gehörten diverse Steckscheiben, demontierte Passstücke, das geöffnete Bodenentleerungsventil und natürlich auch das mit einem rotweißen Band und einem Schild mit der Aufschrift: „Nicht bewegen! Lebensgefahr!", gesicherte Luftventil an der BM-Station. Diese Stelle befand sich auf der Sechsmeterbühne des angrenzenden Apparategerüsts, die vom zu befahrenden Behälter nur über das Treppenhaus zu erreichen war. Das dort direkt daneben aufgebaute, bis zur nächsten Bühne reichende Gerüst nahmen die drei zwar zur Kenntnis, aber sie wunderten sich nicht darüber, denn zu Abstellungszeiten stand fast die gesamte Anlage voller Gerüste. Allerdings verwehrte es in diesem Fall den Blick nach oben auf alle Leitungen, die zur BM-Station gehörten. Die drei hielten das für unwichtig. Was sollte da auch schon sein?

Nur dreißig Minuten nach Verlassen der Messwarte kletterten die Männer auf die Bühne des Behälters und trafen dort mit Prost zusammen.

Der Betriebsleiter schüttelte allen die Hand und warf einen Blick durch das offene Mannloch in den Innenraum. „Donnerwetter! So viel Dreck hatte ich eigentlich nicht erwartet. Da habt ihr ganz schön zu tun."

„Das schaffen wir schon Chef", sagte Schröder ein wenig vorschnell und erntete sofort einen kritischen Blick vom Betriebsleiter.

„Wer steigt ein?", fragte Prost und sah zwischen den drein hin und her.

„Wir wechseln uns ab, Doc, wenn's länger dauern sollte", antwortete Balla und Schröder ergänzte, „mich hat der Schichtleiter als Sicherheitsposten eingeteilt."

„Okay. Ich bin froh, dass ihr drei euch bereit erklärt habt diese Aktion hier durchzuziehen. Sie ist sehr notwendig und wichtig. Es gibt in dieser Abstellung noch viel zu viel zu tun. - Und", Prost hob ein wenig seinen rechten Zeigefinger, „seid vorsichtig!", er sah Hoffmann direkt an, „das Befahren von Behältern darf man in keinem Fall auf die leichte Schulter nehmen."

„Wir passen auf ihn auf, Doc, sagte Balla energisch und die andern beiden nickten mit ernsten Gesichtern.

Der Betriebsleiter kletterte die Leiter wieder abwärts.

Kaum war Prost verschwunden, sagte Balla, „das mit dem Abwechseln ist doch Quatsch!" Er zeigte auf das Mannloch, durch das eine Ex-Lampe in den Raum hineinhing und ein dämmriges Licht verbreitete. „Das bisschen Dreck schaff ich allein. Du bleibst draußen, Moses, und reichst mir den Wasserschlauch runter."

„Kommt gar nicht infrage, Emil, ich bin mindestens fünfzig Jahre jünger ..."

„Danke für das Kompliment!" Balla tippte Hoffmann mit der Faust vor die Brust, „dann kannste jetzt mal sehen, was ein Achtzigjähriger so alles kann", und er griff mit allen beweglichen Körperteilen zitternd nach dem Vollschutzanzug.

„Halt, Emil", Schröder lachte kurz auf, hielt aber Balla am Arm fest, „obwohl ich auch gern sehen würde, ob ein 80-jähriger Tattergreis es tatsächlich schafft, die Strickleiter runter zu klettern, sollte doch lieber Daniel einsteigen. - Im Ernst, Emil."

„Schon gut. - Obwohl, runter hätte es der alte Sack bestimmt noch geschafft." Balla winkte ab und half sofort seinem jungen Freund sich den einteiligen Gummianzug anzuziehen.

Nur fünf Minuten später kletterte Hoffmann unter Vollschutz, an der Strickleiter bis auf den Boden des Behälters runter, während die anderen Männer das Seil der Sicherheitseinrichtung und den Luftschlauch langsam in den Behälter hinterherschoben. Trotz einiger Mühen lief bis hierher alles reibungslos.

Plötzlich schallte Henneckes Stimme aus den Lautsprechern der Rufanlage: „Horst ich hab noch 'ne Frage, melde dich mal schnell."

„Ich gehe kurz an eine Sprechstelle, Emil, okay?", sagte Schröder.

„Meinetwegen. Aber du kannst auch die Flüstertüte hier nehmen." Balla hielt ihm das Sprechfunkgerät hin.

„Nee lass mal. Ich bin gleich wieder hier."

Schröder stieg die Leiter nach unten, ging um die Ecke zum Treppenhaus und meldete sich. „Was ist Fritz?"

„Du hast keine Zeit gesagt. Wann soll ich denn?"

„In 5 Minuten, okay?"

„Okay."

Emil empfing seinen Kollegen anzüglich grinsend, „na, wann is nu euer Rendezvous?"

„Du bist ein blöder Arsch, Balla!"

Nur fünf Minuten später ertönte wieder Henneckes Stimme aus dem Lautsprecher. „Emil hier ist Fritz. Ich brauche dringend! - wirklich dringend! - deine Hilfe. - Anlage 1 Zwölfmeterbühne."

„Das soll doch wohl keine Dreier werden?", bemerkte Balla zynisch, machte aber keine Anstalten dem Ruf Folge zu leisten.

„Nu hau schon ab! Wer weiß, was da wieder los ist!" Schröder fuchtelte mit seinen Armen in der Luft herum. Er wirkte immer noch ärgerlich und der Seemann bewegte sich gelassen, ohne weitere Worte, zur Leiter und kletterte abwärts.

3. 4. 10:10, V-Fabrik, Spaltung 2

Nachdem Prost vom Entleerungsbehälter wieder abgestiegen war, überquerte er die R-Straße und stieg im Apparategerüst der Spaltung mit den diversen Vorwärmern für das Feed-C nach oben.

Die erste kurze Fahrperiode hatte gezeigt, dass es sinnvoll war diese Wärmetauscher mit Bypässen zu versehen, um so den Regelbereich für das komplexe Regelungskonzept des Spaltofens zu erweitern. Durch die notwendigen Schweißarbeiten war auf den Bühnen 12 und 18 so viel Betrieb, dass Prost schnell wieder den Platz räumte und die Teppen nach unten trabte.

Es war erstaunlich, wie viel Aufgaben der Plan enthielt, obwohl die Anlage erst 14 Tage in Betrieb gewesen war. Aber auf der anderen Seite wusste der erfahrene Betriebsmann auch, dass gerade in der Anfahrphase einer neuen Chemiefabrik die meisten Probleme auftraten und man konsequent alle erkannten Schwächen beseitigen musste.

3. 4. 10:25, V-Fabrik, E-Behälter Anlage 2

Kaum war Balla verschwunden überzeugte sich Schröder, dass Hoffmann aufrecht stand, holte eine Fernbedienung aus seiner Tasche und drückte aufs Knöpfchen.

Der Mann stellte sich in Gedanken vor, wie ein Magnetventil zufuhr und zwei andere sich öffneten. Er wusste, dass jetzt in die Luftleitung Stickstoff strömte und sah gespannt über das Mannloch auf Hoffmann.

Schon nach 10 Sekunden bemerkte er, dass der Operator sich an die Kehle griff, mit dem Körper hin und her drehte und dann langsam in die Knie ging.

Erst als der junge Mann still am Boden lag, drückte Schröder erneut die Fernbedienung, drei Magnetventile schalteten abermals und es strömte wieder Luft zur Maske des am Boden liegenden. Aber jetzt war es natürlich zu spät, da war sich Schröder sicher, der Mann musste bereits erstickt sein. Trotzdem wartete Schröder noch eine Minute, bevor er über das Sprechfunkgerät Hilfe herbeirief.

Niemand würde sofort feststellen können, was hier tatsächlich passiert war. Trotzdem wunderte sich Schröder, dass die Feuerwehr so schnell vor Ort eintraf. Es waren doch nicht einmal 3 Minuten vergangen. Oder irrte er sich?

Mit dem Rettungstrupp kam Balla zurück zum Behälter, traf in der Anlagentasse auf Prost, dem er nur ein paar Worte zuraunte und stieg sofort hinter den Feuerwehrleuten die Steigleiter nach oben.

Schröder gebärdete sich wie verrückt und wollte sofort selbst einsteigen, aber der Seemann verhinderte das nicht nur, sondern sorgte dafür, dass der scheinbar unter Schock stehende Mann vom Podest des Behälters mithilfe eines Feuerwehrmannes abstieg. Dort in der Anlagentasse setzte sich Schröder auf einen Betonsockel, während Balla sich an der Bergung des Verunfallten beteiligte. Zwischendurch warf der Seemann immer mal einen Blick zu Schröder. Bereits nach einer Minute bemerkte er, dass der Platz, auf dem der Mann gesessen hatte, leer war.

Kurz darauf zogen die Retter den leblosen Hoffmann aus dem Mannloch und legten ihn auf den Gitterrosten der kleinen Bühne ab, wo bereits einer der Helfer eine Decke ausgebreitet hatte.

Der Notarzt, der bisher in der Anlagentasse gewartete hatte, damit oben genug Platz für die Rettungsaktion blieb, kletterte die Steigleiter nach oben und beugte sich besorgt über das Opfer.

3. 4. 10:40, V-Fabrik, Apparategerüst Anlage 2

Schröder wartete auf dem Betonsockel sitzend, bis er sich unbeobachtet fühlte. Dann stand er auf, sah, dass Prost nur Augen für die Arbeit des Rettungstrupps hatte und ging ruhig zum Treppenhaus. Kaum war er außer Sichtweite, rannte er die Treppen hoch bis zur Sechsmeterbühne. Dort kletterte der Operator auf das Gerüst neben der BM-Station und innerhalb von fünf Minuten schloss er ein paar Armaturen, demontierte das verräterische Passstück mit den drei Magnetventilen, warf es einfach achtlos nach unten auf die Gitterroste, wo es irgendwo scheppernd landete und liegen blieb.

Das Teil hatte ja seine Schuldigkeit getan.

Schröder ersetzte die entstandenen Lücken durch die beiden Rohrstücke, die so, wie er sie heute Morgen abgelegt hatte, auf der obersten Etage des Gerüsts lagen. Der Mann öffnete die vorher von ihm geschlossenen Ventile und kletterte erleichtert wieder abwärts.

Unten angekommen wunderte er sich, dass er das demontierte Teil, nicht gleich sehen konnte.

Suchend blickte er sich um.

Plötzlich trat ein Mann in Zivil, also ohne Arbeitsanzug, aber mit Helm auf dem Kopf, auf ihn zu und hielt Schröder das, von diesem vermisste, Passstück entgegen. „Suchen sie das hier, junger Mann?"

Der Zivilist wartete die Wirkung seiner Worte ab, bevor er fortfuhr, „Herr Schröder, mein Name ist Bergmann, Hauptkommissar der Kripo Halle. Ich nehme sie vorläufig fest. Sie sind dringend verdächtig des vorsätzlichen Tötungsversuchs an Daniel Hoffmann." Der Polizist fesselte mit dem einen Ring der Handschellen zuerst den linken Arm und dann den rechten auf dem Rücken des Beschuldigten. „Sie haben das Recht, die Aussage zu verweigern, und sich eines Rechtsanwaltes zu bedienen."

Der Operator war so verblüfft, dass er die Prozedur ohne Widerstand über sich ergehen ließ. Er konnte einfach nicht begreifen, was hier vor sich ging. In seinem Kopf bohrte das Wort: Tötungsversuch!

Wieso Versuch?

Hoffmann war doch unzweifelhaft umgefallen und konnte nur tot sein.

War das also nur eine Floskel, weil der Tod noch nicht amtlich bestätigt worden war?

Der gefesselte Mann ließ sich zur Treppe und die Stufen nach unten dirigieren, während in seinem Kopf die letzten Tage Revue passierten.

❖

27. März 2003, V-Fabrik

Nachdem Schröder vor ein paar Tagen erfahren hatte, dass es mit der linken Bazille Hoffmann - so titulierte Schröder seine politischen Gegner am liebsten - einen Zeugen gab, der sein vorsätzliches Handeln in Bezug auf die Tötung der Petersen bezeugen konnte, stand sein Entschluss schnell fest, diesen Mann ebenfalls unschädlich zu machen.

Sofort suchte er nach Möglichkeiten, die ihm die Chance geben würden, auch mit diesem Mord ungeschoren davonzukommen.

‚Am besten wäre ein Unfall', dachte Schröder. Aber wie konnte er das am ehesten anstellen? In der bevorstehenden Abstellung hoffte er, etwas leichter, eine gute Möglichkeit zu finden, die sich dann ja auch ergab, als er von der bevorstehenden Reinigung des Entleerungsbehälters hörte.

Der rechtsradikale, intelligente Operator klügelte einen perfiden Mordplan aus. Dabei kalkulierte er ein, dass ihm seine ebenfalls zu neofaschistischen Auffassungen neigenden Freunde, helfen würden, und ging sofort an die Realisierung der notwendigen Maßnahmen.

Obwohl die rechtsextreme Gruppe von Jendritzki im Januar 2001 fast vollständig aufgelöst worden war, hatten deren Überreste und ihre Sympathisanten die Verbindung zueinander gehalten. Das war leicht möglich gewesen, weil der Chef der Firma ‚Bauauf', Adolf Köhler, seine Hand über diese Leute hielt und ihnen half, auch wenn er selbst nie an Treffen teilnahm. Außerdem sorgte der Unternehmer nach dem Tod von Jendritzki dafür, dass Siegfried Gruber, der indirekt am Mord des Rene Müller (5) beteiligt gewesen war, die Gerüstbaufirma ‚Wotan' übernehmen konnte.

Durch diese Freunde standen für die Umsetzung von Schröders Plan, Gerüstbauer, Schweißer und Schlosser zur Verfügung.

Am 2. April ließ Schröder das Gerüst an der BM-Station Sechsmeterbühne Nord installieren, während er für die Nacht die notwendigen Schweißarbeiten geplant hatte. Diese Aktion heimlich durchzuführen, war zwar ziemlich heikel, aber zum einen liefen in der Nacht während dieser Abstellung - im Gegensatz zu früheren Jahren - grundsätzlich kaum Instandhaltungsaktivitäten, und zum anderen war ganz in der Nähe auf der Sechsmeterbühne am Tage ebenfalls geschweißt worden, sodass die notwendigen Utensilien bereits vor Ort standen. Außerdem hatten die Gerüstbauer die Schweißstelle gut mit Planen eingehaust, sodass die Annahme von Schröder, dass die Schweißarbeiten unbeobachtet durchgeführt werden könnten, durchaus richtig war.

Der Plan sah folgendes vor (s. Bild unten):
- In Luft- und Stickstoffleitung je ein Rohrstück herausbrennen.
- Anschweißen der vier 25-er Flansche.
- 2 Absperrarmaturen montieren.
- 2 einfache Passtücke vorfertigen und einbauen.

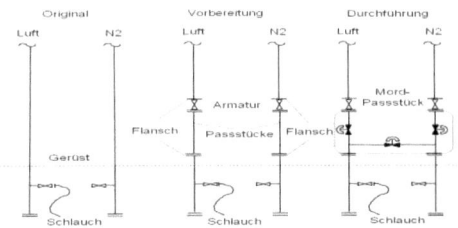

Für die Abstellung von Luft und Stickstoff in diesem Bereich sorgte er selbst.

Der Schweißer benötigte eine Stunde, um durch Schneidbrennen Platz in beiden Rohren für Absperrventile und das Spezialpassstück zu schaffen und die vier 25-er Flansche, je zwei für die Luft- beziehungsweise Stickstoffleitung, einzuschweißen.

Die zwei kurzen Rohrstücke, die vorerst das Spezialteil ersetzten sollten, damit es nicht vorzeitig entdeckt werden würde, brachte der Schweißer bereits mit.

Die notwendige Montage einschließlich der zwei Absperrarmaturen erledigte Schröder wieder selbst.

Das Spezialpassstück versteckte er in einem, mit einer Klappe versehenen, isolierten Blechkasten, der eine Verteilerstation für Dampfbegleitheizung umschloss.

Um 21 Uhr war alles erledigt.

Am Morgen des 3. April, genau zum Schichtwechsel, konnte Schröder nun problemlos das mit drei Magnetventilen ausgerüstete Passstück (s. Bild rechts) montieren.

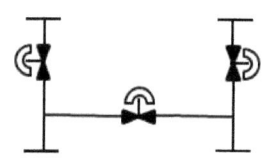

Was Schröder zu diesem Zeitpunkt nicht wissen konnte, auch bei seiner Verhaftung immer noch mit keiner Silbe ahnte, war der Plan seiner Gegner.

23. März 2003 21 Uhr, Schlosshotel

Am 23. März hatte der Detektiv im Schlosshotel eine Frage an seine Freunde gerichtet: Was schrieb Hoffmann kurz vor dem Anschlag an einem Tisch sitzend in der Messwarte in sein kleines Notizbuch?

Und Wolf hatte sie dann gleich selbst beantwortet:

„Natürlich weiß ich auch nicht, was unser Regisseur in spe tatsächlich aufgeschrieben hat. Aber nehmen wir doch mal an, dass er einfach nur jedes einzelne Wort, dass Schröder an diesem Abend von sich gegeben hat, darin notiert hat. Damit ist er ein Hauptbelastungszeuge in einem Mordprozess, der für den Täter mit dem Urteil ‚lebenslänglich' enden könnte. Diesen Umstand müssen wir Schröder als eine fest stehende Tatsache vermitteln. Ich bin sicher, dass der so Beschuldigte, der bereits zu einem Mord fähig gewesen ist, sich des lästigen Zeugen entledigen wird. Wir müssen nun weiter nichts tun, als herauszufinden, wie, wann und wo, er das tun will."

„Na und verhindern, dass es dazu kommt!", warf Paula energisch ein.

„Ist das nicht überhaupt viel zu gefährlich?", fragte die Schulz.

Und Schreyer wollte wissen, „was sagt Hoffmann dazu? Oder weiß er es noch gar nicht?"

„Mit dem muss ich natürlich noch sprechen, aber …"

„Ich bin sicher, dass wir bei unserem Revoluzzer offene Türen einrennen, Skipper", unterbrach Balla seinen Freund, „im Gegenteil. Die Sache dürfte ganz nach seinem Geschmack sein."

„Gefährlich bleibt es trotzdem", sagte die Schulz und schüttelte energisch den Kopf, um ihre Zweifel an dem verrückten Plan, deutlicher zu machen.

„Du hast Recht Gisela, egal was Schröder plant, gefährlich ist unser Vorhaben in jedem Falle. Deshalb müssen wir auch alle unsere Freunde aktivieren. Dabei steht unser Mann bei der Feuerwehr an erster Stelle. Storl muss dafür sorgen, dass Notarzt, Sanitäter oder auch ein Rettungstrupp praktisch schon vor Ort sind, wenn die ganze Sache startet."

„Aber wir wissen doch noch gar nicht, was das sein wird. Wie soll denn da …"

„Keine Sorge, das wissen wir bald, Gisela", unterbrach Balla die offensichtlich sehr besorgte Anwältin.

Noch nie vorher war die Frau so direkt in die Ausführung eines Plans von Wolf eingebunden gewesen. Aber sie kannte natürlich aus den Erzählungen der anderen, die zum Teil haarsträubenden Rettungsaktionen.

„Unser brauner Zeitgenosse ist zwar ein schlaues Kerlchen, aber wir sind doch die Guten …"

„So ein Quatsch Emil!", konnte sich die Schulz nicht verkneifen ärgerlich einzuwerfen, doch die grinsenden Mienen der anderen, machten sie stutzig und sie verstummte.

„Du kennst doch unseren Seemann, Gisela", die Schenk legte der Frau freundschaftlich einen Arm auf die Schulter, „der kann es einfach nicht lassen, uns ab und zu auf den Arm zu nehmen."

„Weiß ich doch", konterte die Frau, denn sie hatte auch schnell begriffen, dass sie auf Balla hereingefallen war, „ich wollte Emil doch nur eine Freude machen.
‚Der edle Mensch
Sei hilfreich und gut!
Unermüdlich schaff er
Das Nützliche, Rechte,
Sei uns ein Vorbild …' (33)"
Nachdem sich die aufflackernde Heiterkeit wieder gelegt hatte, erklärte Balla lächelnd, „Schröder glaubt in Fritz Hennecke einen gleichgesinnten Freund gefunden zu haben, weil der ihn bei Diskussionen unterstützt hat, wenn es um ein stärkeres Durchgreifen der Polizei gegenüber Straftätern, vor allen Dingen gegen Rauschgifthändler und Dealer ging. Aber unser Modellathlet ist kein Brauner, er hat nur große Probleme mit seinem drogenabhängigen Sohn. Hennecke wird - uns - helfen, wenn es darauf ankommt."

„Und ich werde versuchen meinen Kollegen Bergmann zu veranlassen zum richtigen Zeitpunkt und offiziell im Werk zu sein", sagte Schreyer.

„Im Gegensatz zu Malte darf es für mich auf keinen Fall dort", die Schenk zeigte mit der Hand in eine Richtung, wo sie das OPA-Werk vermutete, „etwas zu tun geben."

„Kannst'e nur mit Toten Helene?", fortzelte Balla.

„Deshalb hast du ja keine Chance bei mir, Emil."

„Spaß beiseite", mahnte Wolf, „was machen wir mit Prost? Weihen wir ihn ein?"

„Das ist ein bisschen heikel, Skipper", Balla runzelte nachdenklich seine Stirn, „da er jetzt nicht anwesend ist, sollten wir ihm nichts sagen." Balla hob abwehrend die Hände, weil vor allen Dingen die Frauen protestierten. „Ich werde ihn, kurz nachdem die Rettung gerufen worden ist, informieren. Okay?" Trotz der Skepsis in einigen Gesichtern gab es keinen Widerspruch mehr.

Noch in der Nacht vom 2. zum 3. April hatten Balla und Wolf den Plan durchschaut und das Passstück mit den Magnetventilen gefunden.

Wolf klingelte seinen langjährigen Freund, den Klimafachmann und Elektronikexperten aus dem Bett. Mit dessen Hilfe ermittelten sie nicht nur die Frequenz des Funksignals, sondern sorgten dafür, dass Schröders Fernbedienung statt der Magnete an den Ventilen, nur einen kleinen Pieper unter dem Aufschlag von Hoffmanns Arbeitsjacke auslöste. Damit wusste der Mann, was er zu tun hatte und Schauspielen gehörte ja praktisch zu seinem Beruf.

3. 4. 10:45, V-Fabrik, Apparategerüst Anlage 2

Die Treppe weiter abwärts steigend fragte sich Schröder:

‚Was war nur schiefgegangen? Wieso tauchte hier ein Polizist auf und legte ihm auch noch Handschellen an? Was konnte der denn schon wissen?'

Bei dieser Frage stoppten seine Gedanken.

Der Kerl hatte ja das Passstück.

Woher wusste er davon?

Oder war das einfach Zufall?

Plötzlich fuhr ihm ein siedend heißer Schauer durch den Körper, denn gerade fiel ihm die Fernbedienung ein, die er noch in der Tasche trug.

‚Das Ding muss weg!', hämmerte es in seinem Kopf, ‚aber wohin?'

Auf der Treppe sah Schröder keine Chance den verräterischen Beweis loszuwerden, aber dafür bemerkte er in der Anlagentasse gleich rechts neben der letzten Stufe einen Berg Isoliermaterial liegen. Da hinein ließ er das Teil fallen und war sich sicher, dass der Polizist nichts gemerkt hatte, denn der schob ihn nur weiter vorwärts auf den Entleerungsbehälter zu.

Dort glaubte Schröder seinen Augen nicht zu trauen, denn das Ziel seines perfekt geplanten Anschlages, davon war der Mann bisher überzeugt gewesen, saß aufrecht auf der kleinen Bühne, während der Notarzt dem Mann eine kleine durchsichtige Sauerstoffmaske ins Gesicht drückte.

Bergmann schob Schröder an den neben dem Behälter stehenden Feuerwehrleuten vorbei, als plötzlich Prosts Blick den Anlagenfahrer traf. Für einen Moment flammten in Schröder Schuldgefühle auf, doch dann übernahm wieder die nationalfaschistische Borniertheit Besitz von dem Mann und er fühlte auch für seinen Chef nur noch Verachtung und Hass.

31 - NACHWIRKUNGEN

15. Mai 2003, V-Fabrik

Prost fasste seinen Arbeitssessel an der Rückenlehne und mit Blick auf den Boden schob er ihn langsam raus aus seinem Büro. Das ging leicht, denn die Rollen an den Füssen des Sessels funktionierten gut.

Es fiel ihm nicht schwer, diesen Raum zu verlassen.

Er bedeutete ihm nichts.

Wie würde es wohl werden, wenn er in zwei Jahren das Werk und seine Anlage für immer verlassen musste?

Aber Prost gehörte nicht zu den Menschen, die sich über so etwas schon vorzeitig den Kopf zerbrachen.

Als er wieder aufblickte, sah er Adler auf sich zukommen.

„Hallo Thomas, kannst du mal in die Messwarte kommen? Wir haben da ein Problem." Der junge Mann verstummte und sah irritiert auf Prost. „Wo willst du denn mit deinem Sessel hin?"

„Na, du hast doch gehört, Jonny, dass sie mir den Stuhl vor die Tür gestellt haben."

Der Operator riss voller Unverständnis seine Augen auf, machte dann aber ein verschmitztes Gesicht. „Aber wenigstens hast du deinen Stuhl noch."

Prost schüttelte lächelnd den Kopf. „Siehst du, Jonny, so ist das Leben heutzutage. Sogar den eigenen Stuhl muss man selber dahin tragen, wohin der oberste Chef ihn gern gestellt haben möchte. Und das ist - in meinem Fall - vor die Tür."

Weil Jonny wieder verständnislos blickte, fügte Prost noch lachend hinzu, „Mann, Jonny, ich ziehe um in ein anderes Gebäude, schön weit weg von der V-Fabrik, damit ich Amado nicht mehr in die Quere komme. Und das ist auch richtig so."

Der große, sportliche junge Mann fiel fast in sich zusammen. „Mensch, das hatte ich doch ganz vergessen. So eine Scheiße. Aber jetzt kommst du trotzdem mit in die Messwarte?"

Prost nickte. „Aber nur, um mich zu verabschieden."

Der seit 1. Mai dieses Jahres definitive Ex-Anlagenleiter ging zusammen mit Adler, seinen Sessel weiter vor sich herschiebend, in Richtung Kontrollraum. Dort ließ er seinen Stuhl auf dem Flur stehen und folgte dem Operator.

An einer Prozessleitstation hielten sich mehrere Anlagenfahrer auf und diskutierten miteinander.

Etwas abseits stand Amado und versuchte ab und zu, sich in die Diskussion einzumischen.

Die Paulus kam gleich auf Prost zu. „Wir sind schon wieder mit der DC 2 ausgefallen. Das ist doch bescheuert."

Auch die anderen Anlagenfahrer wandten sich Prost zu, also fragte er, „habt ihr das B-Mengenregelventil immer noch nicht ausgetauscht?"

Die Paulus sah zu Amado, doch der zuckte nur mit den Schultern.

„Wo ist denn Franz? Warum ist der nicht hier?", fragte Prost.

„Franz macht nicht mehr DC", antwortete Amado, „das jetzt Sache von Kostinek."

Prost ließ nicht locker. „Ja und wo ist der?"

„Da kommt er." Adler zeigte zur Tür.

Der 45-jährige Ernst Kostinek war von Prost eigentlich nur als Anfahrhilfe eingestellt worden, aber unter der Regie von Amado arbeiteten in der Tagschicht nun doppelt so viel Ingenieure und Chemiker, wie vor dem Anfahren und alle waren fest eingestellt. Die Schichtkollektive hingegen mussten beinahe nur mit der Hälfte der Mannschaft auskommen, trotz der Erweiterung der Anlage. Der etwas zur Fülle neigende, mittelgroße Kostinek wirkte immer sehr emsig, aber er war auch etwas zerstreut.

Die Paulus wandte sich an Kostinek. „Wurde das B-Ventil schon ausgetauscht, Ernst?"

Der Angesprochene kam hastig auf Prost zu, der sich inzwischen neben Amado gestellt hatte und sprudelte los, abwechselnd vom altem zu neuem Anlagenleiter blickend, „Mensch, das habe ich doch ganz vergessen. Aber das Ventil ist da. Wir können den Austausch vornehmen."

Amado nickte. „Ja, macht so."

Die Paulus und Kostinek verschwanden wieder, um die notwendigen Arbeiten einzuleiten.

Ohne weitere Worte verließ auch der neue Leiter die Messwarte. An der Tür stieß er auf Schmidt, der gerade auf dem umgekehrten Weg war und der kleine, ranzte den großen Mann an, „du musst arbeiten am Computer! Nicht in Kontrollraum!"

Schmidt sah Amado verdattert an. „Ich will doch nur etwas nachfragen."

Er schob sich am neuen Chef vorbei in den Raum hinein, während der ohne weitere Bemerkungen auf dem Flur verschwand.

Schmidt ging auf die kleine Gruppe zu, die sich um Prost gescharrt hatte. „Der macht mich noch fertig. Ich begreife nicht, was er von mir will."

Doch dann versuchte er schnell von diesem Thema wegzukommen. „Thomas, was musst du denn nun eigentlich machen und wer ist dein Chef?"

Prost sah sich in der inzwischen gewachsenen Zuhörerschar um. Da standen die Anlagenfahrer Balla, Hossa, Hennecke, Zucker, Bauer, an den Prozessleitstationen saßen Marlies Streller, Tanja Büchner, Jonny Adler und Verona Deiner, und da waren neben Kostinek natürlich die Chemiker und Ingenieure Schmidt, Stumpfberg und Müller.

„Wollt ihr das wirklich alle wissen?"

Einige nickten stumm, aber alle sahen aufmerksam zu ihrem alten Betriebsleiter.

„Also gut. Ich bin jetzt ein Mitglied des Technologiezentrums in Baton Rouge. Das ist eine kleine separate Gruppe von Ingenieuren, die alle Daten, Erfahrungen, Störungen und sonstigen Probleme der C-V-Herstellung zusammenfasst, Vorschriften für die Anlagen erarbeitet und Fragebögen zur fachlichen Kontrolle, den sogenannten Reviews der Anlagen, zusammenstellt. Ich werde euch wohl mit solchen Befragungen auf den Geist gehen müssen. Meine Chefin ist Sandra Clancy, weil sie die Direktorin dieser Einrichtung ist. Der die Praxis liebende Ingenieur Thomas Prost wird also vorrangig Büroarbeit machen müssen. Aber was soll's, ich sitze jetzt sozusagen auf dem Altenteil. - Ach so, und ein Buch soll ich auch schreiben, über meine Erfahrungen beim Betrieb der C-V-Anlage."

„Das ist doch eine gute Idee", meinte Müller, „zumindest das mit dem Buch schreiben."

Prost wiegte seinen Kopf ein wenig hin und her. „Eigentlich habe ich nicht mehr genug Triebkraft, um ein fachliches Buch über C-V, zustande zu bringen. Am liebsten würde ich einen richtigen Roman über euch schreiben. Aber ich glaube, dass ich das gar nicht kann. Oder ich fange schon mal an, mir Gedanken zu machen über eine Organisation, die Gruppen, Vereine oder Bewegungen mit ähnlichen Ansichten und für die der Mensch wirklich im Mittelpunkt steht, zusammenzufassen, damit auf diese Art und Weise, der politischen Macht der Superreichen sowie den - trotz Demokratie - fast gleichgeschalteten Medien, ein wirksames Gewicht entgegengesetzt werden könnte."

Schmidt zeigte mit der rechten Hand auf Prost. „Da musst du aber vorsichtig sein. So, wie wir dich kennen, hat diese Organisation bestimmt einen starken Linksdrall."

Prost lachte. „Da könntest du schon Recht haben, Franz. Also werde ich doch lieber mit euch ellenlange Fragebögen des Techcenters beantworten."

In die Stille hinein fragte Bauer, „neulich hast du mal was von Klopapier erzählt, dass du angeblich immer einstecken hast. Was soll da besonderes dran sein, Doktor? Das verstehe ich nicht."

Froh über diese Ablenkung von einer politischen Diskussion, fing Prost sofort an zu erzählen.

„Die älteren unter euch wissen ja auch noch, dass es zu DDR-Zeiten meistens kein Klopapier auf den Toiletten gab. Also hatte ich mir angewöhnt, immer etwas davon in die Hosentasche zu stecken. Außerdem gehöre ich zu den Menschen, die grundsätzlich einen regelmäßigen Tagesablauf anstreben. Dazu gehört: Um 5 Uhr aufstehen und 22 Uhr schlafen gehen, 9 Uhr Frühstück, 12 Mittagessen, 18 Uhr Abendessen und natürlich ganz wichtig: Nach dem Frühstück aufs Klo gehen und das große Geschäft für den Tag erledigen. Wenn es dann Stress gab, ging natürlich alles drunter und drüber, aber das machte mir nichts aus. In solchen Situationen konnte ich auf alles verzichten. Wenn es sein musste, auch tagelang. Einmal hatten wir gleich früh Probleme in der Anlage. Es ging hoch her, aber um 11 Uhr war schlagartig alles vorbei und es herrschte erneut Ruhe. Als ich wieder zur Besinnung kam, wusste ich nicht: War ich heute schon auf dem Klo gewesen? Ich fasste in meine Hosentasche. Das Klopapier war noch da, also konnte ich noch nicht gewesen sein und machte mich gleich auf den Weg dahin."

Prost merkte, dass immer noch alle erwartungsvoll zu ihm sahen, so, als ob die Pointe noch kommen müsste. Deshalb fügte er hinzu, „das war schon alles. - Na ja, damals fanden wir das alle lustig."

Bauer schob sich noch etwas mehr in den Vordergrund und grinste Prost an. „Hatte Sex auch einen festen Platz in deinem geregelten Tagesablauf?"

Gemurmel lief durch die Reihen der Umstehenden, einige schüttelten mit dem Kopf, doch Prost antwortete lachend, „natürlich. Das ist doch genauso wichtig, wie Essen, Trinken, Schlafen und - weil wir einmal dabei waren - Kacken. Natürlich muss man da die meiste Fantasie reinstecken. Das Schwierige aber ist, dass der Partner mit diesen Vorstellungen auch 100 %-ig einverstanden sein muss."

„Also nichts mit Gruppensex?", fragte Bauer frech.

„Du schreckst wohl auch vor nichts zurück, Bauer, du Blödmann!", fauchte die Deiner den Operator an.

Prost schüttelte den Kopf. „Ist doch nicht so schlimm, Verona, Bernd ist bei Balla in die Schule gegangen. Als ich vor zwanzig Jahren einen Vortrag vor den Anlagenfahrern mit dem Satz beendete: Und wer hat jetzt noch eine Frage? Meldete sich unser Seemann. ‚Doktor, was ist eigentlich Gruppensex?' Und ich habe damals auch geantwortet. Außerdem hat Bernd doch Recht. In diesem Falle gilt genauso: Wenn sich die vier einig sein sollten, warum nicht? Aber ihr wisst alle, wie schwierig es ist zwei unter einen Hut zu bekommen. Bei Vier verdoppeln sich die Probleme, das heißt, die Aussichten auf Erfolg sind noch geringer."

Bauer schüttelte den Kopf. „Jetzt hast du mir den Mut genommen. Dabei bist du doch beharrlich derjenige gewesen, der uns immer Mut zugesprochen hat."

Prost hob den rechten Zeigefinger. „Du siehst das nur verkehrt herum, Bernd. Ich will dir Mut machen, alles für eure erfolgreiche Zweisamkeit zu tun und dich nicht mit zwecklosen Versuchen von Gruppensex herumzuschlagen."

Die anderen wussten natürlich nicht, dass Prost ein bisschen aus Erfahrung sprach, weil er seinerseits einen solchen Versuch mit seiner Frau und einem befreundeten Ehepaar gemacht hatte. Gedankenfetzen zogen durch seinen Kopf, obwohl dieses Erlebnis nun schon mindestens fünfzehn Jahre zurücklag.

Januar 1987, Berlin

Susanne lag auf dem Rücken und lächelte dem Mann ermunternd zu. Die Frau war nackt und ihre straffen Brüste bebten etwas in Erwartung eines höheren Sexgefühls. Prost beugte sich über sie und näherte sich mit seinem steifen Glied ihrer Scheide. Er berührte gerade die Schamlippen, Susanne stöhnte leise auf, da flog plötzlich die Tür zum Zimmer auf und Thomas Frau, Marie-Luise, kam nackt ins Zimmer gestürzt. „Bei uns klappt es nicht. Ich habe alles versucht. Sein Penis wird nicht steif." Sie setzte sich mit schmollendem Gesicht auf das Bett der beiden.

Der Mann unterbrach sofort seine eigene Aktion, kniete sich hin, das steife Glied stand senkrecht nach oben, aber daran dachte er jetzt gar nicht, weil er sich zu einer nüchternen Überlegung zwingen musste.

Susanne hatte indessen die Beine an ihren Körper gezogen, um ihre Nacktheit zu bedecken und drückte sie mit ihren Händen fest an sich.

Die Prosts waren für zwei Tage zu Besuch bei der schon lange mit ihnen befreundeten Familie Wagner. Die beiden Paare hatten am Tage offen über ihre Ehe- und auch Sexprobleme gesprochen. Obwohl Susanne und Holger 10 Jahre jünger waren als die Prosts, zeigten sie sich dennoch offen für den Versuch die Partner zu tauschen, um gemeinsam Sex zu haben.

Zuerst hatten sie geglaubt es nebeneinander machen zu können.

Als das nicht funktionierte, trennten sie sich.

Thomas ging mit Susanne ins Schlafzimmer und Marie-Luise blieb mit Holger auf der Couch im Wohnzimmer.

Zwischen beiden Räumen lag die Küche, sodass man auch nichts voneinander hören konnte.

So hätte es bei Susanne und Thomas fast geklappt. Bis zu jenem Augenblick.

Prost legte seine Hand auf die Schulter seiner Frau. „Wieso klappt es nicht? Ihr könnt euch doch Zeit lassen."

Marie-Luise wandte sich Thomas zu, ihr schöner, voller Busen bebte. „Ich habe sein Glied gestreichelt, die Hoden gedrückt. Dann habe ich den Penis in den Mund genommen und daran gesaugt und gelutscht, dass ich ganz geil geworden bin, aber Holger schläft jetzt."

Thomas sah von einer Frau zur anderen. „Soll - ich - dich ficken, Marie-Luise?"

Susanne wollte aufstehen. „Ja, mach das, ich gehe raus."

Thomas protestierte, „nein, ich möchte, dass du hierbleibst, Suse."

Jetzt stand Marie-Luise auf und sah ihren Mann an. „Nein, das musst du nicht."

Thomas setzte sich bequemer auf das Bett. „Das war bestimmt zu viel Alkohol für Holger. Wenn er wieder aufwacht, dann musst du für ihn da sein, Marie-Luise, dann wird er dich bumsen wollen. Und das muss dann sein. Das ist sehr wichtig für sein Selbstbewusstsein."

Die Prost sah zwischen ihrem Mann und Susanne hin und her. „Gut. Ich will das machen, aber kannst du in der Küche schlafen, Thomas? Sonst klappt das wieder nicht. - Dann kann ich vielleicht nicht?"

Prost nickte. „Wenn du das willst, dann werde ich es tun."
Sie gingen alle drei in die Küche.
Marie-Luise verschwand im Wohnzimmer.
Prost, der sich eine Bettdecke mitgenommen hatte, legte sich auf die schmale Küchenbank und deckte sich zu.

Susanne trat dicht an ihn heran, gab ihm einen Kuss und verschwand im Schlafzimmer. Nach zehn Minuten kam sie wieder zurück. „Komm mit in mein Bett. Das hier ist doch viel zu schmal."

Prost rekelte sich. „Es geht schon. Morgen Abend machen wir das anders, dann sind wir dran."

„Ja", flüsterte Susanne, gab ihm wieder einen Kuss auf den Mund und weg war sie wieder.

Mitten in der Nacht wachte Holger auf.

Weil eine kleine Lampe brannte, sah er die nackte Frau neben sich liegen. Er kniete sich hin, starrte auf die üppigen Brüste, streckte die Hände danach aus und griff vorsichtig zu.

Marie-Luise starrte auf das jetzt schön steife Glied.

Sie spürte die Hände auf ihrem Busen.

Sie dachte an die Worte ihres Mannes.

Lust stieg in ihr auf.

Holger beugte sich über sie, der Penis streifte ihre Schenkel und sie griff danach.

Der Mann legte sich auf sie, schob sein Glied vorwärts und Marie-Luise dirigierte es in ihre Scheide hinein. Ungestüm drang Holger tief in die Frau ein, genoss deren stöhnen und bewegte seinen Hintern schnell hin und her, sodass die Schamlippen schmatzten. Beide genossen die durch die Bewegung gesteigerte Lust. Sie seufzte besonders wohlig, wenn der Mann mit seinem Teil tief in ihr drinsteckte und er ächzte laut beim unmittelbaren Eindringen in den Leib der Frau.

Schon nach kurzer Zeit fühlte Marie-Luise den Samen in sich hineinspritzen. Es war sehr schnell gegangen, aber es hatte doch auch Spaß gemacht. Oder redete sie sich das nur ein? Auf jeden Fall wünschte die Frau sich jetzt, dass ihr Mann sie auch, am besten sofort, ficken würde.

Nach ein paar Minuten richtete sich Holger ein wenig auf.

„Meinst du, dass ich zu meiner Frau gehen kann?"

„Na klar, Thomas liegt sowieso in der Küche."

Holger erhob sich sofort. „Das ist gut."

Er ging aus dem Zimmer, sah tatsächlich den anderen Mann in der Küche liegen und verschwand im Schlafzimmer.

Prost hatte das natürlich mitbekommen.

Er blieb noch eine kleine Weile liegen, dann ging er ins Wohnzimmer und legte sich zu seiner Frau auf die große Couch.

Er merkte, wie geil er war und drückte sich von hinten mit steifem Glied an sein Weib. „Und, hat er dich gebumst?"

Sie nickte nur.

„War es denn schön?"

„Ja, es hat Spaß gemacht, aber ich könnte schon wieder."

Die Vorstellung, dass der andere Mann seine Frau gerade gefickt hatte und die Aufforderung an ihn, dasselbe zu tun, machten ihn noch geiler und er schob Marie-Luise von hinten sein steifes Glied zwischen die Beine, sie hob ihren Po so an, dass er leicht in ihre Scheide eindringen konnte.

Die Frau drückte sich gegen ihn. „Schön, du bist so tief drin, tiefer als Holger vorhin. Stoß zu, ich freue mich so, dass du mich fickst. Ich dachte schon, dass du es nur noch mit Susanne machen willst."

Prost schwieg, seine Frau musste nicht wissen, dass er mit Suse gar nicht zur Sache gekommen war. Er schob Marie-Luise weiter sein Glied in die Scheide bis der Samen floss. Dann zog er seinen Penis heraus und schlief unmittelbar danach ein.

Am letzten Abend verbrachten sie ein paar lustige gemeinsame Stunden ohne Sex. Sie schliefen auch jeder bei seinem Partner.

Interessant war, dass die Erinnerung an den Gruppensexversuch - zumindest bei den Prosts - keine negativen Gefühle auslöste, im Gegenteil, denn was Prost anbetraf, so konnten die Gedanken an diese Stunden schon ein wenig die Erektion beschleunigen und manchmal überhaupt das Sexleben wieder etwas aufmöbeln.

Bei den Wagners führte dieses Erlebnis zur Kulmination der ohnehin schon vorhandenen Ehekrise.

Holger wurde bewusst, wie sehr er an seiner Frau hing.

Der Gedanke, dass Thomas Prost seine Susanne gebumst hatte, machte ihn krank, obwohl er das ja selbst so gewollt hatte. Holger trennte sich von seiner mehr oder weniger heimlichen Geliebten.

Susanne ließ ihn erst zappeln, denn sie wusste von seiner Affäre und das hatte ihr sehr wehgetan.

Aber die zwei trennten sich nicht und nach ein paar Jahren hatten sie sich wieder zusammengerauft. Diese Informationen erhielt Prost nur über ehemalige gemeinsame Bekannte. Die Verbindung zwischen den Ehepaaren direkt war zerbrochen und würde es wohl auch für immer bleiben.

15. Mai 2003, V-Fabrik

Es waren nur ein paar Sekunden vergangen, als Prost aus seinen Gedanken wiederauftauchte.

„Jetzt habe ich euch lange genug von der Arbeit abgehalten. Ich verschwinde." Er drehte sich um und machte zwei Schritte in Richtung Ausgang.

In dem Moment ging die Messwartentür auf und der C-Experte, der Chemiker Harry Kupfer kam herein.

„Habe ich mir's doch gedacht, dass du hier noch hängen bleibst. Was hast du mit Jose gemacht? Der ranzt jeden an, der ihm über den Weg läuft."

Prost blieb stehen, hob die rechte Hand, wie zur Abwehr. „Ich habe ihm wohl zu sehr ins Handwerk gepfuscht. Damit versteht er scheinbar keinen Spaß, obwohl man ihn ja sonst mit allem auf den Arm nehmen kann, da lacht er nur."

„Ja, aber auch bloß bei dir, Thomas", sagte Kupfer, „uns mault er gleich an."

„Dann werde ich wohl noch einmal bei ihm vorbeigehen müssen, damit er seinen Zorn nicht an euch auslässt."

„Ach was", mischte sich Stumpfberg ein, „der beruhigt sich auch von alleine wieder. Vielleicht heizt du ihn nur noch mehr auf."

„Da könntest du Recht haben, Hans."

Prost ging langsam zur Tür. In seinem Rücken entstand eine Stille, die er plötzlich fühlte. Der Mann ging schneller, öffnete die Messwartentür und schloss sie sofort wieder hinter sich.

Prost schnappte seinen Sessel, der unverändert einsam auf dem Flur herumstand, schob ihn wieder vor sich her, bis auf den Parkplatz. Dort klappte er die Rückenlehnen der hinteren Sitze seines Autos nach vorne, hob seinen Sessel an, schob ihn in den Kofferraum und klappte den Deckel wieder zu. Er setzte sich auf den Fahrersitz und fuhr davon in Richtung Stammwerk.

Zum Glück fiel ihm jetzt die Aussicht auf einen besonderen Besuch des Neuen Theaters ein. Der Gedanke daran verjagte die ihn bedrückende Stimmung, die ernste Miene verschwand und ließ wieder ein Lächeln auf dem Gesicht des Mannes erscheinen.

Der Schauspieler und vielleicht auch mal in Zukunft Regisseur Daniel Hoffmann hatte doch tatsächlich ein kleines Theaterstück in 5 Akten über das in der V-Fabrik erlebte geschrieben und es zu einem vom Neuen Theater ausgeschriebenen Wettbewerb eingereicht. Wenn er damit einen der drei ersten Plätze belegen sollte, könnte das Stück am 25. Oktober uraufgeführt werden. Außerdem könnte Hoffmann ein solcher Erfolg einen Studienplatz an der Hochschule für Schauspielkunst 'Ernst Busch' in Berlin einbringen.

Selbstverständlich würde Prost zusammen mit seiner Frau und seinen Freunden an dieser Premiere, wenn es die tatsächlich geben sollte, teilnehmen.

Als der Ingenieur nur ein wenig später, den Arbeitssessel an die Brust gedrückt, die Treppen zu seinem neuen Büro hochstieg, kam ihm ein junger Mann entgegen.

„Hallo Doc!"

Prost blieb verblüfft stehen und setzte vorsichtig den Sessel ab. „Nanu, Alex, was machst du denn hier?"

Schuster grinste verschmitzt. „Du hast mich doch fest eingestellt und wenn du jetzt hier arbeitest, dann …"

Prost seufzte. „Umgekehrt wird ein Schuh draus, Alex, weil ich jetzt hier sitze und du in der V-Fabrik arbeitest, muss ich demnächst zu dir kommen."

„Mach das Doc. Das wird alle freuen."

„Na dann. Grüß Jutta von mir. Im wievielten Monat ist sie eigentlich?"

„Mitte Oktober könnte es soweit sein."

„Ich drücke euch die Daumen."

„Danke Doc. Wir sehen uns!"

„Wir sehen uns Alex!"

Während Schuster jede zweite Stufe auslassend nach unten lief, hob Prost den Sessel wieder an und stieg langsam, Stufe für Stufe, weiter nach oben.

In der 1. Etage stellte er sein Gepäck ab, rollte anschließend damit weiter und betrat sein Büro, wie er glaubte, völlig emotionslos. Das kam sicherlich daher, dass bisher nur sein Körper hier angekommen war, aber sein Geist sich immer noch bei seinen Kollegen in der V-Fabrik befand.

Würde er es überhaupt schaffen, sich an diesen neuen Arbeitsplatz zu gewöhnen?

Prost versuchte, die sich ihm aufdrängenden Gefühle über diese verfluchte Abschiebung, zu überwinden.

Energisch betrat er das Büro, schob den Sessel an den Schreibtisch und setzte sich.

Doch schon nach kurzer Zeit stand er wieder auf und verließ seinen neuen Arbeitsplatz.

Zum Glück besaß er noch sein Werksfahrrad.

Er schwang sich in den Sattel und radelte los.

Automatisch fuhr er in Richtung V-Fabrik ...

32 - DER PROZESS
21. Juli 2003, Landgericht Halle

Die für die Dauer von drei Tagen angesetzte Hauptverhandlung gegen Horst Schröder begann am Montag um 10 Uhr vor der großen Strafkammer im Landgericht Halle. Die Staatsanwaltschaft, vertreten durch Dr. Moser, warf dem 45-jährigen den Mord an Anja Petersen und einen Mordversuch an Daniel Hoffmann vor.

Vor den 8 Stuhlreihen mit je 12 Sitzplätzen für die Besucher befand sich eine circa einen Meter hohe Barriere, in deren Mitte sich eine doppelseitige Pendeltür befand, damit die Zeugen zu dem kleinen, mit einem Stuhl bestückten Tisch, in das Karree vor den U-förmigen Richtertisch, gelangen konnten.

Pünktlich um 10 Uhr nahm der vorsitzende Richter, der 58-jährige Hubert von Seydlitz, ein mittelgroßer Mann mit robuster Figur und schwarzer, mit grauen Strähnen durchsetzter, voller, gut frisierter Haartracht, in der Mitte seines Spruchkörpers, der heute aus 2 weiteren Berufsrichtern und 2 Schöffen bestand, auf der Stirnseite des U Platz.

Auf der linken Seite saß der noch junge, schlanke und hochaufgeschossene Verteidiger Heino Waldmann in der ersten von zwei Reihen und sein Klient mit einem Polizisten direkt dahinter.

Der 45-jährige, fast glatzköpfige, mittelgroße Staatsanwalt residierte auf der rechten Seite allein.

Die Rechtsanwältin Gisela Schulz hatte als Nebenklägerin für ihren Mandanten Hoffmann an einem kleinen Tisch, der auf der rechten Seite des U-Innenraumes zusätzlich aufgestellt worden war, Platz genommen.

Der Vorsitzende des Gerichts eröffnete die Sitzung, stellte die Anwesenheit aller Verfahrensbeteiligten fest, schickte die 11 Zeugen, unter denen sich auch Hauptkommissar Bergmann, Daniel Hoffmann, Emil Balla, Günther Hossa und Eva Paulus befanden, wieder aus dem Verhandlungssaal und fuhr dann mit der Vernehmung des Angeklagten zur Person fort.

Danach verlas Staatsanwalt Dr. Moser den Anklagesatz, der zuvor vom Gericht im Eröffnungsbeschluss zur Hauptverhandlung zugelassen worden war.

Hubert von Seydlitz belehrte den Angeklagten über sein Schweigerecht und begann mit dessen Vernehmung zur Sache.

Richter: Herr Angeklagter sie haben bei den ersten Vernehmungen durch die Polizei zumindest den Mordversuch an Hoffmann gestanden. Wollen sie sich zur Gesamtanklage äußern?

Angeklagter: Ich ziehe mein Geständnis wieder zurück. Ich bin beide Anklagepunkte betreffend unschuldig. Mehr habe ich nicht zu sagen.

Verteidiger: Herr Vorsitzender, mein Mandant hat die Tat in Abwesenheit eines Rechtsbeistandes gestanden. Deshalb widerruft er seine Aussage. Außerdem wird er nunmehr von seinem Schweigerecht Gebrauch machen.

Richter: Das kommt etwas überraschend. Aber es ist natürlich sein Recht. - Dann setzen wir die Verhandlung mit der Zeugenvernehmung fort. Ich werde die Befragung in zwei Etappen durchführen. Heute zum mutmaßlichen Mord an Anja Petersen und morgen zum mutmaßlichen Mordversuch an Daniel Hoffmann, der möglicherweise der Vertuschung von ersterem dienen sollte. Ich bitte darum den 1. Zeugen Herrn Daniel Hoffmann in den Saal zu rufen! (Wartet bis der große Mann durch die Pendeltür hindurchgetreten ist) Bitte nehmen sie Platz. Wie heißen sie?

Zeuge 1: Daniel Hoffmann

Richter: Ihr Alter?

Zeuge 1: 24

Richter: Was sind sie von Beruf?

Zeuge 1: Noch ohne.

Richter: Wo wohnen sie?

Zeuge 1: In Düsseldorf, Heinrich-Heine-Straße 52b

Richter: Ich muss sie belehren, dass sie als Zeuge die Wahrheit sagen müssen. § 57 der StPO. Sie dürfen nichts weglassen oder hinzufügen, ganz egal, ob Sie vom Gericht oder von den Parteien befragt werden. Wenn Sie die Unwahrheit sagen, machen Sie sich strafbar. Das Strafmaß diesbezüglich verschärft sich, falls ich sie als Zeuge vereidigen muss. Nach § 55 StPO haben sie das Recht, die Aussage zu verweigern, wenn sie sich selbst oder Verwandte gemäß § 52

StPO durch Aussagen belasten würden. Haben sie das verstanden?

Zeuge 1: Ich denke schon. - Ja.

Richter: Bitte schildern sie jetzt den exakten Ablauf ihrer Schicht vom 22. zum 23. März.

Zeuge 1: Darf ich mein Notizbuch verwenden?

Richter: Natürlich. Es ist ja Teil der Beweisaufnahme.

Zeuge 1: Danke. Also. (er blättert in seinem A6 Notizheft mit braunem Pappdeckel) Gleich zu Beginn der Schicht um 18 Uhr bat Horst Schröder die Schichtleiterin Paulus, dass sie ihn für Anlage 1 einsetzten soll. Kurz danach teilte mich die Chefin für Anlage 2 ein. Zuerst musste ich mich zusammen mit Günther Hossa um den Kondensomat des Umlaufverdampfers der HCl-Kolonne kümmern, weil es dort einen Kondensatstau gab. Weil wir das Problem nicht in Griff bekommen haben, musste kurz nach 20 Uhr die Spaltung 2 und eine halbe Stunde später auch die Oxi 2 abgestellt werden. Die DC 2 fiel bei der Lastverminderung ebenfalls aus. Bis circa Mitternacht habe ich Handventile gedreht und diverse Filter gereinigt. Dann wurde es ruhiger. Nach 1 Uhr sollten die Anfahrvorbereitungen beginnen. Ich saß am Tisch und schrieb …

Richter: Was hat denn ein Operator so zu schreiben?

Zeuge 1: Das ist verschieden …

Nebenklägerin: Entschuldigen sie Herr Vorsitzender, vielleicht darf ich das kurz erklären?

Richter: Bitte Frau Rechtsanwältin.

Nebenklägerin: Mit der Erlaubnis des Betriebsleiters Dr. Prost und der schriftlichen Genehmigung des Geschäftsführers von OPA Industrial Anton Veen hat mein Mandant sich für einen Wettbewerb am Neuen Theater Halle angemeldet. Das Stück soll vom Leben in der V-Fabrik handeln und dazu hat sich Herr Hoffmann viele Notizen gemacht, so auch in jener Nachtschicht.

Richter: Das klingt logisch. (er schweigt einen Moment) Was ist bei der Sache - ich meine - dem Wettbewerb, herausgekommen?

Nebenklägerin: Herr Hoffmann hat mit seinem Stück den 3. Platz belegt.

Richter: Donnerwetter. Dann muss ich jetzt natürlich noch fragen, gibt es dafür auch einen Preis?

Zeuge 1: Die drei besten Stücke werden im Neuen Theater am 25. Oktober aufgeführt.

Richter: (macht sich eine handschriftliche Notiz) Bitte fahren sie jetzt mit ihrem Bericht fort, Herr Zeuge.

Zeuge 1: Ich saß also am Tisch und schrieb. Um 1 Uhr 15 kam eine Anfrage aus dem Lautsprecher der Wechselsprechanlage. Zucker: „Kann mal jemand die Verladepumpe zuschalten?" Schröder: „Ich kümmere mich darum, Joachim. Die anderen haben Bambule. Spätestens in zwanzig Minuten läuft die Pumpe. Ich sage dir Bescheid." Das habe ich wörtlich mit der aktuellen Uhrzeit aufgeschrieben.

Richter: Wie gut, dass wir gerade die Begründung für dieses Verhalten geklärt haben.

Zeuge 1: Um 1 Uhr 28 habe ich notiert: Adler: „Kann mal einer die Dampfzufuhr zum HCl-Vorwärmer prüfen? Vorhin lag die Temperatur vom Chlorwasserstoff zu niedrig." Hossa: „Das übernehme ich." Adler: „Bevor wir die Oxi wieder anfahren, würde ich gern die Rückflusspumpe umstellen lassen wollen. Die jetzt in Betrieb befindliche bringt zu wenig Leistung." Paulus: „Ja, okay, wenn du meinst. Kannst du das gleich machen Emil?" „Bin schon weg Chefin!" Schröder: „Nimm doch am besten unsere Künstler mit, Emil, bei dir können sie so oder so was dazulernen."

Nebenklägerin: Mit Künstler sind Herr Hoffmann und sein Freund Alexander Schuster gemeint, weil der eine Regisseur und der andere Musiker werden möchte.

Richter: (nickt lächelnd zur Nebenklägerin) Danke Frau Rechtsanwältin. (macht mit der Hand eine Geste zum Zeugen, was der richtig versteht)

Zeuge 1: Mit der Uhrzeit 1:28 gekennzeichnet steht hier: Schröder: „Entschuldige Anja, ich will dir auf keinen Fall zu nahekommen, aber könntest du die Verladepumpe zuschalten? Die anderen haben ja alle genug zu tun und Achim Zucker wartet schon in der Verladung." Petersen: „Okay Horst. Ich mach das." Schröder: „Ach - und - vielleicht kannst du dabei gleich die Kontrolle am Bodenventil Kugel 1 erledigen?" Als die Petersen um 1 Uhr 32 die Messwarte verließ, rief ihr Schröder hinterher: „Bitte beeile Dich. Der Zug soll noch heute fertig werden!" Ich bin ihr unmittelbar gefolgt.

Richter: Warum sind sie der Frau gefolgt?

Zeuge 1: Das habe ich falsch formuliert. Ich sollte eigentlich sofort mit Balla und Alex mitgehen, wollte aber zuerst meine Notizen vervollständigen. Damit war ich fertig, als die Petersen ging, also folgte ich ihr.

Richter: Was geschah dann?

Zeuge 1: Vielleicht 2 Minuten später traf ich in der Betontasse des Apparategerüsts von Anlage 2 auf meine beiden Kollegen und stellte mich auf Anweisung Ballas an den Saugschieber der umzustellenden Pumpe. Unmittelbar danach explodierte die Sprengladung.

Richter: Und dann?

Zeuge 1: Balla hat uns zugerufen: „Schnell! Rennt zum Analysenhaus! Da seid ihr sicher." Das haben wir getan. Dort haben wir die Wartezeit genutzt und uns in das Kontrollbuch eingetragen. Da war es 1 Uhr 37. Vielleicht 5 Minuten später kam Balla zu uns und wir sind gemeinsam zur Messwarte gegangen.

Richter: Gut. Das genügt. Gibt es Anfragen an den Zeugen Hoffmann?

Verteidiger: Die exakten Uhrzeitangaben, genau um dieses Ereignis herum, klingen doch etwas eigenartig für mich. Stimmt das denn wirklich? Das können sie doch auch viel später geschrieben haben.

Staatsanwalt: Aber, aber Herr Waldmann. Das ist doch auch eindeutig mit den vielen Einträgen davor und danach zu belegen. Sie kennen doch …

Verteidiger: Ja, ja. Ich kenne das Buch.

Zeuge 1: Immer, wenn es mir interessant erschien, persönliche Reden aufzuschreiben, habe ich die mit der genauen Uhrzeit versehen.

Staatsanwalt: Das klingt doch logisch. Viel eigenartiger, Herr Verteidiger, ist hingegen, dass das Eingreifen ihres Mandanten genau zu der Zeit erfolgte, die garantierte, dass die Frau verunglücken musste!

Verteidiger: Nein! Es war purer Zufall.

Staatsanwalt: Sie wollten die Frau aus Eifersucht, Enttäuschung und verletzter Eitelkeit umbringen Herr Schröder. Das sagen die Uhrzeiten.

Richter: Stopp! Meine Herren! Für ihre Plädoyers haben sie später Zeit. Weitere Fragen an den Zeugen? (sieht vom Verteidiger über den Angeklagten zum Staatsanwalt und zur Nebenklägerin) Wenn das nicht der Fall ist, dann können sie sich (er wendet sich wieder Hoffmann zu) zu den Zuschauern setzten. Sie sind noch nicht entlassen, Herr Hoffmann. (wartet bis er den Zeugen nicken sieht) Dann bitte ich jetzt um den 2. Zeugen. Frau Eva Paulus.

Nach der Kontrolle der Personalien sowie der Belehrung zur wahrheitsgetreuen Aussagepflicht ging der Vorsitzende zur Befragung über.

Richter: Frau Paulus sie waren die verantwortliche Leiterin in der Nachtschicht vom 22. zum 23. März?

Zeuge 2: Ja.

Richter: Wie haben sie die Verteilung der Aufgaben auf die einzelnen Belegschaftsmitglieder vorgenommen?

Zeuge 2: Da es sich um die letzte Schicht des Zyklus handelte, sollte jeder dort weitermachen, wo er oder sie in den letzten Schichten gearbeitet hatte. Also sollte Alex, ich meine Alexander Schuster, wieder Anlage 1 hier in der Messwarte übernehmen zusammen mit Joachim Zucker in der Außenrunde und alle anderen die Bereiche von Anlage 2 besetzen.

Richter: Haben sie das auch so gemacht?

Zeuge 2: Nein, nicht ganz. Horst Schröder hat mich gleich zu Schichtbeginn gebeten Anlage 1 übernehmen zu dürfen. Dem habe ich zugestimmt und Alex ist mit in die Außenrunde für Anlage 2 gegangen.

Richter: War diese Bitte eines Operators ungewöhnlich?

Zeuge 2: Nein. Das kam schon hin und wieder vor. - Obwohl ...

Richter: Obwohl? Sie dürfen vor Gericht nichts verschweigen Frau Paulus.

Zeuge 2: Na ja. Ich habe mich nur gewundert, weil Horst fast während der gesamten Start-up-Phase die Spaltung 2 betreut hat. Er schien regelrecht verliebt in diesen Anlagenteil zu sein.

Richter: Sie haben ihn nicht nach den Gründen gefragt?
Zeuge 2: Nein. Ich dachte wohl gleich, dass er nur Anja, ich meine Frau Petersen aus dem Weg gehen wollte.
Richter: Warum glaubten sie das?
Zeuge 2: Wir wussten alle, dass er ein Verhältnis mit dieser Kollegin hat. Und es war später auch nicht zu übersehen, dass sich die junge Frau wohl in den Elektroingenieur Soitz verliebt hatte und deshalb Schröder links liegen ließ. - Na ja.
Richter: Ist ihnen am Verhalten des Angeklagten noch etwas aufgefallen?
Zeuge 2: Ja, ich wunderte mich schon, dass Schröder die Petersen nach Mitternacht zum Zuschalten der Verladepumpe geschickt hat. Es war unlogisch.
Richter: Das sagen sie als Frau?
Zeuge 2: Die - Logik, Herr Vorsitzender, ist doch weiblich. Also - obwohl? - Vielleicht lieben gerade deswegen mehr Männer als Frauen logisches Denken? - Na egal, ich fand es eben - unlogisch, weil er zuerst der Kollegin mit seinem Arbeitsplatzwunsch am Anfang der Schicht aus dem Weg ging, um sie dann mit einer Handlung zu beauftragen, für die die Frau nun wirklich nicht zuständig war.
Richter: Das klingt auch aus meiner Sicht logisch. Danke. Gibt es weitere Fragen an diese Zeugin? Herr Staatsanwalt?
Staatsanwalt: Frau Paulus sie wissen definitiv, dass Frau Petersen mit Herrn Soitz ein Liebesverhältnis hatte.
Zeuge 2: Ja. Das war nicht zu übersehen. Außerdem hat sie das mir gegenüber einmal kurz angedeutet.
Staatsanwalt: Hat es deshalb Streit zwischen Schröder und der Petersen oder zwischen den Männern gegeben?
Zeuge 2: Nun ja.
Staatsanwalt: Ja oder Nein?
Richter: Frau Paulus das hatten wir doch schon. Sie dürfen nichts verschweigen. Das gehört zu einer wahrheitsgemäßen Aussage dazu.
Zeuge 2: Einmal in der Messwarte hat Schröder Anja zur Rede gestellt und auch die beiden Männer haben sich in dieser Situation angefaucht.
Staatsanwalt: Wissen sie noch genau um was es damals ging?

Zeuge 2: Schröder wollte sich mit Anja verabreden, doch sie hat abgelehnt. „Du hast wohl jetzt einen Studierten", hat er sie angefaucht und zu Soitz gewandt im Befehlston gesagt, „lass Anja zufrieden, Soitz! Das ist meine Freundin!"

Staatsanwalt: Was hat der Mann geantwortet?

Zeuge 2: Das weiß ich noch ziemlich genau. Er sagte: „So ein Blödsinn! Meine Freundin, deine Freundin. Das ist ganz allein Anjas Entscheidung."

Staatsanwalt: Danke.

Richter: Noch Fragen? (Er blickt wieder alle Prozessbeteiligten an) Dann danke ich ihnen Frau Paulus. Sie sind damit entlassen und können den Saal verlassen. Wenn sie wollen, können sie aber auch hier weiter den Prozess verfolgen. (Die Paulus setzt sich in die 1. Reihe direkt neben Hoffmann) Ich bitte darum den 3. Zeugen, Herrn Günther Hossa aufzurufen.

Der Vorsitzende wiederholte die Prozedur, wie vorher mit den anderen Zeugen und stellte dann seine erste Frage.

Richter: Wo haben sie sich zum Zeitpunkt der Explosion aufgehalten?

Zeuge 3: Achtzehnmeterbühne im Apparategerüst von Oxi 2.

Richter: Was hatten sie da zu tun?

Zeuge 3: Dampfzufuhr zum HCl Vorwärmer prüfen.

Richter: Was haben sie von dort gehört oder gesehen?

Zeuge 3: Vor dem Donner habe ich die hübsche Petersen im Tanklager gesehen, gehört wie das Bodenventil einer Kugel auf- oder zugefahren ist und mich gewundert. Danach …

Richter: Worüber haben sie sich gewundert?

Zeuge 3: Na, welcher Spaßvogel die kleine Frau ins Tanklager geschickt hat.

Richter: Warum? Muss man für diese Aufgabe groß und stark sein? So wie sie?

Zeuge 3: I wo, aber das machen sonst eigentlich immer eher die - hm - Anfänger.

Richter: Ach so? - Verstehe. Bitte fahren sie fort.

Zeuge 3: Beim Knall habe ich den Schraubenzieher fallen lassen. Als ich wieder hochkam, sah ich die Staubwolke an der Kugel 1 und die Frau war weg.

Richter: Woher wussten sie, dass es sich um Staub handelte? (der Zeuge schweigt und sieht den Richter nur groß an) Na gut. Wo war die Frau? Wie ging's dann weiter?
Zeuge 3: Im nächsten Augenblick habe ich ein dunkles Objekt auf dem Betonweg zur Kugel liegen sehen. Das konnte nur die Frau sein. Bevor ich losrannte, sah ich Balla auf die Straße in Richtung Tank 1 stürzen. Plötzlich bog ein Jeep in die Straße ein und fuhr direkt auf meinen Kollegen zu. Ich rannte die Treppen nach unten, um meinem Freund zu helfen. Zum Glück hatte der sich schon in Sicherheit bringen können. - Die zwei maskierten Kerle waren bewaffnet. Ich musste hilflos zusehen. Sie haben die Frau einfach mitgenommen.
Richter: Danke Herr Hossa. Fragen von den Parteien?
Verteidiger: Wieso sollte Frau Petersen die Pumpe nicht einschalten? Vielleicht war ja niemand anders zur Verfügung?
Zeuge 3: Und wenn schon. Erstens hätte Schröder den Auftrag selbst erledigen können, denn in der Messwarte kann immer jemand die Anlage 1 mit übernehmen und zweitens hätte das der Verlader ebenfalls allein machen können. So weit ist der Weg nun auch wieder nicht.
Staatsanwalt: Wieso war Anja Petersen überhaupt in der Schicht anwesend? Sie ist doch Ingenieur und arbeitet grundsätzlich in der Tagschicht?
Zeuge 3: Im Anfahrbetrieb ist das normal.
Richter: Das steht doch schon in der Akte Herr Staatsanwalt. Dr. Prost hat bestätigt, dass neue Kollegen zur Einarbeitung auch ein paar Wochen in die Schicht gehen. - Weitere Fragen? (es meldet sich niemand mehr) Dann, Herr Hossa sind sie für heute entlassen. Bitte setzen sie sich in die erste Zuhörerreihe. - Ich bitte den 4. Zeugen, Herrn Emil Balla, aufzurufen.

Der Operator schreitet auf die Barriere zu, begegnet kurz davor seinem Freund, sie stoßen ihre Fäuste aneinander und während Balla durch die Pendeltür zum Zeugentisch geht, setzt sich Hossa neben die Paulus.

Der Richter wiederholt die den Zuhörern schon bekannte Zeremonie und stellt dann die erste Frage.

Richter: Herr Balla sie haben am 23. März gegen halb Zwei Uhr die Messwarte verlassen. Mit welchem Auftrag und mit wem?

Zeuge 4: Das war exakt um 1 Uhr 28, Herr Vorsitzender. Den Auftrag hat mir meine Chefin erteilt und unser Brauner meinte, dass ich die Rev …, die Befristeten mitnehmen soll.

Richter: Wer ist Brauner?

Zeuge 4: Horst Schröder, der Angeklagte.

Richter: Schildern sie den weiteren Ablauf ihrer Handlungen.

Zeuge 4: Der Dichter wollte erst noch zu Ende schreiben, also bin ich mit dem Composer zu den Rückflußpumpen gegangen und hab ihm erklärt, was wir machen müssen. Kurz bevor wir mit der Umstellung begannen, kam Hoffmann dazu, ich postierte ihn am Saugschieber der Pumpe und kurz danach bumste es.

Richter: Und weiter?

Zeuge 4: Ich rief meinen jungen Kollegen zu, dass sie schnell zum Analysenhaus rennen und dort auf mich warten sollen. Ich selbst rannte zur Kugel 1 von der nach meiner Einschätzung der Krach gekommen sein musste. Als ich auf die Straße trat, kam ein dunkler Jeep mit quietschenden Reifen um die Ecke und direkt auf mich zu gefahren. Ich sprang zur Seite. Das Auto stoppte. Die maskierten, bewaffneten Gangster stiegen aus. Als der eine auf mich mit einer Pistole anlegte, brachte ich mich hinter einem Behälter in Sicherheit. Von da beobachtete ich, wie die Ganoven die leblose Petersen, wie einen Sack ins Auto warfen und davonfuhren. Kurz darauf traf ich Hossa. Wir verständigten uns schnell, dass er die Messwarte informiert und ich mich um die jungen Operatoren kümmere.

Richter: Haben sie Fragen Herr Staatsanwalt? (der schüttelte nur den Kopf) Oder sie, Herr Verteidiger?

Verteidiger: Wieso können sie die Uhrzeit mit 1 Uhr 28 so genau angeben?

Zeuge 4: Das ist genau meine Geburtszeit.

Verteidiger: Dann hatten sie an diesem Tag Geburtstag?

Zeuge 4: Fast.

Verteidiger: Was soll das denn heißen?!

Zeuge: Na ja, ein paar Tage früher. Aber die Uhrzeit stimmt!

Richter: Noch weitere Fragen? - Wenn das nicht der Fall ist, dann können sie sich setzen Herr Balla. Sie müssen sich für weitere Aussagen bereithalten.

Zeuge 4: Na klar Herr Vorsitzender.

Balla steht auf und setzt sich in die 1. Reihe neben seinen Freund Hossa.

Richter: Dann rufe ich für heute den 5. und letzten Zeugen Herrn Hauptkommissar Bergmann auf.

Der Vorsitzende belehrte auch den Polizisten, obwohl der sich mit den diesbezüglichen §§ 52, 55 und 57 der Strafprozessordnung natürlich genauestens auskannte.

Richter: Herr Hauptkommissar die wichtigste Frage für diese Verhandlung an sie ist, konnten sie nachweisen, dass der Angeklagte Schröder vom exakten Zeitpunkt des Anschlags informiert war?

Zeuge 5: Die zwei Terroristen, die den Anschlag ausgeführt haben, konnten sich scheinbar erfolgreich absetzen. Die Fahndung läuft zwar noch, aber vermutlich haben sie Deutschland bereits verlassen. Leider sind meine Kollegen anfangs ja den falschen hinterhergejagt. Das hat zu viel Zeit gekostet. Die logische Kette der Handlungen des Angeklagten legt aber den Schluss nah, dass er vom Zeitpunkt der Sprengung gewusst haben muss.

Angeklagter (dazwischenrufend): Ich hatte keine Ahnung!

(Der Verteidiger versucht sofort seinen Mandanten zu beruhigen.)

Richter: Gibt es noch Fragen an den Hauptkommissar? Herr Verteidiger?

Verteidiger: Die Kette der Handlungen meines Mandanten scheint logisch, könnte aber genauso gut nur ein Zufall sein. Es gibt keinen richtigen Beweis.

Zeuge 5: Es gibt keinen Beweis im üblichen Sinne, aber die von mehreren Zeugen mit exakten Zeiten bestätigten Reaktionen des Angeklagten sind ein klarer Beleg für die Absicht des Täters das Leben der Frau Petersen zu gefährden. Tod oder nur schwere Verletzung ist vielleicht Zufall, aber die Tat erfolgte mit Vorsatz.

Verteidiger: Das sehe ich ganz anders. Der Tod der Anja Petersen war ein bedauerlicher Zufall. Sie war leider zur falschen Zeit am falschen Ort.

Richter: So kommen wir in diesem Punkt nicht weiter. Vielleicht ergeben sich im Ablauf der weiteren Befragungen zum zweiten Anklagepunkt neue Erkenntnisse. - Noch Fragen? (Der Vorsitzende sieht vom Verteidiger zum Staatsanwalt und zur Nebenklägerin) Wenn das nicht der Fall ist, dann vertage ich die Verhandlung auf morgen 9 Uhr.

Der Vorsitzende erhob sich, die Richter und Schöffen folgen seinem Beispiel und verließen gemeinsam den Saal. Der Polizist legte dem Angeklagten die Handschellen an und führte ihn durch eine andere Tür nach draußen, während die Zeugen und Besucher sich ebenfalls von ihren Plätzen erhoben und nach und nach auf den Heimweg begaben.

22. Juli 2003 Landgericht Halle

Pünktlich um 9 Uhr betrat der Vorsitzende Richter Hubert von Seydlitz mit seiner Gefolgschaft vom Vortag den Gerichtssaal, in dem Verteidiger, der Angeklagte mit seinem Bewacher, Staatsanwalt und Nebenkläger bereits an den für sie vorgesehen Plätzen standen, während die Besucher sich erst jetzt langsam und geräuschvoll von ihren Plätzen erhoben.

Nachdem sich alle wieder gesetzt hatten, wiederholte der Vorsitzende die gleiche Prozedur, wie am Vortag. Er eröffnete die Sitzung, stellte die Anwesenheit aller Verfahrensbeteiligten fest, schickte die 10 Zeugen, unter denen sich Hauptkommissar Bergmann, Daniel Hoffmann, Emil Balla, Fritz Hennecke, Burghart Keppler, Dr. Prost und Ernst Wolf befanden, wieder aus dem Verhandlungssaal und fuhr dann mit der Befragung des Angeklagten zum 2. Anklagepunkt fort.

Richter: Angeklagter wollen sie sich zum Mordversuch an Daniel Hoffmann äußern?

Angeklagter (mit den Händen in der Luft herum fuchtelnd): Die linke Bande hat versucht mich reinzulegen. Die …

Verteidiger (legt schnell eine Hand auf den Arm seines Mandanten, um ihn am Weitersprechen zu hindern): Mein Mandant macht auch weiterhin von seinem Schweigerecht Gebrauch.

Angeklagter: Ich bin unschuldig!
Richter: Wir nehmen das zur Kenntnis. - Dann beginnen wir jetzt mit der Befragung des 1. Zeugen. Herr Emil Balla bitte. (wartet bis der Mann am Zeugentisch angekommen ist) Bitte setzen sie sich. Die Belehrung haben wir ja bereits gestern durchgeführt. Ich wiederhole nur kurz das Wichtigste. § 57, sie müssen die Wahrheit sagen. § 55, sie haben das Recht, die Aussage zu verweigern, wenn sie sich selbst oder Verwandte gemäß § 52 belasten würden. Sie erinnern sich?
Zeuge 1: Worauf bezog sich gleich § 52?
Richter: Die Strafprozessordnung bestimmt mit dem § 52 wer im Sinne von § 55 zu den Verwandten … Warum lächeln sie?
Zeuge 1: Sie sind wie mein Chef, Herr Vorsitzender, wenn ich den frage, Doc, warum gibt es eigentlich in der Oxichlorierung keine Explosion trotz explosionsfähigem Reaktionsgemisch, dann fängt er auch sofort an zu erklären, obwohl …
Richter: … obwohl er weiß, dass sie das wissen? - Soll das etwa heißen … (er verstummte. Ein aufmerksamer Beobachter konnte im Gesicht des Mannes sehen, dass zwei sich widersprechende Gefühle die Gedanken im Kopf des Richters bestimmten und die noch miteinander kämpften. Das eine forderte, den Zeugen streng zu ermahnen, und das andere, dem Ganzen humorvoll zu begegnen) So, so, und warum explodiert ihr Reaktor nicht Herr Balla?
Zeuge 1: Das ist wie mit einer Dreiecksbeziehung, Herr Vorsitzender. Wenn Mann und Geliebte sich begegnen, dann brennt das Feuer der Leidenschaft lichterloh, außerdem ist wegen der Heimlichkeit ein hoher Druck vorhanden und wenn die Ehefrau auftaucht, dann knallt's. Im umgekehrten Falle, wenn also Mann und Ehefrau zusammen sind, dann ist kein Druck vorhanden und die Flamme der Leidenschaft ist gering, aber wenn die Geliebte aufkreuzt, knallt's trotzdem. Im Oxireaktor sorgt die Technik dafür, dass Mann - sprich Sauerstoff -, Geliebte - sprich Ethylen - und Ehefrau - sprich ein Komponentengemisch, das selbst nicht explosiv ist und vorrangig aus Chlorwasserstoff und Stickstoff besteht - auch bei Druck- und Temperaturschwan-

kungen immer außerhalb des Ex-Bereiches bleiben, sodass der Reaktor nicht explodieren kann.

Richter: Interessant. So wird Chemie sogar für Außenstehende verständlich und wir Paragrafenreiter begreifen noch deutlicher, dass wir genauso bildhaft mit den Menschen umgehen müssen, für die die Pendantensprache ein Buch mit sieben Siegeln ist. - Meine Damen und Herren, ich bitte um Entschuldigung für die kleine Verzögerung. - Jetzt kommen wir wieder zur Sache. Herr Balla, bitte schildern sie Vorbereitung und Ablauf der Reinigung des Behälters am 3. April.

Zeuge 1: Ungefähr um 9 Uhr hat Schichtleiter Keppler uns, das heißt Hoffmann, Schröder und mich, auf der Grundlage des Befahrerlaubnisscheins eingewiesen und uns aufgefordert, alle festgelegten Sicherheitsmaßnahmen zu kontrollieren. Unsere Kollegin Deiner hat mir noch ein Sprechfunkgerät in die Hand gedrückt - das zweite behielt sie - mit dem wir direkt zu ihr Verbindung aufnehmen konnten, wenn Gefahr im Verzug sein sollte. Um etwa 10 Uhr waren wir mit der Kontrolle fertig und …

Richter: War denn alles in Ordnung?

Zeuge 1: Eigentlich schon. Bis auf das Gerüst an der BM-Station von der aus wir die Luft für unser Frischluftschlauchgerät bezogen. Dadurch war die Sicht auf die Rohrleitung nach oben behindert, aber das spielt normaler Weise ja auch keine Rolle.

Richter: Außer in diesem Falle, was sie aber nicht wussten. - Auch in keiner Weise wissen konnten. Ich verstehe. Bitte fahren sie fort.

Zeuge 1: Auf dem Podest des Behälters trafen wir unseren Chef, der uns ermahnte vorsichtig zu sein. Ich habe ihm gesagt, dass wir uns abwechseln würden, wenn's länger dauern sollte und Schröder hat betont, dass ihn der Schichtleiter als Sicherheitsposten eingeteilt hat.

Richter: War das auch so?

Zeuge 1: Ja. Als der Chef wieder weg war, wollte ich einsteigen, aber die beiden anderen haben mich überzeugt, dass es besser ist, wenn der Jüngere und Sportlichere in den Behälter klettern würde. Also ist Daniel dann eingestiegen. Kaum war er drin, wurde Schröder von Hennecke über die Wechselsprechanlage angerufen. Obwohl ich ihm das Sprechfunkgerät zureiche, wollte er lieber zu einer Sprechstelle gehen. Kaum war er wieder da, wurde ich von Hennecke gerufen, dass er dringend, sehr dringend auf der Zwölfmeterbühne in der Anlage 1 meine Hilfe braucht. Ich wollte eigentlich nicht weggehen, aber Schröder meinte, „nu hau schon ab! Wer weiß, was da wieder los ist!" Also habe ich ihm das Sprechfunkgerät in die Hand gedrückt und bin gegangen.

Richter: Was wollte Hennecke von ihnen?

Zeuge 1: Das weiß ich nicht, weil ich gar nicht bis zu ihm gekommen bin, denn schon davor sah ich einen Rettungstrupp zum Entleerungsbehälter eilen und bin sofort wieder zurückgerannt.

Richter: Wie lange war der Angeklagte allein?

Zeuge 1: Ich habe nicht auf die Uhr gesehen, aber es kann sich nur um etwa fünf, höchstens sechs Minuten gehandelt haben.

Richter: Was ist dann passiert?

Zeuge 1: Ich bin hinter den Feuerwehrleuten die Steigleiter hochgeklettert. Schröder gebärdete sich wie ein Verrückter und wollte gleich selbst einsteigen. Das habe ich aber verhindert und dafür gesorgt, dass er vom Behälter runter geklettert ist. Ganz in der Nähe habe ich ihn auf einem Betonsockel platziert und bin wieder zum Rettungstrupp hochgestiegen. Als ich wieder nach unten sah, war Schröder verschwunden.

Richter: Danke Herr Balla. Gibt es noch Fragen an den 1. Zeugen? Frau Nebenklägerin? Herr Verteidiger? Herr Staatsanwalt?

Staatsanwalt: Der Angeklagte hat ausdrücklich verlangt, dass Hoffmann in den Behälter einsteigt?

Zeuge 1: Verlangt kann man nicht sagen. Er hat nur gemeint, dass es besser wäre, wenn der Jüngste einsteigt.

Verteidiger: Das ist doch auch logisch und richtig.

Richter: Weitere Fragen?

Nebenklägerin: Die Festlegung, wer der Sicherheitsposten wird, hat definitiv der Schichtleiter getroffen?

Zeuge 1: Schröder hat sich selbst vorgeschlagen und Keppler hat das bestätigt.

Nebenklägerin: Das ist ein kleiner, aber wichtiger Unterschied.

Verteidiger: Mein Mandant hat freiwillig eine verantwortliche Aufgabe übernommen. Daraus können sie ihm doch keinen Vorwurf machen.

Richter: Schon gut Herr Verteidiger. Die Fakten werden zum Schluss gewichtet. - Können wir jetzt den nächsten Zeugen aufrufen? - Dann bitte ich darum den 2. Zeugen Daniel Hoffmann in den Saal zu schicken und sie können Platz nehmen Herr Balla.

Nach der Kontrolle der Personalien sowie der Belehrung zur wahrheitsgetreuen Aussagepflicht stellte der Vorsitzende seine erste Frage.

Richter: Ist ihnen auf dem Weg zum Behälter, der von ihnen, ihrem Kollegen Balla und Schröder gereinigt werden sollte, irgendetwas Besonderes aufgefallen?

Zeuge 2: Nein.

Richter: Haben sie darüber gestritten, wer einsteigen soll?

Zeuge 2: Ich weiß nicht, - gestritten? Balla hat gesagt, „das bisschen Dreck schaff ich allein. Du bleibst draußen, Moses." Aber Schröder erwiderte, „halt, Emil, obwohl ich auch gern sehen würde, ob ein 80-jähriger Tattergreis - ich hatte vorher zu Balla gesagt, dass er doch 50 Jahre älter wäre als ich - es tatsächlich schafft die Strickleiter runter zu klettern, sollte doch lieber Daniel einsteigen. - Im Ernst, Emil." Also bin ich eingestiegen.

Richter: Was ist dann passiert?

Zeuge 2: Ich habe von Emil den Wasserschlauch zugereicht bekommen und begann damit den Innenraum zu reinigen. Dann wurde zuerst Schröder weggerufen und etwas später Balla. Dann ist …

Richter: Ja? Warum sprechen sie nicht weiter?

Zeuge 2: Na, dann ist mir doch etwas - hm - mulmig geworden. Ich wusste ja, was jetzt folgen würde und - ja - ich hatte Angst, dass … doch dann hörte ich den kleinen Pieper, der mir mit Beginn der Schicht zugesteckt worden war. Außerdem merkte ich schnell, dass ich weiter gut atmen konnte, beruhigte mich also wieder und spielte dann meine Rolle.

Ich griff mir an die Kehle, drehte mit dem Körper hin und her und ging anschließend langsam in die Knie. Als ich den Lärm der Feuerwehrleute hörte, stand ich langsam wieder auf und stieg mithilfe der anderen aus dem Behälter wieder aus.

Richter: Sie sind ein großes Risiko eingegangen Herr Hoffmann und haben vielleicht nur Glück gehabt.

Zeuge 2: Nein Herr Vorsitzender! Auf meine Freunde ist hundertprozentig Verlass. Jetzt weiß ich das genau.

Richter: Ich bitte um Fragen der anderen Parteien. Ja Herr Staatsanwalt, bitte.

Staatsanwalt: Herr Hoffmann sie haben sich freiwillig für die unliebsame Reinigungsaktion in dem großen Behälter gemeldet? Warum?

Zeuge 2: Ja. Der Grund? Weil ich so froh darüber war, dass ich ein paar Tage vorher, am 1. April, die Haftanstalt wieder verlassen konnte. Ich weiß, wem ich das verdanke.

Staatsanwalt: Was meinen Sie, warum haben sich ihre Kollegen Balla und Schröder gemeldet?

Zeuge 2: Für Balla ist das nicht ungewöhnlich, der hat zusammen mit Hossa schon so manche beschissene - Entschuldigung - Drecksarbeit erledigt. Fragen sie den Chef Dr. Prost.

Staatsanwalt: Und warum hat der Angeklagte mitgemacht?

Zeuge 2: Das liegt doch inzwischen auf der Hand. Er wollte meine Aussage vor Gericht zum Mord an Anja Petersen verhindern.

Staatsanwalt: Keine weiteren Fragen.

Richter: Herr Verteidiger.

Verteidiger: Aus der Sicht des Angeklagten war der Tod von Frau Petersen ein bedauerlicher Unfall. Also gab es auch keinen Grund für meinen Mandanten Sie, Herr Hoffmann, umzubringen.

Nebenklägerin: Dann haben sie gestern nicht richtig zugehört Herr Waldmann. Die Aussagen aller Zeugen, insbesondere die von meinem Mandanten, lassen eindeutig den Schluss zu, dass der Angeklagte sich an der Frau rächen wollte, weil sie ihm den Laufpass gegeben hatte. Um zu verhindern, dass er dafür zur Rechenschaft gezogen würde, wollte er durch einen inszenierten Unfall den Hauptbelastungszeugen ausschalten. Dafür gibt es aussagekräftige Indizien.

Angeklagter: Das ist alles nur erstunken und erlogen! Diese …

Verteidiger (legt wieder zur Beruhigung seines Schützlings eine Hand auf dessen Arm und spricht leise): Bitte beruhigen sie sich. (dann wieder laut) Es gibt keinen Beweis, dass Frau Petersen sich von meinem Mandanten getrennt hat …

Nebenklägerin: Sie hatte eindeutig ein inniges Verhältnis mit Herrn Soitz angefangen. Das ist doch Beweis genug.

Verteidiger: Erstens ist es nichts Besonderes, wenn eine Frau mit zwei Männern gleichzeitig ein Verhältnis hat und zweitens, wer sagt denn, was für ein Verhältnis die Petersen zu Soitz tatsächlich gehabt hat? Wir zweifeln daran …

Nebenklägerin: Sie zweifeln? Der Mann hat Selbstmord begangen! Dafür gibt es nur einen Grund: Er konnte den Tod der geliebten Frau nicht verwinden.

Verteidiger: Ja, er mag die Frau geliebt haben, aber auch sie ihn?

Richter: Genug damit. Das führt doch zu nichts. Gibt es noch andere Fragen? (Er wartete ein paar Sekunden ab) Dann dürfen sie erst einmal Platz nehmen Herr Hoffmann. Ich rufe den Zeugen Fritz Hennecke.

Nach Eintreten des Zeugen spielte sich wieder die gleiche Zeremonie ab: Die Kontrolle der Personalien sowie die Belehrung. Der Operator Hennecke nahm auf dem Stuhl am kleinen Tisch Platz und sah erwartungsvoll auf die hinter der Barriere sitzenden Richter und Schöffen.

Richter: Am 3. April sind sie zusätzlich arbeiten gegangen, obwohl sie Freischicht hatten. Gab es dafür einen speziellen Grund?

Zeuge 3: Horst Schröder hatte mich gebeten, mit ihm zusammen, bei der Reinigung des Entleerungsbehälters mitzumachen.

Richter: Warum hat er gerade sie gefragt?

Zeuge 3: Er hielt mich wohl für einen Freund, weil ich ihm - auf seine Bitte hin - ein paar Tage vorher den Namen des Hauptzeugen für den Mordprozess verraten hatte.

Richter: An der Reinigungsaktion haben sie ja dann doch nicht teilgenommen. Warum?

Zeuge 3: Ja, das hat mich auch überrascht und zuerst habe ich mich geärgert, weil Schröder sich schon mit Balla und Hoffmann für diese Arbeit hatte einteilen lassen. Aber der Schichtleiter Keppler hatte genug andere Arbeit für mich, sodass ich nicht umsonst meine Freischicht geopfert hatte.
Richter: Trotzdem haben sie den Angeklagten kurz nach 10 Uhr an die Wechselsprechanlage gerufen. Wozu?
Zeuge 3: Schröder hatte mich am Morgen dieses Tages gebeten, Balla von der Arbeit wegzulocken, aber vergessen, mir eine Uhrzeit zu nennen. Danach habe ich gefragt.
Richter: Was hat er geantwortet? Und haben sie auch gefragt wozu das überhaupt gut sein soll?
Zeuge 3: Die Antwort lautete: In 5 Minuten. Ich habe nicht nachgefragt.
Richter: Haben sie den Auftrag des Angeklagten ausgeführt?
Zeuge 3: Ja. Nach 5 Minuten habe ich Balla auf die Zwölfmeterbühne im Apparategerüst von Anlage 1 über die Wechselsprechanlage gerufen.
Richter: Gibt es weitere Anfragen an diesen Zeugen?
Der Vorsitzende stellte schnell fest, dass das nicht der Fall war und rief als 4. Zeugen den Hauptkommissar Bergmann von der halleschen Kriminalpolizei auf.
Richter: Herr Hauptkommissar sie haben den Angeklagten am 3. April gegen 10 Uhr 30 festgenommen. Bitte erklären sie dem Gericht, wie es dazu gekommen ist.
Zeuge 4: Nachdem die anfangs verdächtigten Attentäter des Sprengstoffanschlags in der V-Fabrik des OPA Werkes am 1.4. wieder auf freien Fuß gesetzt werden mussten und die Suche nach den anderen Terroristen vorerst erfolglos blieb, sollte der Fall abgeschlossen werden. Der Tod der Anja Petersen wurde bis dahin als zufällige Begleiterscheinung des Terroranschlags angesehen. Das änderte sich am 3. April um 9 Uhr 30 schlagartig, als ich von meinem Kollegen Hauptkommissar Schreyer telefonisch die dringliche Information erhielt, dass es in der V-Fabrik einen Mordversuch geben sollte. Also bin ich sofort ins Werk gefahren und habe den Angeklagten Schröder sozusagen auf frischer Tat ertappt, als er das Mordinstrument, in diesem Falle ein Spezialpassstück mit fern bedienbaren Magnetventilen, demon-

tierte. Ich konnte das Beweisstück sicherstellen und habe den Angeklagten verhaftet. Die Fernbedienung trug er noch bei sich und wollte sie in einem Berg aus Isoliermaterial in der Anlagentasse verschwinden lassen. Wir haben auch dieses Indiz zu den anderen hinzugefügt. Bei den ersten Vernehmungen im Polizeipräsidium hat Schröder den Mordversuch an Hoffmann gestanden.

Angeklagter: Ihr Bullen habt mich überrumpelt, verdammt …

Verteidiger (leise, aber energisch zu Schröder): Seien sie still! (zum Richter gewandt, wieder laut) Wir bitten um Entschuldigung Herr Vorsitzender.

Richter: Herr Verteidiger machen sie ihrem Mandanten klar, entweder schweigen oder aussagen! Verstanden?

Verteidiger: Jawohl. Das kommt nicht wieder vor.

Richter: Herr Hauptkommissar, sie haben von Mordwaffe gesprochen und dann das Wort Spezialpassstück erwähnt. Können sie dem Gericht das etwas genauer erläutern?

Zeuge 4: Selbstverständlich Herr Vorsitzender. Ich habe hier eine kleine technische Zeichnung von diesem Teil. In einer Nacht-und-Nebel-Aktion hat Schröder in die Luft und Stickstoffleitung 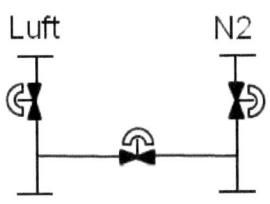 der BM-Station zwei einfache Rohrleitungstücke so einschweißen lassen, dass er am Mordtag dieses Spezialteil in nur 5 Minuten auswechseln konnte. Damit war es ihm möglich durch einen kleinen Knopfdruck auf der Fernbedienung die Luftversorgung für Hoffmann auf den tödlichen Stickstoff umzustellen. Wäre es ihm gelungen dieses Passstück zu vernichten, dann hätte das der perfekte Mord werden können.

Richter: Aber es hat ja gar keinen Mord gegeben. Warum?

Zeuge 4: Ja Herr Vorsitzender, das ist die eigentliche Überraschung in diesem Fall. Freunden meines Kollegen Schreyer, einer davon ist ja auch Zeuge in diesem Prozess, ist es gelungen, die Absichten von Schröder rechtzeitig zu erkennen. Es gelang das Ansprechen der Magnetventile auf den

Impuls von der Fernbedienung ausschalten. Um aber den Mordversuch als solchen beweisen zu können, wurde die Reinigung des Behälters nicht abgebrochen. Das Signal der Fernbedienung löste einen Pieper aus, den Hoffmann vor dem Einsteigen am Revers seiner Arbeitsjacke befestigt hatte. Der Mann spielte nur den Zusammenbruch, um Schröder in Sicherheit zu wiegen. Das ist auch gelungen. Alles Weitere kennen sie ja bereits.

Richter: Wo sehen sie das Motiv für diese Tat Herr Hauptkommissar?

Zeuge 4: Mit den Erkenntnissen vom 3. April konnten wir den Fall von hinten aufrollen. Hoffmann war so überzeugend als Hauptbelastungszeuge gegen Schröder für dessen vorsätzliche Tötung der Petersen aufgebaut worden, dass der Angeklagte glaubte, seinen Kopf nur durch die Beseitigung dieses Mannes, aus der Schlinge ziehen zu können. Das wiederum beweist indirekt, dass Schröder vom exakten Zeitpunkt der Terroraktion im V-Tanklager gewusst haben muss. Beweisen können wir das allerdings nicht, denn die Spur der wahren Täter ist unauffindbar und der Angeklagte schweigt.

Richter: Der Verteidiger kann schon nicht mehr ruhig sitzen. Also befragen sie schon den Zeugen Herr Waldmann.

Verteidiger: Was sind denn das für Beweise, Herr Kommissar? Sie haben doch selbst gesagt, dass die Fernbedienung nur einen Pieper ausgelöst hat und nicht die Magnetventile. Es sieht doch alles eher so aus, als sollte mein Mandant reingelegt werden.

Zeuge 4: Ich muss sie enttäuschen Herr Verteidiger. Die Fernbedienung schaltet sehr wohl die Magnetventile um. Unsere Techniker haben das überprüft. Der Empfang der Signale war am Tattag durch einen einfachen Trick isoliert worden. Es war kein Problem gewesen, das wieder rückgängig zu machen. Außerdem, wenn ihr Mandant, wie sie es formuliert haben, reingelegt werden sollte, warum baut er selbst das kompromittierende Spezialpassstück wieder aus? Nein. Auch ohne Geständnis überführen die Indizien den Angeklagten eindeutig.

Verteidiger: Ich sehe das anders. Außerdem ist ihre seltsame Rückwärtslogik doch Unsinn. Der Tod von Anja Petersen ist und bleibt ein bedauerlicher Unfall - also sozusagen ein Zufall. Sie sagen doch selbst, dass sie ohne Festnahme der Terroristen nichts beweisen können oder?

Zeuge 4: Ja, Beweise im üblichen Sinne gibt es nicht, aber die logische Kette der Details im Verhalten ihres Mandanten bezogen auf beide Anklagepunkte belegt indirekt auch seine Schuld am Tod der Petersen.

Verteidiger: Das ist doch fauler Zauber …

Richter: Stopp Herr Verteidiger! Es ist noch zu früh für ihr Plädoyer. Also entweder sie haben noch Fragen oder wir können den nächsten Zeugen aufrufen.

Der Verteidiger winkte ab, aber er sagte nichts mehr.

Die Befragung der restlichen Zeugen ergänzte die bisherigen Aussagen.

 Der Vorsitzende stellte fest, des kein Zeuge vereidigt werden musste und beendete den 2. Verhandlungstag mit dem Hinweis, dass die morgige Sitzung mit den Schlussvorträgen von Staatsanwalt und Verteidiger fortgesetzt wird.

23. Juli 2003 Landgericht Halle

 Mit 5 Minuten Verspätung, die ein wichtiger Vertreter der Landesregierung verursacht hatte, betrat der Vorsitzende, gefolgt von beiden Berufsrichtern und zwei Schöffen den Verhandlungssaal. Der Staatsanwalt stand sofort energisch als erster auf, ihm folgten der Verteidiger, der Angeklagte und die Nebenklägerin, während die Zuhörer sich nach und nach langsam und geräuschvoll von ihren Plätzen erhoben.

 Nachdem alle wieder Platz genommen hatten, eröffnete der Vorsitzende den 3. Verhandlungstag.

Richter: Meine Damen und Herren ich begrüße sie zum 3. Verhandlungstag in der Strafsache gegen Horst Köhler und handle sicherlich in ihrem Sinne, wenn ich keine Zeit verliere und die Parteien sofort zu den Plädoyers auffordere. (Er sieht vom Verteidiger über die Nebenklägerin zum Staatsanwalt, alle drei nicken ihm zu) Herr Staatsanwalt Dr. Moser bitte.

Staatsanwalt: Herr Vorsitzender, hohes Gericht, meine Damen und Herren. Ich will der Feststellung von Hauptkommissar Bergmann folgen, dass man diesen Fall von hinten nach vorn betrachten muss und werde deshalb mit der Analyse des 2. Anklagepunktes beginnen.

Der Angeklagte wurde auf frischer Tat erwischt, als er das - in diesem Falle als Mordinstrument zu definierende - Spezialpassstück demontierte, um den wichtigsten Beweis seiner Tat zu vernichten. Mit diesem, nur für den teuflischen Zweck gefertigten Teil, war es dem Angeklagten möglich, unauffällig die Atemluft für den im Behälter arbeitenden Hoffmann zu stoppen und durch den, für ein Lebewesen tödlich wirkenden Stickstoff, zu ersetzen, was unweigerlich innerhalb einer Minute zum Exitus des Betroffenen geführt hätte.

Die Fernbedienung mit den Fingerabdrücken des Angeklagten - und nur von diesem - beweist, dass er den tödlichen Impuls ausgelöst hat.

Die ziemlich aufwendige Vorbereitung:

- In Luft- und Stickstoffleitung je ein Rohrstück herausbrennen.

Außerdem:

- Anschweißen von vier 25-er Flanschen
- 2 Absperrarmaturen montieren
- 2 einfache Passtücke vorfertigen und einbauen
- Spezialpassstück vorfertigen und am geplanten Einbauort sicher deponieren

beweist im Nachhinein den Vorsatz der Mordtat am Hauptbelastungszeugen für die vorsätzliche Tötung der Anja Petersen. Damit ist der Mordversuch an Daniel Hoffmann zum Zwecke der Verdeckung einer anderen Straftat zweifelsfrei bewiesen. Nach § 211 beantrage ich dafür eine lebenslange Freiheitsstrafe.

Damit bin ich bereits beim 1. Anklagepunkt. Welche Fakten für einen Mord liegen hier vor?

Als Motive konnten nachgewiesen werden. Zum einen Eifersucht: Die geliebte Frau hatte sich einem anderen zugewandt und zum anderen verletzte Eitelkeit: Der neue

Freund der Petersen ist - war - diplomierter Ingenieur, verheiratet und hatte auch noch 2 Söhne.

Mittel und Gelegenheit: Dazu musste der Angeklagte nur wissen, dass ein Sprengstoffanschlag am Kugeltank 1 geplant war und konnte dann dem entsprechend das Opfer in diesen Bereich dirigieren.

Es liegt kein direkter Beweis vor, dass der Angeklagte den Zeitpunkt gewusst hat, aber die logische Kette seiner Handlungen belegt das indirekt, aber ebenso plausibel:

- 1 Uhr 15 Schröder sichert nach einem Blick auf die Uhr dem Verlader zu, dass er die Pumpe in zwanzig Minuten einschalten lässt. Also um 1 Uhr 35.
- 1 Uhr 28 bittet Schröder die Petersen ins Tanklager zu gehen, um dort die Verladepumpe zuzuschalten. Der Weg bis dahin beträgt 5 bis 6 Minuten. Also eintreffen um 1 Uhr 34.
- Mit der Bitte die Kontrolle am Bodenventil Kugel 1 gleich mit zu erledigen, erreichte Schröder, dass sich die Frau exakt um 1 Uhr 35 direkt am Ort der Explosion befand.

Die Bemerkung des Angeklagten: ‚Bitte beeile Dich. Der Zug soll noch heute fertig werden', sollte den von Schröder kalkulierten Zeitablauf absichern, sodass die Frau um 1 Uhr 35 am Tatort eintraf.

Genau zu diesem Zeitpunkt, um 1 Uhr 35, erfolgte die Explosion.

Alle diese Fakten sind durch Zeugen belegt. Damit steht für die Staatsanwaltschaft auch bezüglich des 1. Anklagepunktes die Schuld des Angeklagten eindeutig fest: Die Tötung der Anja Petersen war vorsätzlicher Mord. Nach § 211 beantrage ich auch dafür eine lebenslange Freiheitsstrafe.

Hohes Gericht, meine Damen und Herren, ich danke für ihre Aufmerksamkeit.

Richter: Frau Schulz, dann bitte ich um das Plädoyer der Nebenklägerin.

Nebenklägerin: Hohes Gericht, Herr Verteidiger, Herr Staatsanwalt, meine Damen und Herren. Der Anklagevertreter Dr. Moser sagt, dass kein direkter Beweis dafür vorliegt, dass der Angeklagte den Zeitpunkt des Anschlags vom 23. April gewusst haben könnte. Das kann ich so nicht akzeptieren. Die Nebenklage basiert nicht nur darauf, dass mein Mandant das Opfer des 2. Mordanschlags werden sollte, sondern dass er sogar zusammen mit seinem Kollegen Schuster als Täter des Sprengstoffanschlages und damit auch als Schuldiger am Tod von Anja Petersen herhalten sollte. Er und sein Kollege wurden fast unmittelbar nach der Tat ins Polizeipräsidium gebracht, vernommen und später inhaftiert. Wie sie alle wissen, mussten Schuster und Hoffmann wieder aus der Haft entlassen werden. Das hat nur funktioniert, weil die von mir mithilfe meiner Freunde zusammengetragenen Fakten unumstößlich waren:

- Die Ausdrucke der Protokolle der GPS-Daten für den Aufenthalt der Männer an diesem Abend von 18 bis 3 Uhr.
- Ebenso die Einträge in die Kontrollbücher der Analysenhäuser.
- Ein Protokoll aller Aktivitäten der beiden in dem gleichen Zeitraum mit namentlicher Nennung der anwesenden Zeugen und deren Unterschriften.
- Speziell für den Zeitraum 10 Minuten vor und 10 nach der Bombenexplosion anlog 3. eine minutiöse Auflistung aller Wege und Handlungen.
- Die Zusammenstellung der Bilder von der Garage, in der die Waffen gefunden worden sind. Und zwar davor und danach.
- Die Aussagen von zwei Einwohnern des Dorfes in der Nacht vom 22. zum 23. März, die andere Männer - eindeutig nicht Schuster und Hoffmann - an der Garage, also dem sogenannten Waffenlager der Terroristen, gesehen haben.

Wer also sind die wahren Täter, des sogenannten Terroranschlags?

Richter: Entschuldigen sie Frau Rechtsanwältin, was hat das mit unserer Verhandlung zu tun?

Anklagevertreterin: Das fragen sie Herr Vorsitzender? Die direkten Mörder an Frau Anja Petersen sind doch die, die die

Sprengung ausgelöst haben. Nach allem, was ich inzwischen weiß, behaupte ich, dass der Angeklagte den genauen Zeitpunkt deshalb gekannt hat, weil er eigentlich verhindern sollte, dass Menschen zu Schaden kommen. Auch die Stärke der Explosion war so bemessen, dass der Sachschaden in Grenzen blieb. Wer organisiert einen solchen Anschlag?

Staatsanwalt: Das sind doch wilde Spekulationen Frau Schulz. Das hilft uns im Fall Schröder überhaupt nicht weiter. Was hat das mit ihrer Aufgabe als Nebenklägerin zu tun?

Anklagevertreterin: Ich staune, Herr Dr. Moser. Sie wissen doch genau, dass das Verfahren gegen meinen Mandanten und Herrn Schuster immer noch nicht endgültig zu den Akten gelegt worden ist. Warum nicht, frage ich sie?! Meine Theorie passt doch wunderbar zu der logischen Kette, Herr Staatsanwalt, mit der sie den Angeklagten als vorsätzlichen Mörder an Anja Petersen überführt haben, denn sie erklärt doch einleuchtend, dass Schröder nicht nur den genauen Zeitpunkt gekannt hat, sondern dass es dafür auch einen ebenso plausiblen Grund gab. Sie wissen selbst, dass es unmöglich ist Geheimdienste zu kontrollieren und wenn doch mal etwas rauskommt, dann haben diese Organisationen es leicht, das belastende Material verschwinden zu lassen, denn sie haben ihre Leute doch überall. - Schon gut Herr Vorsitzender, das gehört wirklich nicht hierher. - Obwohl ... Ich danke für ihre Aufmerksamkeit.

Richter: Herr Verteidiger. Ihr Plädoyer bitte.

Verteidiger: Herr Vorsitzender, hohes Gericht, meine Damen und Herren. Staatsanwalt und Nebenklägerin haben versucht den Prozess auf den Kopf zu stellen, weil sie damit die Tatsachen besser zu ihren Gunsten, also gegen den Angeklagten, verdrehen können. Das ist infam. Ich werde versuchen die Sache wieder auf die Beine zu stellen, um die Unschuld meines Mandanten zutage zu fördern und zu beweisen. Also beginnen wir mit dem unglücklichen Tod der Anja Petersen. Das ist, bezogen auf die zeitliche Abfolge, auch absolut logisch. Mein Mandant hat diese Frau im Juli des vergangenen Jahres kennengelernt und sich in sie verliebt. Er hatte mit ihr ein sehr inniges Verhältnis mit allem, was dazu gehört. Es gibt keinen Beweis, dass die zwei sich vor dem schrecklichen Todesfall getrennt hätten. Herr Schröder leidet sehr unter dem Verlust seiner Partnerin. Warum hätte er sie umbringen sollen? - Es wird behauptet, dass die Petersen ein intimes Verhältnis mit Herrn Soitz gehabt haben soll, aber dafür gibt es keinen Beweis. Vielleicht hat ja dieser Mann die Frau geliebt und sich deshalb umgebracht. Aber hat die Petersen den Ingenieur auch geliebt? Ich sage nein! Also frage ich sie, was hat dieser unglückliche Mann mit meinem Mandanten zu tun? Warum also in drei Teufels Namen soll der zu Unrecht Angeklagte die von ihm geliebte Frau umgebracht haben? - Bezüglich des 1. Anklagepunktes ist mein Mandant also folgerichtig freizusprechen. Wie stellt sich nun auf dieser Grundlage der 2. Anklagepunkt dar? Daniel Hoffmann und Alexander Schuster waren zu Recht sauer, weil man sie fälschlicherweise für den Terroranschlag verantwortlich machen wollte. Die beiden, aus der linken politischen Ecke kommenden Herren, glaubten wohl die Schuld in meinem, dem rechten politischen - demokratischen - Flügel angehörenden Mandanten, suchen zu können und haben sich mit ihren Freunden gegen ihn verschworen. Sie haben den angeblichen Mordanschlag auf Hoffmann inszeniert, um ihren politischen Gegner Schröder zu bestrafen. Das perfekte Schauspiel des Operators im Behälter hat meinen Mandanten so in Angst und Schrecken versetzt, dass er den Kopf verloren hat. Er ließ sich die Fernbedienung - vermutlich von Emil Balla - zustecken und als er nach seiner Verhaftung bemerkte, dass ihn dieses Teil in Schwierigkeiten bringen könnte, hat er, der sich ohnehin schon in Panik befand, falscherweise versucht, das Ding wieder los zu werden. Das war ein Fehler. Aber macht ihn das auch zum Mörder? - Natürlich nicht! - Hohes Gericht. Mein Mandant ist auch bezogen auf den 2. Anklagepunkt freizusprechen. Ich danke für ihre Aufmerksamkeit.

Richter: Meine Damen und Herren, das Gericht zieht sich zur Beratung zurück.

Der Vorsitzende stand auf, ihm folgten die zwei Berufsrichter und die Schöffen. Sie verließen gemeinsam den Saal, während Staatsanwalt, Nebenklägerin, Verteidiger und sein Mandant sich von den Plätzen erhoben. Auch die Zuhörer standen langsam auf. Einige verließen den Gerichtssaal.

Nach anfänglich nur leisen Unterhaltungen wurde es so nach und nach immer lauter im Raum. Die meisten fragten sich gegenseitig, wie lange wohl die Beratung dauern würde.

Nachdem vor dem Plädoyer des Verteidigers die Verurteilung nur als eine Formsache erschien, glaubten nun immer mehr vom Publikum, dass das Gericht wohl doch länger würde beraten müssen.

Sie sollten Recht behalten.

Nach einer halben Stunde kam einer der Berufsrichter zurück in den Saal, rief Staatsanwalt, Verteidiger und Nebenklägerin zu sich und teilte ihnen mit, dass die Urteilsverkündung auf morgen 10 Uhr festgelegt worden sei.

Die Juristen packten ihre Sachen zusammen.

Der Polizist führte den Angeklagten durch eine Seitentür aus dem Saal.

Unter den Zuhörern sprach sich der neue Termin herum und so nach und nach verließen alle den Raum.

24. Juli 2013, Landgericht Halle

Der Vorsitzende Richter Hubert von Seydlitz betrat pünktlich um 10 Uhr den Gerichtssaal, blieb kurz stehen, sah sich im nur halb gefüllten Raum um, registrierte Staatsanwalt, Verteidiger mit Mandant und die Nebenklägerin, ging zu seinem Platz in der Mitte hinter der Barriere und setzte sich.

Hinter ihm folgten die weiteren Mitglieder des Gerichts, die bereits an den vorherigen drei Verhandlungstagen anwesend gewesen waren.

Der Vorsitzende warte bis alle sich gesetzt hatten und Ruhe eingetreten war.

Dann stand er auf.

Sofort erhoben sich auch die Prozessparteien und so nach und nach die Zuhörer.

Erneut wartete der Richter bis Ruhe eingetreten war.

Richter: Das Urteil. Im Namen des Volkes. In der Strafsache gegen Horst Schröder, geboren am 15. 10. 1958, wohnhaft in Merseburg, seit 3. 4. 2003 in Untersuchungshaft hat die

große Strafkammer des Landgerichts Halle in der Hauptverhandlung vom 21. bis 23. Juli 2003, an der teilgenommen haben:
- Richter Hubert von Seydlitz als Vorsitzender
- Richterin Doris Schneider
- Richter Martin Koch
- Die Schöffen Frau Wagner, Herr Schäfer und Herr Neumann
- Dr. Stefan Moser als Staatsanwalt
- Rechtsanwältin Gisela Schulz als Nebenklägerin
- Rechtsanwalt Heino Waldmann als Verteidiger
- Die Justizangestellte Frau Schwarz als Protokollführerin

für Recht erkannt.
Der Angeklagte wird wegen Totschlags - Vergehen nach § 212 StGB - zu einer Haftstrafe von 8 Jahren verurteilt.
Die Auslagen des Verfahrens hat der Angeklagte zu tragen - § 465 StPO.
Bitte nehmen sie wieder Platz meine Damen und Herren. (Der Richter wartete bis wieder Ruhe eingetreten war) Ich verlese auszugsweise die Urteilsgründe:
Der Tod von Anja Petersen wurde durch den Sprengstoffanschlag verursacht. Dass die Frau genau zu dieser Zeit an diesem Ort war, ist ein zufälliges Ereignis und kann dem Angeklagten nicht zur Last gelegt werden.
Die Existenz eines Liebesverhältnisses zwischen Anja Petersen und Otto Soitz gilt als bewiesen. Außerdem ist dem Angeklagten klar gewesen, dass für ihn die Frau verloren war. Die Motive Rache aus Eifersucht und verletzte Eitelkeit treffen zu. Hingegen gilt als nicht bewiesen, dass der Angeklagte den genauen Zeitpunkt der Explosion gewusst haben könnte, obwohl einzelne Fakten dafürsprechen. In dubio pro reo.
Für den Mordversuch des Angeklagten an Daniel Hoffmann sprechen folgende objektive Beweise:
- Der Angeklagte wurde auf frischer Tat gestellt, als er das Mordinstrument, auf dem auch seine Fingerabdrü-

cke sichergestellt wurden, beseitigen wollte. Die genaue Erläuterung mit Skizze zu diesem Spezialpassstück ist in der Anlage zum Urteil enthalten.

- Die zur Ausführung des Mordes notwendige Fernbedienung, ebenfalls mit den Fingerabdrücken des Angeklagten, wurde sichergestellt, als der Beschuldigte versuchte dieses Beweismittel verschwinden zu lassen.
- Es gilt auch als bewiesen, dass der Angeklagte die Fernbedienung betätigt hat und somit tatsächlich den Mord ausführen wollte.
- Ebenso gilt als bewiesen, dass der Angeklagte die für den Einbau des Mordinstruments notwendigen Vorarbeiten veranlasst hat.

Das Motiv für den Mordversuch sieht das Gericht in der politischen Auseinandersetzung zwischen extrem linken und extrem rechten Gruppierungen. Eine Verbindung zum Tod der Anja Petersen gibt es nicht.

Gegen dieses Urteil kann von beiden Rechtsparteien binnen einer Woche Revision eingelegt werden.

Die Verhandlung ist geschlossen.

33 - Alles nur Theater?
14. Oktober 2003, Hawaii

Der Agent im Ruhestand, Wilhelm Vurtsch, trank genüsslich einen Schluck von seinem Cocktail mit dem schönen Namen Sex on the Beach, bestehend aus Wodka, Cranberrysaft, Orangensaft und Pfirsichlikör, stellte dann das Glas auf den kleinen, flachen Tisch, lehnte sich wohlig im bequemen Sessel zurück und streckte genüsslich seine Beine aus.

Genau in dem Moment kam ein anderer Mann, in buntem Hemd mit einem großen Krempenhut auf dem Kopf und Sonnenbrille auf der Nase, direkt an dieser Stelle vorbei, stolperte über die Füße des Agenten und verschüttete ein paar Tropfen seines Getränks.

„Hoppalallala, beinahe hätte es mich erwischt!" Der Mann blieb stehen, leckte die übergelaufenen Tropfen genussvoll vom Glas ab und drehte grinsend seinen Kopf in Richtung des unter einem großen Sonnenschirm sitzenden Mannes.

„Entschuldigen sie, ich habe das Ausfahren ihres Fahrgestells zu spät …" Der Mann verstummte, sein Gesicht nahm einen erstaunten Ausdruck an und dann lachte er laut auf. „Wilhelm Vurtsch! Das darf doch nicht wahr sein. Was machst du denn hier?"

Der fast Siebzigjährige richtete sich etwas auf und schüttelte seinen Kopf. „‚Ein frei denkender Mensch bleibt nicht da stehen, wo der Zufall ihn hinstößt.' (34)"

„‚Ein Blick in die Welt beweist, dass Horror nichts Anderes ist als Realität.' (35)" Naumann machte eine Geste mit der Hand über die wenigen Gäste, „jetzt ist in dieser Strandbar mindestens jeder Dritte ein Geheimdienstler."

„Setz dich doch Jürgen." Vurtsch hob sein Glas an. „Darauf müssen wir anstoßen. Du trinkst ja offensichtlich immer noch dasselbe? - Tequila, Orangensaft, Zitronensaft und Grenadine?"

Naumann ließ sich in den Sessel auf der anderen Seite des kleinen Tischchens fallen, streckte seine Beine ebenfalls lang aus und prostete dem anderen zu. „Zum Wohle Wilhelm. Was denn sonst. Obwohl - langsam werde ich wohl den Tequila weglassen müssen."

„Ha, ha, ha. Ich lasse meinen Wodka schon 'ne ganze Weile weg. Keiki fragt gar nicht mehr."

„Ist das die hübsche Bedienung?"

„Ja. Du weißt aber, was der Name sagt?"

„Na klar. Tochter. Aber das hat doch nichts zu sagen. Mit so einer kriegen auch alte Männer wie wir noch einen hoch."

Naumann lachte, trank sein Glas aus und winkte der kleinen, mit einem bauchfreien Oberteil, das dezent den Brustansatz sehen ließ und neckischem Miniröckchen bekleideten Kellnerin, zu. „Noch mal dasselbe bitte!"

Die hübsche Frau winkte zum Zeichen des Verstehens mit der Hand zurück und nur wenig später kam sie mit den gewünschten Getränken zum Tisch der beiden Ex-Agenten.

Naumann sah die lächelnde Frau staunend an. „Woher wussten sie denn …?"

Mit einem hellen, leichten Lachen tänzelte die Kellnerin davon. Der Oberst a. D. sah ihr schmunzelnd hinterher. „Du kannst es nicht lassen, Wilhelm, das ist wohl deine jüngste Schülerin der hohen Spionagekunst?"

„So ist das nun mal mit mir und den Töchtern, Jürgen, erinnerst du dich noch an Petra Messer?"

„Die Stasiagentin? - Damals habe ich dir nicht geglaubt, als du sagtest, dass du gern so eine Tochter gehabt hättest. Doch heute …" Naumann grinste so auffällig, dass dadurch die Ernsthaftigkeit der Aussage seiner Worte sofort auf die Hälfte reduziert wurde.

„Ist mir egal, was du denkst, Wilhelm. Aber lassen wir das Frauenthema." Vurtsch hob sein Glas und nickte seinem Kollegen zu. „Wieso bist du eigentlich auch schon im Ruhestand, Jürgen?"

„Der Staat muss sparen, haben sie mir gesagt", Naumann lachte belustigt, „jetzt kriege ich fürs Nichtstun netto fast genauso viel, wie vorher."

„Ja. Das - Volk - muss es doch gerade zu lieben, betrogen zu werden." Vurtsch schüttelte seinen Kopf.

„Oder die Masse der Menschen ist gleichgültig, uninteressiert oder einfach nur dumm. Obwohl die Bildung der Menschen immer besser geworden ist und Millionen schlaue Köpfe auf der Welt existieren."

„Zum Glück sind die sich nicht einig …"

„… und die Masse des gebildeten Volkes wird durch die Medien auf den Pfad der kapitalistischen Tugend zurückgeführt", setzte Naumann den Gedanken fort, „dass sie gar nicht mehr merken, wie sie beschissen werden."

„Stimmt!", bestätigte der Ältere, „die geilen sich an jedem einzelnen kleinen Stasispitzel der Vergangenheit auf und fragen überhaupt nicht nach der gegenwärtigen, viel gefährlicheren Bespitzelung, die ja heutzutage sogar die Konzerne selbst übernehmen."

„Früher hat die Presse uns immer vorgeworfen", sagte Naumann, „dass wir langsamer und erfolgloser als die Stasi waren. Sie haben uns 1 zu 1 mit denen verglichen."

„Ja, gut waren unsere Gegner schon", führte Vurtsch diesen Gedanken weiter, „deshalb hat die CIA auch einige Stasi-Offiziere übernommen. Das weiß heute kein Schwein mehr, obwohl Spionagechef Wolf, Mielkes bester Mann, darüber sogar in seiner veröffentlichten Biografie (36) geschrieben hat."

„Da musst du gar nicht so weit gucken, Wilhelm. Aber das ist auch kein schönes Thema. - Sag mit lieber, ob du noch länger hierbleibst?"

„‚Selig preise nur den, der das Leben wonnenreich geschlossen hat.' (37)" Vurtsch hob sein Glas an, „dementsprechend bleibe ich hier. Hier gefällt es mir und hier sterbe ich." Er trank genüsslich ein paar kleine Schlucke von seinem alkoholfreien Getränk.

„Ich bin nur für drei Wochen hier. Meine Frau will unbedingt wieder zurück nach München. - Wegen der Kultur. - Leider. - Ich könnte es hier auch länger aushalten."

„Apropos München, Jürgen oder ich sollte besser Deutschland sagen. Was ist denn aus meinem letzten Fall geworden?"

„Dein V-Mann wurde tatsächlich zu 8 Jahren verdonnert."

„Was? Etwa wegen der Toten bei dem Anschlag?", fragte Vurtsch verblüfft.

„Nein Wilhelm, deswegen nicht. Aber der Idiot hat sich einreden lassen, dass man ihn verurteilen könnte und deshalb hat er versucht den angeblichen Hauptbelastungszeugen umzubringen. Das ist ihm zum Verhängnis geworden."

„Hast du mal nachgeforscht, wer die von dir präparierten Terroristen rausgehauen hat? Die müssen doch ganz schön pfiffig sein."

„Na klar, habe ich nachgeforscht. Das sind eigentlich alles kleine Lichter. Am interessantesten ist, dass die kleine Gruppe aus Wessis und Ossis besteht. Aus dem Westen kommen: ein bedeutungsloser Privatdetektiv mit einer ehemaligen, berufslosen Prostituierten als Mitarbeiterin, während die anderen: zwei sind Operatoren, wovon einer eine ziemlich schräge Type darstellt, ein promovierter Ingenieur, sogar ein Kommissar der Feuerwehr, außerdem ein Hauptkommissar der Kripo auf dem Abstellgleis, nebst der mit ihm befreundeten Pathologin und eine kleinformatige - in der DDR studiert und gearbeitet - Rechtsanwältin aus dem Osten stammen …"

„Und die haben eine solche Wirkung Jürgen? Das ist ja imponierend."

Beide Agenten versanken in Gedanken.

„Übrigens, Wilhelm, einer der von uns als Täter vorgesehenen Männer hat wohl von der ganzen Sache ein Theaterstück geschrieben. Meine Frau hat mir erzählt, dass es davon sogar eine Aufführung geben wird."

„Wann soll das denn sein?"

„In 11 Tagen, am 25. Oktober. Meine Frau hat schon Karten dafür besorgt. - Ich weiß ja nicht!"

„Mensch Jürgen, das würde mich echt auch interessieren", Vurtsch lachte kurz auf, „ob die uns auch eine Rolle zugedacht haben?"

„Das fehlte gerade noch. Der deutsche Geheimdienst auf der Bühne!"

„Na und? Besorge mir eine Karte, Jürgen. Ich komme nach Halle. Endlich mal auf und nicht immer hinter der Bühne."

Die beiden Agenten lachten ausgelassen und fröhlich. Sie waren sich sicher, ihnen konnte nichts mehr passieren.

25. Oktober 2003 19:40, Halle, Neues Theater

„Guten Abend Frau Paulus." Mit diesen Worten ging Hubert von Seydlitz lächelnd auf eine circa 50-jährige, attraktive Frau zu, die neben einem etwa gleichaltrigen, groß gewachsenen, athletischen Mann stand. „Kann man sagen, dass es logisch ist, dass ich sie hier treffe?"

Die Angesprochene drehte überrascht den Kopf in die Richtung, aus der die Frage gekommen war, erkannte den Richter aus der Hauptverhandlung gegen Horst Schröder und lächelte nun ihrerseits, „genauso, wie es konsequent ist, dass sie gekommen sind Herr von Seydlitz." Sie legte ihren rechten Arm dem neben ihr stehenden auf die Schulter, „darf ich ihnen meinen Mann vorstellen? - Herr von Seydlitz."

Die Männer reichten sich die Hände und tauschten die in solchen Situationen üblichen Floskeln aus.

„Meine Frau ist an der Bar", sagte Seydlitz, bevor die Paulus fragen konnte, „sie holt uns etwas zu trinken. Darf ich sie beide zu einem Gläschen Sekt einladen?"

„Danke für die Einladung, aber …", Eva lächelte Seydlitz versöhnlich zu, „… vielleicht danach, wenn die Bar noch offen sein sollte? Wir sind vor dem Beginn der Vorstellung mit ein paar Kollegen verabredet."

„Ich verstehe. Bringen sie alle ihre Kollegen mit, Frau Paulus, dann kann meine Frau gleich die - hmm - Originale kennenlernen?"

„Wir sehen uns an der Bar!" Die Paulus winkte Seydlitz lachend zu, hakte sich bei ihrem Mann ein und die zwei verschwanden zwischen den anderen Besuchern.

„Ich weiß gar nicht, wann ich das letzte Mal im Neuen Theater gewesen bin", Arnold Storl sah sich interessiert um, „das muss wohl bis vor die Wende zurückreichen."

„Na und? Ich bin überhaupt zum ersten Mal im Theater", brummte der hünenhafte Günther Hossa, „und das auch nur, weil mein Weib mir keine Ruhe gelassen hat."

„So eine Gelegenheit durfte ich mir doch nicht entgehen lassen", sagte die nur einen halben Kopf kleinere, robuste, sehr gut gebaute und mit ihren schwarzen, kurz gehaltenen Haaren und dem freundlichen Lächeln auf den Lippen, sehr sympathisch wirkende Ehefrau, „Leute auf der Bühne zu sehen, die ich sogar kenne! - Und mit Freikarten!" Sie sah Storl aufmerksam ins Gesicht, „wo hast du eigentlich deine Frau gelassen Arnold? Ist alles okay?"

„Na ja, Sabine, wie man's nimmt", Storl schüttelte leicht mit dem Kopf, „sie hatte vor 4 Tagen zwei kleine Hautoperation im Gesicht, die nun per dickem Pflaster und starken Schwellungen ihre Spuren hinterlassen haben."

„Verstehe. Da wäre ich auch nicht ins Theater gegangen. - Ist es das, was ich denke?"

„Vermutlich", Storl nickte, schüttelte dann jedoch den Kopf, „genau wird sie das ja erst in der nächsten Woche erfahren."

„Sag ihr, dass wir", Sabine sah zu ihrem Mann und der nickte zustimmend, „ihr beide gute Genesung wünschen und die Daumen drücken."

„Danke, werde ich ihr ausrichten." Storl sah sich suchend um, „wo sind eigentlich die anderen?"

„Jonny habe ich mit seiner neuen Flamme schon gesehen", sagte Hossa und schüttelte den Kopf, „aber die anderen? - Keine Ahnung."

„Ach, seht doch mal", bemerkte die Hossa erfreut mit ihrer kräftigen sonoren Stimme, „da kommt ja Balla mit …", sie stutze, sah fragend zu ihrem Mann, „wer sind denn die zwei - sympathisch-schönen Frauen neben unserem Seemann?"

„Wow! Die Kleine hat sich ja toll entwickelt", Hossa riss etwas übertrieben erstaunt die Augen auf, „das ist Karin Faber mit ihrer Tochter Lena."

„Ja, ich erinnere mich. Du hast mir ja von der Ede Ceh Story erzählt. Dabei muss ich immer sofort an den Tod von Prosts Frau Marie-Luise denken." (38) Die Hossa schwieg einen Moment und fragte dann ihren Mann mit leiser Stimme, „sind die zwei sich nähergekommen? - Wo bleibt Thomas überhaupt? - Ach, ich seh schon." Die Hossa ging lächelnd Thomas Prost entgegen, der ihr mit zwei jungen Männern entgegenkam.

„Hallo Sabine", Prost umarmte die etwas größere Frau, „ich freue mich, dich zu sehen."

„Das Vergnügen liegt ganz auf meiner Seite", die Frau hielt den Mann noch zwei Sekunden länger fest, „so genussvoll werde ich von meinem Doktor - nicht begrüßt."

Prost löste sich grinsend aus den Armen der Frau, „das Vergnügen liegt ganz auf meiner Seite. Darf ich dir meinen Sohn und seinen …"

„Sag nichts, Thomas", unterbrach die Hossa, „der andere kann bloß sein Freund Ede Ceh sein. Stimmt's?" Lachend drückte sie den jungen Männern die Hand.

Prost fasste Sabine an der Hand, „komm, ich möchte dir gern Karin und ihre Tochter Lena vorstellen, die du ja auch nur vom Hörensagen kennst."

Die Hossa ließ sich bereitwillig zu den beiden Frauen führen, die inzwischen bereits ihren Mann und Storl begrüßt hatten.

„Lena, Karin, seht her", Prost legte seinen Arm auf die Schulter der Hossa, „das ist Sabine, die Frau von Günther und Mutter von drei prächtigen Söhnen."

Während die drei sich begrüßten, traten von der Seite der Detektiv Ernst Wolf und seine Mitarbeiterin Paula Peters an die Gruppe heran, die sich sofort den Neuankömmlingen zuwandte. Doch bevor jemand ein Wort zur Begrüßung sagen konnte, deklamierte die Peters:

„Als ich zum fallenden Apfel noch sagen konnte:
Hör auf zu fallen!:
Das waren noch Zeiten."

Balla taktete sofort ein:

„Das war die Zeit",

und fuhr fort:

„Als ich mich beim Stuhl entschuldigte,
wenn ich gegen ihn stieß:
Das waren noch Zeiten."

Lena sagte lächelnd:

„Das war die Zeit",

hob die rechte Hand und sprach den nächsten Vers:

„Als ich zum jammernden Spatzen im
Winterbusch sagen konnte:
Na, wird schon wieder!:
Das waren noch Zeiten"

Prost übernahm:

„Das war die Zeit,
Als der Schmerze nachließ -
- und das Erzählen einsetzte:
Das waren noch Zeiten."

Mit ernstem Gesicht sagte die Faber:

„Das war die Zeit",
und sah lächelnd zu Prost:
„Als du mein Moment warst -
- und ich der deine:
Das waren noch Zeiten",
Noch einmal übernahm Prost das Wort:
„Das war die Zeit",
er erwiderte das Lächeln der Faber und setzte das Gedicht fort:
„Als die Liebe mir aus mir heraushalf -
- und in mich hineinhalf:
Das waren noch Zeiten."
Überraschend vollendete Malte Schreyer den Vers:
„Das war die Zeit",
während die Schenk, die mit ihm und Jonny Adler gemeinsam vor ein paar Minuten an die Gruppe herangetreten war, fortfuhr:
„Als die Träume uns noch die Klinke
in die Hand gaben, die einen zum Höllen-,
die anderen zum Himmelstor:
Das waren noch Zeiten."
Überraschend für alle brummte Hossa:
„Das war die Zeit",
und ergänzte:
„Als wir das laufende Datum vergaßen:
Das waren noch Zeiten",
Adler sagte schnell, damit kein anderer ihm zuvorkommen konnte:
„Das war die Zeit", (39)
Und fuhr grinsend fort:
„Als du noch unser Chef warst",
er zeigte auf Prost,
„Und die Störungen mit uns gemeistert hast",
Hossa, Balla und die Paulus, die sich inzwischen mit ihrem Mann zu ihren Kollegen und Freunden gesellt hatte, stimmten mit ein:
„Das waren noch Zeiten",
Und:
„Das war die Zeit",

sprachen nun alle im Chor und brachen in lustiges Gelächter aus.

„Diese Verse von Handke haben euch scheinbar gefallen …"

„Du hast sie uns ja auch oft genug vorgetragen, Emil", unterbrach Adler, „einschließlich deiner eigenen freischaffenden Fortsetzung."

„Aber vor allen Dingen war der Text leicht zu behalten", ergänzte Hossa, „besonders meine …"

Ein paar Takte einer sanft klingenden Melodie aus den versteckt angebrachten Lautsprechern, ließ Hossa verstummen.

„Einen Moment", rief Eva, weil die meisten sich spontan in Bewegung setzen wollten, „ich habe vorhin den Richter von der Hauptverhandlung getroffen …"

„Apropos Richter", unterbrach Balla, „wo ist eigentlich unsere Rechtsanwältin?"

„Ach ja", sagte Prost, „Gisela kommt zusammen mit Müller und Schmidt. Und ihr kennt Müli, wenn überhaupt, schaffen es die drei frühestens, bis zum letzten Aufruf."

Die Gesichter der Freunde verzogen sich zu einem Grinsen, denn diese Eigenschaft von Müller kannten sie alle.

„Aber was wolltest du uns über den Richter sagen, Eva?", fragte die Peters.

„Genau. Ich soll euch ausrichten, dass Hubert von Seydlitz uns nach der Vorstellung an die Bar einlädt. Also, wenn jemand die anderen sieht, dann sagt ihnen Bescheid."

Mit allgemein zustimmendem Gemurmel brachen alle zielgerichtet zu ihren Plätzen im Theatersaal auf.

❖

„Ich glaube einige unserer Kollegen sind gerade in den Saal gegangen", sagte Kupfer und schüttelte den Kopf, „die haben es aber eilig."

„Wir wären ja auch schon dagewesen", brummte Stumpfberg, drehte sich zu Sänger, Herrbeck und Schuder um und schimpfte, „wenn uns diese Flickschuster nicht so lange hätten warten lassen!"

„Warum müsst ihr auch immer alles kaputt machen", konterte Sänger der Technikchef.

„Und das ausgerechnet am Wochenende", ergänzte Herrbeck vorwurfsvoll.

„Weil Kulturveranstaltungen meistens am Wochenende stattfinden", sagte Jörg Schuder gleichmütig.

„Wieso Kulturveranstaltung?", fragte Sänger verständnislos.

„Na das Solokonzert des Spaltofengebläses, Bernd", bemerkte Schuder ruhig, „zusammen mit dem bewährten Klangkörper der C-V-Anlage unter der Leitung des neuen Dirigenten Amado."

„Aber wieso hat der Betreiber das dann abgebrochen?" Sänger freute sich, dass ihm diese Antwort eingefallen war, denn besonders schlagfertig war er eigentlich nicht, obwohl es ihm nicht an Humor mangelte.

„Na, weil der V-Experte eben ein Kulturbanause ist!" Schuder grinste.

„Von wegen Kulturbanause", protestierte Stumpfberg, „der Solist hat nur so furchtbar gespielt."

„Obwohl", schränkte Kupfer ein, „das lag wohl eher am Dirigenten?"

„Kann schon sein, aber das Gebläse hätten wir auch nicht weiterlaufen lassen können", konstatierte Stumpfberg, „egal, ob mit oder ohne Amado. Das Ding wäre uns sonst um die Ohren geflogen!"

Inzwischen hatten die zwei Produktionsleute und drei Instandhaltungsingenieure ihre Mäntel an der Garderobe abgegeben und betraten mit dem dritten Signal zur Aufforderung die Plätze einzunehmen, den Theatersaal.

„Müller, Müller, mit dir macht man was mit", schimpfte Franz Schmidt, während er seinen Kollegen energisch durch die Tür ins Foyer des Theaters schob, „du weißt genau, dass ich es hasse …"

„Ist ja gut, Franz", unterbrach Müller seinen Freund, „es hat doch gerade erst geklingelt."

„Aber schon zum dritten Mal", sagte, sich kurz umdrehend, die Anwältin, die vor den beiden das Theater betreten hatte und bereits eilig ihren Mantel auszog.

„Gib ihn mir, Gisela", sagte Schmidt und eilte sofort mit den Mänteln zur Garderobe, von wo aus sich ihm schon ein

Arm entgegenstreckte, der die Garderobe ergriff und dem überraschten Mann die Kennnummer in die Hand drückte, „bezahlen können sie in der Pause. Jetzt beeilen sie sich."

Müller, der ohne Mantel gekommen war, hielt den beiden bereits die Tür zum Saal auf, so dass es nur ein paar Sekunden dauerte, bis sie ihre Plätze eingenommen hatten.

Mit einem Seufzer ließ sich Schmidt auf seinen Sitz neben der Schulz fallen und genau in diesem Moment setzte die Musik ein.

„Ich habe gar nicht gewusst", flüsterte Müller der Schulz ins Ohr, „dass es heute auch Originalmusik gibt."

„Das konnte sich doch Alex nicht entgehen lassen, Müli", antwortete die Frau mit leiser Stimme.

„Stimmt. Daran hatte ich gar nicht ..."

„Pst!", zischte Schmidt und Müller verstummte.

25. Oktober 2003 21:15, Halle, Neues Theater

Nachdem der 3. Vorhang gefallen war, stand Müller immer noch klatschend auf, „ich muss dringend zur Toilette", fügte er zu Schmidt gewandt erklärend hinzu, „mich drückte meine Blase schon, als wir hier angekommen waren." Er zuckte mit den Schultern, „hab's vorher vergessen."

Kaum hatte sich der Beifall gelegt, da drängelte Müller sich eilig an den anderen Zuschauern vorbei, während die Schulz und Franz Schmidt noch weiter sitzen blieben.

„Und, was sagst du Franz?", fragte die Schulz während sie sich langsam vom Sitz erhob, „ich finde Daniel hat euch gut skizziert und die Schauspieler haben das gut dargestellt."

„Findest du, Gisela? - Sieh mal", Schulz hob eine Hand, um sich bemerkbar zu machen, „da vorn sind ja die anderen."

„Ich bin gespannt, wie sie das Stück empfunden haben", sagte die Schulz und folgte dem Mann langsam zum Ausgang.

Im Foyer warteten schon ein paar Kollegen, von denen sich Eva abhob, weil sie ständig in Bewegung war, um ja alle Angestellten der V-Fabrik und deren Freunde, insgesamt 24 Personen, zusammen zu rufen.

Nach ein paar Minuten erschien auch Gustav Müller und die Paulus hob beide Arme. „Hört mir mal kurz zu C-V-Freunde!"

Sie ließ die Arme wieder sinken, weil sich ihr alle aufmerksam zugewandt hatten. „Da Müli jetzt auch da ist, werden wir sicher inzwischen vollständig sein." Sie wartete das kurze Gelächter ab. „Im Theater Café sind Plätze, auch für uns, reserviert. Der Richter von der Hauptverhandlung will mit seiner Frau auch kommen. Wer also Lust hat, findet sich dort ein."

„Ich hoffe doch, dass unserer Künstler auch kommen?", fragte die Peters mit erhobener Stimme.

„Natürlich, Paula", Eva winkte der Frau kurz zu, „die Reservierung haben sie doch auch veranlasst."

„Werden wir denn da alle Platz finden?", warf Prost skeptisch ein.

„Aber Doc, so etwas musst gerade du sagen", Balla stupste grinsend seinem ehemaligen Chef die Faust auf die Brust, „das ist doch für einen gelernten DDR-Bürger kein Problem."

„Keine Sorge Leute", mischte sich Alexander, der Komponist ein, der von irgendwoher an die Gruppe herangetreten war, „das gesamte Café ist für uns reserviert. Das hat der Direktor vom Neuen Theater veranlasst. Er will sogar selber vorbeikommen." Weil er die skeptischen Mienen seiner Freunde bemerkte, fügte er hinzu, „hat er zumindest zu Daniel gesagt."

„Das wäre schön", sagte Prost und zu Wolf und der Peters gewandt fügte er hinzu, „das ist zwar ein Prominenter, aber auch ein DDR-Mensch, er denkt wie wir und passt, glaube ich, wunderbar zu uns." Prost drehte sich wieder zu Alex. „Was hat er denn zu dem Stück gesagt?"

„Für ihn wäre Daniels Stück auf dem 1. Platz gelandet", antwortete Schuster sofort, das habe ich selbst gehört. - Aber kommt, lasst uns ins Theater Café gehen."

Der Komponist ging sofort auf den Ausgang zu und so nach und nach folgten ihm alle anderen.

Ende

Anhang: Die Götter, ihre Marionetten und der Mensch

Drama in 5 Akten
Von Daniel Hoffmann
Begleitmusik komponiert von Alexander Schuster

Personen
  Weltgötter:

Cota Coma (CC)	Billionär
Rate Ball (RB)	Billionär

Geheimdienst

Duffy Duck	Chefagent
Donald Duck	Chefagent
Micky Maus	alias Operator Horst (Spion, Maulwurf, V-Mann, IM)
Sylvester	Agent
Tweety	Agent

Terroristen

Danny	Schauspieler
Alex	Komponist

Liebespaar

Anja	Ingenieur für VT
Otto	Ingenieur für ETA

Betriebspersonal

Harry	Chemiker
Hans	Chemiker
Franz	Ingenieur
Müli	Ingenieur
Dieter	Meister MSR
Bernd	Leiter Technik
Eva, Chefin	Schichtleiterin
Doc	Betriebsleiter
Emil	Operator
Achim	Operator
Günther	Operator
Jonny	Operator
Horst	Operator (s. Micky Maus)

Weitere Personen

Ernst, alias Mike Hammer	Privatdetektiv
Gisela	Rechtsanwältin
Malte	Polizeikommissar
Arnold	Kommissar der Feuerwehr

1. Akt

Auf zwei, links und rechts vor der Bühne, in eineinhalb Meter Höhe, errichteten Podesten, sitzen je 3 Musiker: Links zwei schöne junge Frauen mit Geige, beziehungsweise Violoncello und ein gleichaltriger Mann am Kontrabass sowie rechts drei ebenso junge Männer mit Waldhorn, Posaune und Tuba. Eingeleitet von einem lauten Gong, werden der äußerste linke und rechte Teil der Bühne beleuchtet, während die Mitte im Dunkeln bleibt und die zwei Musikergruppen beginnen gemeinsam zu spielen.

Auf der Bühne links beziehungsweise rechts im Lampenlicht sitzen zwei elegant gekleidete, grauhaarige Männer im Sessel, Herr Cota Coma (CC) und Herr Rate Ball (RB), über jedem von ihnen hängt eine überdimensional große leere, braune beziehungsweise rote Flasche mit der Öffnung nach unten. Vor jedem der zwei Herren befindet sich ein kleiner Tisch, auf dem ein extravagant wirkendes Telefon steht.

Auf der freien Bühne bewegen sich Menschen im Halbdunkel, sie demonstrieren. Es wird geschossen. Die Menschen laufen auseinander, versammeln sich wieder und demonstrieren erneut, bis wieder geschossen wird. Usw.

CC *hebt den Telefonhörer ab, als die Musik aufhört zu spielen, wählt und wartet.*

RB *greift zum Hörer, als das Telefon klingelt und meldet sich:* Rate Ball.

CC Hallo Herr Rate Ball. Hier spricht Cota Coma. Wie geht es ihnen?

RB Danke der Nachfrage Herr Cota Coma. Unsere Aktien steigen.

CC Im Gegensatz zu unseren. Wir wollen, ja, wir müssen die Geschäfte wieder ein bisschen ankurbeln.

RB Nur zu. Das war für uns noch nie zum Schaden.

CC Dann können wir wieder mit ihrer Hilfe rechnen?

RB Kein Problem. Die politische Situation in Europa bietet uns alle Möglichkeiten. Was soll's denn dieses Mal sein?

CC Wir haben an einen kleinen Militärschlag gedacht.

RB Na klar. Warum hab ich eigentlich gefragt. Der riesige Militärapparat muss beschäftigt werden, was?

CC Nicht nur das. Die Militärs sind ganz scharf drauf ihre neuen Waffen zu testen.

RB Na ja. Das sich daraus ergebende Waffengeschäft ist ja auch nicht zu verachten. - Wo genau?

CC In Zamunda ist die politische Situation dafür zurzeit am günstigsten. Wir werden einen Anlass schaffen und dann kommt der politische Apparat hier und in der übrigen Welt ins laufen.

RB Sie sagen es. Und er läuft ja eigentlich von ganz alleine in die von uns gewünschte Richtung. - Na ja, ha-ha-ha, ein bisschen was haben wir dazu schon tun müssen. Wie können wir also helfen?

CC Eine kleine Ablenkung von unserem Vorhaben wäre nicht schlecht.

RB Ein kleiner Terroranschlag zum Beispiel?

CC Das wäre keine ganz dumme Idee.

RB Das lässt sich einrichten. Wann soll's denn sein?

CC Der Krieg beginnt am 20. März. - Vielleicht ein paar Tage danach?

RB Okay. Sagen wir in der Nacht vom 22. zum 23. März?

CC In Deutschland wäre nicht schlecht. Die Politiker dort könnten eine Aufmunterung gebrauchen.

RB Das kommt uns auch entgegen. Haben sie sonst noch irgendwelche Wünsche?

CC Es kann auch eine unserer Einrichtungen tangieren. Vielleicht wäre das sogar gut. Aber diesbezüglich will ich ihnen nichts vorschreiben.

RB Das ist ein interessanter Gedanke. Ich werde ihnen unsere Entscheidung mitteilen.

CC Ja. - Interessant - ist das richtige Wort. Danke für die Hilfe.

RB Keine Ursache. Unser Zusammenhalt sichert uns doch Reichtum und Macht.

CC Vor allen Dingen, solange es uns gelingt, das einzig gefährliche links denkende politische Lager, weiter so zu verleumden und zu zersplittern.

RB Wobei die kommunistischen Diktaturen, mit dem haarsträubenden Personenkult und deren märchenhafter Zusammenbruch, sehr hilfreich waren.

CC Das wird zwar den Rechten wieder erheblichen Auftrieb geben …

RB … aber die handeln natürlich erst recht in unserem Sinne.

CC Auf dieser Grundlage ist unsere Macht für ein paar Hundert Jahre gesichert.

RB Ja, ja. - Dem Geld darf man nicht nachlaufen, man muss ihm entgegengehen. (40) Auf Wiederhören.

CC In diesem Sinne, auf Wiederhören.
Das Licht erlischt, die Männer verschwinden im Dunkeln, die Bläser spielen einen Marsch, während zum letzten Mal im Dämmerlicht der Bühnenmitte die demonstrierenden Menschen erschossen werden und liegen bleiben. Violine, Cello und Klavier lösen die Bläser mit einer Trauermusik ab. Nach drei Minuten erlischt das Licht auf der Bühne vollkommen und die Musik verstummt.

2. Akt

Das Trio auf der linken Seite beginnt zu spielen.
Links beziehungsweise rechts auf der Bühne sitzen in abgedunkeltem Licht zwei lässig gekleidete, nicht mehr ganz junge, sehr selbstbewusst wirkende Männer vom Geheimdienst, deren Köpfe maskiert sind. Links Duffy Duck und rechts Donald Duck. Sie sitzen im Sessel und telefonieren miteinander, wozu sie einfache, altmodische schwarze Apparate benutzen. Auf der Bühne, vor der Kulisse eines imaginären Chemiebetriebes, spielen sich im helleren Licht verschiedene Szenen ohne Worte ab:
Links sitzen mehrere Menschen in blauen Arbeitsjacken und Jeanshosen an einem Tisch und diskutieren miteinander.
In der Mitte sitzen drei Kollegen vor Bildschirmen und unterhalten sich mit drei anderen stehenden Personen, alle im vollständigen blauen Arbeitsanzug.
Rechts liegen zwei junge Leute, ein Mann (nackter Oberkörper, blaue Jeanshose) und eine Frau (nackter Oberkörper, kurzer bunter Faltenrock), auf einer Matratze und lieben sich.
Dahinter schleicht im Dunkeln eine Person im grauen Arbeitsanzug mit Micky Maus-Maske hin und her und belauscht alle drei Szenen.

Donald Ist schon lange her, seit wir das letzte Mal miteinander telefoniert haben, was Duffy? - Wie geht es dir?

Duffy Tja. Fast 20 Jahre, Donald. An dem Sonntag damals war Bundestagswahl, bei der Kohl als Kanzler bestätigt worden ist. Erinnerst du dich?

Donald Ist schon komisch, Duffy, wenn wir uns treffen sind immer die Roten am Drücker, aber kurz danach wieder die Schwarzen. (lacht kurz auf) Dank uns! Stimmt doch Duffy?

Duffy Das wird dieses Mal schwerer, Donald, der rötlich schimmernde Kanzler sitzt fest im Sattel. Wir müssten etwas kräftiger rütteln, findest du nicht auch?

Donald Genau, Duffy. Deswegen rufe ich ja eigentlich auch an. Die Beziehungen zu unseren Freunden in Übersee und insbesondere zu Amigo Georg Dabbelju sind durch die rote Socke ganz schön abgekühlt. Dir muss ich das nicht sagen, dass das gerade für unsere Firma außerordentlich beschissen ist.

Duffy Unter Dabbelju haben sich die Geheimdienste erstaunlich gemausert. Diese, für viele nur eine Präsidenten-Marionette, hat die Öffentlichkeit ganz schön eingelullt.

(*Duffy nahm den Hörer von der rechten in die linke Hand*) Zum Glück hat die sich rot gebärdende Regierung uns in der Zusammenarbeit mit unseren Freunden eigentlich auch nicht behindert. Diese Politiker sind eben auch nicht mehr das, was sie mal waren. Das haben wir bisher ja auch ohne Skrupel ausgenutzt.

Donald Apropos Skrupel, das ist das Stichwort, Duffy. Wir müssten im Interesse der Überseefreunde, hier bei uns einen kleinen Terroranschlag inszenieren und dann spektakulär aufklären. Das hilft Dabbelju und schadet dem rosaroten Kanzler. (schweigt einen Moment nachdenklich) Na ja, zumindest ein bisschen.

Duffy Du meinst so etwas Ähnliches, wie es vor zwanzig Jahren mein Agent DoppelDuck mit dem Papst Attentat versucht hatte?

Donald DoppelDuck! Das wäre jetzt der richtige Mann, wo steckt der eigentlich?

Duffy Der ist doch am 16. Januar im vergangenen Jahr vom ehemaligen Stasiagenten Lolek erschossen worden. Hast du das noch nicht gewusst?

Donald Doch. - Jetzt, wo du es sagst. - Im Zusammenhang mit dem Namen Lolek fällt mir dessen Spitzel Bolek (41) und die Story wieder ein.

Beide schweigen einen Moment in Gedanken versunken.

Donald Das schwierigste wird sein, etwas zu finden, wodurch einerseits Menschen möglichst nicht zu Schaden kommen können, aber andererseits für alle trotzdem deutlich wird, dass eine sehr hohe Gefährdung für viele Personen bestanden hat, aber …

Duffy Versteh schon. Wir jagen also sozusagen eine Sprengladung in der Nähe von etwas sehr Gefährlichem in die Luft und dieser Sache selbst sowie den dort lebenden Menschen sollte möglichst nichts passieren.

Beide Geheimdienstler sehen zur Bühne, als dort der Spion Micky Maus die am Tisch sitzenden Männer belauscht.

Donald Duffy, ich weiß schon, dass das nicht ganz so einfach ist, aber … *Donald klopft an die Sprechmuschel.* He Duffy! Hörst du mir überhaupt noch zu?

Duffy Und ob, Donald. Ich habe dir zugehört. Mir ist da gerade eine der letzten Informationen durch den Kopf gegangen, die ich erst vor kurzem von Micky Maus bekommen habe, der auch mit DoppelDuck und dessen rechtsradikaler Gruppe zu tun hatte.

Donald Ein inoffizieller Informant? Wo sitzt der?

Duffy Donald, du weißt ja selbst wie nützlich das sein kann. Er arbeitet im ehemaligen LUNA-, jetzt OPA-Werk.

Donald Mensch, du willst doch wohl nicht bei unseren Freunden von Übersee …

Duffy Warum nicht? Im Gegenteil, Donald, das macht den Anschlag glaubwürdiger und er könnte genau den Effekt haben, den du vorhin so schön beschrieben hast.

Donald In einer chemischen Anlage, Duffy? Das ist doch Quark!

Duffy Warte doch mal ab, Donald. Micky Maus hat mir das komplette Palaver der Betriebsleute zu diesem Thema übermittelt. Hör doch mal zu.

Das Liebespaar erhebt sich, beide ziehen eine blaue Arbeitsjacke über und setzen sich mit an den Tisch der Diskutierenden.

Ein Scheinwerfer hebt die Gruppe am Tisch hervor und plötzlich hört man auch die Stimmen.

Doc In meiner Funktion als Leiter der V-Fabrik, möchte ich heute mit euch eine Besprechung mit nur einem Tagesordnungspunkt führen, und zwar Bombenalarm in unserer Chemieanlage. Ich halte es für wichtig, eine Vorschrift zu schreiben, in der steht, wie wir uns verhalten sollten, wenn es zu einer solchen Bedrohung hier bei uns kommen würde.

Harry *zynisch lachend*. Du meinst sicher, wie sich die - anderen - verhalten müssen, denn uns gibt es dann ja nicht mehr.

Doc *hebt beruhigend die rechte Hand*. Abwarten, Harry, ich sehe das nicht so schwarz. Lasst uns doch …

Hans *schiebt seine rechte Hand über den Tisch und ballt sie zur Faust*. Leute! Harry hat doch recht, verdammt! Oder sollen wir etwa als erstes selbst überlegen, wo man denn in unserer Anlage am wirkungsvollsten eine Bombe anbringen könnte? - Ist das nicht pervers?

Franz *kopfschüttelnd.* Mir läuft es schon allein bei dem Gedanken daran, eiskalt den Rücken runter, aber über diese Sache gründlich nachzudenken, ist sicher notwendig.

Müli *schlägt mit der Hand auf den Tisch.* So ein Blödsinn! Überlegt doch mal, wenn selbst wir lange nachdenken müssen, wo man eine Bombe anbringen könnte, wie sollte dann ein Terrorist ohne Kenntnisse von Stoffen und Technologie die richtige Stelle finden?

Harry Na ja, Müli, verkrachte Existenzen haben wir doch zur Genüge in der Anlage gehabt. - Aber, wenn ich genauer darüber nachdenke, geht von denen eher keine Gefahr aus, weil die schon gar nicht wüssten wohin mit der Sprengladung…

Doc Trotzdem! Wir sollten ohne lange Polemik einfach zusammentragen, wo unsere Anlage am empfindlichsten getroffen werden könnte. - Ich frage einfach einen nach dem anderen. - Müli, was meinst du?

Müli Nehmen wir einmal an, dass ein Flugzeug die V-Kolonne rammt, diese umwirft und dabei natürlich selbst explodiert. - Ich meine natürlich, dass das Flugzeug explodiert, nicht die V-Kolonne. - Die Explosion zündet die durch die Defekte in der Anlage ausgetretenen Flüssigkeiten. Es gibt noch einmal eine Verpuffung und es brennt in diesem Bereich. - Außer der C- und V-Destillation und vielleicht noch der Direktchlorierung, sind alle anderen Anlagenteile noch unversehrt. Menschen sind auch nur in diesem betroffenen Anlagenteil gefährdet und das sind doch höchsten zwei oder drei …

Franz Mensch, Müli! Schon der Verlust eines Menschen ist einer zu viel!

Müli Ja, ja, ja, du hast ja recht Franz, aber … *Er verstummt und sieht schuldbewusst in die Runde.*

Otto Das ist wichtig, denn, wenn man jetzt noch bedenkt, was eigentlich das Ziel eines Terrorangriffs oder Anschlags ist, nämlich Menschen, so viele wie möglich, zu töten …

Anja … dann scheint es doch eher unwahrscheinlich, dass die sich ausgerechnet eine Chemieanlage, in der immer weniger Menschen arbeiten, für einen Anschlag aussuchen sollten.

Otto Und sogar, wenn das Flugzeug direkt das Messwartengebäude treffen würde, was wahrscheinlich gar nicht so einfach ist …

Anja … wären die Menschenverluste, vergleichsweise zu einem Hochhaus, begrenzt.

Dieter Und der Sachschaden geradezu unbedeutend.

Alle am Tisch sitzenden sehen demonstrativ-fragend zu ihrem MSR-Meister.

Harry Donnerwetter, Meister! Das musst gerade du sagen? Aber dann ist doch das komplette Prozessleitsystem hin!

Dieter Na und? Bei der gerade auf diesem Gebiet schnelllebigen Technik hätten wir dann doch die Chance das neueste System einbauen zu lassen.

Franz *kopfschüttelnd.* Wie kann man nur aus so einem furchtbaren Szenario noch etwas Positives herauslesen?

Müli *sieht lächelnd zu Franz.* Zum Glück, Franz, sind die meisten Menschen so veranlagt, denn sonst wäre es nach den vielen Kriegen auf der Welt schon längst mit der Menschheit zu Ende gegangen, weil sich alle aufgehängt oder sonst irgendwie selbst umgebracht hätten.

Doc Und es sind immer die einfachen Menschen, die die größten Verluste zu beklagen haben und trotzdem, gerade die aus diesem Kreis der Lebenden, stammen doch die Kräfte, die den Wiederaufbau betreiben. Denkt mal an die Trümmerfrauen. - Aber wir kommen vom Thema ab. Wie bekämpfen wir die von Müli geschilderte Katastrophe?

Hans *lachend.* Na, das wissen wir ja zum Glück inzwischen genau. Natürlich erst einmal alles brennen lassen, bis die Situation, insbesondere bezüglich weiterer Leckagestellen, geklärt ist.

Franz Ich möchte noch einmal zum V-Tanklager zurückkommen, Hans. Welche Gefährdung geht denn nun tatsächlich von dort aus?

Hans Also, wenn oben etwas abreißt, dann tritt in jedem Falle ja nur Gas aus …

Müli … abgesehen von der abgetauchten Einlaufleitung.

Hans Stimmt. Der Druck in den Tanks bewirkt, dass das flüssige V dann auch oben austreten würde. - Das ist schlecht!

Franz Das kannst du laut sagen! Denn bei der nächsten Zündquelle gibt es dann die befürchtete Explosion.

Bernd Das Abreißen einer Rohrleitung durch eine äußere Verpuffung halte ich für unmöglich. Diese Gefährdung würde nur bestehen, wenn zum Beispiel ein abstürzendes Flugzeug die Leitungen zerstören sollte ...

Franz Und dann kommt es natürlich sofort durch die Explosion des Fliegers zum Brand des V und dann? Wie weiter?

Hans *sehr langsam sprechend.* Dann können wir nur so handeln, wie die Feuerwehren damals beim Kesselwagenunglück in Schönebeck: Das auslaufende V kontrolliert brennen lassen und parallel dazu die Kugel abpumpen.

Anja Das sind zwar tatsächlich Horrorszenarien, die wir hier diskutieren, aber ich bin erstaunt, dass scheinbar auch in der schlechtesten Situation sich immer irgendwelche Wege finden lassen ...

Otto ... auch das furchtbarste Problem in den Griff zu bekommen.

Franz Da bin ich mir nicht so sicher, Anja, Otto. Für das Abpumpen zum Beispiel müsste doch wenigsten noch ein geeigneter Stutzen vorhanden sein, aber haben wir den auch?

Bernd Das ist ein guter Punkt, Franz, darum werde ich mich kümmern. Ich glaube aber, dass es da auch Möglichkeiten gibt. Doch das weiß ich nicht so genau - noch nicht.

Die Diskussionsrunde versinkt wieder im Dunkeln. Anja und Otto stehen auf, streifen ihre Oberbekleidung wieder ab, legen sich erneut auf den vorherigen Platz und lieben sich. Der Spion Micky Maus geht im Dunkeln mit und beobachtet die Liebenden.

Donald Sind die Leute denn verrückt geworden, eine solche Diskussion öffentlich zu führen? Wenn das nun einem Terroristen zu Ohren kommt?

Duffy Aber genau das ist doch der springende Punkt, Donald. *(Duffy zeigte mit seiner rechten Hand schräg nach oben zur dunklen Bühnendecke)* Derjenige wird auf alle Fälle, genau wie die Betriebsleute, zu dem Schluss kommen, dass ein Terroranschlag auf eine Chemieanlage zwar sehr gefährlich erscheint, aber doch eindeutig für einen terroristischen Zweck uneffektiv und damit ungeeignet ist.

Donald Ich sehe da immer noch keinen Ansatzpunkt für uns, Duffy.
Während die beiden nachdenklich schweigen, löst sich die Diskussionsrunde auf. Die Liebenden rücken ins Rampenlicht und plötzlich reißt sich Micky Maus die Maske vom Gesicht, tritt aus dem Dunklen heraus und beugt sich über die am Boden eng umschlungen Liegenden. Die zwei fahren auseinander, springen auf, die Frau brüllt den Spion an, ohne dass die Worte zu hören sind und alle verschwinden hinter den Kulissen, das Liebespaar nach links und der Spion nach rechts.
Donald Langsam kapiere ich. Deine Idee scheint wirklich gut zu sein, Duffy. Du bereitest den Anschlag genau so vor, wie wir es jetzt besprochen haben und ich sorge dafür, dass zum gegebenen Zeitpunkt die - (*er klopft auf das Mikrofon*) - richtigen! - Täter verhaftet werden können.
Duffy Perfekt! Den Rest erledigen die Massenmedien.
Das Licht wird immer schwächer, sodass die Männer im Dunkeln verschwinden.

3. Akt

Auf der Bühne im hellen Lampenlicht sitzt links ein, mit dunkelblauem Sakko, grauer Hose, weißem Hemd und dunkelbraunem Schlips, leger gekleideter Mann mit Krempenhut und rechts ein Operator im blauem Arbeitsanzug mit Helm auf dem Kopf, jeder an einem Tisch auf dem ein blaues Tastentelefon steht.

Dazwischen zwei Szenenbilder: Der vordere Teil der Bühne zeigt einen Kontrollraum mit drei Prozessleitstationen, an jeder sitzt ein Operator, daneben stehen zwei männliche und ein weiblicher Anlagenfahrer, alle in blauen Arbeitsanzügen bis auf einen, der grau gekleidet ist. Dazu gesellt sich die Frau des Liebespaares. Zwischen den Stationen steht ein Tisch. Den hinteren Teil umsäumen die Kulissen einer Chemieanlage: links und rechts zwei Destillationskolonnen und dazwischen die drei Kugeltanks.

Von links betreten zwei große, schlanke junge Leute ebenfalls im Blaumann bekleidet den Kontrollraum und werden von einem mindestens zehn Zentimeter kleineren, mit Jeanshose und blauer Arbeitsjacke bekleideten, schon etwas älteren, aber sportlich wirkenden Mann begrüßt. Danach stellt sich einer der jungen Männer zu den Operatoren, während der andere sich an den Tisch setzt, ein Blatt Papier aus der Tasche zieht und zu schreiben beginnt.

Das linke Telefon klingelt. Der Mann mit Krempenhut nimmt ab.

Ernst Privatdetektei Mike Hammer. 24 Stunden am Tag, weltweit und schneller als die Polizei.

Emil Deine linken Revoluzzer sind eingetroffen. Sie passen zu uns. - Ein Komponist und ein Schauspieler. - Nicht nur mir sympathisch. - Aber erklär mir doch nochmal …

Ernst Die Weltgötter haben an den Strippen gezogen …

Emil … das heißt für uns kleine Erdteufelchen?

Ernst Es geht los, Emil. Die zwei sollen als, auf frischer Tat ertappte, Terroristen herhalten, für einen Anschlag, den andere verüben werden. Wir wollen ihnen helfen und müssen ihr Alibi aufbauen.

Emil Mir ist zwar völlig schleierhaft, wie du auf eine solche Story gekommen bist, aber ich weiß, dass Mike Hammer zum Glück nicht an den Strippen der Götter hängt und - hoffentlich - einen Gegenplan hat? - Oder können wir das Vorhaben, was auch immer das sein könnte, nicht ganz und gar verhindern?

Ernst Das werden wir natürlich versuchen, aber die Geheimen haben viele Kanäle. Wir müssen uns auf das Schlechteste vorbereiten und versuchen, Menschenopfer zu verhindern. Allein, dass die zwei fast Kunststudenten und linken Möchtegern Weltveränderer oder, wie du so gerne sagst, Revoluzzer vom Ruhrgebiet, zielgerichtet zu euch geschickt wurden, sagt mir, dass es dort auch Bambule geben wird. Es liegt auf der Hand, dass unsere Schützlinge zu Tätern gemacht werden sollen. Wir müssen also alles tun, damit wir sie aus dem Knast wieder rausholen, denn dass sie da reinkommen, werden wir nicht verhindern können.

Emil Wann und wo passiert es?

Ernst Die Großkopferten von Übersee planen einen Krieg. Kurz davor oder danach, vermutlich danach, wird es bei euch krachen. Wo das sein wird, müssen wir operativ herausfinden.

Emil Du kommst auch hierher?

Ernst Na klar. Es gibt einiges zu tun. Das kann ich dir nicht alles allein überlassen. Ich bin morgen bei dir, Emil.

Die Scheinwerfer, die bisher die Männer beleuchteten, erlöschen. Emil erscheint in der Messwarte, die jetzt hell beleuchtet wird. Ernst mit Hut bleibt im Dunkeln, aber sichtbar.

Achim *Stimme aus dem Lautsprecher*. Kann mal jemand die Verladepumpe zuschalten?

Horst *ohne Micky Maus Maske, aber im grauen Arbeitsanzug*. Hier ist Horst. Ich kümmere mich darum, Achim. Die anderen haben Bambule.

Achim Danke Horst. Es eilt ja auch nicht so.

Horst *sieht auf die Uhr*. Es ist 1 Uhr 15. Spätestens in zwanzig Minuten läuft die Pumpe, Achim. Ich sage dir Bescheid. Okay?

Achim Passt schon, Horst.

Horst sieht sich in der Messwarte um und entdeckt Anja zusammen mit Günther, Emil und dem angehenden Komponisten.

Jonny *dreht sich an der Leitstation sitzend nach den anderen um*. Kann mal einer die Dampfzufuhr zum HCl-Vorwärmer prüfen? Vorhin lag die Temperatur vom Chlorwasserstoff zu niedrig.

Günther Das übernehme ich, Jonny. Er wirft sich den Helm auf den Kopf und verlässt mit großen Schritten die Messwarte.
Jonny *sich suchend umdrehend.* Chefin! Ich brauche dich mal.
Eva Du sollst nicht immer Chefin zu mir sagen, du Blöd…
Jonny Auf alle Fälle reagierst du dann aber immer sofort. Die Frau zieht ihm spielerisch das Ohr lang.
Jonny Au! Nicht so doll!
Eva Das war doch mehr gestreichelt als langgezogen, du Sensibelchen. - Was gibt's?
Jonny Bevor wir die Oxi wieder anfahren - er zupft an seinem Ohrläppchen - würde ich gern die Rückflusspumpe umstellen lassen wollen. Die jetzt in Betrieb befindliche bringt zu wenig Leistung.
Eva Ja, okay, wenn du meinst. *Sie wendet sich Emil zu.* Kannst du das gleich machen Emil?
Emil Bin schon weg Chefin!
Horst *laut rufend.* Nimm doch am besten unsere Frischlinge mit, Emil, bei dir können sie so oder so was dazulernen.
Emil *bleibt stehen, dreht sich um.* Hast recht, Grauer. *Er winkt den zwei jungen Leuten zu.*
Der Komponist schließt sich sofort Emil an.
Schauspieler *ruft.* Nur noch zwei Minuten! Dann komme ich hinterher!
Horst *wartet bis die Tür hinter den Männern zuschlägt, sieht auf die Uhr: 1:30 und tritt näher an Anja heran.* Entschuldige Anja, ich weiß, dass es zwischen uns aus ist und ich will dir auf keinen Fall zu nahekommen, aber könntest du mir trotzdem einen Gefallen tun und die Verladepumpe zuschalten? Die anderen sind alle woanders beschäftigt und Achim wartet schon in der Verladung.
Anja *sieht einen Augenblick prüfend zu ihrem Kollegen.* Okay Horst. Ich mach das.
Horst Danke, Anja. Ach - und - vielleicht kannst du dabei gleich die Kontrolle am Bodenventil Kugel 1 erledigen?
Er sieht die Frau zustimmend nicken, wirft erneut einen Blick auf die Uhr: 1:32.
Horst Bitte beeile Dich. Der Zug soll noch heute fertig werden.

Die Frau verschwindet im Hintergrund, taucht aber ein paar Sekunden später vor den Kugeltanks auf. Genau in diesem Moment zuckt ein gewaltiger Blitz auf. Die Frau fällt um und gleichzeitig ertönt über die Lautsprecher ein ohrenbetäubender Detonationsdonner. Man sieht Komponist und Schauspieler zurück in die Messwarte eilen, während Emil und Günther der Frau zu Hilfe eilen wollen, doch zwei bewaffnete vermummte Gestalten jagen sie zurück. Die Fremden heben Anja auf und tragen sie von der Bühne. Wie ein Schatten folgt der Detektiv den Attentätern. Alle verschwinden von der Bühne.
Kurz darauf werden Komponist und Schauspieler von der Polizei in Handschellen über die Bühne geführt.

4. Akt
Links im hellen Bühnenlicht sitzen um einen runden Holztisch herum der Chefagent mit Duffy Duck-Maske zusammen mit seinen jüngeren Agenten, von denen der Anführer eine Sylvester (Kater) und der andere eine Tweety (Vogel) Maske trägt.
Sonst ist das Bühnenbild wie vorher in Akt 3 gestaltet: Die vordere Bühne zeigt einen Kontrollraum mit drei Prozessleitstationen, an jeder sitzt ein Operator. Zwei Operatoren stehen, einer sitzt am Tisch und einer, im grauen Arbeitsanzug, läuft dazwischen herum.
Der hintere Teil der Bühne mit den Kulissen einer Chemieanlage wird teilweise von einer Leinwand überdeckt, die Schlagzeilen der Boulevardzeitungen zeigt, auf der linken Hälfte für den Irakkrieg:

‚Massenvernichtungswaffen gefunden!'
‚Krieg gegen den Terror!'
‚Tödliche Mission!'
‚Schuss vor den Bug!'
‚Demokratie und Freiheit verteidigen!'
Und auf der rechten vom Anschlag:
‚Terroranschlag im OPA-Werk!'
‚Sprengstoffexplosion im Tanklager!'
‚Waffenlager entdeckt!'
‚Al-Kaida-Zelle in Deutschland zerschlagen!'
‚GSG 9 schlägt blitzschnell zu!'
‚Terroranschlag bereits vollständig aufgeklärt!'

Duffy Es hat doch alles wunderbar funktioniert. Ein imponierender Anschlag. Genau, wie geplant - oder? *Duffy schweigt einen Moment, weil sich seine jungen Agenten Sylvester und Tweety verstohlene Blicke zuwerfen.* Hat euch jemand gesehen? Ihr habt doch eure Masken getragen?
Sylvester und Tweety nicken stumm.

Duffy Na dann ist das doch nicht schlimm. Im Gegenteil. Die Terroristen sind gesehen, aber nicht erkannt worden! Das ist gut.

Sylvester Es hat bei dem Anschlag eine Frau erwischt.

Duffy Eine Frau? - Erwischt? - Was heißt das?

Tweety Ja, was weiß ich? - Keine Ahnung. - Die Bitch stand plötzlich auf dem Weg. Ich habe sie nicht kommen sehen.

Sylvester Die Detonation hat die Tussi mit dem Kopf gegen eine scharfe Halterung geschleudert. Sie scheint sofort tot gewesen zu sein.

Sylvester Wir haben die Leiche natürlich mitgenommen und entsorgt.

Duffy *abfällig abwinkend* Ein Kollateralschaden. Was soll's. Das verstärkt den gewünschten Effekt.

Tweety Allerdings hatten wir gehofft, dass die so schnell keiner findet!

Alle drei schweigen, während der Detektiv mit Anja auf dem Arm die Bühne betritt und die Leiche dem Mann Otto, dem Geliebten, vor die Füße legt.

Otto kniet nieder und starrt auf die tote Frau. Nur diese Szene wird beleuchtet.

Der Operator im grauen Arbeitsanzug tritt ins Dunkle, steht aber dicht neben dem Paar und setzt die Micky Maus-Maske auf. Er beobachtet die Szene aus der Dunkelheit.

Plötzlich ist eine laute, deklamierende Stimme zu hören.

Stimme aus dem Hintergrund
Der Wasserhahn tropft.
Dreh ihn schon zu.
Der Holzwurm klopft.
Oder ist das dein Schuh?
Es kommt schon bei mir.
Es geht immer schneller.
Wie ist es mit dir?
Der Tag wird nicht mehr heller.

Micky Maus Aus die Maus und du bist raus.

Stimme aus dem Hintergrund
Das Telefon klingelt.
Ich geh heut nicht ran.
Egal wer da bimmelt.

Leckt mich doch alle am …
Immer wieder die alte Leier.
Augen zu und durch.
Am Horizont lauern schon die Geyer?
Ich erwarte sie ohne Furch-t.
Micky Maus Aus die Maus und du bist raus.
Stimme aus dem Hintergrund
Regentropfen trommeln auf das Dach.
Es klingt wie eine Sinfonie.
Könnt ich dichten, tät ich's - ach!
Stattdessen schmerzt mir nur das Knie.
Woher kommt die Wärme?
Hier ist es doch kalt.
Bis in die Gedärme
Das Echo widerhallt.
Micky Maus Aus die Maus und du bist raus.
Stimme aus dem Hintergrund
Die Sonne scheint heller.
Welch merkwürdiges Licht.
Im Kopf summt ein Propeller.
Und doch stört er mich nicht.
Ein Blick trifft das Herz.
Weckt Totes zum Leben.
Verbunden mit Schmerz
Wird es Neues ergeben?
Micky Maus Aus die Maus und du bist raus.
Stimme aus dem Hintergrund
Laub raschelt im Wind beim Morgenrot.
Gedanken quälen den Verstand.
Ich liebe das Leben, ach wär ich doch tot.
Urwüchsige Kraft hat der Gefühle Aufstand.
Plötzlich ist der Tag wieder dunkel.
Der Körper zittert nackt und kalt.
Aus ist es mit dem Sternengefunkel.
Alles nur leer, modrig, krank - und alt.
Micky Maus Aus die Maus und du bist raus.
Stimme aus dem Hintergrund
Zwei minus eins. Du bist allein.
Der Augenblick weiß keinen Rat.

Die Liebe ist tot. Das Leben sagt nein.
Du verstehst nur noch eine Tat.
Der Weg ist so einfach.
Auch der Zufall ist günstig.
Du gibst nur den Gefühlen nach.
Das Ergebnis - endgültig.

Micky Maus Aus die Maus und du bist raus.
Otto steht auf und verlässt langsam die Bühne.
Nur Sekunden später sieht man im Hintergrund auf der Leinwand das Bild eines Hochhauses.
Plötzlich fliegt ein Schatten vom Dach in die Tiefe.
Verbunden mit einem Trommelwirbel erscheint Otto wieder auf der Bühne.
Dann, mit einem Paukenschlag, liegt der Mann leblos im Scheinwerferlicht zu Ballas Füßen.

Duffy Die Polizei wird den Tod der Frau natürlich untersuchen, denn die von uns gelieferten Täter können die Leiche ja nicht mehr weggeschafft haben. Vielleicht findet die Polizei gar keine Verbindung zu dem Anschlag?

Sylvester Ein anderer Kerl hat gesehen, wie wir die Leiche eingeladen haben.

Duffy *hebt kurz beide Hände, lässt sie wieder fallen und schüttelt verständnislos den Kopf.* Ich fasse es nicht! Ihr seid doch erfahrene Agenten. Warum ...

Tweety *springt auf.* Schuld an der Scheiße hat doch eigentlich Micky Maus!

Duffy Ganz ruhig meine Herren.

Sylvester *zieht seinen Kumpan auf den Stuhl zurück.* Aber Tweety hat doch recht! Micky Maus kannte den exakten Ablauf. Warum hat er das nicht verhindert?

Tweety *grinsend* Vielleicht hat er das ja sogar gewollt?

Duffy *von einem zum anderen sehend.* Was gewollt? Die Frau zu töten? Das glaube ich eigentlich nicht - aber wenn - dann hat Micky geradezu perfekt gehandelt.

Sylvester Findest du Duffy? Mir ist die Daisy ja schnuppe, solange die weder uns noch unsere Pläne stört.

Tweety Vielleicht hätten wir die Leiche einfach liegen lassen sollen?

Duffy Vielleicht ja, aber das ist jetzt auch egal. Wisst ihr, das Beste an der Sache für Micky Maus und für uns ist, dass die

Polizei den Vorsatz nicht beweisen kann. Die Sache wird sich im Sande verlaufen. - Obwohl - Ein Widerspruch bleibt. Ich werde also vorsichtshalber dem Innenminister mal einen kleinen Hinweis geben.

Sylvester Dann ist die Sache für uns erledigt?

Duffy Genau! - Zumindest hoffe ich das, denn es war vielleicht meine letzte Aktion. - Also haltet weiter die Ohren steif.

Sylvester Okay Boss!

Tweety Und Tschüss!

Die drei stehen auf und verlassen die Bühne.
Kurz danach kommen der Detektiv Ernst mit Krempenhut, der Operator Emil mit Helm, der Kommissar Malte mit Polizeimütze und die Rechtsanwältin Gisela mit Robe auf die Bühne und nehmen am Tisch Platz.
Ein Telefon klingelt.

Gisela *holt aus ihrer Handtasche ein aufklappbares Handy heraus, nimmt das Gespräch an und lauscht einen Moment.* Ich bin schon unterwegs. *Sie klappt das Handy wieder zusammen, steckt es in ihre Tasche zurück und steht auf.* Das war Danny, unser Schauspieler. Er und Alex, der Komponist, sind im Polizeipräsidium, aber in getrennten Zellen untergebracht. Sie brauchen mich jetzt. Müsste ich noch etwas wissen?

Sie sieht von einem zu anderen. Ihr Blick bleibt bei Ernst hängen.

Ernst Du weißt, Gisela, dass die zwei - nicht! - die Täter sind!

Gisela Das ist wohl jetzt das Wichtigste, von Anfang an die Unschuld zu beteuern, bis wir sie bewiesen haben.

Die Rechtsanwältin verlässt mit energischen Schritten die Bühne.

Emil *(ruft der Frau hinterher)* Grüße die Revoluzzer von uns, Gisela! Obwohl sie gar nicht revoluzzt haben!

Ernst Also gut, Freunde, eigentlich liegen nur zwei Aufgaben vor uns: Erstens die Beweise der Unschuld unserer angeblichen Terroristen zusammenzustellen und wasserdicht zu machen und zweitens Schröder des Mordes an Anja Petersen zu überführen, denn dafür, die wahren Täter einer Verurteilung zuzuführen, ist unser Arm zu kurz. Oder wie siehst du das, Kommissar?

Malte, der Mann mit der Polizeimütze schüttelte nur den Kopf.

Emil *zeigt auf die Rückwand.* Seht doch auf die Schlagzeilen, die zum Krieg gegen den Irak aufhetzen! Warum tun nur alle Medien so, als müsste jeder anständige Mensch für diesen

Krieg sein? Für einen - Krieg! - Leute! - In der heutigen Zeit! - So ein Schwachsinn!

Malte Die - *er wirft einen kurzen Blick an die Decke* - können sogar später zugeben, dass der angegebene Grund für den Krieg eine Lüge war. Dann werden sich zwar alle wortreich darüber aufregen, aber kurz danach ist alles wieder beim alten und beim nächsten Mal, beim nächsten Krieg, funktioniert alles wieder ganz genauso! - Es ist wirklich zum Kotzen!

Ernst Ihr habt zwar recht, aber diese Diskussion bringt uns nicht weiter, denn fürs Große fehlt eine alle Kriegsgegner vereinigende Organisation, doch fürs Kleine reichen allein unsere Kräfte. Also zu Punkt 1. Ich sehe mir noch einmal das angebliche Waffenlager an. Meine Mitarbeiterin wird in der Nähe der Unterkunft unserer Helden rumhorchen, ob tatsächlich niemand von der heimlichen Aktion - denn dieses Waffenarsenal kann erst in der letzten Nacht angelegt worden sein - etwas mitbekommen hat.

Malte Und ich halte mich an den für diesen Fall verantwortlichen Kollegen Hauptkommissar Bergmann, um die Beweislast gegen unsere jungen Leute und vor allen Dingen die neuesten Erkenntnisse bei der Untersuchung des Todesfalls in Erfahrung zu bringen.

Ernst Und du, Emil, *er nickt dem Operator kurz zu* solltest dich erst einmal richtig ausruhen. Du hast doch morgen wieder Schicht?

Emil Ausruhen kann ich, wenn ich tot bin. - Obwohl - ‚Die Kunst des Ausruhens ist ein Teil der Kunst des Arbeitens' (42). Das gilt wohl vor allen Dingen für ‚Diesseits von Eden'.

Alle drei stehen auf und verlassen die Bühne.

5. Akt

Links beziehungsweise rechts auf der Bühne sitzen in bequemen Sesseln bei abgedunkeltem Licht wieder die lässig gekleideten Männer, deren Köpfe maskiert sind. Links Duffy Duck, scheinbar schlafend und rechts Donald Duck, telefonierend.

Auf der linken Seite der Bühne steht immer noch der Tisch mit den Stühlen. Daneben ist die Bühne noch leer. Der Kontrollraum, aus den vorherigen Akten, mit den drei, jede mit einer Person besetzten Prozessleitstationen, befindet sich jetzt weiter im Hintergrund. Dahinter sind nach wie vor die Kulissen des Chemiebetriebes zu sehen.

Donald Duck legt nach einer Weile wieder auf, überlegt, greift erneut zum Apparat und wählt. Das Telefon von Duffy Duck klingelt.

Donald Ich bin's wieder. Die zwei von uns präparierten Täter scheinen ja schlaue Helfer zu haben.

Duffy Wie meinst du das, Donald?

Donald Ich habe gerade mit der örtlichen Polizei gesprochen. Die beiden werden schon morgen wieder auf freien Fuß gesetzt.

Duffy Das kann doch nicht wahr sein!

Donald O doch, Duffy. Die Rechtsanwältin der beiden hat derart viel Entlastungsmaterial vorlegen können, dass dem Staatsanwalt gar nichts anderes übrigbleibt. - Aber das ist jetzt auch egal. Die Propagandawelle ist gelaufen und das war doch der eigentliche Zweck der ganzen Aktion.

Duffy Das begreife ich nicht. Hat da einer den 6. Sinn gehabt, Donald? - Aber zum Glück hast du ja Recht. Die Sache ist gelaufen. Ja bis auf …

Donald Genau! Bis auf die Sache von Micky Maus. Und die - also - die, sieht so aus: Der Hauptkommissar der Untersuchungskommission für den Sprengstoffanschlag im OPA-Werk verdächtigt Micky Maus tatsächlich, den Tod der Frau, mutwillig herbeigeführt zu haben. Es gibt scheinbar sogar einen Zeugen, der den exakten Wortlaut mit genauen Zeiten unterlegen kann. Unterschiedliche Teile davon können von verschiedenen anderen Personen bestätigt werden. Die geschlossene Aussage des männlichen Zeugen ist für deinen Mann die eigentliche Gefahr. Denn die kann ihn nicht nur vor Gericht bringen, sondern auch zu einer Verurteilung wegen Totschlages zu mehreren Jahren Gefängnis führen. Und das wäre schon der günstigste Fall. Der Staatsanwalt könnte auch auf vorsätzlichen Mord plädieren. Reicht dir diese Information?

Duffy Weißt du auch den Namen des Zeugen?

Donald Na klar! *Die Nennung des Namens geht in einem Störgeräusch unter.*

Duffy Danke. - Das genügt mir, Donald. Dann bis zum nächsten Mal und Tschüss.

Die beiden legen den Hörer zurück auf den Apparat und verlassen die Bühne.

Kurz danach kommen der Detektiv Ernst mit Krempenhut, der Operator Emil mit Helm, Malte der Kommissar mit Polizeimütze und die Rechtsanwältin Gisela mit Robe auf die Bühne und nehmen am Tisch Platz.

Gisela Die Beweise für die Unschuld unserer Mandanten war so überwältigend, dass der Staatsanwaltschaft fast schon bereitwillig einem Kompromiss zustimmte. Unsere Revoluzzer sind wieder frei. Zumindest vorerst.

Emil Dann wenden wir uns doch unserer 2. Aufgabe zu: Den Grauen des Mordes zu überführen.

Ernst Okay. *Er legt ein paar von Hand beschriebene lose Blätter auf den Tisch.* Aus unserer Recherche ergibt sich: Erstens: Horst hatte ein Verhältnis mit Anja, das vorher - ich meine vor ihrem gewaltsamen Tod - auch nic richtig beendet worden ist. Die Frau hat sich aber von ihm zurückgezogen, nachdem sie Otto näher kennengelernt hatte.

Malte Was heißt näher? Dann haben die zwei sich also schon länger gekannt?

Ernst Horst und Otto haben gleichzeitig mit Anja, bei deren Autounfall, Bekanntschaft gemacht. Während der erstere sich der Frau als Zeuge ihrer Unschuld …

Emil … Die er ihr ein paar Tage später wieder genommen hat …

Ernst … zur Verfügung stellte, war der andere der Unfallverursacher.

Malte Verstehe.

Ernst Also weiter: Zweitens hat Schröder den Verlader Achim bewusst zeitlich so orientiert, dass er selbst den Zeitpunkt für das Einschalten der Verladepumpe kurz vor der Explosion auslösen konnte. Drittens sorgte Horst maßgeblich dafür, dass alle Außenoperatoren sich in der Anlage befanden, auch die Revoluzzer, was, wie wir wissen, noch aus anderer Sicht notwendig war. Die Verurteilung der Frau zum Tode kam definitiv mit dem Nachsatz „… vielleicht kannst du dabei gleich die Kontrolle am Bodenventil Kugel 1 erledigen". Dadurch wurde das Opfer direkt zum Sprengort dirigiert.

Gisela Das wird die Polizei nicht überzeugen.

Malte Wir müssen eben selber ermitteln.

Ernst Aber das machen wir doch sowieso, Kommissar Malte. Denn, ich glaube auch, dass die Polizei nicht gegen Horst ermitteln wird. Zum Ersten gibt es für dessen Schuld nur Indizien, eigentlich keine richtigen Beweise und zum Zweiten könnten weitere Untersuchungen der ganzen Wahrheit zu nahekommen und das werden - *er deutete mit dem Daumen nach oben* - die Großkopferten auf alle Fälle verhindern wollen.

Malte Ich werde trotzdem bei meinen Kollegen dranbleiben und genau verfolgen, wohin die Ermittlungen laufen. Ich kenne den ermittelnden Hauptkommissar und bin sicher, dass der schon versuchen wird, den Dingen auf den Grund zu gehen. Anders als unser Chef, der eher ein Spielball der Politiker ist.

Emil Und die stehen im Sold der Reichen, künstlich Schönen und Mächtigen. Für diese Halsabschneider arbeiten natürlich auch die Geheimen. Wahre Demokratie braucht keine Geheimdienste, Agenten und Spitzel.

Ernst Du hast zwar vollkommen Recht, mein Freund, aber wir sind doch von Anfang an ohnehin davon ausgegangen, dass wir uns um die Sache selbst kümmern müssen und das werden wir ja auch tun.

Emil Wie willst du das denn machen, in diesem Falle, Herr Detektiv? Wir wissen zwar schon, dass der Graue Schuld am Tod der Petersen hat, aber wie können wir ihn zur Verantwortung ziehen?

Ernst Das musst gerade du fragen, Emil. Wir haben doch zusammen schon so mache Falle zuschnappen lassen. Schon vergessen?

Emil Nein. Natürlich nicht. Aber dieses Mal sehe ich - ohne fremde Hilfe - kein Land in Sicht!

Ernst Hört zu, meine Freunde. Wir haben doch schon gemeinsam Indizien, Fakten und einen fast lückenlosen Zeitplan zusammengestellt. Jetzt fehlt noch der schöpferische Teil. Unser Schauspieler Danny hat doch, bis Anja die Messwarte verlassen hat, am Tisch gesessen und geschrieben. Er ist der Frau dann aber unmittelbar gefolgt. Was hat er auf das Papier geschrieben? *Er sieht seine Freunde einen nach dem anderen an.* Tja, was haltet ihr von folgendem Plan?

Der Mann schweigt einen Augenblick bevor er fortfährt.

Ernst Natürlich weiß ich auch nicht, was unsere Schauspieler in spe tatsächlich aufgeschrieben hat. Aber nehmen wir doch mal an, dass er einfach nur jedes einzelne Wort, dass Horst an diesem Abend von sich gegeben hat, darauf notiert hat. Damit wäre er ein Hauptbelastungszeuge in einem Mordprozess, der für den Täter mit dem Urteil lebenslänglich enden könnte. Und das müssen wir dem Grauen, als eine fest stehende Tatsache vermitteln. Den Namen des Zeugen wird er schnell herausfinden, aber über sein Motiv, kann er sich mit niemanden mehr beraten. Ich bin sicher, dass der so Beschuldigte sich des lästigen Zeugen entledigen wird. Wir müssen nun weiter nichts tun, als herauszufinden, wie, wann und wo, er das tun will.

Gisela Na und verhindern, dass es dazu kommt! - Ist das nicht überhaupt viel zu gefährlich?

Malte Was sagt unser Schauspieler dazu? - Oder weiß er es noch gar nicht?

Ernst Mit dem muss ich natürlich noch sprechen, aber …

Emil   … ich bin sicher, dass wir bei unserem Revoluzzer offene Türen einrennen. Im Gegenteil. Die Sache dürfte ganz nach seinem Geschmack sein.

Gisela Gefährlich bleibt es trotzdem.

Ernst Du hast Recht Gisela, egal was Horst plant, gefährlich ist unser Vorhaben in jedem Falle. Deshalb müssen wir auch alle unsere Freunde aktivieren. Dabei steht unser Mann Arnold bei der Feuerwehr an vorderster Stelle. Der muss dafür sorgen, dass Notarzt, Sanitäter oder auch ein Rettungstrupp praktisch schon vor Ort sind, wenn die ganze Sache startet.

Gisela Aber wir wissen doch noch gar nicht was das sein wird. Wie soll denn da …

Emil Keine Sorge, das wissen wir bald, Gisela. Horst glaubt einen gleichgesinnten Freund in unseren Reihen gefunden zu haben, weil der ihn bei Diskussionen unterstützt hat, wenn es um ein stärkeres Durchgreifen der Polizei gegenüber Straftätern, vor allen Dingen gegen Rauschgifthändler und Dealer ging. Aber unser Modellathlet ist kein Grauer und schon gar kein Brauner, er hat nur große Probleme mit seinem drogenabhängigen Sohn. - Dieser Kollege wird - uns - helfen und nicht dem Grauen, wenn es darauf ankommt!

Malte Und ich werde versuchen, meinen Kollegen Bergmann zu veranlassen, zum richtigen Zeitpunkt und offiziell, am Tatort zu sein.

Wortlos stehen die vier auf und verlassen die Bühne, während von rechts ein großer durchsichtiger Plastikbehälter mit Podest und Steigleiter auf die Bühne geschoben wird. Der Boden des Kessels ist vollständig mit schwarzen Haufen bedeckt.
Von oben kommen drei Schläuche ins Blickfeld der Zuschauer.
An zweien sind Schildern mit großer Leuchtschrift angebracht.
Ein blauer Schlauch mit blauer Schrift: LUFT und ein schwarzer mit roter Schrift: STICKSTOFF, während der dritte, nur mit einem Schild, auf dem mit schwarzen Buchstaben ‚Wasser' steht, gekennzeichnet ist.
Horst wieder in grauem, Emil und Danny in blauem Arbeitsanzug, alle drei mit Helm und umgehängter Schutzmaske ausgerüstet, klettern auf das Podest.

Emil *wirft durch den offenen oberen Mannlochdeckel einen Blick in den Behälter.* Das bisschen Dreck schaff ich allein. *Er sieht zum Schauspieler.* Du bleibst draußen, Danny, und reichst mir den Wasserschlauch runter.

Danny Kommt gar nicht infrage, Emil, ich bin mindestens fünfzig Jahre jünger …"

Emil Danke für das Kompliment! *Er tippt grinsend seinem jungen Kollegen mit der Faust vor die Brust.* Dann kannst'e jetzt mal sehen, was ein Achtzigjähriger so alles kann.

Emil ging mit allen beweglichen Körperteilen zitternd auf die Öffnung im Behälter zu.

Horst *kurz auflachend* Halt, Emil! *Er hielt Emils immer noch zitternden am Arm fest.* Obwohl ich auch gern sehen würde, ob ein 80-jähriger Tattergreis es tatsächlich schafft, die Strickleiter runter zu klettern, sollte doch lieber Danny einsteigen. - Im Ernst, Emil.

Emil Scho-scho-schon gu-gu-gut. *Er hörte auf zu zittern. Obwohl - runter hätte es der alte Sack bestimmt noch geschafft.*

Danny lässt sich von Horst helfen den blauen Schlauch an der Maske zu befestigen und setzt sie dann auf, während Emil ein Seil um den Bauch des jungen Mannes bindet. Der so ausgerüstete Operator steigt in den Behälter, während die anderen beiden das Seil halten.

Stimme *tönt energisch, fordernd aus dem Lautsprecher.* Emil sofort zur Messwarte! Dringend!

Horst *stößt Emil an, weil der keine Anstalten macht zu gehen.* Nu hau schon ab! Wer weiß, was da wieder los ist. Das hier schaff ich auch alleine.

Emil Bin gleich wieder zurück. *Er verlässt ruhig und gelassen die Bühne.*

Horst zieht eine kleine Fernbedienung aus der Tasche und drückt mit der rechten Hand auf einen Knopf. Die Leuchtschrift auf den Schläuchen ändert sich. Das Schild am blauen Schlauch zeigt jetzt mit roter Schrift: STICKSTOFF an und das des schwarzen: LUFT.

Der Schauspieler im Behälter fast sich an den Hals, bäumt sich auf, geht dann langsam in die Knie und bleibt nach mehrmaligem Zucken ausgestreckt reglos liegen.

Das Gesicht des Mörders zeigt Triumph!

Der Zeuge ist tot.

Horst klettert vom Behälter und läuft aufgeregt um Hilfe rufend davon. Während dessen wechselt die Anzeige der Schläuche wieder zur ursprünglichen Schrift zurück.

Der Schauspieler steht wieder auf, steigt aus dem Behälter und winkt Horst, der von einem Hauptkommissar in Handschellen am Tatort vorbeigeführt wird, von oben herab zu.

Danny *zum Publikum sehend*
Mich rettete nicht die gröbere Natur.
Dem bösen Geist gehört die Welt - nicht nur.

Was die göttlichen uns senden, von oben
Ist trügerischer Reiz, Verlockung, Verführung zum Groben.
Wer unter Tage - nicht ohne Opfer - schlecht geartet haust,
Fühlt, denkt, erkennt und ballt die Faust.
Zerreißt die Fäden zu den Göttern, den Großen,
Um deren Vertreter auf Erden vom Throne zu stoßen.
Ein erster Stein, unscheinbar noch.
Eine Lawine entsteht, zerschmettert das Joch. (43)
und jedes Wort einzeln betonend
Der Mensch wird - abgerichtet,
Oder er wird - hingerichtet. (44)

Von links und rechts kommen der Operator Emil, der Detektiv Ernst, die Anwältin, die Kommissare von Polizei und Feuerwehr sowie der Komponist hinter dem Behälter hervor. Sie stellen sich locker an den Rand der Bühne und sehen ins Publikum.
Danny *die Arme ausbreitend*
Oder er hat Freunde gesammelt - gesichtet -
Und zum Widerstand verdichtet!

      Vorhang

Quellenverzeichnis

(1) Seite 16,23; Ernst Thälmann; Spruch: Einen Finger kann man brechen. Fünf Finger sind eine Faust.

(2) Seite 17; M.A.S.S.A.K.A., Worterklärung; Das freie Theater M.A.S.S.A.K.A. gründetet sich 1999 in der Heinrich-Heine-Universität. Damals hieß es noch T.o.N., Theater ohne Namen. Erste Auftritte fanden im Rahmen der studentischen Proteste gegen die Einführung einer sogenannten "Chip-Card" statt. Das erste abendfüllende Programm stellten sie mit zahlreichen Freunden und Freundinnen aus der jungen Literaturszene Düsseldorfs zu Ehren des deutschen Literaten, Bohemien, Anarchisten und Juden Erich Mühsam zusammen. Es folgten ein Theaterprojekt zum Thema Rassismus, welches unter anderem auch in den Niederlanden gastierte, und ein Straßentheater am 1. Mai 2002 in Düsseldorf.; 'http://www.fau-duesseldorf.org/freundinnen/theater-m-a-s-s-a-k-a/die-seiten/geschichte/?searchterm=arbeiterinnen

(3) Seite 19-20; Mühsam, Erich, Gedicht ‚Der Gefangene':

Ich hab's mein Lebtag nicht gelernt,
mich fremdem Zwang zu fügen.
Jetzt haben sie mich einkasernt,
von Heim und Weib und Werk entfernt.
Doch ob sie mich erschlügen:
   Sich fügen heißt lügen! '
Ich soll? Ich muß? - Doch will ich nicht
nach jener Herrn Vergnügen.
Ich tu nicht, was ein Fronvogt spricht.
Rebellen kennen beßre Pflicht,
als sich ins Joch zu fügen.
   Sich fügen heißt lügen!
Der Staat, der mir die Freiheit nahm,
der folgt, mich zu betrügen,
mir in den Kerker ohne Scham.
Ich soll dem Paragraphenkram
mich noch in Fesseln fügen.
   Sich fügen heißt lügen!
Stellt doch den Frevler an die Wand!

So kann's euch wohl genügen.
Denn eher dorre meine Hand,
eh ich in Sklavenunverstand
der Geißel mich sollt fügen.
   Sich fügen heißt lügen!
Doch bricht die Kette einst entzwei,
darf ich in vollen Zügen
die Sonne atmen - Tyrannei!
Dann ruf ich's in das Volk: Sei frei!
Verlern es, dich zu fügen!
   Sich fügen heißt lügen!

‚Trotz allem Mensch sein'; Gedichte und Aufsätze; Kapitel: "War einmal ein Revoluzzer" oder: Die leichte Satire; © 1984, 2009 Philipp Reclam jun. GmbH& Co. KG, Stuttgart, Taschenbuch; Seite 58

(4) Seite 23; „Mickey" Morrison Spillane; Worterklärung: Privatdetektiv Mike Hammer. Nach dem Krieg schrieb Spillane in kürzester Zeit seinen ersten Roman mit seinem bekanntesten Helden.

(5) Seiten 29,70,112,259; Max Balladu; Buch: Die west-östliche Akte 2; zum Mord an Rene Müller; Seite 341 ff; Verlag: tredition GmbH, Hamburg

(6) Seite 31; Max Balladu; Beschreibung der Technologie der Oxichlorierung; in Die Ede Ceh Story; Seite 176/177; Verlag: tredition GmbH, Hamburg 2012

(7) Seite 39; Friedrich Dürrenmatt; Theaterstück, ‚Die Physiker'; Verlag: DIOGENES, 2008, 25. Aufl., detebe Diogenes Taschenbücher Nr.23047

(8) Seite 76; Mühsam, Erich; Zitat:
Kein Schlips am Hals, kein Geld im Sack.
Wir sind ein schäbiges Lumpenpack,
auf das der Bürger speit.
   „Oh, wär ich doch ein reicher Mann,
   der ohne Mühe stehlen kann,
   gepriesen und geehrt.
   Träf ich euch auf der Straße dann,
   ihr Strohkumpane, Ernst, Paulann*,
   ihr Lumpenvolk, ich spie euch an. -
   Das seid ihr Hunde wert! (6)

(* statt Ernst, Paulann heißt es im Gedicht richtig: Fritz, Johann)
(9) Seite 84; Chamfort, Nicolas; Spruch: Es ist schwer, das Glück in uns zu finden, und es ist ganz unmöglich, es anderswo zu finden.
(10) Seite 84/85; Erich Mühsam; Gedicht:
Kein Schlips am Hals, kein Geld im Sack.
Wir sind ein schäbiges Lumpenpack,
auf das der Bürger speit.
(11) Seite 87; Voltaire; Spruch: Das Vergnügen, recht zu behalten, wäre unvollständig ohne das Vergnügen, andere ins Unrecht zu setzen.
(12) Seite 87; Goethe, Johann Wolfgang von; Zitat: Das Große wie das Niedre nötigt uns, geheimnisvoll zu handeln und zu wirken; Die natürliche Tochter, Erster Aufzug, Dichter Wald, Erster Auftritt; Seite 471; Gesammelte Werke in sieben Bänden, Zweiter Band Dramen, Im Bertelsmann Lesering, 1962
(13) Seite 93,94; Bachmann, Ingeborg; Gedicht
Es kommen härtere Tage.
Die auf Widerruf gestundete Zeit
wird sichtbar am Horizont.
Bald musst du den Schuh schnüren
und die Hunde zurückjagen in die Marschhöfe.
Denn die Eingeweide der Fische
sind kalt geworden im Wind.
Ärmlich brennt das Licht der Lupinen.
Dein Blick spurt im Nebel:
die auf Widerruf gestundete Zeit
wird sichtbar am Horizont.
Drüben versinkt dir die Geliebte im Sand,
er steigt um ihr wehendes Haar,
er fällt ihr ins Wort,
er befiehlt ihr zu schweigen,
er findet sie sterblich
und willig dem Abschied
nach jeder Umarmung.
Sieh dich nicht um.
Schnür deinen Schuh.

> *Jag die Hunde zurück.*
> *Wirf die Fische ins Meer.*
> *Lösch die Lupinen!*
> *Es kommen härtere Tage.*

Die gestundete Zeit; Seite 18; © R. Piper & Co. Verlag, München 1957,1983

(14) Seite 100; Tucholsky, Kurt; Spruch: Das ärgerliche am Ärger ist, dass man sich schadet, ohne anderen zu nutzen.

(15) Seite 110; Balladu, Max; Worterklärung: ZKV ist die Abkürzung für den Zwergkaninchenverein Hase e. V., der von Emil Balla 1979 zur Hilfe für arme Menschen, die in der Zwickmühle stecken, gegründet worden ist; Seite 79,80 und Seite 114 ff in 'Die Ede Ceh Story', Verlag tredition GmbH, Hamburg, 2012

(16) Seite 110,114; Balladu Max; Die Entstehung des ZKV Hase e. V. und Flucht von Dr. Schenk in den Westen; Seite 160-162 und 321ff in 'Die west-östliche Akte', Verlag tredition GmbH, Hamburg, 2013

(17) Seite 113; lateinischer Spruch: Res ipsa loquitur - die Sache selbst spricht.

(18) Seite 114; Worterklärung: Pittiplatsch der Liebe - Beliebte Figur aus dem Kinderfernsehen der DDR: Pittiplatsch der Liebe, zusammen mit Schnatterienchen, Herrn Fuchs und Frau Elster, u.a.m.

(19) Seite 149; Brecht, Bertolt; Solidaritätslied:
> *Wollen wir es schnell erreichen,*
> *brauchen wir noch dich und dich.*
> *Wer im Stich läßt seinesgleichen,*
> *läßt ja nur sich selbst im Stich.*
> *Vorwärts und nicht vergessen,*
> *worin unsere Stärke besteht!*
> *Beim Hungern und beim Essen,*
> *vorwärts und nie vergessen:*
> *die Solidarität!*

(20) Seite 155; Ebner-Eschenbach, Marie von; Spruch: Eine Erkenntnis von heute kann die Tochter eines Irrtums von gestern sein.

(21) Seite 155; Marx, Karl; Spruch: Hinaus! Letzte Worte sind für Narren, die noch nicht genug gesagt haben.

(22) Seite 190; Hebbel, Friedrich; Spruch: Jedenfalls ist es besser, ein eckiges Etwas zu sein als ein rundes Nichts.
(23) Seite 190; Schopenhauer, Arthur; Spruch: Bei gleicher Umgebung lebt doch jeder in einer anderen Welt; in Aphorismen zur Lebensweisheit I
(24) Seite 191; Voltaire; Spruch: Das Geheimnis zu langweilen besteht darin, alles zu sagen.
(25) Seite 206; Nepalesisches Sprichwort: Wer den Feind umarmt, macht ihn bewegungsunfähig.
(26) Seite 210; Shakespeare, William; Zitat: O du verhasster Schlund! Du Bauch des Todes! Der du der Erde Köstlichstes verschlangst …
(27) Seite 211; Seume, Johann Gottfried; Spruch: Die wahre Freiheit ist nichts Anderes als Gerechtigkeit.
(28) Seite 215; Ebner-Eschenbach, Marie von; Spruch: Der Zufall ist die in Schleier gehüllte Notwendigkeit.
(29) Seite 220; Goethe, Johann Wolfgang von; Zitat:
Meine Ruhe ist hin,
Mein Herz ist schwer;
Ich finde sie nimmer
Und nimmermehr;

Faust 1, Gretchens Stube, Seite 165; Aufbau-Verlag Berlin und Weimar, 1973, 2. Auflage, fünfter Vers
(30) Seite 224; Ebner-Eschenbach, Marie von; Gedicht:
Alles kann Liebe:
zürnen und zagen,
leiden und wagen,
demütig werben,
töten, verderben,
alles kann Liebe.

Alles kann Liebe:
lachend entbehren,
weinend gewähren,
heißes Verlangen
nähren in bangen,
in einsamen Tagen –
alles kann Liebe –
nur nicht entsagen

Titel: Grenzen der Liebe, auf:
http://www.zgedichte.de/gedicht_3167.html;
Quelle: Ebner-Eschenbach: »Gesammelte Schriften«, erster Band: Aphorismen, Parabeln, Märchen und Gedichte, Verlag von Gebrüder Paetel, Berlin, 1893

(31) Seite 244; Brecht, Bertolt; Zitat: Wenn das Haus der Großen zusammenbricht werden viele Kleine erschlagen. Die das Glück der Mächtigen nicht teilen, teilen oft ihr Unglück; 'Der kaukasische Kreidekreis', Gesammelte Werke, Band 5, Stücke 5, 2- Das hohe Kind, Seite 2015; Suhrkamp Verlag Frankfurt am Main 1967

(32) Seite 250; Busch, Wilhelm; Spruch: Was man ernst meint, sagt man am besten im Spaß.

(33) Seite 262; Goethe, Johann Wolfgang von; Zitat:
Der edle Mensch
Sei hilfreich und gut!
Unermüdlich schaff er
Das Nützliche, Rechte,
Sei uns ein Vorbild ...

Letzte Strophe des Gedichts: Das Göttliche; Seite 152; Gesammelte Werke in sieben Bänden, Erster Band, Im Bertelsmann Lesering, 1962

(34) Seite 307; Heinrich von Kleist; Spruch: Ein frei denkender Mensch bleibt nicht da stehen, wo der Zufall ihn hinstößt.

(35) Seite 307; Hitchcock, Alfred; Spruch: Ein Blick in die Welt beweist, dass Horror nichts Anderes ist als Realität.

(36) Seite 309; Wolf, Markus; Buch: Spionagechef im geheimen Krieg: Erinnerungen.

(37) Seite 309; Aischylos; Spruch: Selig preise nur den, der das Leben wonnenreich geschlossen hat.

(38) Seite 312; Balladu, Max; Buch: Die Ede Ceh Story; Verlag: tredition GmbH, Hamburg 2012

(39) Seite 314; Handke, Werner; Zitat aus Spuren der Verirrten; Suhrkamp Verlag; Auflage: 1, 2006; ISBN 9783518418543

(40) Seite 322; Onassis, Aristoteles; Spruch: Dem Geld darf man nicht nachlaufen, man muss ihm entgegengehen.

(41) Seite 325; Worterklärung: Lolek und Bolek: Diese Namen stammen aus der polnische Comicserie aus den 60-er Jahren, die in der DDR sehr beliebt war.

(42) Seite 340; John Steinbeck, Spruch: Die Kunst des Ausruhens ist ein Teil der Kunst des Arbeitens.

(43) Seite 347; Erklärung; Diese Verse wurden angelehnt an Wedekinds Erdgeist; Wilhelm Goldmann Verlag München, genehmigte Taschenbuchausgabe, Goldmanns gelbe Taschenbücher Band 803

(44) Seite 347; Wedekind, Frank; Zitat: Der Mensch wird abgerichtet, oder er wird hingerichtet. In: Der Marquis von Keith; 1. Aufzug; Seite 54; Philipp Reclam jun. Leipzig 1964, Reclams Universalbibliothek Band 152; 'http://gutenberg.spiegel.de/buch/2606/2

Vom Autor Max Balladu beim Verlag tradition GmbH Hamburg bereits erschienene Bücher:

Der kriminale Familienroman:

Die Ede Ceh Story

Inhalt:

Die rein fiktive Story des Brandanschlags auf die Gasstätte bildet den Spannungsrahmen, in den der Autor auf humorvolle Weise die reale Technologie und Technik einer großen Chemieanlage eingearbeitet hat. Es ist das erste Buch zu einem Zyklus von mehreren selbstständigen Romanen, mit denen der Autor den Versuch unternehmen will, das Besondere im Leben der Menschen in der DDR vor und nach der politischen Wende im mehr oder weniger normalen Berufsalltag zu schildern.

Im Anhang dieses Buches befinden sich eine kleine technologische Beschreibung der C-V-Anlage sowie ein einfaches Schema des Hauptstoffflusses.

Der kriminale Roman:

Mord am Abend und die kleine Revolution'

Inhalt:

In der V-Fabrik der von der Treuhandanstalt verwalteten LUNA AG kommt es zu einem tödlichen Unfall. Einer aus der Mannschaft der Anlage, der ehemalige Seemann Emil Balla glaubt, dass es sich um einen Mord handeln könnte und schaltet seinen Freund, den Detektiv aus Düsseldorf, Ernst Wolf ein. Tatsächlich finden sie heraus, dass die Verunfallte, die Betriebswirtin der V-Fabrik Ellen Weber, ermordet worden ist. Während Balla die Motive für die infrage kommenden Täter zusammenträgt, analysiert Wolf die Details des Verbrechens, findet den Weg zur Mordwaffe, findet Fußspuren und tüftelt einen Plan aus, wie sie den Täter überlisten und so hundertprozentig des Mordes überführen könnten. Die Falle schnappt zu, doch die Überraschung ist groß, denn der Fang ist nicht der Erwartete und mit Sicherheit auch nicht der Mörder. Wie konnte das passieren? Gelingt es Balla und Wolf trotzdem den wahren Mörder zu fangen?

Der abenteuerlich-kriminale Roman:

Die west-östliche Akte

Inhalt:

Menschen aus Ost und West handeln, trotz Mauer, Hand in Hand beim Anfahren einer neuen Chemieanlage in der DDR. Die Geschichte beginnt mit den beiden jungen, vom Leben in der Bundesrepublik Deutschland enttäuschten Romy und Hans, die sich entscheiden ihr Leben mit einem Bankraub zu verändern. Hans wird gefasst und muss drei Jahre in den Knast. Romy versteckt die Beute in einem Chemieapparat, der am nächsten Tag schon unterwegs in die DDR ist. Die junge Frau trifft auf der Suche nach dem Geld im chemischen Kombina auf die DDR-Besatzung der V-Fabrik, insbesondere ehemaligen Seemann, den Anlagenfahrer Emil Balla. Γ Liebe mit Romy prägt den ersten Teil. Außerdem ist (exzellente Monteur Köhler, der als V-Mann des Westens ebenfalls hinter Romy, also dem Geld, her ist und dabei für ein Drama sorgt. Der Stasioffizier Karius und dessen IM Feuer wollen Köhler für sich anwerben, riskieren zu viel und ein junger Mann muss sterben.

Der zweite Teil beginnt mit der Haftentlassung von Hans Krause. Romy hat ihm Informationen hinterlassen und so kommt er auch nach LUNA. Er verliebt sich bei seiner Jagd nach den Moneten in eine ostdeutsche Laborantin.

Der in Düsseldorf ansässige, äußerst pfiffige, wendige und wandelbare Detektiv Wolf, ein ehemaliger Kriminalkommissar, befreundet sich mit dem etwas jüngeren Balla. Sie sind die kleinen von den sogenannten Großen kaum wahrgenommenen Helden des Romans.

Ein dramatisches Finale schließt den Roman ab.

Der abenteuerlich-kriminale Roman:

Die west-östliche Akte 2

Hauptkommissar Schreyer bearbeitet seinen zweiten Fall, der ihn wieder in die Vergangenheit beider deutscher Staaten zurückführt. Dieses Mal stellt er schon am Anfang fest, dass ein Unfall, der sich gerade in der V-Fabrik bei OPA Industrial ereignet hat, mit dem alten Fall verknüpft sein könnte. Er besucht den Betrieb, lernt den extravaganten Operator und Ex-Seemann Emil Balla kennen und befreundet sich mit ihm. Mithilfe dieses neuen Kameraden findet der Kommissar die Zusammenhänge zwischen der vor zwei Jahren gefundenen Leiche und deren verwirrende Verknüpfung mit Aktionen der ost- und westdeutschen Geheimdienste in den Jahren 1981 bis 1983 im großen Chemiewerk LUNA in der DDR heraus.

Die Aufklärung dieser Zusammenhänge aus der Vergangenheit führt für Schreyer und Balla zu der Erkenntnis, dass der Unfall der Gegenwart ein getarnter Mord war, der der Vertuschung eines kurz bevorstehenden Attentates dienen könnte. Beide begreifen, dass sie schnell handeln müssen, um eine weitere Mordtat zu verhindern.

Messwartengeschichten 1

Alltagswahnsinn
oder
Einem Ingeniör ist nichts zu schwör

Inhalt:
Die in diesem Buch geschilderten Störungen in der Chemieanlage sind fast alle schon in den bereits veröffentlichten Romanen (s. Anhang) verwendet worden. Trotzdem hat der Autor sich entschlossen die Geschehnisse hier ohne die Verknüpfung mit Kriminalfällen oder Geheimdienstaktionen für die Leser in Form von Messwartengeschichten zusammenzufassen.

Die Storys erzählen vom unspektakulären Verhalt Menschen bei Bränden, Verpuffungen, Störungen und H verschiedener Art und unterschiedlichen Ausmaßes. Ma ist für den Außenstehenden gar nicht gleich zu erkennen, dass es sich um eine Störung handelt, die die Operatoren zu schnellem Handeln zwingt. Trotz der beeindruckenden Technik in der Chemieanlage stehen immer die Menschen im Mittelpunkt der Handlungen mit ihren Stärken und Schwächen, großen Leistungen und Fehlern, ihren Emotionen von Trauer, Furcht, Enttäuschung, Freude und Liebe.

Der Ausgangspunkt der Geschichten ist die Messwarte eines fiktiven Chemiebetriebes in der Gegenwart. Von hier aus springen die Erinnerungen zurück in die DDR, die Zeit der politischen Wende 1989/90 und landen wieder in der Gegenwart.

Zum besseren Verständnis für die Leser hat der Autor im Anhang zu diesem Buch die wichtigsten Örtlichkeiten mit deren zeitlichen Veränderungen beschrieben und grafisch dargestellt.

In Vorbereitung:
Der 2. Teil der

Messwartengeschichten

Alltagswahnsinn
oder
Einem Ingeniör ist nichts zu schwör

Inhalt:
Analog zum 1. Teil sind auch die in diesem Buch geschilderten Störungen in der Chemieanlage fast alle schon in den bereits veröffentlichten Romanen (s. Anhang) verwendet worden. Trotzdem hat der Autor sich entschlossen die Geschehnisse hier ohne die Verknüpfung mit Kriminalfällen oder Geheimdienstaktionen für die Leser in Form von Messwartengeschichten zusammenzufassen.

Die Storys erzählen vom unspektakulären Verhalten der Menschen bei Bränden, Verpuffungen, Störungen und Havarien verschiedener Art und unterschiedlichen Ausmaßes. Manchmal ist für den Außenstehenden gar nicht gleich zu erkennen, dass es sich um eine Störung handelt, die die Operatoren zu schnellem Handeln zwingt. Trotz der beeindruckenden Technik in der Chemieanlage stehen immer die Menschen im Mittelpunkt der Handlungen mit ihren Stärken und Schwächen, großen Leistungen und Fehlern, ihren Emotionen von Trauer, Furcht, Enttäuschung, Freude und Liebe.

Der Ausgangspunkt der Geschichten ist die Messwarte eines fiktiven Chemiebetriebes in der Gegenwart. Von hier aus springen die Erinnerungen zurück in die DDR und landen wieder in der Gegenwart.

Zum besseren Verständnis für die Leser hat der Autor im Anhang des 1. Teils der Messwartengeschichten die wichtigsten Örtlichkeiten mit deren zeitlichen Veränderungen beschrieben und grafisch dargestellt.

sowie die Biografie:

Ein Mensch 08-15?

Kriegskind – DDR-Bürger – Weltbürger – BRD-Frührentner

Inhalt:
Thomas Prost, der sich selbst als Mensch 08-15 bezeichnet, wird im 2. Weltkrieg geboren und mit sechs Jahren DDR-Bürger. Er wächst unter dem religiösen Einfluss seiner Familie auf, wird Ministrant, lehnt die Jugendweihe ab, tritt trotzdem bereits mit achtzehn Jahren aus eigener Überzeugung in die SED ein und geht für drei Jahre freiwillig zur Armee. Prost studiert Verfahrenstechnik, will danach unbedingt in der Praxis arbeiten, aber die will ihn scheinbar nicht, sodass der unterforderte Ingenieur vor Langeweile quasi an die Hochschule in Merseburg flieht. Hier kann er Forschung betreiben, muss Studenten schulen, wird in die Parteileitung gewählt, promoviert nach sieben Jahren und kehrt nun wieder in die Praxis zurück. Er folgt dem Ruf eines Freundes und wird Fachingenieur in einer noch im Bau befindlichen Chemieanlage. Dieses Mal will auch die Praxis den Ingenieur Thomas Prost. Er darf gleich zu Beginn die neue Produktionsanlage anfahren, durchlebt rien, Störungen, Brände und Unfälle. Nach der Wende re zusammen mit seinen Kollegen die Existenz der V-Fabrik mit einer Minilastfahrweise, die eigentlich in das Guinnessbuch der Rekorde gehören würde. Dann wird die Anlage umgebaut, erweitert und wieder ist er beim Anfahren dabei. Mit der Übernahme der Anlage durch einen großen Chemiekonzern ist deren weitere Existenz endgültig gesichert. Die Fabrik wird noch einmal erweitert. Zum dritten Mal ist Prost beim Abenteuer Anfahren dabei und nur vier Jahre später schickt man ihn, aus seiner Sicht vier Jahre zu früh, in Rente. Er braucht sieben Jahre, um das zu begreifen und fängt dann an, alles aufzuschreiben.